录诺

张莹 /著

重庆出版集团 重庆出版社

图书在版编目（CIP）数据

灵语 / 张莹著. — 重庆 ： 重庆出版社，2019.3
ISBN 978-7-229-13777-9

Ⅰ. ①灵… Ⅱ. ①张… Ⅲ. ①长篇小说－中国－当代Ⅳ. ①I247.5

中国版本图书馆CIP数据核字(2018)第279263号

灵语
LING YU
张 莹 著

出版策划：秦金海 陶志宏
责任编辑：陶志宏 何 晶
责任校对：刘 艳
装帧设计：王 恒

重庆出版集团
重庆出版社 出版、发行
重庆市南岸区南滨路162号1幢 邮政编码：400061 http://www.cqph.com
三河市金元印装有限公司 制版、印刷
E-MAIL：fxchu@cqph.com 邮购电话：023-61520646
全国新华书店经销

开本：710mm×1 000mm 1/16 印张：16.5 字数：290千
2019年3月第1版 2019年3月第1版第1次印刷
ISBN 978-7-229-13777-9
定价：42.00元

目 录
contents

01 流浪数学家

董菲也不清楚，自己怎么会鬼使神差地辞掉做了五年的工作，脱产考了一个环境工程的研究生。不仅父母不理解，朋友感到诧异，她自己也觉得困惑。

重返校园的生活并未有她料想的那样有趣，枯燥的教科书、呆板的教授，还有那空空荡荡的教室角落里蜷缩的那只老肥猫，都让董菲觉得这个世界有时候是停滞的，这些静止的影像机械地拼凑着，给人一种不真实的感觉。当时她头脑发热辞掉工作，跑回学校里读一个莫名其妙的环境工程的研究生——一切发生得莫名其妙，她也不知道这个突如其来的念头是何时萌芽的……

工作那几年存下的那点存款，也只勉强够董菲在学校的开销。她的人生并没有什么明确的目的，无非做一天和尚撞一天钟，得过且过地混日子。仿佛这个世界的喧嚣繁华都跟她这样混吃等死的行尸走肉没有半点关系。

重返校园并未让董菲感觉到轻松，她已经连续半个月没有去过实验室，导师对于她这种超级大学渣都已经持坚定的放弃态度了。当然，董菲偶尔也会心血来潮般地去实验室里晃荡一下以证明她还活着，然后出来继续享受颓废时刻。日子就是这么一天天混着过的，她也不知道自己到底在追求什么，明明考的是环境工程的研究生，偏偏又对理论物理起了兴趣，终日在寝室里窝着，翻着一堆晦涩难懂的物理书籍。

董菲仍然趴在桌上神游四海，构思自己断了许久没有更新的武侠小说。这部武侠小说，董菲断断续续写了好几年。她想通过写文和幻想来让自己灰暗无光的失败者人生多一点乐趣。

董菲一只手玩着笔，另一只手无聊地翻动着书本，斜乜着手旁的手机呼吸灯一闪一闪的，也懒得去理会刚刚收到的几条消息。虽说董菲的本科也是在这个学校就读的，然而时隔五年的重返母校，寻回的仿佛只有慵懒和迷茫。

这堂课是徐教授的大气学，这间原本可以坐上两百人的大教室里只是稀稀拉拉地坐了十几个学生。

徐教授提着公文包从教室外推门而入，步伐却突然停住，锋锐且惊讶的眼神径直落在董菲的身上。

董菲本能地察觉到什么，蓦然抬起头，就被徐教授锋利且震惊的眼神怔住。她脑袋里响起嗡的一声，一股诡异的恐怖感从骨髓里升起。

董菲连忙将头低下去，躲避徐教授犀利的目光——这是学渣的本能反应。虽然是大气学的课，但董菲忘了带课本教材，反而带了一本有关量子力学的书籍，说实话，她也不知道自己何时对量子力学如此感兴趣……

为了不露馅，董菲用两手挡住书本，装出一副认真看书的样子。

徐教授缓步走上讲台，清了清嗓子后开始讲授课程。

今天的课程主要是高斯方程和羽状扩散模型，董菲全程听天书般蒙圈，偶尔回过神瞥一眼讲台，装出一副很认真的模样。

董菲对于大气学的了解，也仅仅停留在老生常谈的“蝴蝶效应”而已，至于其他，她一概不知。

董菲能感觉到，徐教授在讲课期间，锋锐的目光时不时从她身上扫过。不知道是做贼心虚还是为何，一堂课下来，她的手心都隐隐渗出汗水。

按道理，这样的老教授都应该身经百战，对于董菲这种混课时的大“学渣”早就免疫了。但不知为何，董菲格外受到这位徐教授的关照，可能是她学渣的段位太高了吧？

课程的最后，徐教授留下了一道开放性的思考题，不拘泥于课程和教材内容，只要跟气候学有关，都可以发挥写上一篇3000字以上的文章。这个范围未免太宽泛了，不过也许人家教授就是如此不拘泥于小节。

直到徐教授离开教室，董菲悬着的心才稍稍松懈了几分。这间教室接下来没有别的课程，陆陆续续有占座位自习的同学走入。

董菲接着神游四海，翻着手头几本拓扑学和物理学的书发呆，迷迷糊糊中又将草稿纸裁剪成细长的纸条，粘贴成一个个的莫比乌斯环。

此时，一个人的走入打破了这学霸世界的氛围。那是一个高瘦的中年男人，胡子拉碴，衣着发型也很是邋遢。他提着很大一只被塞得满满的破旧的公文包，缓步走上讲台。

正在自习的两个学生低声嘀咕着：“不是这教室今天都没课了么，难道还有课？”

董菲慵懒地支起下巴，望着讲台那里站着的那个颓废憔悴的中年男人。这个男子似乎有点怯场，几次想要说话，都咽了下去。而坐在台下的学生，也等着这个看着像老师的人下令赶人。

这种尴尬的气氛大约持续了一分多钟，那个中年男人才开始说话。

“同学们，大家好。”中年男子很拘束，给大家鞠了一躬。

董菲心里暗自嘀咕，这又是哪个被学生气得不行的教授？

又听见那个男人继续说道：“我是一个流浪数学家，主要研究数学与自然的语言，我带来了我的文章，希望能与各位同学分享。”

男子一段莫名其妙的自我介绍让台下炸开了锅，嘲笑声质疑声不绝于耳。那男子面色极其尴尬，将伸入公文包准备拿出文章的手又抽了出来，随后向大家鞠了一躬，飞快地逃离了这间教室。

董菲手中不停地转着笔，心里直犯嘀咕：数学和自然的语言……这个人研究的东西似乎毫不相关，可惜没能要来他的文章看看，说不定很有趣。这样的嘲讽待遇他应该受过不少了，却还是在坚持。

至少董菲觉得，像他这样的“流浪数学家”或者“民间科学家”比自己这类混日子、混学位的废人要有用得多，想到这里董菲对那人又有了些许同情。

回到寝室的时候，董菲很庆幸只有她一个人，毕竟她这种古怪的性格跟其他人总有点格格不入。她的学霸室友们在这个时候不是在上课，就是在实验室里跟一堆仪器泡着，再不济也会在图书馆里看书……董菲跟她的几个室友完全就是两个不同世界的人，她也不知道为何自己能顺利通过研究生考试，还稀里糊涂通过了面试。这些书本，她足足五年没有碰过，更别提那鸟语一样的英文。

当一个人沉浸在难以言表的孤独之时，时间就流逝得格外缓慢。董菲迷迷糊糊地睡去，仿佛掉入了一个扭曲的旋涡。

董菲感觉自己飘浮在虚空的黑暗之中，一些零散的碎片化为细碎的泡沫。

……

“看看镜子！”

“什么，镜子？”迷离中似乎有人在跟她说话。

“镜子……”

“什么镜子？”董菲已经被黑暗恐惧包裹得透不过气来，拼命想要挣扎出这片诡异的黑暗。

“啊！”一声惨叫后，面色苍白的董菲已经是满头大汗，惊恐的双眼注视着寝室里的景物，半晌才回过神来，喃喃自语：“啊，又做噩梦了啊！最近怎么回事？”

不知从何时开始，董菲总是被一些莫名其妙的噩梦纠缠不清，有朋友猜测董菲是不是在哪里招惹了不干净的东西。虽然嘴上不信，但董菲却不得不死马当作活马医，还特意跑去了归元寺祈福。奈何这样的诡梦却愈演愈烈，她的行为也变得难以理喻起来，比如辞掉工作跑来读什么脱产研究生。

有时候，董菲不得不怀疑自己是不是真的“病了”。

整个人渐渐平静下来，梦里的那些片段早已经荡然无存，只留下莫名的恐惧。回想先前在徐教授大气学课堂上狼狈的场景，董菲自己也不能理解，为什么那一刻她如此害怕，仿佛这一幕在梦中就已经出现过……那间教室，呼呼大睡的肥猫，还有徐教授盯着她的眼神……

哎，自己啥时候变得这么胆小了？不就是被老师瞪吗？长这么大，还被瞪得少了？

“唉……”董菲低声叹气，她希望自己能早日恢复正常，不要再被这些“假想”出来的景象吓破了胆，或许人家徐教授从头到尾根本就没看董菲一眼，是她“自作多情”的妄想而已。

“哦，还有课后作业要写，怎么也得装装样子吧，这堂课都被格外关照了，要不然下堂课更难混。”

董菲打开电脑敲着所谓的课堂作业，开始自己天马行空的胡扯，一篇洋洋洒洒鬼哭狼嚎不知所云稀里糊涂的文章就这么发送到了徐教授的邮箱。

董菲估摸着徐教授那么忙，估计也没工夫仔细看这些作业的。都是走个过场而已，起码现在自己交了作业，也算有个交代。

接下来的时光，是惬意的。董菲不打算去实验室，那里的氛围太压抑。她喜欢待在一个没有人打扰的小角落里构思自己的武侠小说，顺带幻想小说中的男主角。作为一个很久没有谈过恋爱的“大龄剩女”，幻想出一位符合她审美和需要的男友，也是一种意淫的方式。

可能是最近花痴太过，最近构思小说情节的速度慢了许多，倒是那位想象中的男主角的模样愈加清晰起来。

是病得治不？

董菲自言自语，随后又转念一笑。现实中这么悲惨，总得给自己留点幻想。

当董菲徜徉在幻想的海洋中的时候，她的手机突然响起，显示是本地的一个陌生号码。

“快递？”董菲看着手机屏幕又摇了摇头，立刻否定了这个猜测，她已经很久没网购了。

董菲战战兢兢地接通电话，电话那头传来的竟然是徐教授的声音，这让她的心一下子提到了嗓子眼。

电话里，徐教授的声音温和平静，“董菲，你的那篇文章很有趣，想跟你当面谈一谈。”

“啊……好的，教授，我马上就到。”董菲握着电话的手不自主有些颤抖，她没想到徐教授竟然以迅雷不及掩耳之势看了她刚刚提交的所谓作业。

02 受宠若惊

董菲来到徐教授办公室的门口，试探性地敲了敲门，下意识抿抿嘴。

“哦！董菲。”徐教授给董菲开门，带着平和客套的微笑，“坐吧！”徐教授亲自给董菲倒了一杯茶水，董菲一脸受宠若惊的神情，连忙双手接过。

“坐。”徐教授招呼董菲坐下，自己则靠坐在另一侧，手里拿着的那几页纸，正是董菲提交的作业。

天啦！还打印出来……董菲的心跳加速，她没想到自己的这篇狗屁不通的烂文章居然还得到了“大神”的重视。

董菲紧咬着嘴唇，刻意压低呼吸声，惶恐不安地看着对面的徐教授。

“董菲。”徐教授一手扶着眼镜框，温和地笑了笑，点头对董菲说道，“刚刚研一，对吧？”

“嗯。”董菲忐忑地点点头，两只手不停地揉搓着。

“你好像是第一次上我的大气课。”

徐教授这句话刚出来，董菲的心咯噔一下跳到了嗓子眼：哎呀，果然是问罪的……

“你工作了五年，为什么又来读研究生呢？”徐教授的这个问题看似寻常，却点中了董菲的死穴。

“呃。”董菲不知道怎么回答，说什么想回来学习之类的，她自己都不会相信。这一瞬间，董菲的脑子转得飞快，却又毫无头绪：一年前她突然冒出了考研的念头，然后莫名其妙地就考上了，至于其中详细的缘由经过，她怎么说得清呢？

“我……想逃避一些生活的压力。”董菲给出了这个勉强能说服自己的理由。

“嗯。”徐教授点了点头，扶了扶眼镜，“你的这篇文章我看过了，从古代诗词的角度去研究分析古代气候环境，这个立意不错。”

听到肯定，董菲的心猛然间被揪紧，受宠若惊地看着徐教授，战战兢兢地回答：“瞎写的，很多也没考虑清楚。”

“你可以详细说一下你的思路，没关系，想到哪说到哪。”

徐教授的声音温和平静，让董菲忐忑不安的内心渐渐平静下来，她尝试着理清思路：“我在高中时候学的语文课文里，有一篇白居易的《卖炭翁》。我记得当时语文老师将这首诗歌分析了一遍，说是刻画了一位在唐长安最寒冷的时候身着单衣卖炭的老汉的辛酸。但我在读到其中有一句‘市南门外泥中歇’的时候，就跟语文老师起了争执，被罚站了。”

“哦？”徐教授点头示意董菲说下去。

董菲抿嘴笑了笑，继续说道：“我们说的‘泥’通常是土和水的混合物，温度应该在零上。我之前去过几次西安，有次还是寒假的时候。所以知道现在的西安到了冬天最低温度都能到零下五度甚至有可能到零下十度左右，况且西安的冬天干燥得很，在最冷的时候也是不太可能出现泥这种东西的。所以当时我很固执地跟老师争论，白居易笔下所写的卖炭翁所处的那个时间肯定不是西安最冷的时候。我因为这个被语文老师扣上了个‘脑袋有病’的帽子后，被他请出了教室罚站。”

徐教授忍不住大笑，笑容亲和。

董菲见徐教授笑了，也放松了下来，继续说：“后来我才明白，其实唐朝的气温远比现在要暖和湿润很多，而且在水中有无机盐的时候，凝固点也会降低，所以白居易在描述这样一个底层的可怜人物的时候应当是挑选了当时最冷的季节环境进行描写。但当时语文老师并没有找到反驳我的理由，而是被我这种莫名其妙、和考试毫无关系的问题弄得很恼火，便采用了罚站这种惩罚方式让我闭嘴，我自然是不会服气。后来看了些古代风俗和服饰建筑的研究类书籍，我对气候变迁在服装、建筑还有诗词中的体现很有兴趣，也应该和小时候这个经历有关吧！”

徐教授赞许地点了点头，说道：“你在学校的情况我听说过的，你的导师对你意见很大。”

董菲没想到才不到半天工夫，徐教授就已经把她这个大学渣的底细摸得一清二楚。

董菲不知道徐教授会谈到这个话题，尴尬地笑了笑，点头道："是的，我的导师应该很不喜欢我吧，我不是好学生。"

徐教授摇头叹气道："你这样混日子，研究生能毕业么？不去实验室，也没有论文。"这个问题直接抛出了终极大招，对于一个研究生而言，无法毕业就是最恐怖的咒语。

这问题让董菲非常尴尬，她不知道怎么面对徐教授的质问，其实这些问题她也想到过，只不过一直在逃避。

徐教授摇头叹气，用带着点责备的语气说："你就这样子混下去是不行的，你可以跟学院申请更换导师。你那个从古诗词入手分析古代气候的文章，我有点兴趣，应当能帮帮你。"

徐教授的这番话让董菲感觉到一股强烈的暖流涌入内心，她甚至怀疑自己是不是听错了，瞪大眼睛半张着嘴看着徐教授，半晌也说不出话来。她的导师对董菲这样的坏学生已经是持坚定的放弃态度，而在此时，徐教授突然伸出的橄榄枝，对于她而言就是洪水中的诺亚方舟，岂有不答应的道理？

徐教授揉了揉睛明穴，继续说："我的实验室和兰州的一个植物病毒研究所有合作项目，你之后更换了实验室，可能就得去西北待一段时间。兰州负责这个实验项目的是杨锦汉研究员，他的实验室经常出野外，一般女生可能受不了这个苦。但如果你想学点东西、拿出篇像样的论文来，就提前准备准备这方面的基础知识。"

"哇，去兰州？"董菲莫名有些小兴奋，两只手不停地摩挲着。

"看你的履历上写，你工作的时候还参加过很多非政府组织（NGO）的环保公益活动，不错。"徐教授点了点头，"好，你先回去吧！申请更换实验室的事情，你开始准备吧。"

董菲恭敬起身，向徐教授点头道谢后，一路小跑离开了办公楼。

方才的心情真的如同坐过山车一样，这般跌宕的剧情，董菲也是始料未及。

不经意间，董菲瞥见了楼下的树荫底停着一辆白色的英菲尼迪，这辆车在学校里的知名度很高，因为这是心理系老师李尉明的车。

李尉明，传说中的"万人迷"，东京大学心理系的博士，又去美国做了两年的博士后，两年前来到华大当老师。据说自从他来了后，这个学校里女生的话题总是围绕着这位英俊帅气学识渊博的老师而进行的。虽然他的“粉丝”人数众多，但这位老师在学校里却并未传出任何绯闻。

董菲之前见过李尉明一次，还是在迎新晚会的时候远远地看着，这位玉树临风的老师在台上弹奏了一首古琴曲《流水》，涓涓琴音从指尖流淌而出，让台下的众多女生听得如痴如醉，但也让“女汉子”董菲听得昏昏欲睡。

这个学校里很多女生慕名去旁听李老师的心理学课程，甚至还有为了李老师去学古琴的……但这些都跟董菲无关。她很有自知之明，她是个低俗且没什么文艺细胞的人，所以不会刻意去附庸风雅。

董菲看了一眼那辆白色英菲尼迪，随后准备转头走开，冷不丁和迎面走来的李尉明撞了个正着。

突如其来的碰面，使得惊讶、恐惧等各种复杂的情绪在一瞬间从心底涌起，让董菲不知所措。眼前的李尉明果然有着传说中的英俊面容，但董菲隐约感觉自己的“震惊”并不仅限于此：似乎……眼前的人，还有眼前的这一幕，以前在梦里就经历过。

有那么一瞬间，董菲甚至觉得眼前的大帅哥，跟她幻想的武侠小说的男主角莫名相似……

李尉明见到董菲的时候，也露出了惊讶的神情。

董菲来不及多问多想，连“对不起”都没说，转身就朝图书馆的方向逃去。

跑到了图书馆旁边的树林里，找了张小凳子坐下，她的脑袋里还是方才遇见李尉明那一刻的画面。

董菲的脸变得滚烫，刚才那一幕，好像以前就经历过一样。

“犯花痴呢？”董菲两手支撑着额头，用大拇指按压着太阳穴，她怀疑那似曾相识的感觉是不是因为自己花痴造成的错觉……

哎，董菲自己也不得不怀疑她的精神状态是不是出了问题，难道见到一位男神，就要花痴到托付一生吗？

董菲抬头看着图书馆前的草坪，迷离的阳光透过法国梧桐的枝叶后投下斑驳的光影。浸沐在这迷幻的光影下，她缓步走进图书馆。

董菲漫无目的地在书架中搜索着书籍，无意中走到了物理学的书籍旁，停下了脚步。

从图书馆出来，已经是下午六点，黄昏灼目的阳光刺痛了董菲的眼睛。

03 万物皆数

初夏的香樟花香随着黄昏的阳光一起慵懒地弥漫在校园里，让董菲紧绷的神经得到了些许放松，就在这漫无目的地散步中，无意中瞥见不远处一个人正蹲在树下拨弄着什么，神情相当的专注。

董菲认出他正是那位在教室里自称“流浪数学家”的男人。

董菲走到这个中年男子的身边，好奇地看着他，问道：“咦，你是那个……流浪数学家对吧？我在教室里见过你。”

他反应有些迟钝，迟疑片刻后，才转过头看着董菲，用一种奇怪的口吻说：“你看不看蚂蚁搬家？”

董菲对眼前这个颓废落魄的流浪数学家产生了些许同情和好奇，索性弯着腰蹲下来陪着他看蚂蚁，小声问：“蚂蚁有什么好看的？”

这人神神秘秘地说：“蚂蚁和蜜蜂就是集体智慧的代表，单个生命构成了整体智能，而且它们懂数学。”

“它们懂数学？”董菲若有所悟地笑了笑，过了片刻又小声地试探着问他，“你那天说，你是研究数学与自然的语言的，那是什么？能跟我说说么？”

他压低了声音，用神秘的语气反问董菲：“语言是什么？”

董菲最近倒是有意无意地看了些科普类的物理读物，所以倒不是显得太被动。她稍稍思考片刻，便解释说：“语言就是人类交流和传递信息的一种交际工具。”

听到董菲的这个解释，他的脸上露出鄙夷的神色，略带几分冷笑嘲讽着说道：“你说的是人类的语言，而且这种定义也十分狭隘。你是什么专业的？抱歉，我得先了解你的学术背景，才好确定用什么方式跟你交流。”

董菲觉得自己的背脊渗出一层冷汗，眼前这人有种让人不寒而栗的感觉。董菲吞了一口唾沫，平复一下内心的忐忑，没有底气地说道：“环境工程。”

他站起身来，好奇地打量着董菲，继续问：“那你知不知道斐波那契数列？”

董菲点点头，其实此刻她的心里很没底，这个数列记得高中还是大学的时候曾经学过，但现在提到名字也顶多觉得耳熟。但为了维持现下尴尬的谈话氛围，她决定继续装下去。

那人神秘的一笑，点头继续说道："很多植物的枝叶就是按照斐波那契数列生长的，还有化学晶体的结晶也在遵循这个规律。花瓣形成过程的计算机仿真实验，证实了在系统保持最低能量的状态下，花朵会以斐波那契数列长出花瓣。这其实就是一种自然的语言。植物懂数学，蚂蚁也懂得数学，细菌病毒也懂得数学，它们都是遵循这个世界最基本的法则在生活——这个最基本的法则，就是数学。"

董菲似懂非懂地摇了摇头，反驳道："你说的就是一种自然规律，就像苹果成熟了会落下来一样。"

"你还没有明白语言的定义，你是工科生，应当学过计算机语言。"他变得严肃起来。

董菲慌乱地点了点头，回答说："大学里学过C语言，混过的。"

他浑浊的眼睛里似乎有了那么些许亮光，继续耐心地解释道："不论是机器语言汇编语言还是高级语言，它们的基础都是数学，数学是构成这个世界的基础。数学代表了完美，比如无可挑剔的欧拉恒等式就是完美数学的一个代表。这个世界的本质就是数学，数学不能被人发明，只能被发现。人类自工业革命以来，这几次大的飞跃，远超几千年的发展。但人类真正发明了什么？人类只是发现了自然界的语言规律，然后归结整理利用了这些规律。所以自然界也是有思想有语言的，比如那些你在书本上学过的物理常数、方程和定律都是自然界的语言，它们的本质都是数学。"

董菲感觉这句话似乎在哪里见过，支支吾吾地问道："一个古希腊的学派似乎也是这观点，哪个学派来着？呃……好像是毕达哥拉斯，对，毕达哥拉斯学派，他们也认为数学是构成宇宙的基础。"

他目光一闪，不知怎么被董菲这句话给激怒，口气一下严厉了起来，用嘶吼的声音骂道："《道德经》里就明明白白地写着，道生一，一生二，二生三，三生万物！你非要去古希腊的毕达哥拉斯学派那里找渊源？"

董菲被这人的话噎得一时说不出话来，这个莫名其妙的人自负得有些过头。他既然自称数学家，却为何对古希腊的一套如此不买账，按理说毕达哥拉斯一派应该是被人顶礼膜拜的大神级别的人物，到了他这里就变得如此不值得一提。说实话，董菲也不知道自己为何会对这一类人变得如此好奇，或许眼前的这个人和徐教授都有相似之处。应该是从今天跟徐教授聊了一段不着边际的东西之后，董菲也开始对这些人的世界有了更多了解的兴趣。他们的行为在寻常人眼里就是精神疾病的表现，但或许人家就有着一套不同于普通人的世界观。

董菲被他这莫名其妙地吼了一顿之后，却也竭力克制住自己的脾气，让她显得更有气度些。

等董菲稍稍恢复点平静，又继续问："你的意思是，这个世界的一切都有一套完整的语言在控制？这个语言就是数学。"

听到董菲的这段话，这个人才收起刚才的盛怒，神色又变得有些兴奋，咧嘴笑着连连点头说："就是这个意思，所以说我们这个世界就和计算机里的各种程序一样，是被精心设计过的。就拿你们专业常常用来做实验的大肠杆菌来说，它的拟核中有一个脱氧核糖核酸（DNA）分子，遗传密码的64个遗传密码子中，60个是对应氨基酸合成，1个是用于合成蛋白质，有3个表示终止蛋白质合成，这是一个简单的语法。把这套语法放在人或者其他动物身上也是类似的。你学过生物学，像人这样的复杂结构，怎么可能是各种机缘巧合下进化的结果？人的遗传密码是被精心编辑过的，这个世界刚好能适合人类居住也是精心设计的结果，这个世界上没有那么多巧合。"

"这个世界没有那么多巧合？"董菲微微怔住，不由自主地重复着这句话，感觉心里被什么奇怪的念头触动着。莫名地，她突然感到害怕起来，一股刺骨的寒意从身后袭来，让她的两脚险些站不稳。

"数学是这个世界的本质，我们研究数学就是为了窥破这层本质，看到这个世界的真实面目，只有这样才能跟这个世界交流。西方那一套，我更推崇法国的布尔巴基的理论，他……呃，是他们的理论才称得上是纯粹的数学。"这个人的目光稍稍沉了一下，一副欲说还休的样子，似乎隐藏了什么。

世界是被设计的——他的这个观点很有趣，董菲继续询问他："那你怎么能证明这个世界是被设计的？"

他此时看董菲的目光突然又变得鄙夷和不屑，冷冷哂笑着说道："道可道非常道！道德经第一句就是。我们身边那么多事情都在证明这个世界是被设计的，你选择性失明不去看，我再说都是废话。真不晓得你这样的学生怎么考到这大学来的。"

董菲尴尬地笑着，她还想要解释："我们学习不就是为了证明我们所认为的吗？光靠猜想，并不能说服人。"待董菲说完这句话，才发现自己是脑袋短路了，这话一说出来简直是火上浇油。

这人的神情变得十分诡异，脸颊上的肌肉不由自主地颤抖着，脸色一阵青一阵白的，突然间扬起手中的手提包向董菲袭来。

这个怪人的突然发狂让董菲吓了一跳，她连忙站起身往后跳了一步，躲开他的攻击。

这人现在情绪已经失去控制，脸上的肌肉不停地抽搐着，冲着董菲咆哮道：“就是因为那些庸碌的废物！”

董菲没料到这人怎么突然发了疯一样，顿时被吓得魂不附体。就在此时一个身影闪过，飞快挡在董菲身前，那个发狂的中年男子被及时制服。而董菲趁机躲在不远处的白色英菲尼迪的车后面，密切地注视着下一步事态的发展。

原来那位从天而降的“大侠”就是李尉明，那个中年男子见到李尉明后，脸色瞬间变得格外惊恐，方才的愤怒和狂暴此时都被突如其来的恐惧所取代。李尉明微微泛白的镜片后透过的目光锋利清冷让人不寒而栗，不知道李尉明对流浪数学家说了句什么，那人连忙蹲下身去捡拾那些散落四处的文稿，随后仓皇狼狈地逃走。

四周围了不少人，都是被刚才的一幕吸引过来的，围观的那些人纷纷议论着。

“那个就是心理系的李尉明老师，好帅啊！”

“是啊！刚才说是有个疯子要打人，李老师把那个疯子制住了！”

“哇，帅呆了！下次一定要选到李老师的公选课。”

四周的女生眼睛仍然落在李尉明的身上，而围观的男生的眼神却多少透露出一些嫉妒和不服。其实李尉明的出现本来应该被人传成一段英雄救美的传奇然后红透整个校园。只可惜这个故事的另一个主角是董菲，让本来应该唯美浪漫的故事在一瞬间变得尴尬。

李尉明转过身走到董菲身边，关切地询问：“你没事吧？”

董菲气喘吁吁，捂着胸口努力平复忐忑不安的心情，此时她的脑袋仍然处于受惊吓后的短路状态。她也不知道此时脑袋是哪根筋搭错了，竟然回答道：“没事啊，就是我还没吃饭呢！”

李尉明似乎并没有介意董菲这不着边际的答复，温和地笑了笑，点头说：“我也还没有吃，不如一起吧！”李尉明打开他车子的后门，示意董菲上车。

董菲感觉当时这一幕是她长这么大遇到过的最危险、最恐怖且最难过的时刻，她能感觉到身旁有数十道嫉妒的眼神恨不得把她大卸八块。董菲也没多想，就觉得当时脑袋嗡嗡作响，连忙钻进车里。可怜的董菲那会脑袋里想的并不是要跟这位英俊潇洒“万人迷”的李尉明去吃什么浪漫晚餐，她想的就是尽快摆脱那些女人的目光。

董菲也不是不知道这种行为可能会带来更大的麻烦，但是她办事的原则向来就是能躲一阵就先躲一阵，也不管以后怎么发展。其实董菲也不觉得李尉明这次是帮了她，她倒觉得李尉明是有意给她拉仇恨，难不成李尉明是觉得董菲在这个学校里混得还不够惨？董菲也知道自己这样的想法有点“狗咬吕洞宾”的嫌疑，但她一向不喜欢被关注太多，究其原因还是内心的自卑感在作祟。

上车后，董菲坐在后座胡思乱想，脑袋里充斥着刚才那个怪人的各种奇怪行为。突然间，她又想起刚才那群围观者的目光和议论，真是恨不得一头撞死算了。

“李老师，谢谢你啊！”董菲还是一副惊魂未定的模样。

“我们以前见过面吗？”李尉明通过后视镜已经看到了董菲坐在后排的狼狈神态。

“啊？”董菲半张着嘴，挠头皱着眉毛，“算见过吧，迎新晚会上李老师弹古琴。我坐在台下，远远地看着。”

“那确实算见过的。”李尉明浅浅地笑了笑，“同学怎么称呼？”

“啊，我叫董菲，环境工程研一的学生。”

04 冥冥之中

从理论上说，这个男人从头到脚、从里到外都完美得不行，但董菲总觉得太完美的人也只应该存在于小说和影视剧中。而且这样的人，他身边陪着的至少应该是个校花或者千金大小姐什么的。而董菲从入学一开始不过是个笑话兼学渣，在学校里有着高“知名度”，她很清楚自己跟李尉明简直身处两个不同的世界，不可能有任何交集。所以即便知道李尉明的名气很大，她也没去旁听过任何他的心理学课程。

刚才那个怪人突然发狂的一幕，让董菲感到后怕，但也莫名更加好奇。想着想着，不由自主，她的面部表情也变得纠结起来。

李尉明从后视镜里瞥见了董菲躲在后座咬牙切齿的模样，语气温和地说道：“前面有一家湘菜馆，应该合你口味。”

猛然听见这句，董菲惊讶地抬起头，不解地问：“李老师，你怎么知道我是湖南人啊？难不成你们心理专家真有特异功能？”

李尉明被董菲这一逗弄得忍俊不禁，摇着头说：“听你口音能听出来，而且我们学校外省学生里湖南来的最多，果然猜对了。”

董菲不太明白地问道：“李老师难道也喜欢吃湖南菜？不是应该吃什么法式大餐，日本怀石料理之类的吗？”

李尉明浅浅笑着，摇头问：“为什么会这样认为？”

董菲嬉皮笑脸地答道：“电视和小说里不都这么演吗？湘菜川菜这种大众菜系，怎么也能入得了你们高冷贵族的眼？”

李尉明无可奈何地笑着回答道：“我在日本留学的时候，被那些徒有其表高贵冷艳的日式料理弄怕了。每次回国，都要带上几罐辣椒酱。”

“李老师家乡哪里的呀？”

“江苏昆山。”

董菲不解地问：“那边的人按理说也不能吃辣呀！”

李尉明被董菲这番呆头呆脑的话弄得有些无可奈何了，他笑着说道：“你觉得你的理论能说服人么？每个地方总有些特例吧？更何况这种特殊情况如今看来却都是普遍现象。可是你还对我有诸多偏见，让我觉得不公平啊！”

“我哪有。我这怎么算有色眼镜，方才的不都是夸你的话吗？”董菲还想解释，却发现自己此时已经词穷了。

李尉明将车停在地下车库，两人走进电梯。董菲对于这种直升电梯有一种本能的抗拒，小心地往角落里靠。电梯停在四楼，董菲随李尉明走出电梯，便来到这间生意火爆的湘菜馆门口。

服务员见到他立刻笑脸相迎，殷勤地问道：“先生是几位朋友用餐？”

李尉明指了指身旁灰头土脸的董菲，回答：“两位。”

那位身着廉价酒红色缎子旗袍的姑娘用十分诡异且难以置信的目光看了董菲几眼，继而尴尬地笑了笑，还是十分礼貌带他们去座位就座，安排点餐。

桌上摆着四个菜，但李尉明似乎对荤菜没有太大兴趣。他就餐的样子从容优雅，很像电视里演的那种贵族。土包子董菲真心不知道贵族该是什么样子，但她本能地觉得贵族就应该是李尉明这样的吧。

董菲很清楚自己的吃相是可以用凶残恐怖来形容的，所以当她面对李尉明这样一位优雅人士的时候，董菲也开始装起了矜持，即便肚子已经饿得不行，还是细嚼慢咽努力让自己看起来优雅一点。

李尉明应当是已经看出董菲的尴尬，借口离开片刻。

董菲看着李尉明离去的方向，她的面颊变得绯红滚烫，这一幕太难以置信，就跟做梦一样。

董菲突然间感觉到脑仁剧烈的疼痛，两手支撑着额头，双目紧闭，不停地摇着头自言自语："疯了疯了，一定疯了。"

李尉明回来的时候看见董菲反常恍惚的样子，关切地问道："你没事吧？身体不舒服？"

李尉明的声音将董菲重新拖入现实，董菲恍惚地睁开眼睛，迟疑了片刻才看清了身前的李尉明。

李尉明依然风度翩翩，手上提着一个精美纸袋。

"哦……刚刚头疼，有点迷糊。"董菲的声音里透着心虚，她心跳加速，不敢直视李尉明。

李尉明将那袋子递给董菲，非常绅士地笑着，点头说："送给你的，看看喜不喜欢。"

董菲不得不承认，眼前的这一幕让她觉得非常不真实，她连做梦都不敢想的场面竟然就这么突然发生了？董菲一副受宠若惊且无所适从的样子，让场面变得有些尴尬。

董菲从李尉明手里接过纸袋，从精致的袋子中取出一件水蓝色的条纹长裙。这时的董菲惊讶得说不出话来，心跳已经加快到了极限，她的整张脸连同脖颈都红透滚烫。

李尉明依然保持着儒雅温和的笑容，点头说道："去洗手间换上吧，看看合不合适。"

董菲像木头一样呆了很久，脑袋里一片空白。眼前的浪漫氛围，显然已经被她给破坏到了无以复加的地步。茫然间，董菲非常不合时宜地打了一个饱嗝，随后立刻拎起衣服，向洗手间跑去。

董菲望着洗手间的镜子里自己这张未老先衰的颓废的脸，不停地用冷水洗着脸。冷静片刻后，才走到小隔间里将自己那身T恤和牛仔裤换下塞进那个装衣服的袋子里，随后换上李尉明送的那件长裙。裙子十分合身，裙摆刚及脚踝。

从小隔间走出来的董菲看着镜子中的自己，迟疑了片刻，随后又中了魔似的自言自语："醒醒啊！董菲！别做你的春秋白日梦了！"这种癫狂的状态让几个恰巧走入卫生间的女人吓了一跳，看她们的神情表现估计以为遇到了一个疯子。

董菲将散乱的头发用水打理收拾得勉强看得过去，之后鼓起勇气走出，发现此时李尉明已经在走廊拐角的那盆绿萝旁等候着。他保持着一如既往的优雅笑容和俊朗风范，点头笑道："蓝色适合你。"

"今天……那个，谢谢你。"董菲面颊绯红滚烫，一天之内与这位传说中的人物邂逅两次，而且还"进展"这么神速——她自己也没有料到。莫非这就是传说中的有缘？董菲莫名一个激灵，恍惚中一切都变得不真实起来。

"今天确实很巧啊！"李尉明望着她浅浅一笑。

这位李尉明的确让人毫无抵抗力，连董菲这种自认为油盐不进的女汉子，现在都跟着了魔一样。

"啊！是挺巧的，李老师的办公室也在环境学院那边吗？"

"我的办公室在青年园，今天刚好去一趟环境学院。"

"啊，那确实挺巧的。"董菲尴尬羞涩地笑着，不知道如何继续话题，没头没脑地说道，"我一般也不会去那里，今天刚好徐教授找我呢。"

李尉明目光微微一沉，转而若无其事地问道："是徐崇辉徐教授？他是你的研究生导师吗？"

"不是啊！"董菲憨憨地笑着，摇头说道，"徐教授让我申请更换到他的实验室，嘿嘿。"说完后，董菲还不忘得意地晃了晃水杯。

"哦，那不错的，说明徐教授很看重你。"李尉明笑容温和，望着董菲点了点头，"吃得如何？该回学校了。"

"哦，好。"董菲跟上李尉明的脚步，向楼下走去，又坐上李尉明的车，向学校驰去。

一路上，两个人之间并没有太多的交谈，车子径直停在了董菲寝室楼下。

董菲还是那个颓废的样子，乱糟糟的长发，还有苍白憔悴的苦瓜脸，那身崭新的长裙穿在她身上也显得"格格不入"。

董菲走下车后，李尉明随即开车离去。这时候，董菲又感觉到身旁有数百双眼睛盯着她看，让她感觉皮都要被扒掉了一层。她慌忙低着头，向四楼宿舍冲去，将那些奇怪的眼神都当浮云过滤掉。

这天晚上回来后，董菲破天荒地去超市买了一堆化妆品，又开始在网络上研究各种化妆的技巧，还顺带去了一趟美发店换了一个发型。在这之前，她已经有两年没有去过理发店了，原因很简单——就是懒。

董菲的闺蜜之前就无数次地跟董菲灌输这样一个观点：女人必须学会打理自己的头发。但她是懒惯了的，也不喜欢烫发药水的味道。虽然理发师一再劝说让她烫一款时尚点的发型，但她也坚定地说只需要稍稍修修毛糙的发梢。修理了那些毛糙的发梢董菲顿觉清爽了许多，自己的心情也跟着改变了。看着镜子里的自己，还有身上那件蓝色的长裙，董菲偷偷笑着。

此时手机又响起，董菲不耐烦地接起，是家里打来的电话。

董菲在电话这头随意敷衍了几句，便着急挂断了电话。

董菲继续自己美妙的冥想时间，将头埋在棉被里忘掉那些讨厌的人和事。睡了几个小时，迷迷糊糊中听见房门开的声音。睡久了，就容易头晕目眩，此时董菲的意识就游离于半梦半醒之间，支着疼痛僵硬的脖子向大门望去，迷迷糊糊地看见一个模糊透明的轮廓伫立在一侧，那个鬼魂一般的影子逐渐淡去，继而消失无踪。

大惊失色的董菲这才恢复了运动知觉，蓦然坐起身，微眯着眼注视着书桌上黄色的小闹钟。这小闹钟是她考研的时候准备的。小钟发出的嘀嗒响声，这个时候听起来，似乎有些飘忽。

05 梦魇

已经是早上八点，天已大亮。洗漱完的董菲，看着镜子中自己那张颓废的“老脸”，微微有些出神。

这时的董菲需要趁热打铁，趁机给徐教授留下一个好印象。她收拾好书包，去往学院办理更换导师的手续。

董菲的导师在签字的时候表现出难以置信的诧异神情：他当然是巴不得早点将董菲这样的大学渣剔除出他的实验室的，但是他也无法理解为何董菲会被徐教授的实验室接纳。要知道徐教授这样的准院士的实验室门槛之高，多少人就算挤破头也难以进入，偏偏让董菲这样的瞎猫给逮住了机会。

董菲更换导师的申请已经递交，通过课程表她知道今天徐教授还有一堂大气学的课，索性收拾好书本，决定去旁听徐教授的课程。毕竟，要洗心革面重新做人，还得从脚踏实地的学习开始。

随着一道吱呀的声音响起，教室大门被缓慢推开，徐教授挪着沉重的脚步蹒跚着向讲台走来。

董菲被徐教授此刻苍老憔悴的神情着实吓了一跳，此时的徐教授完全不似前几日见到的那样精神矍铄。徐教授浑浊的眼睛里，被疲累和恐惧填满。

徐教授步伐艰难地迈上讲台，用颤巍巍的声音开始讲课。

徐教授的反常也让在座的众人觉察到了一丝不寻常，不由得猜测徐教授是不是病了。

今天的课还是羽状扩散模型，董菲眯着眼看着PPT上跳跃的方程式，迷糊中又陷入到可怖的旋涡之中，在无尽的黑暗中飘浮而失去了自我。

突然，一道清脆的响声让董菲从方才的神游中惊醒，立刻抬头向响声传来的地方望去。

徐教授正用纸巾拾捡着地面上散落的茶叶，他那身略微发黄的衬衫上也溅满了茶水。

董菲回过神来，立刻抽出几张纸巾帮徐教授将地上的玻璃杯碎渣包好扔进垃圾桶。近距离见到徐教授，着实让董菲内心的恐惧又加深了一层。

徐教授将讲台底座上沾着的几片茶叶擦掉后，又捋了捋自己衬衫的衣襟，对董菲稍稍点头说了一声谢谢，随后提上手提包，迈着步子缓缓向门外走去，佝偻苍老的身影逐渐消失在走廊的尽头。

徐教授到底怎么了？董菲耷拉着头从教学楼往外走着，脑海里闪过的还是刚刚见到的徐教授的那道颓废绝望苍白的眼神。

初夏上午的阳光从墙外投射而入，灼痛了董菲的双眼。她看见迷离的阳光中，一个高瘦的人影蓦然伫立，直勾勾地望着自己。

董菲停下脚步，认出这人正是那位精神失常的“流浪数学家”。那股熟悉的恐惧感再次袭来，她不要命地向寝室逃去。

逃回寝室后，董菲一头扎进卫生间，打开冷水龙头洗脸，她迫切地需要冷静下来。

不知不觉中，董菲瘫软倒在卫生间的角落。从水龙头里流出的哗哗水声，充斥着此刻董菲的整个世界。

我是不是疯了？疯了吗，怎么回事，怎么一切都不正常了……

董菲不停地自言自语，她恍惚中抬起僵硬的脖子，凝视着角落里闪烁着的昏黄灯光，艰难地扶着洗脸台盆，不太利索地关掉水龙头。

董菲回到床边，简单收拾之后，就像一摊死肉一样蜷缩在一侧，晕晕乎乎地睡了过去。她不知道自己这一天是如何度过的，她醒来的时候已经是晚上八点了，她的几位学霸室友也陆陆续续回了寝室。

她们选择性地忽视董菲，董菲也如此，她与她的几位室友完全就是生活在两个平行世界的人。这种群体孤立对董菲来说并不算什么，她自己也明白她这样的性格，被孤立也实属正常。

寝室室友的卧谈会，几乎每天都是围绕着李尉明而进行。这几位室友都是李尉明的铁杆粉丝，她们都常常去旁听李尉明的心理课，甚至还有人为了李尉明去学古琴。那次李尉明救下董菲后又开车将她送回来，着实引发了一场不小的嫉妒风波。

不过今天晚上的寝室卧谈会的话题居然不是李尉明，而是徐崇辉徐教授。董菲从室友的卧谈会中又得到了一个让她惊恐的消息：徐教授疯了，就在上午的那堂大气学课程之后。惊恐的教职员在慌乱中报了警，徐教授被强行送往了医院。

一位室友探出头来小声问："真的假的？太奇怪了吧？"

另一人不耐烦地回答道："心理系的李尉明老师跟医院精神科有合作项目的，他的学生说的，那还有假？"

几个室友还在幸灾乐祸绘声绘色地描述这件事，唯独董菲一直不说话，蜷缩着身子，不停地抽搐。

……

这一夜，董菲又陷入了梦魇。她闭上眼睛都能看见徐教授浑浊绝望的眼神，这眼神就像一把利刃扎入了她的大脑。

董菲感觉到喉咙里仿佛被什么东西堵着，想要喊出声，却像是被一只无形的手扼住咽喉。几经挣扎，一声惨叫，才让她从刚才的梦魇中挣脱。

董菲身上的衣服已经被汗水浸透，她惊恐地掏出手机看时间，现在竟然已经是第二天的早上九点。她的那群学霸室友早已经相约去实验室了，没有人在意董菲这样的怪胎到底又得了什么毛病。

"竟然睡了这么久！"董菲扶着额头，低声喘息着。这时候桌子上小闹钟秒针走动的声音，还有她自己的呼吸声充斥了整间寝室。幸好刚才那一幕没被室友看见，否则又要四处宣扬她是个变态了。

董菲靠坐在床边，缓慢地站起身，让僵硬的身体恢复些许知觉。她望着穿衣镜中的自己，满眼的红丝、凌乱的头发，而且脸上的印子仿佛都刻到了肉里去了。又度过了颓废且诡异的一晚，就在这时董菲做了一个决定。

董菲取出李尉明送给她的那条长裙，在洗脸台前仔细地收拾了一番，拿出一支唇彩胡乱涂了涂，让她的样子看着没有那么颓废。

董菲决定再去见见那位心理系的李尉明老师，自从上次阴差阳错地有过一次交集后，她也没想到自己又要这么快"送上门"。

李尉明的办公室就在青年园紫薇林里的那栋红砖小屋的二楼。董菲小心地叩开房门，开门的正是李尉明。

李尉明笑容谦和，让董菲进屋坐下。

虽然两人已是第三次见面，可面对着一位超级大帅哥，董菲还是有一些拘谨。

另外，董菲本身对心理学专家也是有些抗拒的，总觉得他们一眼就能看透她心里的那些乱七八糟、稀奇古怪的想法。

人总是十分矛盾，一方面渴望被人理解，另外一方面又害怕被人看穿。

“李老师。”董菲简单地问候了一下，在一旁坐下。

李尉明温和地望着董菲，点头笑了笑，说道：“你如果是要心理咨询的话，可以预约大学生心理辅导室的宋医生。”

董菲连忙摇头解释：“李老师别误会，我是想去看看徐教授，就是环境学院教大气学的徐崇辉教授。”她很害怕被李尉明当作是故意来套近乎的。

对于董菲的来意，李尉明似乎并不感到意外，眉头轻皱，平静地说：“徐教授的事情我知道，你刚刚申请更换导师，就发生这样的事情，我也挺遗憾的。”

董菲早就料到会有这样的答复，但是心里仍然不甘，继续说：“李老师，我听说你和医院的精神科有合作的项目。徐教授对我帮助很大，我知道这么冒昧来麻烦你是挺不好的，但还是希望老师能帮我说说情，我去看望看望就放心了。”

李尉明沉默片刻，那双深邃的眼睛透过那薄薄的镜片看着董菲。被一位大帅哥这么注视，这让董菲有些不自在。

李尉明思索片刻后，微微颔首继续说：“徐教授的情况现在可以判断为恐怖症并伴有严重的幻听和神经衰弱。”

董菲听到这话后垂头沉默，心里很难平静，总觉得被什么堵着。

这时李尉明又说道：“徐教授现在情况并不稳定，并不方便探视。”

董菲抬起头看着李尉明，连连点头道：“就看看徐教授，问候几句，这样我心里能好受些。”

李尉明颔首笑了笑，“好，可以帮你这次。我之前给徐教授做了几次心理辅导治疗，不过收效甚微。”

董菲心怀感激连连点头应下，但心里的那块石头仿佛却越悬越高，更加让她忐忑难安。但不管怎么说，也算达到目的了。

李尉明拿起桌上的手机，用手拨动通讯录，点头说道：“这件事情我还需跟医院那边联系，你先回去等消息。”

06 果壳里的时间

四天后，董菲接到李尉明打来的电话，原来徐教授现在已经出院，住在木兰天池旁的一个疗养院里休养，那边已经同意了董菲这次的探望请求。

李尉明将董菲带到那间疗养院外，跟院领导说是带学生来这里做一个心理学的课题，正好由徐教授的病情入手。随后，董菲与李尉明随徐教授的主治医师王医生来到疗养院的一间靠近花园的房间外面等候。

徐教授的主治医师王医生对董菲说，徐教授情绪很不稳定，病情并未得到缓解。这次探望徐教授，李尉明并不陪同，是由那位王医生和董菲一起进入。

董菲和徐教授之间隔了一张桌子，徐教授蜷缩在床位上，而董菲站在桌子的另一侧。才有五天没有见到，徐教授的样子比起那天课堂上看到的更加憔悴了。徐教授原本只是花白的头发已经变得雪白，脸上的皱纹比那天见到的更加深了一些，像刀刻的一样，而且眼睛浑浊泛黄，没有半点神采。

董菲下意识地轻轻咬了咬嘴唇，点头问候：“徐教授。”

蜷缩在床位上的徐教授回过头看了看董菲，丝毫没有将一旁站着的那位王医生放在眼里。

徐教授望着董菲，稍稍迟疑片刻，问道：“董菲？”

身边的王医生低声说道：“这位徐教授昨天滔滔不绝地说了一晚上后又蹲在墙角哭，今天上午又开始沉默。”

徐教授似乎就当王医生不存在一样，在他认出董菲后，连忙让董菲快点坐下，连连问道：“没想到会在这里见到你，他们竟然让你进来？”

“是我请了心理系的李老师帮忙。”董菲解释道。

听到这句话，徐教授的脸色发生了些微妙的变化，浑浊的眼睛里闪过一丝说不清的异样。

徐教授嘴角稍稍抽动着，用沙哑的声音询问董菲：“为什么来看我？”

董菲稍稍低头掩盖此时内心的难过，用低缓的声音说：“徐教授，申请更换导师的手续已经在办了，教授课堂上说的高斯方程和羽状扩散的模型我现在都没有弄明白。”

徐教授脸色不似刚才那样沉闷，脸上似乎带了几分不屑，摇头对董菲说：“大气学的那些东西，学不学也就那样，学了干什么？”

一位教一辈子大气学的老教授，会对他的学生说出这样的话，着实让董菲吃了一惊，虽然她来之前也做好了心理准备。

董菲尴尬地笑了笑，摇头不解地询问道：“徐教授在这里好好地照顾自己，没准过几天就能回学校，继续给我们上课。”董菲也知道自己有些语无伦次，但她本来就是个不善交谈的人，这时候也没想到更好的话题来打破两人之间的尴尬。

徐教授此时的表情变得有些诡异，嘴角和眼皮似乎都在抽搐着，摇头道：“几天？”

董菲以为徐教授是要问她什么时候能出院，正在想要如何圆谎。

然而还未等董菲开口，徐教授又冷冷问道：“你说的‘几天’中的这个‘天’，是什么概念？”

董菲一时被徐教授问住，半晌答不出来，尴尬地憨笑着说道：“天，就是衡量时间的一个单位吧。”

徐教授的面容变得严肃起来，语调也变得急促，又问：“那你说说什么是时间？你认为你知道时间吗？”

徐教授这样询问，让董菲的脸色一阵发白，完全不知从何接话。

徐教授神色严肃，目光直勾勾地盯着董菲，继续说道：“时间是我们对于外界事物以及自身变化的一种感知，经典物理对时间的定义是物体之间相对运动快慢的一种描述，它表示物质运动过程中的持续性和顺序性。教科书上是这么描述的，对吧？”

董菲不知道她原想安慰徐教授的一句话会让他引申出如此深奥且又不着边际的理论。她一时哑口无言，瞪着眼望着徐教授严肃的脸，继续听他说着。

徐教授指着墙上挂着的钟，严肃地讲解道：“人类也不知道时间的真谛，但是又想去把握时间。从古代的更漏日晷以及现在号称最精确的原子钟，这些东西能做到的也只是用来测量感知时间，它们自己并不是时间。时间到底是什么？是不是人的一种错觉？”

“呃，像是相对论里也说到过。”董菲的脑袋里一片混乱，努力整理着自己纷繁杂乱的思绪。

她后悔自己当时在大学物理的课堂上睡大觉去了，虽然再次重返校园后，莫名对那些晦涩的物理学燃起了兴趣，但天性愚笨的她，仍然无法理解那些晦涩的理论。

相对论和量子理论什么的，对于董菲来说是最佳的催眠工具。董菲曾经在图书馆里趴在一本《果壳里的宇宙》上睡着了，口水流了一整页，那照片还被好事者传到了学校的论坛上，那阵子董菲可谓是红得发紫。

徐教授见到董菲疑惑纠结的样子，似乎很有成就感。徐教授心满意足地靠坐在椅子上，仰面望着天花板，悠然说道："若是按照大爆炸和广义相对论的理论，时间有开始有结束，可快可慢……当然也可能停止。所以我不明白，你刚才说的几天就能出去是什么意思？"

董菲努力想要把自己的思维往徐教授那里靠近，但她脑袋里的那些可怜的存货在此时根本不够用。

董菲断断续续地解释说："一天就是地球自转的一个周期。再过几个地球的自转周期，徐教授就能回去给我们继续上课。"

董菲觉得自己这样苍白干瘪的解释显得十分滑稽，但此时她察觉到自己的手心渗出了不少冷汗。察觉到坐在她旁边的那位王医生脸上浮起的不屑笑容，或许在王医生看来，董菲努力将自己的思维向一位精神病人靠近是一件可笑的事情。

没想到董菲的这番解释，却让徐教授得到了共鸣一样，眼神陡然发亮。徐教授显得更加兴奋，方才的不屑与傲慢此时被眉飞色舞的神态所取代，又滔滔不绝地开始说了起来："就像你说的，地球是绕着太阳转动，而太阳系也是绕着银河系中心转动，银河系本身也是受到邻近星云的吸引而运转。脱离了这些天体运转，难道时间就不存在了？气象学中有一个著名的蝴蝶效应理论，大气动力学中，初始条件中一个极其微小的扰动，能造成结果的全然不同。比如你倒了一杯水的时候，就增加了这个世界的熵值，可能会引发一系列不可意料的后果。你仔细想想，会不会觉得是一种罪过？"

董菲被徐教授这一番劈头盖脸的疑问弄得无所适从，她这个学渣的本质在老教授面前暴露无遗。但此时董菲内心的疑惑更甚，徐教授是教授大气学的，为什么突然对理论物理这么感兴趣。或者说，这些理论原本都是相通的，只是被人为地划分了出去？

董菲摸着自己的额头，拼命整理乱糟糟的头绪。她的震撼不仅仅限于徐教授此刻的反常，一位大气学的教授，在这时候居然滔滔不绝地讲着：宇宙、时空、相对论……

董菲前阵子恶补的那些理论物理知识在这时候似乎派上了一些用场……

徐教授则继续滔滔不绝地说着："那次上课的时候，见到你用纸条做了很多个莫比乌斯环。哦，对了，你对莫比乌斯环有什么理解？"

"啊？"董菲半张着嘴，回想起那天上课，她的确因为手痒，将草稿纸的纸页裁成一小条一小条的纸条，然后反转一下用固体胶棒粘了起来，这就是那个莫什么斯环？

徐教授摇了摇头，收起了方才演讲的热情，板起了脸说："你的理论知识太浅，今天谈到这里就行了。等过了几个地球的自转周期，希望我能出去再和你谈这些，你先走吧！"

徐教授已经将身子转了过去，董菲茫然地站起身道别，随王医生走出了这间屋子。

徐教授今天莫名其妙地说了很多东西，这些内容之间似乎一点关联都没有，什么时间的定义、蝴蝶效应，还有莫什么斯环。

在回去的路上，董菲坐在李尉明的车上挠头苦思，心情被徐教授那番莫名其妙的谈话弄得糟透了。

李尉明似乎早就料到了董菲的反应，温和笑着安慰说："和一位精神病患者交流是非常痛苦的事情，你没有经过专业培训，一时难以适应也正常。很多事情想不通就不用多想，放下便得自在，佛曾经说过。"

董菲以前倒是没发现这位"万人迷"老师说话竟然还挺幽默，但此时她的脑袋里还是被徐教授那些莫名其妙的话充斥着，感觉乱糟糟的。

董菲抬起头向窗外望去，远远地看到了自己的宿舍，便说道："李老师，我在这里下就可以了。"

李尉明温和笑着说："我开车送你到楼下吧！"

此时大脑还处于短路状态的董菲点头应了下来，她的所有心思都扑在了今天徐教授提的几个问题上，没工夫在这时候犯花痴。

李尉明开车送董菲到宿舍楼下，那辆白色的英菲尼迪在学校里很是扎眼。所有人都知道这就是全校最有名的"万人迷"李尉明的车，今天竟然会停在这里。很多女生好奇地望向这辆车，对即将走出来的人，很是关注。

车门打开后，董菲从里面走出来，这又让许多女生不禁面面相觑，她们再次不敢相信自己的亲眼所见。

这次的董菲已经气定神闲了许多，轻轻推开车门，用一种自认为优雅的方式走下车再将车门关上。就这样，她在众人关注的眼神里向李尉明挥手道别。

车子缓缓开走，董菲也微微昂起头，强忍住内心的狂喜，故作镇定地向寝室走去。

这是第二次李尉明开车送董菲回寝室，他们之间的“绯闻”在这群女人的口中算是坐实了。各种版本的故事在学校里流传，而作为这个故事当事人之一的董菲，从一开始的抗拒和害怕，到变得“逆来顺受”起来，她开始享受这种被绯闻包围的生活。

回到寝室，董菲就坐在桌子前对着小闹钟发呆，脑海里还在回忆徐教授今天说到的那些话。原本糨糊一样的脑袋里现在更是混沌一片，真的从来没有这么混乱过，或者说她从来没有意识到自己有这么混乱。

已经到了晚上八点，董菲仍然坐在桌子前一动不动，寝室的灯没有开。这个小空间里，小闹钟秒针走动的声音显得愈加清晰起来。时间……什么是时间？难道真的是幻觉？董菲不禁想起了那个“三分钟创造的世界”的思想实验，感觉背脊凉飕飕的。

有人说：也许世界都是三分钟前创造的，那些停留在记忆里的，也仅仅是错觉……这样一个乍一看漏洞百出的理论，细细想后却又让人觉得似乎有些道理。

“走火入魔了？”董菲下意识嘀咕了一句，思绪嗖的一下又回到徐教授的那段话上。就在她微微地觉得自己似乎已经体会到了什么的时候，寝室的灯突然亮了，又将她从即将触碰到的灵感里拉了回来。

原来是学霸室友们陆陆续续回来了，室友们用一种难以置信且酸溜溜的眼神打量着颓废的董菲。

董菲当然明白她们这酸溜溜的眼神是冲着今天李尉明开车送她回寝室一事，不过她现在也懒得解释。

因为董菲心里清楚得很，越解释反而会越描越黑。她索性拿起睡衣向厕所走去，牢牢地把门闩上。现在还没到最热的时候，但董菲已经习惯洗冷水澡，尤其是这时候，冷水或许能让她的思维清晰一点。

哗哗啦啦的水声让董菲听不见门外她们到底在说些什么，当然她也不想知道她们在说些什么。

董菲习惯于被人忽视和嘲弄，突然受到这样的关注，在她看来根本不是件值得开心的事情。

待那些聒噪的室友消停下来后，董菲才关紧水龙头，披上睡衣走出洗手间，坐到自己的床边，继续在这小小的寝室里神游四海。

临睡前董菲破天荒地将手机和小闹钟的闹铃的时间都设置到了早上六

点，她决定要恶补自己的基础理论知识，这样才能和徐教授更进一步交谈而不被鄙视。

这天夜晚董菲难以入眠，看着刚刚洗过的那条悬挂在阳台上的长裙，她的心里忐忑难安,又喜又怕。虽然董菲反复地告诉自己，像李尉明这样的“万人迷”是不会多看自己一眼的，这次完全就是个巧合而已。因为对于李尉明这样的人来说，随便一个不经意的暧昧举动，就能让女人纠结花痴许久。这样的手段，李尉明估计也用得炉火纯青、得心应手了吧……

董菲胡思乱想了很久，觉得头昏昏沉沉才迷糊地睡去。

犯罪心理学中有一个著名的“Broken Windows Theory”（破窗效应）理论：一个漂亮的房子窗户如果破了没有得到及时修补，隔了不久其他的窗户也会被人相继打破；一面雪白的墙上如果出现了涂鸦而没被及时清理掉，这面墙上的涂鸦会越来越多越来越乱……这就有点破罐子破摔的味道。

之前董菲的生活状态可以用破窗效应来形容，但她遇到李尉明后，她的生活又开始从无序变得有序起来。而这条李尉明送给她的长裙，算是破窗效应反向应用的一个成功案例。

07 翡翠湾

第二天早上，在两个闹钟此起彼伏地响了很多遍之后，董菲还是理所当然地睡晕了过去。再次醒来，已经是中午十一点，确切地说董菲这个懒鬼是被饿醒的。

董菲在起床后简单地洗漱一下，在镜子前打理好发型，又化了个淡妆。董菲冲着镜子里的自己笑了笑，将昨天的那些胡思乱想都抛至脑后，深呼吸一口气，自信地向门外走去。

初夏和煦的阳光弥漫在校园里，董菲对着阳光慵懒地打了个哈欠。嗅着初夏里香樟和法国梧桐的气息，沿着林荫小道迈着轻快的步子，体会着久违的轻松和欢快。

路过教职工住宅区的时候，发现有很多人正在忙碌地搬运着东西。董菲好奇地向那边望去，看见了徐教授的妻子从院内走出，她儿子陪在她身边，低声安慰着悲伤憔悴的母亲。徐教授的家人要搬家么？这让人难以理解。徐教授刚被送到疗养院没几天，他家人就急着要搬家。而且看着神色慌张，像是要躲避什么的样子，董菲心里莫名咯噔一下，隐约有些不祥的预感。

董菲希望是自己多心了，或许只是因为徐教授的夫人想要搬到儿子那里去住呢？是啊，家里出了这样的事情，她一个人住在家里肯定容易胡思乱想。

才走至宿舍四楼的楼梯口，便听见宿舍里传来悠扬悦耳的古琴声，这让董菲稍稍有些惊讶。

从室友口中董菲得知今晚有一场古琴协会的雅集，李尉明也会去。

董菲耸耸肩，无所谓地笑了笑，索性靠坐在床边，拿起一本刚买的《花间词》随意翻着。不过在室友的眼里，董菲这样不修边幅的女汉子不太可能跟“文雅”两个字沾上边。

室友随后相约离开了寝室，这间不大的房子里，又只剩下董菲一人。

董菲瞥了一眼，将手里的书放下，轻叹了口气。昨天洗的那条李尉明送的裙子已经干了，董菲便索性换上，然后又站在镜子前出神。

从出神中缓过劲的董菲打开了手机的音乐播放器，放起了她最喜欢的那首老歌。现在心态变了，再听这首曲子的时候，似乎多了另一种别样的味道。

就在董菲发呆的时候，手机铃声响了起来。出乎她的意料，竟然又是李尉明的电话。

董菲原以为李尉明是要告知徐教授的一些事情，没想到竟然是邀请她去他家吃饭，还说已经在楼下等着了。

董菲今年二十七岁，业已奔三的年龄，早就不是当年那个懵懂无知的小女生，自然知道这些男女间的暗示意味着什么。男女间的调情暧昧，这一切很俗套。可她还是不太敢相信，因为一切来得太快。她现在的状态就如一张著名的图片一样，图上画了一只小流浪猫落在鱼堆里，图片配的文字是“幸福来得太突然，让人难以置信”。

虽然董菲很清楚自己的决定就是飞蛾扑火，但李尉明就有这样的魔力，让人无法抗拒。

董菲连忙收拾好发型和妆容，快步走出寝室。此时那辆白色的英菲尼迪已经等在楼下，于是董菲又在众人艳羡的目光中打开车门坐了进去。这次与以前不同，她故意坐上了副驾驶的位置。心里想着，既然担了这“罪名”，那就干脆做得像一点，也不枉这一趟。

坐在驾驶位的李尉明侧过脸看着形象气质焕然一新的董菲，浅浅笑道："很漂亮。"

"今晚不是在紫竹苑有个古琴协会的'雅集'么，你怎么没去？"董菲侧过头看着驾驶座位上的李尉明迷人俊朗的侧脸，好奇地询问。

李尉明浅浅笑着，摇头道："协会里的大师太多，我这种小角色就不去'置喙插嘴'凑热闹了。"

听了这话，董菲心里偷偷一乐，有一种莫名的快感。

车子缓缓从人群中开出，驶出学校的南门，向翡翠湾驶去。

翡翠湾是湖泊的名字，华大毗邻的白沙湖与翡翠湾是连通的。

董菲坐在车里，为了不让李尉明察觉到自己此时的偷笑，便侧过头向车窗外的湖水望去，假装欣赏着晚上的夜景。初夏的武汉笼罩在香樟清幽芬芳的气氛里，借助路灯昏暗的白光能看见翡翠湾的湖水已经被荷叶覆盖大半。

李尉明的家就在翡翠湾旁的小区里，这个小区都是六层的高档住宅。李尉明的家在六楼，住在顶楼的好处就是附带了一层小阁楼和天台。他的客厅的布置温馨整洁，还有很多点缀得十分恰到好处的绿色盆栽。董菲不由觉得这个男人过得实在是太精致优雅了，简直到了让人难以置信的地步。

董菲随李尉明来到他家阁楼上的天台，天台上已经支起了一只小桌，还有一个电磁炉。

"今天晚上吃火锅！"李尉明从一旁端出一大盘已经准备好的火锅菜，笑容里透着几分调皮的神情。

董菲诧异地望着他，虽然有些不解，却也很欢快地投入到煮火锅的欢乐氛围中。

"原来你也喜欢吃火锅？"董菲一边搅拌着正在融化的火锅底料，一边看着李尉明近乎完美的侧脸。

李尉明点头笑着说道："这样我们就不会有距离感了吧？其实我平时懒得很，除了偶尔和朋友出去吃，几乎都是在学校食堂解决三餐。每次想要招待朋友，也只能用火锅了。喏，从重庆带来的火锅底料，一定不会让你失望。"

这处天台被各种盆栽花草所覆盖，靠墙的一侧搭建了简易的蔷薇花架，对面的角落里有一只大瓷缸种着碗莲。这样的氛围，应该是闻琴煮茗的好地方，但现在这里的花香已经被火锅的香味给冲散。这样不协调的搭配，如同李尉明和董菲这一对非常不般配的"组合"。

“李老师是不是经常这样啊？”董菲故意没有把话说完，毕竟两个人心知肚明，只需点到即止就行。

李尉明无可奈何地摇头笑着，“你在学校又听说什么消息了？”

董菲连连摇头道：“那倒没有，你的疯狂女粉丝的确是很多，但也没听说你有什么绯闻。”

李尉明无可奈何地抬了抬眉毛，一手拿着汤勺一手端着碗，摊手说道：“那不就结了？”

两个人相视大笑，开始抢食着火锅里的食材。刚开始两人随意聊了一些有的没的。后来气氛渐浓，董菲开始主动询问：“李老师，那天遇到的那个奇怪的人你认识么？那人自称流浪数学家，还去教室里发论文。”

李尉明点点头，回答道：“算不上认识，之前见过几次。”

董菲托着下巴，若有所思地点点头说着：“你不太像心理学的专家呀，和电视里的一点都不像。”

李尉明故作严肃地蹙眉说：“学心理的就一定要神神叨叨或者一本正经的？你白天也是这样说，我现在强烈抗议，不允许你再歧视。”

看着李尉明这故作委屈却又一本正经的样子，董菲忍不住大笑，说道：“想请教你一些问题，关于徐教授的。”

李尉明喝了一口啤酒，点头示意董菲说下去。

“徐教授的病因是什么？”董菲望着李尉明深邃的眼睛问道。

李尉明把新烫好的牛百叶放到董菲的碗里，耐心解释着：“精神疾病的成因很复杂，有先天因素，也有后天原因。徐教授的情况，学术上一般称为‘特定恐怖症（Specificphobia）’，这种病症来源于内心极度的不安，导致了神经功能的失调，会时常出现幻听。你上次见徐教授的情况，我听王医生说过了，徐教授当时并不是发病的状态，但是已经表现出了极度的不安还有强烈的负罪感。比如，他说倒了一杯开水，都会增加这个世界的熵值。”

董菲连连点头赞同道：“是啊！要这么说，我们煮火锅岂不是天理不容了？”

“米兰·昆德拉说：‘生命不能承受的不是存在，而是作为自我的存在。’”李尉明笑了笑，微微点了点头，在董菲身旁贴身坐下。对于他这种暧昧的举动，董菲刚开始是会有一些不自在，但随后又沉浸在这种突如其来的幸福感中。她略带花痴地望着李尉明堪称完美的侧面，现在总算明白，为什么那么多人会被这位李老师迷得魂不守舍的。

董菲整理着思绪，继续说道："徐教授对我上课时的小动作记得好清楚，我做了几个什么莫比乌斯环，他都还记得呢！"

李尉明眉头微微一动，点头问："冒昧问一句，你为什么会对徐教授这么上心？"

08 莫比乌斯环

董菲心里咯噔一下，尴尬地笑着，却不知道怎么回答。她莫名对徐教授有一种亲近感，就像已经认识许久一般，同样，她对李尉明也有类似的感觉。或许是她这种小透明习惯被人忽略之后，对重视她的人更加感恩吧。

沉默片刻后，董菲才轻咬嘴唇，慢吞吞地说："我知道有一些教授啊副教授啊，除了学校的工作，还有自己的小公司小团队什么的，他们招来的研究生就是被当作廉价劳动力来用，还美其名曰'给你一个锻炼的机会'，其实还不是给他们自己挣钱？李老师，我这么说，你不介意吧？"

李尉明笑容温和，点头赞同："你说的这些，我看到的不会比你看到的少，只会更多。"

董菲咧嘴一笑，得到了李尉明的认同，就放心大胆地说了下去："徐教授不一样，他没有在外面经营自己的小公司，也没有把学生当成廉价劳动力。他做的都是针对大气的科研项目，还有一些公益环保活动。而且像徐教授六十多岁的年纪还坚持给本科生和研究生上课，是不是挺难得的？我上徐教授的课也不能说是认真，那些大气学中的模型方程就是用来折磨人的。虽然我并没有认真听过徐教授的课，但我的确是从内心敬佩他。呵呵，我这么说，你不会认为我的掩饰成分太多，觉得我虚伪吧？"

"你是多虑了。"李尉明点头表示赞同，用他那双迷人的眼睛望着董菲的双眼，那一刻的氛围真是暧昧到了极致。

此时的董菲除了听见火锅发出的咕嘟声、初夏草丛间里常常能听见的虫鸣之外，还听到了两个人的呼吸声，就连自己的心跳声在这个时候都听得格外清晰。董菲原以为李尉明在此刻会做些什么，虽然董菲还没有做好发生一些事情的准备。董菲紧紧握着手，感觉到此时的心跳还有呼吸都变得急促窘迫，但紧接着的一幕，又让她不得不承认自己是自作多情。

李尉明微微一笑，又将头转过去，看着远处湖畔蜿蜒而去的微弱闪烁的路灯，点头说："那么我们回到你刚才问的问题，你刚刚提到的莫比乌斯环。”李尉明拍拍董菲的肩膀，示意她稍稍等一下。李尉明走进阁楼内，拿出来一张白纸一支笔还有一支固体胶，他非常娴熟地将白纸裁成小纸条，反转白纸的两头，用固体胶粘上。

李尉明冲董菲笑着说：“光看着干吗？快来帮我多做几个。”

董菲这才从刚才的失落里回过神，立刻娴熟地做起了这个莫比乌斯环，这个东西她在徐教授的大气学的课堂上做过几个，当时也不知道为什么要弄这些，可能就是出于无聊吧。不出片刻，十几个莫比乌斯环就做好了，散乱地堆在桌子上。

李尉明将一支笔递给董菲，说道：“你从这个纸环的一头开始画起，中间不要间断直到笔尖回到起点。”

“这个我玩过，看科普文里写过的。”董菲笑着说，随后便按照李尉明的要求，开始在这纸环上画线。画完后，李尉明让董菲把这个纸环从接头处断开，这个被断开的纸条两面都被画上了线迹。董菲得意地笑着问：“李老师能解释下么？”

李尉明点头解释说：“这个纸条有两个面，但莫比乌斯环只有一个面。你画的线，可以看作是一只生活在二维世界里的小虫，沿着一条直线爬行。虽然这只小虫没有跃过纸带的边缘，却爬遍了整个纸带。换一个思维，假如我们是生活在这个莫比乌斯环上的二维生物小虫，而这个莫比乌斯环又足够大，我们沿着这条线走会有怎样的错觉？”

董菲点头思索着说道：“我们会认为自己一直是在一个光滑平整的平面里。”

李尉明点头赞同：“的确，二维的小虫会有一种错觉。而我们作为三维生物的人，看到的却是一个截然不同的结果。”

“这就是常说的‘不识庐山真面目，只缘身在此山中’，嘿嘿，对吧？”董菲得意起来。

李尉明又从桌上拿过一个莫比乌斯环，从中间沿着中线将纸环剪开，这个纸环没有如想象中的那样变成两个，而是变成了一个更大的纸环。

董菲看着手里的那个大纸圈，这些内容桥段虽然之前在一些科普类的杂志里读到过，但当时并没有仔细思考，她也只把这些当成一种益智类的神奇小游戏。

董菲望着李尉明笑道：“李老师懂得真多啊，就是传说中的牛人嘛！以前只知道李老师长得帅文凭高，没想到老师是深藏不露，果然是我太肤浅啦！”董菲觉得她这个恭维还是比较有水准的，她能看出李尉明深邃似那万年古井平静无波的眼神里有一些得意的神采。

李尉明稍稍侧过头，望着昏暗灯光下那几丛月季和蔷薇花，轻声说：“我闲着的时候也喜欢翻一些杂书，每天对着枯燥的教科书和课本也没意思。这点跟你一样，我读书的时候，对很多不务正业的闲杂书本都有浓厚的兴趣，为这个没少挨骂。”

董菲听罢哈哈大笑，没想到原来这个神话传说一样的李老师如此“深藏不露”。

“李老师是江苏昆山人，为什么来武汉工作，离家这么远？”

“我爸妈在四年前跟姐姐去了澳洲定居，我不喜欢国外的生活还是决定回来。来这里工作也是朋友介绍推荐的，既来之则安之嘛！”李尉明坦然地解释着。

“那还有没有别的亲人在国内的？”董菲有些刨根问底的意思，因为她对眼前的人实在是太好奇了。

“亲戚间来往不多，渐渐都生疏了。”李尉明笑了笑，刻意换了个话题，“我之前在论坛上看到过你写的那篇武侠小说，现在为什么不继续写下去？”

董菲很诧异，完全没有料到她那篇文笔奇烂、剧情俗套且已经没有了下文的小说竟然被李尉明看到了。董菲的心扑腾乱跳，挤出一个笑容尴尬问道：“李老师也看武侠？”

李尉明双手环抱，斜靠在围栏旁，望着董菲温和而笑，点点头说：“从小学到初中，把武侠泰斗金庸和古龙的小说都读过了，后来也看了温瑞安梁羽生的。我曾经也想过，有一天能构造一个自己的武侠世界。可惜我心思太杂，一直没有付诸行动。所以我很佩服能将梦想付诸行动的人，很希望你能继续写下去。”

董菲低头寻思片刻，靠在围栏旁用手支着下巴向湖畔望去，故作深沉地叹道：“我也想继续写，但是总觉得力不从心，难啊！”

李尉明双眼微合，悠然点头道：“我很喜欢你小说里的那个男主角秦云，自知深处迷局，却又身不由己。董菲，问一个不太恰当的问题，你笔下人物的命运会不会因为你的喜好而改变？”

问题问得太突兀，乍一听似乎没什么道理，但仔细想想却戳中了董菲的软肋。在那么一瞬间董菲似乎突然明白过来，这篇武侠她写不下去的一个重要原因就是到了这个阶段，她感觉到已经掌控不了整个剧情的发展趋势，因为不愿意面对即将到来的结局，所以便选择了停笔。

李尉明双眼微垂，思索片刻后点头说：“假设你小说里的世界是存在的，你是这个世界的主宰，也就是小说中所有法则的制定者，你能根据自己的喜好来修改一些剧情么？”

董菲觉得李尉明这样的问题很奇怪，她自己完全没想过。片刻后才慢慢说道：“我也喜欢男主角秦云，这个人嘛是我幻象世界中最完美的角色。但是如果按照剧情的继续发展，他只能以悲剧结局啦！就算我是这个小说世界的所有法则的创造者，却还是不能像神那样去任意修改小说中人物的命运。”

“如果说创世者都不能随意改变生命的命运，那些被创世者创造出来的生命是否具有掌控自己命运的自由意志？”李尉明这个问题不像是在问董菲，而像是说给他自己听的。

董菲察觉到李尉明的眼眸里闪过一丝亮光，给人一种说不出的感觉。他的眼神里仿佛藏了很多秘密，却如浮光掠影般一闪而过，转而又变得云淡风轻。

李尉明点头笑着，继而稍稍仰面，微眯着眼看着夜空里并不清晰的几颗星星，悠然长叹：“我高中的时候在一本杂志上读到过一个玄学家说的话：‘如果我们的世界是四维的，那我们人类必然也是四维的。如果我们只是三维，那么我们必然是存在于某个中心的意识之中。’”

董菲原本就不够用的脑筋在这个时候更不够用了，这些看着玄乎又深奥的理论最近接触了太多，让她觉得自己的生活在短短几日之内就变得面目全非。

董菲皱着眉头，顺着李尉明的目光向天空望去，努力理清混乱的头绪。一部科幻片里的情节在这个时候浮上脑海，她突然傻笑了一声，随口问道：“你会不会突然给我两颗药丸，一颗让我留在幻想世界，另一颗能带我离开这里回到现实世界？”

李尉明被这番话逗乐，像是找到知音一样感叹道：“我也想过有一天会不会让我有这样的选择。”

董菲顺着这个话题继续聊下去：“印度教认为这个世界是梵天的梦，要是梵天醒了，我们这个世界也就消失了。嘿，这个也是我看电影知道的，我一直都不是个好学生。”

“不是好学生的话也考不到这里来，起码从应试教育这个角度来说，你还是能考试的好学生。”李尉明目光沉静若水，笑容细腻温和，继续说，“这个世界是梵天的梦，还是如那位玄学家所说的是某个中心的思维，这些都无从说起，我们没办法证明。就如你小说中的人物，他们是无法超脱这个故事的设定去看到故事之外的作者。佛经中云：‘峥嵘栋梁，一旦而摧。水月镜像，无心去来。’你有没有听说过这样两个假说：‘三分钟的世界’和‘缸中之脑’？”

“嗯，听说过，当时想反驳，却发现没办法反驳……哈！我在学校里学的是实证科学那一套，能证明有，却不能证明无，局限性啊！”董菲感觉平静的内心已经被这几日连番的遭遇给搅乱，似乎正在酝酿着一场大风暴。就如那天徐教授提到的蝴蝶效应，这个大气学中最著名的理论。初始状态下的一个不经意的扰动，却造成了董菲整个人生路线的改变。直到后来董菲才深刻体会那天那个流浪数学家对她说的那句“这个世界没有那么多巧合！”的意思。即便当时认定的种种巧合或者是缘分，就像南美洲的一只蝴蝶扇动了一下翅膀。若不是一系列的不经意的搅动，董菲就不会和这个完美得难以置信的男人有半点交集，他还会是受众女生瞩目花痴的校园偶像，她仍然是破罐子破摔的邋遢瞌睡虫。

董菲花痴地看着李尉明迷人的眼睛深吸一口气，继而强装镇定地问道：“李老师，你知不知道整个学校有多少女生暗恋你啊？你的一举一动一言一行，都会成为那群女生谈论的话题。我们寝室有位大美女是你的超级粉丝，她做梦都会喊你的名字，你知道不？”

李尉明皱了皱眉毛，耸肩叹道：“不知道，也不想知道。”

董菲故作镇定地咧嘴憨笑着说道：“别装蒜了！不过像你这么优秀的人，为什么一直单身？以前有女朋友么？”

李尉明平静地说道：“有过一个。”

“那还想着她么？”董菲试探性地小声问着。

李尉明蹙眉沉思片刻，稍稍摇头说：“过去的事情，也不太会去想。接触过很多因为感情问题而需要我开导的人，接触多了也深刻地体会到很多沉溺于逝去恋情而难以自拔的人其实并不是舍不得这段恋情，只是他们已经习惯了这种回味的感觉。换一个说法就是他们喜欢在这段痛苦回忆中扮演一个可怜的痴情的角色，而博得外人的同情，获得存在感和认同感，继而掩饰他们在其他方面的失败。”

“呵呵，好深奥。”董菲抿嘴笑着，沉浸在这属于他们两人的静谧时刻，“嗯，‘相呴以湿，相濡以沫，不如相忘于江湖’。哈，装文艺高深必会说的一句话，但能做到的就不多啦！”

董菲还在憨笑着，这时李尉明却将董菲拥入怀中吻了下去。这一切来得太突然，虽然之前有过心理准备，但当事情发生的时候，还是让董菲猝不及防。血液一瞬间涌进她的大脑，思维仿佛都在这个时刻停滞了。一切都是那么不真实，却又那么真实。

09 尊重本心

二层阁楼里的那张木床勉强能躺下他们两人，但李尉明喜欢这里的氛围。此时李尉明脸的轮廓被天台外透过的昏暗灯光映衬得更加迷人。李尉明贴在董菲的耳边说，这个阁楼就是他的书房，有时候看书看得疲累了便躺在这小木床上休息。

“你为什么喜欢我？”董菲搂着李尉明的脖子，用试探的语气小心地问着。她心里自然也没有底，在这种特殊的时候变得更加忐忑难安。

“喜欢就喜欢了。”李尉明的回答很简单，也让董菲无法再问。

董菲将脸贴在沉睡中李尉明的胸口，她自己却没有丝毫睡意。从天台外飘来的蔷薇花香还有残余的火锅味道混在一起，在这个美好的梦幻夜晚，为董菲和李尉明烘托出一种独特的幽魅气氛。

已是深夜，董菲却继续神游四海，想着各种不着边际的东西，到现在也不敢相信她身边躺着的就是李尉明。借着天台外透入的微弱灯光看着李尉明沉睡中的英俊轮廓，突然感到一股莫名的纠葛。即便两个人身体已经是如此接近了，却还是看不透他。这个男人身上散发着的神秘气息，也是他吸引力的来源之一。

第二天清晨的阳光从阁楼的窗棂透入，落在董菲惺忪迷离的睡眼上。董菲支撑起身子，看见自己的衣服都已经整理好放在床头。

听见从楼下传来的忙碌的声音，董菲穿上衣服，缓缓走下楼来，看见李尉明正围着围裙准备两人的早餐。

李尉明见董菲起了床，便冲她眨了眨眼睛笑着说：“你先洗漱一下，早饭很快就好。”

董菲嘟囔地应了一句，此时她还没从昨晚的沉梦中清醒过来，觉得头有些疼，眼前的一切太突然、太不真实了。董菲迷迷糊糊地走进洗手间，看着镜子里犹如树袋熊一样的自己。大概注视了两分钟的样子才渐渐回过神。李尉明的那套睡衣挂在一侧墙壁的挂钩上，董菲取下这件棉质睡衣，放在鼻子前嗅着，偷偷笑了笑。在这个时候，董菲决定洗澡清醒一下，以证明自己是醒着的。李尉明坐在餐桌那里等着她出来吃饭，而此时浴室里传来哗哗的水声。

董菲将水温调得偏低，她喜欢冷水沐浴的感觉。简单的淋浴后，董菲随意擦了擦头发，换上了李尉明的睡衣走了出来。

董菲看着面前煮好的面条，笑着说道：“西红柿鸡蛋面，卖相还是不错的，和李大帅哥一样，‘秀色可餐啊’！”

李尉明温和宠溺地看着董菲点点头，依然十分绅士地笑着：“我很少做饭，手艺不精，小菲别嫌弃。”

听见他叫自己小菲，董菲心里暗暗偷着乐，咽下一口面条，望着李尉明问：“那我以后都叫你尉明，总不能再喊李老师了吧？”

李尉明笑了笑，稍稍点头说道：“这是家里的钥匙。”李尉明将两把银色的钥匙递给董菲，“小的那一个是楼下单元门的钥匙，另一个是家门的钥匙，若是在寝室住得不习惯就搬过来。”

虽然两个人昨天已经亲密接触过，但今天早上听见李尉明亲口承认自己是他的女友，却还是让董菲有几分惊喜慌乱。她心满意足地接过钥匙，小声试探着问道：“待会去学校么？”

李尉明温和笑着，点头说道：“上午有一堂基础心理学的课，下午还有一个课题组的会议，你待会换好衣服和我一起回学校。你既然是来混文凭，也得有个混文凭的样子。实验室和课堂，还是去混混吧！”

董菲大口地吃着面条，眯着眼笑着。突如其来的天降幸福将董菲从一个混吃等死的奔三女人又拉回到当年懵懵懂懂的少女怀春的时代。

用过早饭后，董菲换上自己的衣服，对着镜子稍稍整理了自己的发型。李尉明走到董菲身后将她抱紧，望着镜子里一高一低的两个人，温柔地说了句：“好漂亮。”

……

坐在副驾驶的位置，董菲透过车窗就察觉到从这辆车驶入校门开始，他们就变成了所有人瞩目的焦点。看来她和李尉明的故事，已经以迅雷不及掩耳之势传遍了整个学校。两个完全不可能有交集的人，在所有人诧异和嫉妒的眼光中走到了一起，成为了本年度校园里最具爆炸性的新闻。

李尉明将董菲送到了寝室楼下，在董菲耳边低声嘱咐了几句，临别时亲吻董菲的脸颊。

董菲抿嘴忍住笑点头应着，然后站在宿舍楼前目送李尉明的车缓缓驶离。回到宿舍，收拾好听课和自习的装备，董菲决定去听听这位闻名遐迩的李尉明老师的基础心理学课程。说来有趣，直到成为了李尉明的女友，她才想起要去听一堂他的课。

董菲轻轻将门关上，微微仰头自信满满地走出寝室大楼，向主校区的教学楼走去。

……

董菲来到那间阶梯教室之外，透过后窗的玻璃看着讲台上儒雅俊秀的李尉明，他讲课的样子俊雅迷人、风度翩翩。这堂基础心理学的课，其实除了心理系的学生还有很多别的院系的女生过来旁听。董菲悄悄地推开教室后门，安静地坐在最后一排欣赏着李尉明的讲课风采。

李尉明看见了董菲的到来，眼神稍稍掠过她所在的方向，带着浅浅笑意，然后又若无其事地继续讲课。李尉明笑容迷人谈吐风趣，果然名不虚传。董菲一只手支着下巴，痴迷地望着讲台上的他，享受着这个时刻。

坐在董菲身边的几个女孩正在课堂上窃窃私语，董菲侧头望去有些不悦地看着她们。但她们只顾着说话，全然没有在意董菲的眼神。董菲定神一听，才听清楚这几个小姑娘聊的话题，正是关于她与李尉明的事。

"你们知不知道，李老师有女朋友了？"

"是啊，都传开了。他女友据说也是我们学校的，谁这么有福气呀？"

"说是住在东区公寓的一个老女人，是个'奇葩'，长得好丑……"

"呀！李老师怎么看上的？"

……

好吧，那一刻，董菲的愤怒、骄傲，以及她的些许自尊都因为那几个词语在一瞬间喷薄而出。

老女人、奇葩、好丑……

这三个词语在董菲的脑袋里不停地回旋，让她感觉有种掐死那几人的冲动。

就在这时候，董菲听见李尉明的声音从身旁传来。李尉明沿着教室阶梯走到她的身旁，用他那充满磁性的男中音问："刚才我们说到马斯洛提出的需求层次理论，这位同学可以跟我们说说你的理解么？"

李尉明从容优雅地看着董菲，让她起身回答问题。

没想到他会玩这招，董菲慌忙站起身，冲着他尴尬地笑着，用疑惑的声音小声问道："呃，刚刚说什么？"

李尉明稍稍低头抿嘴忍住笑意，对前面坐着的一位女生说道："那请这位同学来说一下马斯洛的需求层次理论。"

董菲如获大赦，连忙坐下，抬头望着不远处李尉明拥有完美弧度且略带铁青色的下颌。

坐在董菲前面的这个女孩显然是一个认真做了功课的好学生，她开始滔滔不绝地背诵书本理论，再综合上自己的分析理解。这般表现自然赢得了李尉明的赞许。

李尉明示意女生坐下，转身向讲台方向走去，继续说道："按马斯洛的理论，个体成长发展的内在力量是动机。而动机是由多种不同性质的需要所组成，各种需要之间，有先后顺序与高低层次之分；每一层次的需要与满足，将决定个体人格发展的境界或程度。马斯洛认为，人类的需要是分层次的，由低到高，它们分别是：生理需求、安全需求、社交需求、尊重需求、自我实现需求。五种需要像阶梯一样从低到高，按层次逐级递升，但这种次序不是完全固定的，可以变化，也有种种例外情况。通常情况下，需要层次理论都是层层上升不会产生越级跳跃，但是由于客观环境也会产生一定的变化。有一些很值得敬佩的人，他们在安全需求没有被满足的情况下就已经越级到自我实现的层次。"

"这种特殊情况，李老师能举个例子说明么？"台下有人提问。

李尉明保持着温和的笑容，点点头道："说得稍微远一点，比如抗战时期的战士。说得近一些，就说我认识的一个朋友。他在我的朋友圈子里是属于还没有解决温饱问题的，但他用仅有的钱和全部的精力致力于环境保护的事业。他每年有三百多天都在全国各地搜集资料、采集样本，暗中监督一些重污染企业的偷排漏排情况。他这么做的危险可想而知，为此他付出了左眼失明、两根肋骨断裂的高昂代价。他没有解决生存问题和安全问题，同样也忽略了正常的社交活动，平日里穿得非常邋遢，有时候甚至会被人当作流浪汉。但在我看来，他已经直接跳跃到了自尊与自我实现的阶段，他有骨子里的傲气，也有去将理想付诸行动的勇气。"

李尉明一番话结束，台下掌声雷动。董菲也不禁喝彩鼓掌，这短短的一段话的确让人心服口服加佩服！身边的那几个女生仍然眼珠子不离李尉明，嘴里还不住念着"好帅啊！""要是能天天看着也开心呀！"诸如此类的"花痴"言语。

这堂课结束的时候，还有许多年轻女孩将这位风度翩翩的李尉明老师团团围住，问各种严肃或者奇葩的话题，这场面俨然成了一场粉丝见面会。董菲安静地坐在教室的角落，微眯着眼幸福地望着人群中从容自若、谈笑风生的李尉明。

李尉明应付了那些难对付的学生之后，便走到董菲身边，温和地笑着说：“午饭时间，美女赏脸吗？”

“好啊！”董菲已经将书本和手机收拾妥当，挽着李尉明的手臂，在众人艳羡的目光中随他走出教室。

方才那几个坐在董菲旁边的小女生，此时惊讶得半张着嘴，用不甘心的眼神看着董菲和李尉明离开。

……

午饭时间，董菲和李尉明坐在青年园二楼的餐厅靠窗的一个位子。董菲用略带委屈的眼神望着对面斯文就餐的李尉明，小声说道：“尉明，为什么在课堂上让我难堪？”

李尉明抿嘴摇头笑了笑，云淡风轻地解释说：“见你在走神，有意提醒一下。”

董菲抿嘴笑着小声说：“你很在意课堂上学生有没有听课？看来你的修为还不够。别的老教授，上课的时候课堂里干什么的人都有，人家照样云淡风轻。”

李尉明浅浅笑着，右边脸颊上的酒窝若隐若现，“我在乎你，不管他们。”

这样的甜言蜜语对于董菲很是受用，董菲两手支撑着下巴，眯着眼笑嘻嘻地看着李尉明，心里说不出的温暖，嘴上却一本正经地说道：“我得多读些书，不能离你太远了。”

李尉明用指尖点了点董菲的额头，宠溺地笑了笑：“不用刻意迎合别人，你有自己的特点，其他人无法取代。”

董菲呆呆地望着李尉明镜片后那双如深渊一样迷人的眼睛，心里五味杂陈。董菲长到现在，从小受到的教育便是该做什么不该做什么，别人谁谁谁都做得比她好，要向这个学习向那个学习，董菲有时候只能用颓废来逃避现实带给她的种种压力。而现在不同了，原本灰色的生活中突然照进了一道夺目的阳光，这位万人迷的李尉明告诉董菲不要为了别人的喜好而改变。

“今天第一次听你的课，你不会介意吧？那个故事我很喜欢，原来你的朋友里有这么坚定的环保主义者，我还是环工专业的，惭愧啊！”董菲眼睛里带着崇拜的神采，继续说道，“我本科从这个学校毕业，本科同学里除了少数几个做环评的，就没有人再从事环保相关的行业了。现在的环评报告都是为通过而通过的，无非是厚厚的一沓废纸，毫无意义，想起来就让人反胃。”

“所以你就通过这种非暴力不合作的方式来表达抗议？”李尉明看着董菲呆望的样子，嘱咐说，“吃饭吧，免得菜都凉了。”

董菲轻咬嘴唇，小声问道：“见到你书房里有几本佛经，你信佛么？”

李尉明眼眸微微垂下，思索片刻答道：“我不能算有信仰，儒释道三家的经典都有涉猎，也看圣经，最近对‘巴哈伊’的教义又有了兴趣。”

董菲掩口笑着问：“那你修的岂不是全真，还是大同？”

李尉明笑容沉静优雅，点头说道：“还是那句尊重本心，而非刻意追求。宗教信仰也是，不用强迫自己的内心，如果没有完全被说服，那就尊重自己现时现刻的所思所悟。”

董菲会心笑着，低头将碗里的丝瓜汤喝完，心中暗暗佩服。

简单的午饭之后，李尉明要送董菲回去，而董菲却坚持想饭后一个人散散步。

李尉明看着董菲，关切地问：“真不让我送你回去？”

董菲调皮地笑着：“你还真当我生活不能自理了？你今天工作也不轻松，就不用陪我了。我就自己走走，听听歌散散心。”

一个简单的拥抱道别后，李尉明向他办公室所在的方向走去，而董菲也戴上耳机开始听着音乐在学校里梧桐树荫下散步，沉浸在自己小小的幸福里，不用去在意别人的目光。

耀眼的初夏阳光从法国梧桐的枝叶之间投落在董菲的身上，这一刻明媚美好，往日笼罩心头的阴霾仿佛已经被这带着树叶气息的阳光驱散。董菲没有按照之前计划的那样回寝室休息，而是在不知不觉中走到了图书馆，开始了美好的下午时光。

图书馆的阅读室在一片紫色辛夷林的后面，此时辛夷花已凋零大半，却还是能闻到隐约的幽香。董菲很享受这里的阅读环境，心境改变之后，自己流口水睡觉的黑历史也随之散去，不得不感叹：果然是心宽天地阔，古人诚不欺我。

在图书馆里，董菲凭借感觉寻找自己应该看的书，哲学的、心理学的，还有艰涩难懂的量子物理相对论一类的书籍。董菲正式开启了书虫模式的生活，一边阅读，一边认真地做着笔记，把疑问也随即记在本子上。晚些时候，董菲还拿起一本关于镜流形的书配合着弦理论的书籍开始研读，虽然内容极为晦涩难懂，却挡不住她此时求知的热情。

公告说这个周末在图书馆的多媒体大厅会有丘教授的镜流形的相关讲座。时间对于董菲来说有些仓促，她肯定是来不及准备足够的知识去听这一场关于数学哲学以及弦理论的讲座了。但即便如此，董菲也没有丝毫放松，仿佛又回到了十年前为高考准备的那个时刻。高中那时候真单纯，把大学想象成了天堂。高中的时候有大学这样的希冀，仿佛干什么都不累，甚至可以连续三年每天只睡不到四个小时，其余时间都是埋在了试卷和课本里的。而现在，徐教授和李尉明还有那个流浪数学家，仿佛给董菲打开了另一个世界的门，让她沉寂多年的好奇心和求知欲再一次“死灰复燃”。

10 冤家路窄

今天的读书活动进行到图书馆阅读室下班时才算完，在管理员的多次催促下，董菲才不舍地离开阅读室。她听着音乐，提着装满书本的手提包，在校园里漫步散心，享受着夏夜里校园独有的清凉幽静。

这一片辛夷林又名情人林，顾名思义，不用多解释。既然是情人林，自然是藏了鸳鸯一对对，情侣一双双。而董菲这个时候像幽灵一样听着歌晃来晃去，实在有点破坏气氛。

从树林中走出，董菲沿着马路牙子缓缓走着，突然头顶那盏路灯莫名熄灭，待董菲走远几步，那盏路灯又突然亮了。董菲觉得好笑，故意再次靠近那盏路灯，这路灯果然跟中了邪一样，一靠近就熄灭，而一离开复又亮起。董菲开始跟这莫名其妙的路灯玩起了捉迷藏，尝试着改变自己靠近的方式以及路线，但它依然如故。

“难不成是声控或者是压力感应的路灯？”董菲故意躲远了一点，望着那盏路灯若有所思。她今晚就跟路灯杠上了，便索性坐在十几米外的长凳上，盯着那路灯目不转睛地看着。一队保安开着小电车巡视路过这盏路灯，也没见路灯有任何异常反应。

在长凳上坐了一个多钟头，时不时有人从那里走过，却也没见到有任何异常现象。董菲挠了挠头暗暗琢磨着，可能是刚才电压不稳，最近自己也变得神叨叨的，一个小现象就让她如此在意，这有点可笑了。

初夏的夜晚静谧而美好，风声、草声和虫鸣声，有种别样的催眠效果。董菲靠坐在长椅上，不知不觉就睡着了。

董菲感觉不到身体的存在，轻飘飘的犹如一团云雾。她很清醒地意识到自己是在梦里，但这个梦中的环境，未免太真实了些。

梦中的世界仍然被窸窸窣窣的草动虫鸣包围着，昏暗的路灯一闪一灭，董菲清楚地看见那张长椅上躺着的人，正是她自己。

……

晨曦从东方天空升起，在虫鸣鸟叫声中，董菲的身体渐渐恢复了知觉。在长椅上躺了一晚上，全身都僵硬得难以动弹。

董菲挣扎着起身后，便一直在小树林里漫步徘徊，她麻木四肢的感知才逐渐真实起来。现在六点四十，董菲想着李尉明应该已经起来了，于是拨通了他的电话。

电话那一头李尉明的语气依然亲切宠溺，“今天醒得很早嘛！还没敢给你打电话，怕吵醒你的美梦。”

董菲却还在电话这边支支吾吾欲语还休的。

李尉明察觉到了董菲语气的不对，关心地问：“不开心？跟我说说。”

董菲将昨天的事情大致说了一遍，“不知道怎么搞的，就在椅子上睡着了，还做了个很离谱的梦。”

没想到电话那头，李尉明反而轻松地笑了笑，柔声说：“还记得是什么梦么？”

董菲支支吾吾地应着，心里还是有些不安，“具体什么好像都忘了，就觉得自己跟个鬼魂一样飘来飘去。”

电话那一头的李尉明却还是十分轻松地笑着说：“答应我，你一个人的时候别胡思乱想。”

“嗯，好。”董菲抿嘴笑着答应道，心里的纠葛和不悦都因为李尉明一番温暖的话语而消散无踪。

图书馆旁边的辛夷林里有一个小亭子，夏天的清晨，董菲就坐在这里怡然自得地看着书，享受这美好宁静的时分。

大概八点的时候，董菲已经看了一个多钟头的书，站起身舒展一下。这时候听见图书馆那边的方向传来吵嚷的声音，循声望去，发现是几个保安正在驱赶一个人。董菲认出那人就是那位自称流浪数学家的流浪汉。他那个从不离手的公文包现在却不见了，他的头发凌乱，样子比先前见到的更加憔悴。

他们几个人在图书馆门口吵吵嚷嚷，也听不清在说什么。只看见几个保安不住地驱赶他离去，不许他在这里逗留。

那个流浪数学家死活都不肯走，便与几个保安厮打了起来，他身体纤瘦虚弱，怎可能是那几个保安的对手。他被保安们一顿劈头盖脸的拳脚打得鼻血直流，痛苦地倒在地上挣扎抽搐着，嘴里还不停地哀嚎，喊了一些含糊不清的话语。随后几个保安将他架起来向学校外走去，他用嘶哑的声音号啕大哭着，却换不来保安的同情。

这一幕很残忍，很多围观的学生虽然很同情那个流浪数学家，却没人敢去阻止这一幕的发生。大家都知道这个自称数学家的流浪汉精神失常，留在学校里总归是个隐患。

董菲从围观学生的议论中得知，这个“流浪数学家”前前后后被赶出去过很多次，这次又冒险潜了回来藏在图书馆附近的树林里，又被巡视的保安发现了。

几个学生仍然向南门方向看去，小声议论着说：“他总想混进图书馆，这都不知道第几次了。报了警送了收容所，没想到他还是跑了回来。”

“是啊，刚才听他不停地喊想见丘教授。丘教授的讲座就在这个周末，这个流浪汉真是不可思议！前天还真让他潜进了图书馆，也不知道他是怎么做到的。他当时躲在图书馆一个黑漆漆的角落里，还把一位路过的学生吓得半死。”

“那个流浪汉说自己有一篇文章想给丘教授看看，真是执着。”

董菲听见众人的议论，心里很不是滋味。她好歹也算跟这位流浪数学家有过一次交谈，能看出流浪汉眼中对于数学发自内心的崇敬。董菲突然想起，其实很多死后被追认的天才，在生前有不少是被当作疯子对待。想到这里的时候，董菲感觉心口一痛，又想起那天他对自己怒吼咆哮的样子。董菲猜他痛恨的应该是很多学校被应试教育的“学霸”和混吃等死的“学渣”还有那些只顾着争名夺利的人给占领了。

11 飘浮的梦

董菲的心里乱糟糟的，走进图书馆的洗手间，用冷水洗了洗脸。看着镜子中憔悴的自己，她的心莫名一颤。

昨晚诡异的梦依旧萦绕在她的心头，刚才那个疯疯癫癫的流浪数学家，也让她感觉到莫名的纠葛。

董菲回到寝室的时候，面色惨白，一副病恹恹的模样。一夜未归的她，也毫不介意几位室友的白眼，一头倒在自己的卧床上睡去。

这一睡，可真沉。董菲跌入了无垠无界的黑暗之内，飘浮在无始无终的虚空之中。

……

直到下午四点，董菲的眼睑才开始微微抽搐，额头上渗出细密的汗珠，就连四肢也不自主颤抖起来。她想强迫自己从噩梦中醒来，却发现束缚住她的绳索越缠越紧。

尉明……尉明……

董菲的嘴唇不住颤抖，低声呼喊着李尉明的名字。

……

梦中的黑暗似乎有了一丝变化，一个微弱的光点闪烁着迷离的光晕。被噩梦困住的董菲，拼命想要靠近那一处梦中的光亮，挣扎着向光晕处游去。

光点逐渐扩大为一个光斑，光斑又逐渐闪烁变幻成数道光线，一瞬间将原本晦暗的时空照亮。

董菲一个激灵，茫然中环顾四周，发现自己竟然来到了一家餐馆。穿着廉价酒红色缎子旗袍的服务员站在门口笑脸相迎，各色宾客从门口走入……但他们似乎都看不见董菲的存在，仿佛她就是一团透明的空气。

董菲努力整理着思绪，这才慢慢地想起，这家餐馆正是那一日李尉明带她来的那家湘菜馆，也就是他们“绯闻”开始的地方。透过玻璃窗，能看见李尉明的那辆白色英菲尼迪就停靠在树丛一侧。

董菲的心里感觉到一丝温暖，即便还是被困在梦中，但能跟李尉明有一些联系，多少能让她感觉到欣慰。

董菲漫无目的地飘浮在这片嘈杂的梦中世界里，她似乎对每一个细节的变化都能精确感知，原本的噩梦似乎也变得不那么可怕。

这时候，玻璃门后一个打扮精致的陌生女人出现在阴暗的角落，她的目光锋利寒凉，直勾勾从玻璃门后透过，刺痛此时还沉浸在诡梦中的董菲。

……

“啊！”一声惨叫之后，董菲从噩梦中惊醒过来。

她看着小闹钟上的时间，现在已经是下午六点，在恍惚了几分钟之后，才颤巍巍从床上下来。

董菲拿起了手机，她想给李尉明打个电话，却在即将拨号的时候停住了。她打消了联系李尉明的念头，此时的她莫名地对梦中的那个神秘女人有了兴趣，一种奇特的好奇感驱使着她去探索。

董菲简单沐浴后，换了一套利落的装扮，拎着小包就向那间在梦中出现的湘菜馆走去。

……

与此同时，李尉明刚好将车停在这家湘菜馆的楼下。从后座下来一个矮胖的中年男子，与李尉明一同走入餐馆。

李尉明事先订好了一间靠墙角的包间，吩咐服务员上菜。

这间简陋的包厢延续的还是20世纪的装修风格，墙上的墙纸都已霉变脱落，空调也显得有气无力。

"这个地方适合聊天么？"矮胖的中年男人叫周峰，一身名牌的他按道理是不应该来这种低档餐馆就餐的。

"这里很适合。"李尉明耸耸肩，带着一抹自信从容的笑意。

周峰会意笑了笑，点头说："兰州那边还没什么进展，你这边呢？"

"有进展了。"李尉明浅浅喝了一口大麦茶，点头微笑，"怎么突然回武汉？"

"我跟吴云波离婚，这边有几套房产，需要处理一下。"周峰眉头紧锁，烦闷无比。

"哦。"李尉明点了点头。

……

董菲一路上都莫名忐忑，她不知道自己在害怕什么，却忍不住去窥视偷看。走到这家湘菜馆楼下的时候，竟然看见李尉明的那辆白色英菲尼迪正好停在这里。

梦里的世界突然跟现实重合，仿佛遭受到一记重击的董菲，踉跄着往后倒退了几步，险些摔倒。

董菲的身子靠在餐馆一楼的转角处，一手摁着胸口，一手死死抠住墙角。

蓦然间，董菲留意到一个身材高挑打扮精致的女人小心翼翼地从另一侧的楼梯走上楼，突然间那女子也看见了躲在墙角忐忑地望着自己的董菲。

虽然董菲忘了梦境中那个女人的具体长相，这一刻也与梦中的场景有些差异，但那种感觉却与梦中如出一辙，如同利刃一刀刀刺向自己的心。

惊异和恐惧同时占据了两个女人的面容，诡异的气氛在一瞬间凝结到了冰点。

她们之间隔了大约5米，就这么站着对视，没有一句对白。周边的嘈杂声变得缥缈起来，董菲能听见的，只有自己的呼吸心跳。

这时，董菲却听见了一声过于突兀的开门声，随后脚步声从头顶的天花板传来。

那位与董菲对视的女人仿佛受到了极大的惊吓，突然间回过神，头也不回地朝另一个方向逃走。

董菲感觉喉咙被扼住，喘不过气来，两腿也不由自主地发抖，直勾勾地望着楼梯。

李尉明与周峰两人用餐结束后从楼梯上走下，正好瞥见了角落里瑟瑟发抖的董菲。

“小菲！”李尉明下意识看了一眼身后的周峰，快步走到董菲身前，握着她的手，关切地问道，“这么巧，你也来这里了？今天约了朋友谈事情，还没来得及跟你汇报。”

周峰的眼神里闪过一丝惊讶，随后挤出一副和善的笑容，对李尉明说道：“你就是董菲啊！幸会幸会，刚才李尉明介绍了你。”

董菲努力让自己恢复平静，勉强笑着说：“刚刚突然想吃湖南菜了，不知不觉走到这里，这么巧啊！”

“你还没吃饭，那我们再上楼吃点。”李尉明的笑容温和迷人，让董菲惊恐紧张的内心渐渐放松。

用餐结束后，周峰叫了车回去，而董菲坐上李尉明的车，向翡翠湾驶去。

12 镜中魅影

迷迷糊糊中，坐在副驾驶位的董菲做了一个奇怪的梦，梦里也是坐在一辆这样的汽车里，停在一个空空荡荡的地下车库。梦中她想解开束缚住自己的安全带，却发现无能为力。梦境中的氛围古怪诡异，好像听见身旁的车窗传来沉重的拍打声，这个声音忽远忽近若即若离的，向车窗外望去，看到的却还是空无一人的死寂车库。

董菲尝试着将脸贴在车窗之上，突然看见一张惨白的人脸呈现在车窗外。董菲吓得往后一倒，竭力挣扎却被安全带死死缚住。

“做噩梦了？”李尉明摸了摸董菲冰凉的额头，温柔地安慰说，“回去休息一下。”

董菲睁开眼，猛然间映入眼帘的就是刚刚在梦里看到的那个车库，这种现实与噩梦的恐怖碰撞让还没完全清醒的董菲的情绪一下失去了控制，嘶声哭了出来。

李尉明轻抚董菲的头发，将她揽在怀里，“刚才梦到什么了？跟我说说。”

董菲将梦里依稀记得的那些片段叙述了一遍，那种感觉现在想起来还是心有余悸。还有那一张惨白的模糊的人脸，仿佛还映在身旁的玻璃上，那张脸……好像就是董菲自己。

李尉明将董菲搂在怀里，他知道这时候说什么都没用，安慰一个被噩梦惊醒的人最有效的办法就是给她安全感。

大概过了十分钟，董菲才渐渐从梦境里的惊恐不安中渐渐解脱，将脸贴在李尉明的胸口，感受着他胸口的起伏。

李尉明拍拍董菲的肩膀，柔声说：“我们回去啦。”

……

两人又坐在他家楼顶的天台，董菲由衷地欣赏这位李尉明的生活情调，每一个角落里都透露出这间房子的主人的优雅品位。楼下的卧室客厅都十分宽敞温馨，但李尉明却对楼上的小阁楼里的书房情有独钟，他说躺在阁楼的书房里的小木床上看着天窗外的天空，内心就能安静下来。他当时购买这套房子就是看中了这六层小楼顶楼赠送的这层阁楼还有天台。他说楼下的卧室和客厅都是摆设给外人看的，只有这个小小的书房还有外面种满花草的天台才是留给自己的秘密花园。

董菲穿着李尉明的宽大的睡衣站在天台上望着夜色中的翡翠湖，李尉明从身后将她搂紧。

接连的梦魇让董菲的体力严重透支，也只有在李尉明这里，才能得到些许宽慰。如同晦暗世界里投落的一缕阳光，温暖着她。

董菲微眯着眼，轻轻握着李尉明的手，小声问道：“梦是弗洛伊德说的都是愿望的满足和潜意识的体现么？”

李尉明稍稍低头，嗅着董菲的发丝，语气温柔平和：“我不喜欢弗洛伊德的那一套，读书的时候就觉得万金油式的理论反而漏洞更多。在接触过很多接受心理咨询的人之后，更加坚定了我的这个怀疑。”

董菲从李尉明的臂弯里转过身，搂着他的脖子，借着昏暗柔和的壁灯看着李尉明深沉的眸子，好奇地问：“跟我说说呗，好像挺有趣的。”

李尉明微笑着望向远方，平静说道：“有个人说他在梦里总能梦见前世的事情，可惜没有人相信他，他很痛苦。”

“哇！真的能梦到前世么？”董菲一下提起了兴趣。

李尉明抿嘴浅浅笑道：“他说他能明显感受到这么多年做的梦都是

类似的时代背景，却记不清梦里的内容，但他很肯定那就是他的前世。随后，我给他进行了催眠治疗。”

“催眠，很高深的样子！”董菲踮着脚用脸贴着李尉明的脖子，用神秘的口吻问道，“催眠是不是真的像电视里那么神奇？”

李尉明将董菲搂紧，释然浅笑，摇头回道：“很多人被催眠这个名字给误导了，催眠是让被催眠者的主观意识沉睡继而唤醒他的潜意识，但并不是让他真正地睡去，可以说是介于睡眠与清醒的一种中间状态。”

董菲似懂非懂地点点头，调皮地龇牙笑着说：“难怪，我刚睡醒的时候总能回忆一些梦里的事情，那时候要有人问我话，我的回答也会是稀奇古怪的，但过了一会也就不记得了。这种状态和被催眠的是不是很像？”

李尉明低下头用嘴唇触碰董菲的额头，微微笑道：“算是。”

“催眠的结果怎样？”

李尉明沉默片刻，才继续回答：“他痛苦的原因并不在于他的梦境，而是他觉得身边的人不相信他说的话。我用催眠的办法给了他心理暗示，很多自己的秘密并不适合跟人分享。”

“心理暗示？那种刻在潜意识里的印记，真的能左右一个人的思维和行为？”董菲满怀期待地看着李尉明，很期待他的进一步回答。

“也许吧！”李尉明浅浅一笑，带着固有的从容。

董菲笑着说道：“你笑得那么自信，回答为什么却不肯定？”

李尉明解释道：“人很复杂，尤其是研究得越深入的时候，才发现自己学的那些越用不上。”

董菲点点头，继续之前的话题：“你刚才说的那个人很有趣，其实他的痛苦就是因为自己和别人不太一样。”

李尉明赞同董菲的观点，继而解释说：“世界上有很多不同的文化、宗教，但对于转世轮回这一说，却又惊人相似。有些组织做过一些调查，对那些自称有前世记忆的人进行了跟踪研究，转世一说未必就没有道理，只不过这样的理论与主流科学界的观点冲突，所以一直被排斥在外。”

“就像当年罗马教廷对付哥白尼的日心说一样？”董菲瞪大眼睛看着他。

“我不太喜欢源自古希腊的那一套实证科学体系，这个体系很霸道，妄图自己主宰一切解释一切，不能解释的就斥为伪科学将之排斥在外，其实可笑得很。自大，这就是这个体系最大的硬伤。”李尉明眼眸里闪过一点亮光，继续说道，“上个月在东湖有一个学术研讨会，那位反对中医的名人和我们学校医学部的一位中医学教授扭打到了一块。”

“扭打？！好可爱！哈哈，这些学富五车的专家竟然还是用拳头来解决问题的？很有点魏晋名士的风采啊！”董菲眯着眼望着李尉明笑着说道，“那尉明你觉得中医是科学么？”

李尉明故作深沉的点头笑道：“中医当然不是科学，科学解释不了中医。中医和现在的科学不是一个体系，这种科学体系自然不能解释中医。但泛科学主义者把自己的那一套与真理等同，认为不符合他们体系的都是‘非法’且‘不合理’的，这样的观点是十分狭隘可笑，泛科学主义的狭隘与科学精神本身就违背。更何况中医发展至今，虽然有诸多弊端但不能否定它的合理性和前瞻性。中国的传统文化很早熟，让我有时候也会去想文明是不是也有轮回：我们这一季的文明是在上一季文明的余烬上建立的。比如在解剖学上不可见的十四条经络与穴位，用现代的原子示踪法和人体辉光技术就能证明。”

董菲踮着脚搂着李尉明的脖子笑着：“这几天在看弦论，好深奥好难懂，我想起《道德经》上的那句‘道生一，一生二，二生三，三生万物’。如果用这句来解释弦论的话，有一种不可言传只可意会的感觉！那天我其实是在跟那个流浪数学家聊自然的语言。他跟我说数学是构成这个世界的语言，他也引用了道德经的这句话。虽然我还不能理解，但是隐约能感觉到他说得有理。”

李尉明稍稍挑了挑眉头，点头说：“有时候我也会去想那三个哲学上的终极问题，不过想多了也就累了。既来之，则安之。”

“尉明，你相不相信存在穿越时空的可能性啊？”董菲微微闭上眼，感受耳边的凉风吹拂。

“嗯？怎么突然这么问。”李尉明似乎很有兴趣，帮董菲捋了捋额边散乱的长发。

“哦，突然想起来的。最近刚刚看了本穿越小说，穿越文都火了这么多年。”

“也许吧。”李尉明笑容平静，目光悠远，“这个我真回答不了，不过，有很多‘路边社’的小道消息都证明了时空紊流的存在。”

“时间，到底是怎样的一个存在呢？”董菲又想起那天跟徐教授在疗养院里的谈话，看着夜空中闪烁的星辰出神。

李尉明温和地笑着：“一些数学家认为在这个世界，还有很多个维度没有被释放出来，蜷缩在一个被称为普朗克尺度的极小空间里。我们的世界里被释放出来的四个维度，就是我们说的长宽高以及时间。”

董菲长叹一口气，摇头说：“时间和长宽高看起来完全不一样啊！”

李尉明顺着董菲的目光望去，看着天空中隐隐闪耀的星辰，点头继续说下去：“先不说这个话题，从简单的入手。先说点、线、面还有立体的概念吧。一个数学意义上的点是一维直线的一个截面，一条一维直线是一个二维平面的截面，一个二维平面是一个三维立体的截面。”

董菲连连点头，笑着说：“这个我能理解。”

李尉明继续解释道：“按这种理论以此类推，三维的世界就应该是四维世界的一个截面。根据计算，理论上有十一个维度，所以第四维可以是时间，当然也可以是其他。如果按常见的理解，以时间为第四维度，打个比喻，现在的我、过去的我以及未来的我，就是这个时间截面的体现。根据我的理解是这样的，如果你能看到第四个维度，那么你看到的我就不是现在时刻所呈现在你眼前的人，可能是包括了过去、未来和现在的一个整体，其他的东西也可能是这样。”

董菲眼中露出惊异的神色，抿着嘴注视着李尉明，神神秘秘地问：“那小说和电视里说的那些能预知未来和能通灵的人，是不是就是因为能看到时间这一个维度？”她说到这里的时候，也不禁想起了不久前的那个诡异的梦境。

李尉明转过脸，温和地看着董菲，继续说：“其实这些也都是猜测，如果真的能突破时间这个维度，过去将来的一切一切都尽收眼底，仿佛一切都是早已经注定的。我们就能像穿越其他几个维度一样从这一端走到那一端。根据广义相对论，坐在高速运行的飞船上的人，他自己感受到的时间是没有变，但外人看到的他的时间是变慢了的。有理论说，如果能实现超光速，那就能达到时空旅行的目的。但时空旅行从哲学上说仿佛又是不可能的，有一个著名的‘外祖母悖论’。这个就是说假如某一个人穿越回去杀了他年轻的外祖母，他外祖母不存在了，自然就不会有他的妈妈更不会有他，‘因’没有了自然就没有了‘果’，他既然不存在又怎么能杀掉自己的外祖母？所以这个自相矛盾的假设，就用来否定了时空穿梭的可能。”

董菲有些失落：“啊？那就是说之前说的时间旅行是不可能的？”

李尉明又摇了摇头，浅浅笑着说：“那也不一定，用平行空间的理论能解释很多物理学和哲学上的悖论。可以这么理解，当一个人有能力穿梭回去的时候，他所回去的那个世界，其实并非是自己生活的这个世界。是一个与我们的世界相似却又截然不同、彼此不见的一个世界。也许那个穿越回去的人，开启了另一个平行世界。”

董菲连忙接过话问：“那不就是玄幻小说里说的异界？”

“哈，也许吧！”李尉明被这个可爱的女孩逗乐，嘿嘿笑了几声，“虽然没有证据，但是大胆的猜测是世界前进的动力。我在美国共事过的一位同事，他每天都有很多个新奇的怪异的点子，而且迫不及待地要跟同事分享，虽然他的一百个点子里有九十九个都是错的。”

董菲听到这里忍不住笑出声。

李尉明却深沉地继续说：“一百个里有九十九个都是错的，但剩下的那一个点子说不定就有改变世界的能力。”

董菲伸了个懒腰，然后又得意地笑着回答道：“对了，尉明，你相信平行空间么？”

李尉明笑道：“现代科学和传统文化中都为平行空间提供了存在的基础和理论可能。佛说有三千大千世界，我们生活的世界被称为‘娑婆世界’，娑婆的意思就是堪忍，就是说因为生活在这个世界的众生痴傻愚钝，所以我们的世界才充满了不堪忍受的痛苦。而我们这个世界，也只是一个小世界而已，还有无数这样的世界，便是三千大千世界。‘三’这个字并非简单的数字，而是虚指。就如你刚才说的‘道生一，一生二，二生三，三生万物’之中的‘三’一样都是个虚指。而现代观测到的宇宙中的多普勒效应星体红移现象还有‘宇宙背景辐射’都证明了‘大爆炸理论’的合理性，就是说我们生活的这个宇宙是从无到有，快速膨胀。可以把这个世界想象成煮沸的开水中的一个气泡，从无到有。与此同时，还产生了无数其他一样的气泡宇宙，我们的世界只是佛说的三千大千世界中的一个。”

董菲欣然笑着，心中倍感佩服，“你的学生都说你学识渊博魅力无限，我也是佩服啊！就差五体投地膜拜你了！”

李尉明谦和地笑着，摇头说：“我不过是知道些自己本该知道的东西，也就是爱卖弄。”

董菲清了清嗓子，一本正经地说：“不许妄自菲薄啊！你要是谦虚，我就觉得自己无地自容了。呵呵，你刚刚说到的‘大爆炸理论’，这几天读书也读到了，现在才知道原来这个名字的来源更有趣。本来是霍伊尔为了讽刺这个大爆炸理论取的‘Big Bang’，没想到因为言简意赅所以被正式采用了。霍伊尔是宇宙平衡理论的支持者，其实他的理论也不一定有错，说不定在更大的观测尺度上他的平衡理论是对的。就像之前说的那样，实证科学能证明有，不能证明无。现在的很多学术争论都是各执己见水火不容，却又互相说服不了。比如量子理论和相对论，在宏观尺度上相对论取胜，但在微观尺度上量子理论取胜。”

李尉明微微眯着眼睛，点头表示赞同：“盲人摸象的故事你听过的，有人摸到了象耳朵，说大象是扇子一样的；有人摸到了象腿，说象是像柱子一样的；有人摸到了象的身子，说大象和墙一样，其实他们说的错了却也没错。还记得莫比乌斯环上的那个二维世界里的小虫子么？”

董菲点点头，期待李尉明继续说下去。

李尉明继续解释：“一个人站在一张白纸上留下两个脚印，如果那个二维世界的小虫子看到这两个脚印会认为这是两个独立的不相关的东西。但如果他有看到第三维的能力从而往上看的话，会发现这两个脚印并不是独立的，是一个三维的完整的人所留下的。”

董菲眨着眼睛努力装出一副可爱的样子，若有所悟地说：“你是说我们因为缺乏看到高维世界的能力才产生了这样的疑惑，如果人类能看透高维空间，说不定四大作用力的统一场理论可能是成立的，而且相对论与量子理论说不定在高维空间里也是统一的……尉明，你是这个意思么？”

李尉明温柔地看着董菲，点头道：“聪明！时间不早了，求知的小虫子该休息了。”

董菲满心欢喜地揽住李尉明的脖子，暗暗欣喜自己终于能跟上他的思维，“看来我这几天在图书馆的恶补还是有用的！周日在图书馆的多媒体厅，丘成桐教授的讲座你给我占一个好座位，呵呵。”

李尉明故弄玄虚地笑道：“给个鼓励，亲一下。”

董菲故意避开李尉明，问道：“还有一件事要问你，徐教授现在怎样了？”

李尉明眉头稍稍一动，点头说：“情况还算稳定。”

董菲点头想了想，又问：“要不你再帮我一次，我还想去看看徐教授。我上次被他问得好狼狈，感觉徐教授还有很多话没说。”

13 虫子

天台上狭小的屋子里弥漫着氤氲的气味，混合着天台飘来的蔷薇花香。

“尉明，你说灵魂具不具备穿越各个时空的可能？”董菲将脸贴在李尉明的胸口，感受着他的呼吸还有心跳，而此时董菲的眼神却落在天窗外一只扑腾的小虫身上。

李尉明困倦地叹着气问：“现在还在想这些？”

董菲感觉面颊绯红，有些尴尬地笑着说：“哪有？我是刚刚看到窗户上的一只小虫，才想到了另一个关于虫子的故事。”

“说说。”李尉明很享受现在的氛围，顺着董菲的目光望着窗子外一只扑腾的小虫。

董菲眯着眼，用半梦半醒的口气说着：“高中的时候在一本书上读到的一则故事：说在一个荷塘里生活了一群小虫，它们很好奇水塘外面的世界，很想爬上荷叶看看。但是每次爬出荷叶的虫子都没能再回来，所以那些小虫对于外面的世界是既害怕又好奇。有一天，它们选出了一个勇敢的虫子爬上荷叶看看外面的世界，它们约定好那只小虫爬出去之后一定要回来告诉伙伴们外面的世界是什么样子的。那只勇敢的小虫爬上了荷叶，发现外面的世界比狭小阴暗的水塘美了不止万倍，它很兴奋迫不及待地想要回到那个水塘去告诉它的伙伴它的所见所闻，但这个时候勇敢的小虫子发现它已经回不了水塘了，它已经变成了蜻蜓。小虫子虽然很失望自己不能守住诺言，但它也对自己说：‘它们总有一天也会爬上荷叶，会明白的。’这个寓言本来是用来寓意死亡，但是却隐约能感觉到另一层意思。今晚聊了很多平行时空的话题，我在想灵魂能不能冲破时空的障碍穿越到另一个世界？”

李尉明搂着董菲的肩膀，释然笑着：“我们两个人的话题总是离不开各种虫子，莫比乌斯环上的小虫、白纸上的二维小虫，还有这荷塘里的一群小虫。”

“这有什么？理论物理学界的泰斗们不也总围着薛定谔的那只猫争论么？哎，那只可怜的猫。”董菲有些不服气翻过身趴在李尉明的胸口上，瞪大眼睛瞪着李尉明的眼睛，对着他的嘴狠狠地亲了下去。

……

第二天感觉到阳光照在身上的时候，董菲才支撑着坐起来，慵懒地伸着懒腰，睡眼惺忪地望着窗外的天台。迷糊了几分钟后，披上床边放着的李尉明的宽大睡衣，顶着一头乱糟糟的头发，向楼下走去。

李尉明坐在餐桌旁专注地看着书，听见董菲下楼的动静，抬起头望着董菲笑着说道：“早餐准备好了。”

董菲憨憨地笑了笑，拖着步子走进洗手间，简单的洗漱之后，又坐到李尉明身边，好奇地看着他手里的《传习录》问："你喜欢王阳明？"

李尉明点头道："这个人很了不起，这本书你带去学校，王阳明的心学有必要好好看看。"

"哦？"董菲不解地晃了晃头。

李尉明浅浅一笑，耐心地解释道："你昨天不是说到薛定谔的猫？量子理论的确是很让人捉摸不透，当你观测它的时候，它变成粒子呈现出来，当你闭上眼的时候，它就变成波弥散在整个空间。量子理论太过惊世骇俗挑战人类的思维了，所以薛定谔才用了一只小猫做了这样一个思想实验来反驳。王阳明的心学却给了我们另外的一种理解方式。王阳明说，心外无物心外无理，这与现代的量子理论的观点不谋而合。"

董菲恍然大悟一般，点头赞叹道："高人啦！"

李尉明笑道："王阳明的确是高人。"

董菲托着下巴，眯着眼笑着看李尉明，摇头说道："我说的是你。"

李尉明谦虚地笑着，点了点董菲的额头说道："吃早饭吧！"

董菲抿着嘴憨笑，大口地喝完牛奶，又笑嘻嘻地问道："薛定谔思想实验里的那只不死不活的小猫如果自己具备观测自己的能力，是不是这个思想实验就不成立了呢？"

李尉明笑着："这已经到了另一个学科范围，就是那只可怜的小猫具不具备本我的意识。"

董菲歪头看着李尉明，浅笑着问："物理学、数学、哲学在最高层次上都是相通的嘛！如果用平行时空来解释就是，薛定谔的小猫并不是不死不活的状态，而是在两个平行时空里存在两种情况：一种是死了，一种是活着的，而并没有那个不死不活的中间状态。我们打开盖子观察小猫的时候，其中一个时空的结果才会呈现在我们眼里。所以说，我们的意识也就是我们的灵魂有可能超越时空的限制对么吗？或者说，眼前所呈现的时间和空间其实都是幻象。"

李尉明稍稍蹙眉思索片刻，点头笑道："这么解释也未尝不可，我的小虫子最近思维很敏捷嘛！《金刚经》有云：'一切有为法，如梦幻泡影，如露亦如电，应作如是观。'"

董菲满足地望着眼前堪称完美的男人，念叨着："这几天在图书馆看了很多这方面的书，看到了有这种解释，便拿来用了。呵呵，我哪敢在李大帅哥面前卖弄！"

"这本书借给你看看。"李尉明起身将书本放在董菲的随身背包里，转过头看着董菲问，“你真的不打算搬过来和我一起住吗？”

董菲露出为难的神情稍稍叹口气，摇头说：“其实，我住在学校里挺好的。”

李尉明尊重董菲的选择，不再劝她搬到这里。用过早饭后，董菲换上衣服，又坐上李尉明的车回到了学校。

李尉明开车将董菲送到图书馆，董菲又开始了今天的书虫生活。

坐在阅读室里，董菲翻看着李尉明给的那本王阳明的心学经典《传习录》，暗自感叹不已，难怪有个日本人要说“一生俯首拜阳明”了。

董菲今天在图书馆从一本过期的科技杂志上看到这样一则消息，说量子理论的泰斗波尔，他的实验室的标志来源于道家的太极鱼。联想昨天和李尉明的一番谈话，蓦然想起昨天李尉明提到的中国传统文化中早熟的那一部分，莫非人类文明的确是有轮回的？

那本杂志上说的东西还挺有趣，比如有这样一段：百家争鸣时期的杨朱说过一句‘不拔一毛以利天下’，其实用现在的角度来看可以当作是‘私有财产不可侵犯’的意思。董菲看到这里的时候竟然会心地大笑出来，忍不住拍桌子赞叹，引得四周人纷纷侧目。

董菲偷偷吐了吐舌头，尴尬地笑着，继续埋头读书。这句话之所以能引发董菲这么强烈的共鸣，是因为她也被网络上或者现实中时常见到的那种道德绑架给弄得反胃了，凭什么总站在道德制高点去评论别人？无缘无故让他人为了所谓的正义、大义去牺牲。有句话现如今很流行，“帮是情分，不帮是本分”，谁都不能站在道德制高点去要求他人应该怎么行为——而这种思想也与2000年前的杨朱所说的“不拔一毛”的深层含义不谋而合。

快到中午的时候，董菲的手机突然振动了一下，掏出来一看，是一个陌生号码发来的短信。短信里说约董菲在学校北门的川菜馆见面，署名是吴云波。

吴云波……董菲似乎不记得认识这个人。她努力地搜索着关于这个人的一切线索，依然徒劳无功。

董菲将这条消息当作一条垃圾短信予以忽视，不再理会。正准备将这个号码拉黑屏蔽的时候，这个号码又不失时机地发来第二条消息。

“昨天我们在湘菜馆见过面。”

看到这条消息的时候，董菲感觉到耳膜里响起嗡的一声，一时间头晕目眩。

那个女人？！

昨天的某个片段又浮现在董菲脑海里。

董菲紧咬着嘴唇，忐忑不安地环顾四周，手心也开始不自主地冒汗。

虽然本能地感到害怕和忐忑，但她有太多疑惑需要解开。董菲点击着键盘回复了一句："好，我一会到。"

董菲走到北门的这家川菜馆，在门外停留了片刻后，才走上了二楼小包间，吴云波一人等候在这里。她今天的妆容依然很精致，看到董菲到来，起身浅浅笑了笑，十分客气地让董菲坐下。

董菲注视着吴云波，她有太多疑问，却不知该如何问起。

吴云波打破了两人间的沉默："我知道这次约你出来有些冒昧，也希望你不要误会。"

董菲心里疑惑，问道："你怎么知道我的名字和电话？"

吴云波眉宇间隐有愁绪，有点欲言又止的模样，摇头道："你是李尉明的女朋友吧？"她没有拐弯抹角。

"尉明给你的电话？"董菲的心又被揪紧。

"不是，我私底下找到你，跟他没关系。"吴云波的眼神有些闪烁，"周峰是我的先生。"

这样的回答出乎董菲的意料，让她心里有点怪怪的感觉。周峰便是昨天见到的那个矮胖的中年男子了，原来跟这位吴云波是两口子。

董菲浅浅喝了口茶水，略带诧异地笑了笑，"为什么约我出来？"

"我希望，你……离开李尉明。"吴云波这句话并没有如之前那样拐弯抹角，而是说得十分直接，可以说既在董菲意料之中又在意料之外。

昨天的时候，董菲已经察觉这个女人看自己的眼神十分奇怪，莫非这个吴云波是李尉明的前女友或者是与他有过交集的女人之一。虽然吴云波是周峰的老婆，但也不妨碍她跟其他男人保持着暧昧的关系。

吴云波似乎看出董菲的怀疑，她释然浅笑了一下，摇头道："你别误会，我和李尉明并没有什么。我只是劝你离开他，你不适合留在李尉明身边，你还不了解他。"

"你认为你了解他么？"董菲嘴角微微扬起，这是女人面对这种感情威胁之时所应当呈现的高傲和不屑。董菲完全有理由怀疑这个漂亮女人和李尉明的关系，但就如今董菲和李尉明的热恋程度，这些小插曲完全不足以影响她和李尉明之间的关系。

吴云波脸色带了些不自在，摇着头说："我知道你肯定误会了。"

董菲假装傲慢地笑着，冷声问："你昨天为什么用那种眼神看我？要是心里没鬼的话……”董菲的话只说了一半，她想从吴云波这里套出更多的消息。

“我之前见过你的照片。”吴云波额头上渗出细密的汗珠，即便屋子里开着空调。

“李尉明给你的？”

“不是，是在周峰那里看到的。”

“什么时候？”董菲神经紧绷。

“一年前。”

董菲有点不敢相信自己的耳朵，她感觉到脑海里传来的诡异声响，眼前泛过几圈白色晕光，立刻否认：“不可能！”她跟李尉明才接触多久？而且她来这个学校读研才多久？一年前的时候，她还在那个破公司里混日子呢。

“我没必要骗你。”吴云波抿了抿嘴唇，抬头看着董菲，继续说，“我在周峰电脑资料里找到的。”

“他有没有跟你说照片的来历？”

“我没问他，照片是我破解他电脑密码后看到的。”

“你们两口子，还弄得这么神秘？”董菲觉得吴云波的话漏洞百出，但还是有种神秘的力量驱使着她继续听下去。

“我跟他一直在闹离婚，我得弄清楚他的一些底细。”吴云波苦笑着摇头说。

董菲感觉有点莫名其妙，疑惑地瞪着吴云波问道：“你怀疑我？”

“这点你放心，那张照片不会让人产生这方面的联想。”

“为什么？是什么样的照片？”

“我……说不出来，但印象太深刻了。”吴云波长舒一口气，“昨天见到你的时候，我十分诧异，尤其是眼神。”

“能让我看看照片吗？”董菲的呼吸变得急促。

“抱歉，所有拷贝都被周峰销毁了。”吴云波显得很痛苦，用手支撑着额头。

“你们夫妻的关系好复杂。”董菲莫名感觉到害怕，她很想说服自己，眼前的这个吴云波满嘴谎话，天下间哪有这么巧的事情呢！

“所以，你昨天是在跟踪周峰？”

“算是。”吴云波欲言又止。

气氛陷入尴尬，桌上的菜就晾在那里，没人动筷子。

席间董菲手机的新消息来了好几条，但她都没心情去搭理。这时候她的手机响起，是李尉明打来的电话。在接电话之前，吴云波示意董菲不要告诉李尉明今天她们两个见面的事情。董菲点点头，毕竟她也是知道分寸的。

董菲对李尉明说，自己看书看累了，在学校里闲逛，约好了一会在紫薇林旁边的食堂见面。

随后，董菲礼貌地站起身，保持着客气的微笑向吴云波道别。

“今天的事情要保密。”吴云波的脸上依然带着浅淡尴尬的笑容，起身送董菲走到包厢门口。

这一场奇怪的谈话也就在这种莫名其妙的氛围中结束了。

14 雨人

李尉明和董菲两人坐在食堂二楼的窗户旁边，明媚的阳光从玻璃窗透入，落在洁白的餐布上。

“喂喂，刚才走过一个美女。”

“我不看她，看你就好了。”

“李大帅哥有点言不由衷啊！”

李尉明点了点董菲的额头，用无可奈何的语气说道：“你还是不够自信，你远比你自己所想的更优秀。所以我存在的目的，就是让你明白自己有多了不起。”

董菲得意地笑着：“我一向自命不凡的，李大帅哥，这回你就看错了！”

李尉明不置可否地笑了笑，点头说道：“疗养院那边说徐教授最近正在做‘虚拟现实’的治疗，有了一定成效。今天下午会给你安排时间去探望徐教授，三点钟准时到。”

“嗯，好。”董菲感觉得到李尉明看着她的眼神满带宠爱，方才在北门川菜馆里吴云波对她说的那些莫名其妙的话早就被抛到了九霄云外。董菲固执地享受着眼前的美好，即便转瞬即逝，但总能在大脑里留下印记，这已经足够。

李尉明看着董菲发呆的样子，会心地笑了笑，抽出一片纸巾帮董菲擦掉嘴角还沾着的碎屑，温和地说：“明天上午九点，图书馆的多媒体大厅丘教授的讲座，我已经提前帮你占了一个好位置，到时候你让图书馆的刘老师带你进去就行。”

董菲蓦然回过神，失望地看着李尉明问道：“你不能陪我去么？”

李尉明略带歉意地摇头说道：“我还要参加一个国际心理学会议，下个星期要飞美国旧金山再转去帕罗奥图。这段时间学校的事情耽误得太多了，还有许多工作要做。”

董菲双手支撑着下巴，失望地叹了口气，又装作大度的样子笑着说道：“好吧，谁让我的男友这么优秀呢？呵呵，下午去看望徐教授我就一个人过去吧，你的事情要紧，安安心心准备这次会议，一定要惊艳全场哦！”

李尉明看着董菲没正经的样子忍俊不禁，学着古人的模样抱拳说：“在下遵命。”

吃完午饭，两人就沿着学校的法国梧桐小路向董菲宿舍楼的方向慢慢走着。斑驳的光影投落在两人的身上，一切显得平静而又美好。

董菲与李尉明两个人一路上闲聊着，聊着各种各样的话题，又时不时相视一笑。

就在这时候，董菲发现一个人看见他们的走近突然远远地跑开，她立刻认出那家伙就是上次见到的那位“流浪数学家”，他现在见到董菲就跟看见瘟神一样，避之唯恐不及。

董菲察觉到李尉明脸色的些许异样，原本温和的目光在看到“流浪数学家”之后就变得锐利。即便这样的眼神转瞬即逝，但却逃不过董菲敏锐的眼睛。

……

李尉明送董菲到楼下，简单嘱咐了几句，目送董菲上楼之后他才转身离去。

董菲躲在楼梯间窗户的后面看着李尉明的背影，偷偷乐着，此时的内心已经被幸福填满，而不再有其他多余的情绪。

中午短暂午休之后，董菲一个人便赶去木兰天池的疗养院。探望徐教授的时间约在三点，她不能迟到。

疗养院的王医生为董菲安排好后，将董菲领到徐教授住着的房间内。

董菲这次见到的徐教授比先前看到的更加苍老憔悴，他的眼神木讷呆滞。他们两人之间仍然隔了那张普通的木桌，徐教授斜靠着椅子，斜耷着脑袋，突然一下号啕大哭了起来。

董菲看着徐教授这个样子，心里格外难过。进来之前，王医生对董菲说徐教授的病情还算稳定，他这几天难受是因为从入院到现在家里人都不来看望他。

董菲想起那天见到的徐教授的夫人和他儿子匆忙搬家的场景。当时以为出了这事情后，他夫人想搬去跟儿子住，免得一人住在学校里伤心，但现在回想当时的情景，感觉到当时徐教授的夫人神色紧张慌乱，似乎是要躲避什么。董菲这段时间变得敏锐了很多，似乎能感受到很多以前都没留意过的细节。不知道这样的改变是不是因为李尉明，或许也是一件好事。

董菲已经听过了王医生描述的徐教授的特定恐怖症的症状：这些时日，徐教授总觉得耳边有人对他窃窃私语，而且晚上的时候总能看见奇怪的影子萦绕在他身侧，就像要控制他一样。徐教授病发的时候总是自言自语或者是做出一些匪夷所思的举动，比如不受控制地用头撞墙和声嘶力竭地咆哮。经过一些时日的治疗，徐教授虽然病情有所好转，但因为他家人对他的冷漠，徐教授的精神面貌反而显得更加憔悴。

为了更加贴近徐教授的思维方式，董菲这几天看了两部经典的老电影《美丽心灵》和《雨人》。在看电影的时候董菲就想：电影里那些被寻常人当作精神病人和智力低下者的人，其实是获得了另一种寻常人理解不了的思维方式。记得一份研究“深蓝儿童”的报告里写到过：上帝在关上一扇门的时候，通常也会打开一扇窗。所以他们行为的诡异独特会被寻常人当作不正常，但这些人真的就是生病了么？还是大多数的人“病了”？

“徐教授，上次跟你聊天之后，我回去想了很久关于‘时间’的问题，还有很多疑问要请教你。”董菲不去谈徐教授的病情，而是想要顺着上次的话题继续聊下去。

听到董菲的这段话，徐教授渐渐停止了哭泣，他用浑浊的目光注视着董菲，用沙哑的嗓音说道：“谢谢你又来看我，真的很感激。我也知道我的病，一时半会也是出不去的。上次询问了王医生，我的情况还得观察至少一月。”

董菲对眼前憔悴的徐教授充满了同情，“更换实验室的手续已经办好，我这些时间也一直在学习大气学的课程。”

徐教授用手支撑着沉重的脑袋，有气无力地说：“那么回到最开始的话题，你说你回去想了想‘时间’的概念，跟我说说你的理解。”

董菲将上次与李尉明聊的那些又拿了出来说了一遍，在说到现实中的三维世界的景象就是四维空间在第四维度上的截面的时候，她察觉到徐教授原本疲累浑浊的目光里闪动了些许亮光。

徐教授突然变得严肃起来："脑神经科学里有一个很有名的经典实验，用功能性核磁共振成像得出一个很违背主流观点的结论：任何看似主观的自由决定，在出现意识之前，大脑已经为这个决定做好了准备。也就是说，在你一生中所有的决定都不是以你自己主观的意愿决定的，而是由一个幕后操控者所决定。这个世界看着一切毫无定数，实际上又是有定数。有一个高层的意识在决定我们这个世界的发展！"

董菲听完这段话，心里大惊，想起了那天和李尉明的那段不着边际的谈话，还有那个流浪数学家说的那句，我们这个世界是被用精确的数学语言设定好了的。

徐教授说完这段话后，又陷入了莫名的焦虑情绪。突然间，徐教授脸上的肌肉突然抽搐了起来，站起身用头去撞墙，幸好被几个守在旁边的护工抱住。

徐教授突然的失控事出突然，董菲被吓得不轻，连忙躲到屋外，惊恐地看着徐教授被绑在椅子上，被强行注射了一针镇定剂。

下午探望结束后，董菲坐上地铁返回学校。董菲坐在空荡的车厢里，而对面车窗玻璃上映出她这时候木然发呆的样子。董菲看着窗外的行人和广告灯化作道道光线迅速离去继而窗外又变得一片黑暗。地铁轰隆的声音在空荡荡的车厢里回响，顺着车厢望去，看着这空荡摇晃几节相连的车厢。此时董菲的心里有一点莫名的触动，耳朵里被嗡嗡声充斥着。

回到寝室后，董菲便立刻冲了个凉水澡，让方才混乱的大脑暂时安静下来。董菲换上睡衣后盘腿坐在床头，拿着李尉明给她的那本心学经典《传习录》，随意翻看着。

今天李尉明没有打电话过来约她吃饭，董菲猜李尉明估计正忙着，也没有打电话过去。董菲也懒得去食堂，感觉从疗养院出来后，自己的力气被抽干了大半，连吃饭的心思都没了。

明天就是丘教授的讲座了，得早点睡，明天要打起十二万分精神，不可以漏过讲座里任何一点的内容。

凌晨两点，室友们都已经入睡，周围安静得出奇。半睡半醒间，董菲感觉耳边似乎并不是完全的安静，那种窸窸窣窣嗡嗡隆隆充斥着耳朵的声音似乎以前也感受过，但今天董菲才静下来去倾听。这声音就像闭上眼睛后呈现于眼前的细小密集的成片的光点一样难以捕捉。恍惚间，她仿佛陷入了一种类似冥想的状态，感觉自己逐渐被一种奇怪的幻觉包围，飘浮在半梦半醒之间。

第二天清晨，董菲被吵闹的闹铃声吵醒。

董菲坐起身清醒片刻，看着寝室另一边空荡荡的几张床，其余几位室友都已结伴上课去了。

今天丘教授的讲座在上午九点，七点的时候董菲就已经在图书馆外排着队等待入场。虽然李尉明让图书馆的刘老师帮董菲占个座位，但董菲觉得自己提早排队会更显得有诚意。

15 虚假的面具

到了快九点的时候，图书馆前面的队伍已经排成了百米的长龙。正在大家准备入场的时候，董菲的手机铃声又响了起来，是一个陌生号码打来的，迟疑了片刻才想起这就是吴云波昨天发短信的那个号码。

董菲很奇怪这个女人为什么阴魂不散地缠着自己，但出于礼貌，她还是客气地接起了电话。

电话那一边，吴云波没有拐弯抹角，而是直接说让董菲在十二点前必须赶到李尉明住的那栋楼下面。然后在楼下找个地方藏好，千万别让人看见。

这样突然的要求十分让人摸不着头脑，董菲当然不清楚吴云波的用意，还想再问清楚些。

不过吴云波并不想跟董菲解释太多，而是继续重复上面的那段话，让董菲赶在十二点前到那里，而且千叮咛万嘱咐让她一定要藏好，然后又加了一句“去不去由你”之后就把电话给挂了。

董菲被这突如其来的电话弄得莫名其妙，但她内心的疑惑却也愈加强烈。在激烈的思想斗争中，好奇心还是占了上风。董菲连忙将手里的书本收入手提包中，快步向学校的南门跑去。

李尉明居住的这个高档小区的植被绿化的确做得非常不错，在他们的楼下，有一片葱郁的紫叶李树林，还有茂密的金叶女贞的灌木丛。只要不是刻意地查看，一般是看不见这里还藏着人的。

董菲按照吴云波的吩咐，找了一块可以藏身的地方静静等待，恍惚间，几道奇怪的片段从她脑袋里一闪而过。在那极短的时间内，她作了一个决定。

现在是十点四十，董菲拿出李尉明给她的房门钥匙，内心忐忑难安。

董菲小心翼翼地打开李尉明家的房门，并没有如以前那样换上拖鞋，而是将鞋子提在手中，光着脚蹑手蹑脚地走进房内。关上房门后，董菲轻轻地走上一侧的楼梯，藏在阁楼的楼梯旁一处隐秘角落的书架后面。随后，她将手机关闭，就这么静静地等着，密切地注视着门口的动静。

时间一分一秒过去，看着书柜旁的时钟，现在已经十二点，董菲的心已经提到了嗓子眼。此时她的心情是十分复杂的，一方面她很好奇吴云波让她等待的到底是什么事；另一方面她也对即将发生的事情感觉到隐隐的害怕，矛盾地希望着什么都不要发生。

大约十二点二十的时候，焦灼难安的董菲听见门外有了动静，随即传来了开门的声音。

她听见了一个年轻女人的声音，当然还有李尉明。

董菲竭力压低和放缓了呼吸，躲在角落里密切地注视着进来的两人，她努力压制着此时混乱害怕的情绪。

待那二人走到客厅沙发处的时候董菲看清了那个女人的样子，高挑漂亮，看样子应该只有二十出头。董菲虽然是个时尚绝缘体，但是也能感受到这个年轻女孩浑身散发的青春魅力和时尚气息。

这位时尚靓丽的女孩称呼李尉明为“威廉”，看来这便是李尉明的英文名。董菲与李尉明在一起的时候，并不知道这些，她对李尉明果然了解得太少。

两个人用英文自由地交谈着，虽然董菲的英语听力水平一般，但连猜带蒙大概也能听明白他们之间的谈话内容。

这位漂亮的女孩名叫伊芙，刚从香港坐飞机来武汉，就是为了和李尉明一起飞去美国。两人的聊天里并没有提到那个国际心理学的会议，这时候董菲才明白李尉明昨天跟她说的下周飞美国参加国际会议，其实只是一个为了和这位漂亮时尚的姑娘赴约的借口罢了。

从他们聊天的亲热程度来看，他们两人应当认识很久了，让人感觉他们应是一对久别重逢的恋人。

李尉明与伊芙之间交谈的英文语速变快，董菲沉重的脑袋里嗡嗡作响，也没有心思去仔细听他们到底又说了什么，因为此时听不听得懂他们的谈话已是毫不重要了。

他们两人在一番热火朝天的交谈之后，便顺理成章地演变为翻云覆雨。两个人的衣服被胡乱扔在沙发的四周，客厅里的那个大沙发成了他们狂欢的场所。

面对这样的画面，董菲的大脑也丧失了思考的能力，她的脑袋里闪过各种莫名其妙的奇怪念头。蓦然间，董菲感觉自己跌落到了谷底，她的心也冷到了极致，呼吸变得缓慢，喉咙仿佛被一双手紧紧扼住。但出乎董菲自己的意料，这个时候她却仍然能待在二楼楼梯的角落里一动不动，木然的双眼透着楼梯间的缝隙看着沙发上的两个人。伊芙的腰上有一个很特别的蓝色纹身，董菲虽然看不清具体图案是什么，但那一抹妖艳的蓝色格外刺目，让董菲感到锥心的疼痛。

董菲不得不承认，他们两人的热烈程度和默契程度远超过自己和李尉明相处的时候。董菲有种感觉，那两个人才是郎才女貌的一对恋人，而自己是可耻的第三者和卑鄙的窥视者。

在这段时间里，董菲的双腿早已经变得麻痹，仿佛灵魂都被抽空，脑袋里一片空白。

激情之后的李尉明和伊芙在浴室里洗完澡，又换上了干净衣服。从两人的交谈中听得出，他们打算去这个城市里最高档的餐馆进行一次浪漫的午餐。在出门前，热情未退的两人还情不自禁地在门口拥吻。

董菲听见房门啪的一声关上，这间屋子又恢复了之前的死寂。

待他们离开之后，董菲瞬间瘫软倒下，僵直的身子靠在一侧的书柜旁。董菲不知道这时候是该庆幸还是该愤怒，或许应该按照吴云波的指示躲在花园里看到他们一同进出就行了，不该自作聪明来这里看得如此真切。但如果不是看到这一幕，董菲肯定还会因为李尉明的从容辩解选择原谅他。这时候，董菲的心仿佛已经被利刃捅得千疮百孔，之前的那些虚假的快乐在这个时候早已经荡然无存，她该看清自己了。董菲几次挣扎着站起身，却又再一次摔倒。董菲趴在地上做着深呼吸，不停地告诉自己一定要挺住，千万不能哭，不能被当成一个笑话。不过即便如此，董菲脆弱的自尊心在此时早已经碎成了粉末被风吹得无处可寻。

董菲走出房间轻轻关上门，像个行尸走肉一样离开了这个曾带给她虚幻美梦的地方。董菲走到翡翠湾旁，重新打开手机，拨通了吴云波的电话。

电话那头的吴云波听着董菲的讲述，随后约董菲在城东郊区一家位处偏远的小饭馆见面。

……

一个小时后，董菲来到吴云波所说的城郊的那家小饭馆。

一间雅座里，吴云波面色平静地看着董菲，问道："你应该是见到伊芙了吧？"

"我有李尉明家的钥匙，我躲在他家里看到的，看得很清楚。"董菲回答得很平静，仿佛是在说一个和自己毫无关系的话题，“是他给我的钥匙，他不会这样不小心。”

吴云波的笑容有些复杂，一方面有着得逞的神色，但另外一方面却对董菲表示出同情。她用略带同情的语气反问：“如果不是我给你打了这个电话，你会在没有告知李尉明的情况下独自去他家里么？”

“不会。”董菲摇了摇头，继而低头沉默。吴云波这一句话已经点在了要点上，她无法反驳，只能承认。

吴云波继续分析道：“李尉明他十分确定你不会独自去他家，他有这样的能力掌控一个人，尤其是你这样的。你认为你了解他么？其实你对他一无所知。”

董菲蓦然抬起头看着吴云波平静的双眼，她听出了刚才吴云波的言外之意，继而问她：“为什么这么说？”

吴云波目光平静从容，低声询问：“他最擅长什么？”

“心理暗示？”董菲感觉头皮一阵发麻，她想起那天晚上李尉明跟她谈到过作心理辅导的时候就用过这样的办法。

吴云波继续解释说：“就是在神不知鬼不觉中，潜移默化地影响一个人的思想和行为，让他按照自己的要求一步步走下去，但又不被察觉。李尉明敢把钥匙给你，因为他十分有把握掌控和预料你的行为。当然他忘记了再缜密的计划也会被偶然的因素干扰，比如我的出现和伊芙的突然到来。”

董菲面无表情默不作声，但此时内心已经是翻江倒海，不知道是被吓到的还是被那种虚情假意给恶心到了。董菲明白吴云波的意思，董菲也很清楚自己的情况，她的确就是一个浑浑噩噩又缺筋少弦的人，像她这样的人，是十分容易被操控的。李尉明只要用几个小小的手段，就能把董菲控制得服服帖帖。

吴云波继续火上浇油地说着：“所以我说你们两个不适合在一起，我见到你的时候就知道你是个头脑简单的人。昨天约你出来虽然知道不能说服你，但还为求心安，才多说了那几句。我也在想那张照片跟你到底有没有关系，希望没有关系吧。”

董菲始终一言不发，她脑袋里充斥着千万个杂乱无章的片段。

吴云波解释道：“我是今天早上才知道伊芙要从香港过来，我想这是个机会让你明白一些事情。伊芙是他的正牌女友，自然不可能让她住酒店。而李尉明又料定你不会一个人偷偷跑来，所以便有了后面这出。但李尉明最大的缺点是太过自信，呵，他自信到了自负的地步。你们觉得他很有魅力，但稍微接触就会发现这个人的可怕。”

董菲目光黯然无光，木然地望着吴云波，平静地问道：“你可以跟我说说这个伊芙吗？”

吴云波点点头：“我和伊芙也不算太熟悉，见过几次。我知道伊芙的中文名叫作苏玉，是华裔美国人。她和李尉明在斯坦福大学认识，到现在应该有五年时间了。她父亲是旧金山唐人街里首屈一指的富豪，她家的生意做得很大，家中的产业包括餐饮酒店旅游业等，总之很多。我不清楚李尉明为什么放弃美国那边的事业，回到国内当一个老师，但是从我丈夫那边得知，伊芙家里对李尉明返回中国也没有什么意见。而且伊芙的父亲对李尉明这位未来女婿非常满意，他们的婚事应该也已经被提上了议程。董菲，你知道我说的意思么？”

董菲双手紧握，蹙眉点头回答：“所以李尉明在这里待不了太久就会回美国和伊芙结婚对吧？”

“是的。”吴云波点点头。

董菲双眉紧锁，她努力让自己看起来镇定一点，继续问：“难道李尉明选择我做女友，只是因为在学校里寂寞了？”

吴云波神色稍显凝重，摇头说：“也不能这么讲，以李尉明的条件若想找女人解决生理需要会有各种简单直接的途径，用不着郑重其事地选择一位公开的女友。”

董菲痛苦地闭上双眼，两只手不住地颤抖着。

“平心而论，你觉得自己有能力从伊芙身边将李尉明抢走么？”

董菲摇了摇头，这个问题她根本不需要考虑，她和伊芙相比何止天壤之别？董菲十分清楚自己的条件，所以不抱任何幻想。

董菲此时脑袋里一片混乱，努力梳理着自己的思维。李尉明将钥匙给了自己就是给她吃了个定心丸，他当然知道董菲不会不打招呼就偷偷跑去他家。伊芙是他在美国的正牌女友，正牌女友来这里找他自然得让女友住在家里。李尉明做事缜密，但再缜密的骗局也会有漏洞。董菲想起了一句话：任何事都没有表面看起来那么简单，会出错的事总会出错，如果担心某种情况发生，那么它就更有可能发生。

董菲心里咯噔一下，怅然抬起头看着吴云波问：“你是怎么知道伊芙要来的？”

吴云波摊了摊手，平静地回答：“其实没那么复杂，很简单。我和伊芙有些私交，她今天早上在Ins（照片墙）更新了一个状态。我便查了下从香港飞这里的飞机的时刻表，再结合这个城市的交通路况估算一下，便猜到了他们到达的时间。所以我在电话里让你在十二点前赶到李尉明住的小区那里藏起来，但我没想到你会跑到李尉明的家里去。”

“你为什么要这么做？”董菲此时不知是该感激还是该痛恨面前的女人。

吴云波摇头道：“那天见到你，知道你是个不知真相且头脑简单的人。李尉明这个人……不简单。”吴云波下意识做了一个深呼吸，摇头说：“但我知道昨天我的话不可能劝服你，而且我也没有证据，即便说了伊芙的事情你也不会相信，没想到今天早上无意中看到伊芙在Ins的那条新状态，也算是老天帮了一把。”

董菲能感觉到吴云波的话里似乎还隐瞒了不少情况，但对于现在的董菲来说，她要做的并不是刨根问底。

董菲点头沉默片刻，才对吴云波说：“谢谢，我明白。”

吴云波苦涩地笑了笑，摇头道：“你不用谢我，要不是因为那张照片，我也不会多嘴跟你说这些。李尉明和周峰……我总觉得事情没这么简单。对你来说长痛不如短痛，早点知道也是解脱。”

两人相视苦笑着，两个女人在这个时候突然找到了默契。

这次谈话结束后，两人一前一后走出小餐馆。

此时已经天黑，吴云波站在马路边向董菲挥手道别，此时一阵急促刺耳的撞击声在夜色中响起，一辆满载的渣土车驰过，将吴云波卷入了车底。

救护车辆赶来时，吴云波已经身亡。董菲躲在角落里，注视着这一切，她就像一个懦弱的胆小鬼，蜷缩在角落里不敢出声。身边人们的议论纷纷，让她感到更加害怕。

董菲被突如其来的变故吓得魂不附体，她逃回了学校的宿舍，用被子蒙着头发狂一样地哭着，宣泄着内心拥堵的恐惧和不安。脑海里李尉明原本迷人深邃的眼睛，在这个时候却犹如幽冷阴森的鬼魅一样，浮现在董菲的脑海里，成为了她的梦魇。董菲的耳朵里依然充斥着各种奇怪的声音，窸窸窣窣，纷纷扰扰，一步步把她推向深渊。

事故发生的地段位于郊外，且沿途路灯多数没亮。而正在和吴云波闹离婚的周峰因为没有作案时间和证据，在接受了警察短暂的调查讯问后，便被允许离去。调取事发地段的监控后，吴云波的死被定义为一场交通事故。

16 逃离

次日清晨，董菲从痛苦的睡眠中醒了过来。手机还保持着无声模式，点开手机一看，并没有看到期待中的未接来电。董菲苦笑了一下，索性将手机关机。董菲感觉鬼魅般的影子似乎仍然盘旋在自己身侧，她多希望自己只是做了一场噩梦，然而昨天的事情并不是噩梦。吴云波的死，又将董菲的这个噩梦往前推进了一层，朝着万劫不复的方向发展。

董菲从李尉明和伊芙的谈话中得知，他们两个是后天的飞机去美国。他这时候身边有伊芙陪着，自然不会有时间管董菲，这是董菲逃走的一个好机会。

董菲的性格里有很大的逃避成分，遇到事情往往是消极应对或者一走了之。原本董菲有机会改变这些，可惜老天给了这个机会，却又这么快收走。

不知为何，董菲又突然想起那句话："任何事都没有表面看起来那么简单，会出错的事总会出错，如果担心某种情况发生，那么它就更有可能发生。"但此时，董菲不敢多想，只希望能快点逃走。

今天是星期一，九点钟的时候，院办的人已经上班。董菲来到院办，表达了自己要退学的意愿。院办的人问了些问题，董菲也都胡乱应付了。董菲拿着一份从院办领来的表格找到她现在的研究生导师签字，董菲的导师对于董菲要退学的意思虽然表示出了一点点惊讶，却也难掩眼中的惊喜。这种占着名额却不能帮他干活的废物学生，他早就想剔除出去了。

董菲退学的事情，会让很多人拍手称快。董菲不是一个讨人喜欢的人，而且因为李尉明的事情，她早就成了全校女生的公敌，她已经能想象到那个画面。虽然这个时候，这些对她来说都已经不重要了。

董菲用公用电话给妈妈打了个电话，说手机坏掉了正在修理，而且她在电话里表达了自己对家人的愧疚，也说好了会定时报平安，让爸妈放心。

董菲的妈妈在电话里听出董菲语气里的不对劲，反复追问董菲的近况。董菲解释说自己要重新找工作，一切重新开始，让妈妈一定放心。

将电话挂掉后，董菲望着蔚蓝的天空长舒一口气。随后，将李尉明家的两把钥匙装在信封里，交给了快递员。

董菲的退学申请已经递交教务处，还需要等待主管的副校长签字，正式办下来应当还需要一个月的时间。但这时候董菲最想的就是立刻逃离这个城市，找一个陌生的城市冷静冷静。这时候，不由想起了那天徐教授说的他在兰州植物病毒研究所的项目。董菲虽然现在不想要这个文凭了，但是却开始真心想学些东西，而且董菲也不想让徐教授失望。董菲决定立刻赶去兰州的研究所去找那位杨锦汉研究员试试运气，希望能得到对方的认可。

董菲在外面胡乱吃了碗热干面，提着手提包向宿舍楼走去。现在已经是晚上八点，天色已经暗了下来。董菲在离宿舍楼还有三百多米的时候，便发现了那辆白色的英菲尼迪。董菲感觉到一股气血突然涌上脑袋，连喉咙里也散发着血腥的气味，连忙转过身藏到木芙蓉林后的那栋破旧的办公楼里，小心翼翼地向宿舍楼那里望去。

董菲看见李尉明站在宿舍楼前来回徘徊，虽然看不见他的表情，但董菲能感受到他此时的焦急。

董菲藏身的这栋办公楼十分破旧，四周的铁栏杆都被铁锈侵蚀大半，到了晚上更加鬼气森森。她身后走廊里昏黄的灯光不住闪烁着，和她此刻的心境一样，似乎都像是因为感受到恐惧而在不停颤抖。

这样诡异的对峙一直持续到晚上十一点，董菲躲在这木芙蓉后的破旧办公楼的二楼看见李尉明接听了一个电话。李尉明挂掉电话犹豫了片刻后才转身走上车，缓缓开车离去。

李尉明走后，董菲终于松了一口气，趁着夜色偷偷跑回寝室。

董菲打开电脑，在网上买了一张第二天去往兰州的飞机票，这个时候买票肯定没有折扣，但这也阻挡不了董菲离开的心。一晚上的时间，赶快收拾好行李箱，带了几件衣服还有几本书。这时董菲瞥见了书桌上那只小闹钟，也随手将它收入到行李箱里。其余的东西，想等心境调整好了后再回来收拾，另外退学的一些手续还没办完，也想着等下次回来再一起收尾。

董菲买的飞机票是早上九点的，但她凌晨四点的时候就趁着夜色偷偷摸摸地离开了学校，赶上了早上五点半的开往机场的大巴车，以最快的速度逃离了这个让她恐惧的地方。

李尉明和伊芙的飞机比董菲晚一天，她是有意错开时间，避免一切跟他们相遇的可能。董菲直到坐上飞机的时候，才感觉自己内心的恐惧有了消散的趋势。这次决定去一个陌生的城市开始一段不求学位只求知识的特殊旅程，也为了调整她那乱七八糟的心情。等徐教授病愈出院后，董菲也算是能给他一个交代。

九点整，飞机准时起飞。董菲靠在座位上长舒一口气，假装释然地笑着，但隐忍许久的眼泪随即奔涌而出。

而这时候，李尉明已经来到了办公室中，快递送来的信封就放在李尉明的办公桌上。李尉明眉头紧锁面色凝重，冷冷地望着那个小信封。沉默许久后，李尉明才拿起那只小信封沿着一角撕开，两把银白色的钥匙从信封里掉落木桌之上，发出几声清脆的声响。

李尉明将两片钥匙捏在手中，略略泛白的镜片后的那双深邃的眼眸比平日显得黯淡。这时手机响起，是伊芙的电话。但李尉明并没有立刻去接听，等到铃声快到尾声的时候，李尉明才将电话拿起接听，二人约好了中午吃饭的地点，是在那号称亚洲独一无二的世纪餐厅里享受顶级的视野和顶级的美食，当然也是顶级的消费。伊芙是一个精致的女人，一切都要做到极致追求最好，所以李尉明这样看起来完美得无可挑剔的男人也正是她所中意的。

上午十点的时候有一堂心理学的课，台下的学生发现今天的李老师眼神苍白暗淡，李老师也不复以往的谈吐从容风度翩翩。李尉明的女友董菲退学的消息在不到一天的时间里便在这个学校的女生群里传遍了。在见到李尉明今天疲累颓废的样子后，她们便更加肯定了这个传言。这堂课结束的时候，李尉明对学生说起自己明天要飞去美国参加一个心理学会议，基础心理学课程会由陈老师代课。台下的女生听后十分不舍纷纷叹气，很多人课后还想再多问几个问题，但李尉明却借口自己身体不太舒服要回去休息，便匆匆离开。

就在李尉明与那位漂亮的伊芙小姐在高档的餐厅共享浪漫午宴的时候，董菲乘坐的这班航班也到了兰州。

飞机飞临兰州中川机场上空的时候，董菲从窗口向下望去，看见一片如褶皱般连绵不绝的苍凉荒芜的黄褐色山脉，内心感觉到一股莫名的凄怆和震撼。

“到火星基地了。”坐在董菲身前的那个人感叹道。

的确，从这个角度俯视这一片土地，董菲真的可以幻想出自己乘坐的飞船降临火星基地的场景。

董菲来到机场大厅，从传送带上取下行李，径直向大巴车走去。董菲坐在大巴车上拿出手机查看路线，也询问了身边的乘客。非常幸运，这机场大巴直接开到兰州大学门口，董菲要去的植物病毒研究所也就在兰州大学附近。随后，董菲将手机卡取出用力折断，她不想知道李尉明有没有联系自己，这时候不论哪种结果，对于自己来说都毫无意义。

董菲坐在靠车窗的位子，刺目的阳光从窗帘缝隙透入，灼痛了眼睛。但她并不想逃避这灼热刺目的阳光，反而愈加痴迷地望着正午阳光下的高速公路旁两边荒芜苍劲的山峦。这个时候她才看清，这山上的确是种了一些树，但这些树长得都格外委屈。那些快要干枯的树木的叶子枯黄稀疏，像是随时都会死去，就和董菲现在的情况一样。

两个多小时的飞行，一个多小时的车程，让董菲这个自认为倍受摧残的人感觉到浑身无力，只想蜷缩在某个角落里默默地死去。董菲睡得昏昏沉沉，全然不知车子已经到站。

司机拍醒了董菲：“哎，下车了！”

现在是一点半，董菲揉了揉迷离的眼睛，迷迷糊糊地走下车。

和附近山上所见的贫瘠全然不同，兰州市区里倒是有不少洋槐树，这里的季节比其他地方变换得晚些，所以洋槐花还未凋谢，能闻到浓郁的花香。董菲拉着行李箱，在一间快捷酒店住下。淋浴的水声开得很大，哗哗的流水声充斥着整个浴室，董菲想让这流水冲走自己的烦闷恐惧。

这次的行李带得不多，但董菲却记得将寝室里的那只小闹钟带来。临睡前，她将闹钟提醒设定在两点半的时间，随后便趴在床上沉沉睡去。午觉的睡梦里，董菲又被各种恐怖的梦魇包围，感觉呼吸越来越艰难，她感觉到那双扼住喉咙的手正在收紧。

17 生离或是死别

下午两点半那只小闹钟响起，刺耳的闹铃声把董菲从恐怖的梦魇里拽出来。董菲满头大汗，沉重地喘着气按下闹钟，捂着胸口平复着自己混乱的心境。她简单地整理好仪态妆容，便匆忙离开旅店向植物病毒研究所走去。

在一个热心学生的带路下，董菲来到杨锦汉研究员的办公室。这里的研究员也就相当于大学里的教授，所以仍然称呼他为杨教授。

这位杨锦汉教授的年纪和徐教授差不多，头发花白，但精神矍铄。董菲的突然出现，着实让杨教授吃了一惊。

在短暂的惊讶过后，杨教授十分客气地请董菲进屋坐下。董菲极力让自己表现得不紧张，简单地说明了自己的来意，而且将徐教授的意思转告给了杨锦汉教授。

董菲两手握紧，手心也渗出细细汗水。她很担心这样冒昧的来访，会被无情地拒绝。

杨教授抬了抬鼻梁上的眼镜架，用略带诧异的眼神打量着董菲，片刻后点头对董菲说："既然你已经从华大退学，那你就留在我实验室做研究助理吧。每个月3000元的工资，这里待遇不高，你觉得行不行？"

杨教授的话让董菲喜出望外，连连点头应下。她没想到杨教授竟然这么轻易就让自己留下，这位老教授简直好说话到让人不敢相信。之前董菲压根就没有想过竟然还会有工资，所以这个标准完全超乎她的期望，不仅能学到东西，而且比起在学校里混吃等死还要交学费实在强了许多。

杨教授揉了揉太阳穴，稍稍舒展眉头，对董菲说："你刚来，有没有找好住的地方？"

"我暂时住在酒店，想这几天打听寻一个便宜的出租房。"董菲回答得很有礼貌。

"你刚来这里人生地不熟，我让学生帮你打听打听。"杨教授拿起手机拨通了一个电话，对电话那头说道："孙婕，你来一下办公室。"

过了一小会，这个叫作孙婕的女生来到了杨教授的办公室。杨教授让她带董菲先去实验室熟悉一下情况，以及帮董菲打听附近租房子的行情。

董菲很感激杨教授能如此信任她，让她在这个生命的灰暗低谷又看到了阳光和希望。董菲向杨教授鞠躬道别，便随孙婕来到院子里。

孙婕问了董菲的一些情况，然后说："附近的房子也不好找，刚好我寝室有一个室友搬了出去，你要不就搬过来跟我一起。哦对了，你把你的手机号告诉我吧！我好跟你联系。"

"之前那个号停机了，刚好来了这里也要换当地号码，我先记下你的电话，明天我联系你。"董菲很感激孙婕帮了自己这个大忙。

看来董菲这一趟看似冲动任性的出走，却接连遇上贵人。

董菲和孙婕约好第二天再见面，她今天晚上回去收拾寝室，董菲也好好在这旅馆里暂时歇上一晚，调整一下自己的心情，准备一个全新的开始。

董菲去营业厅又重新办理了一个当地的号码，也只给爸爸妈妈打了电话问候，就说自己现在找了个新的工作学些东西。之前因为辞掉工作回去读研的事情跟爸妈已经吵过一次了，这次董菲又选择中途退学重新找工作，董菲能感觉得出她父母现在也不想再责备董菲的任性妄为，都只希望董菲在外面能平平安安。

电话那头的妈妈说："你在外面照顾好自己，要是觉得过得不好就回家调整休息，爸妈能养着你。"

董菲听到这句话的时候，眼泪又流了下来，却连连装笑应着，竭力不让妈妈发现自己在哭。

当天晚上，董菲躺在旅馆里的那张床上辗转难眠。她知道，这个时候还在想着李尉明以及两人之间的短暂快乐无异于饮鸩止渴。但是李尉明的影子却如鬼魅一样无孔不入，不断地侵蚀着董菲已经残破不堪的心。蓬松的枕头被眼泪浸透，董菲在迷迷糊糊中渐渐睡着。

千里之外的武汉的夜晚依然被初夏清雅的香樟香气包围。而这时候身在兰州的董菲并不知道，就在逃离这座她又爱又怕的城市之后，发生了一件大事：徐教授爬上了疗养院的6楼，飞身一跃跳下，死得惨烈。疗养院的解释是徐教授原本精神状态都已经恢复正常，却不料他在散步的时候趁其他人不注意爬上了顶楼跳下。而此时身在兰州的董菲却还以为自己来这里做研究助理是给徐教授出院的一个礼物，可如今这个简单的心愿也已经落空。

现在正是星期三的凌晨一点，再过13个小时，李尉明和伊芙将要乘坐下午的航班飞往美国。在李尉明房间一层的那间温馨宽敞的卧室里，伊芙靠在李尉明的胸口上，沉浸在香甜温暖的睡梦中。而此时李尉明却眉头紧锁、心事重重、夜不能寐。

……

董菲现在想的当然是尽力摆脱李尉明的影子，但她也知道在这短时间内，甚至有可能在未来很长一段时间里都无法抹去李尉明在短短几天内带给自己的一切。原本平淡无奇的生活因为李尉明在短短的时间里经历了如此大起大落，远比在游乐园里坐过山车来得刺激和恐怖。其实董菲从一开始就提醒过自己：自己和李尉明是两条完全不同的路上的人，是不可能有结果的。但那突如其来的天降幸运的狂喜冲散了董菲仅有的理智，即便有时候心里的理智尝试着让她清醒，但这微小的声音早已被喜悦和冲动淹没无踪。直到让董菲亲眼见到了那一幕，这才因为撕心裂肺的疼痛恍然清醒过来。

18 孟德尔的豌豆

兰州初夏的清晨还带着些许寒气，带来的几件薄外套在这个时候派上了用场。董菲装上新买来的电话号码卡拨通了杨教授学生孙婕的电话，两人约好见面地点。电话挂断后，董菲开始收拾行李，出门前又转进洗手间对着镜子抿嘴笑了笑，算是给即将开始新生活的自己一个鼓励。

孙婕已经在研究所门口等候，手里还提了一只荷叶饼。孙婕将荷叶饼递给董菲，微笑着说："猜你还没吃早饭，荷叶饼是兰州的特色，我觉得比牛肉面好吃。先帮你搬东西，中午的时候带你去吃正宗的牛肉面。"

孙婕的寝室原本是三人间，一个姑娘搬出去住了，现在就住着孙婕和张芸两人。张芸是一个大大咧咧、性格爽朗的姑娘，董菲的情况孙婕已经转告她了，她很乐意董菲的加入，还半开玩笑地说每周拖地又多了一个人可以排班。董菲原想着给点房租，但她们两人坚持不要，说本来是帮实验室的同门，给钱就是闹笑话，只要宿管阿姨不知道就一切太平，让董菲安心住下。

两人帮董菲收拾好行李，整理好铺盖，不多一会也就互相熟识了。

晚上的时候，寝室卧谈会就开始了。兰州的初夏夜晚温度不高，仍然需要盖棉被，三个人东扯西扯漫无边际地聊着天。

董菲聊到了来这里路上的见闻，说道了机场那片和火星基地一样的山地形貌，还聊到了山上那些半死不活的树，担心那些可怜的树坚持不了太久。说着说着，不免长叹一口气："兰州市区里的树还是挺多的，但附近山上怎么就那么贫瘠，是因为缺水吗？"

张芸接过话说："我们这里的山上每年都要种很多松树，还专程引了黄河水来灌溉，但十棵树里能存活两棵就很不容易了。说白了，这山上的土壤本来就不适合种松树一类的，山上适合种一些蓬草类的草本植物和沙棘一类的矮小灌木，种一些存活率极低的乔木完全是浪费。"

董菲想着张芸的这段话，继续问道："这里离沙漠不远了，能算是荒漠生态系统了吧？能在荒漠生态系统里存活的动植物都挺强悍的。"

张芸嘿嘿一笑说："强悍的物种太多了，比如更格卢科啮齿类动物能以干的种子为食而不需要饮水，也不需要用水调节体温。对了，还有一种逆天的存在，叫做'水熊'。你要有兴趣，可以搜搜这玩意的资料，真是逆天的存在。和很多动植物相比，人类实在是太娇贵了。"

"生命……很奇妙吧。"董菲微微闭上眼，冷不丁地冒出这句。

"是啊！生命的存在就是一个奇迹。"

"是巧合么？"董菲睁开眼，循着窗外晃动的灯光望去。

……

董菲很喜欢这两个新室友，第二天早上跟随她们两人去实验室，除了学习一些基础的生物实验操作技能，还需要恶补一些生物学的基础知识。虽然之前的专业也涉及生物学，但还达不到从事病毒学研究助理的要求。

实验室有些人很奇怪杨教授为什么会让一个半门外汉的人留在这里做研究助理，但是董菲现在只想将自己最大的潜能展现出来，而不是为这些无关紧要的质疑耗费自己的时间精力。

但有一件事情让董菲感觉非常奇怪，杨教授是病毒学方面的权威，而徐教授则是研究气象的，他们两人会有什么样的合作项目？在见到杨教授的时候，董菲也不好冒昧地问这个问题。今天听说杨教授去了青海盐湖所，所以实验室的那些人也懈怠了不少。上午十一点钟的时候，多数人都已经跑出去吃饭。董菲坐在实验室的一个角落里翻阅着遗传学书籍，她想通过这样的方式暂时忘记李尉明的那些事情。

小师弟白杨正在平板上聚精会神地玩着植物大战僵尸，正好被买饭回来的孙婕看见，孙婕调侃地笑着说："这都多少年的老游戏了，你还没通关啊？听说你这几天看老美的僵尸片吓得睡不着觉，要不你买几个豌豆辟邪吧！"

白杨将游戏暂停，从座位上探出头，狡黠地笑着，"问你们一个问题：说有一座城镇里住了一群科学家，一群僵尸听说科学家的脑子最好吃，便袭击了这个城镇，但最后僵尸们失败了。请问这是为什么？"

董菲和孙婕两人皱了皱眉，面对如此无厘头且无聊的问题表示十分不解。

白杨将声音提高了八度，高声地宣布答案："因为这群科学家里有一个孟德尔，啊哈哈哈哈！"白杨显然很欣赏自己的幽默，笑得前仰后合。白杨是个笑点很低的小男生。

孙婕是一个淑女，对于这样冷的笑话，她并没有表现出太大兴趣。而董菲却笑得直捶桌子，显然董菲和白杨的思维是在同一个"频段"上的。

董菲读遗传学教材的时候刚刚读到了这位孟德尔和他的豌豆，便索性将书本翻到这一页，又仔细地看了一遍，连连摇头却又不停点头。当年孟德尔通过研究豌豆发现了遗传定律，而这复杂的遗传编码、遗传定律怎么可能只是自然的巧合？这时候想起流浪数学家的那番话："这个世界都是以精确的语言编写的，我们人类甚至是整个世界都是被精心设计的！"董菲又不自主地想起那段玄学家的话："如果我们的世界是四维的，那我们人类必然也是四维的。如果我们只是三维，那么我们必然是存在于某个中心的意识之中。"

这时候，董菲突然陷入了一个奇怪的思维怪圈，就像莫比乌斯环上的那只二维小虫，还有荷叶之下的那群虫子，很渴望能爬上荷叶去看看外面的世界。

突然董菲被一阵奇怪的翅膀振动声吸引，她顺着声音望去，发现一只蜜蜂被挡在了玻璃窗之内，它想要飞出去。这个时候，董菲的心咯噔一下，莫名地觉得自己就是这只蜜蜂，明明看见了光明，但无路可去。这个预感很不祥，她不希望在这个时候再给自己这么多负面的暗示，这样不利于摆脱那些乱七八糟的梦魇。

孙婕走到窗户旁，打开了那扇玻璃窗，那只可怜的小蜜蜂便瞬间摆脱了这个玻璃牢笼，飞向了院外的花丛。

董菲释然一笑，方才的困惑和难过也随着孙婕打开那扇窗子而烟消云散，不由自主地说了一声谢谢。孙婕有些奇怪地看着董菲，不解地笑着问："你还没吃饭吧？"

董菲指着桌上的一包泡面说："我吃点泡面就行，最近胃口不好，别的也吃不下。"董菲从背包里拿出一只U盘，将之前写的那部半吊子武侠小说拷贝到电脑里。李尉明曾鼓励她将小说写完，在这里，董菲想将这个故事写完。这么做并非是为了李尉明，而是为了董菲自己。董菲明白，让自己摆脱李尉明的影子并不是刻意避免一切跟他有关的事情。意识这个东西很奇怪，如果竭力避免反而会愈加想念。就跟某部电影里的台词一样：如果不让自己去想大象，你首先想到的便是大象。

既然不能避免，那就顺其自然地面对！或许自己能找到打开那扇窗子的办法，或者等到为她打开窗子的那个人出现。董菲开始对着键盘敲击文字，尝试着修改小说里男主角秦云的命运，她不想对他太残酷。

董菲这个时候心里在想："如果我也是一个四维空间创造的三维人物，那么这个创造者又是如何规划我的命运的？'它'会不会对董菲笔下留情？"

"写什么呢？"孙婕站在董菲身后，看着屏幕上的文字问。

"写小说。"董菲侧过头笑了笑。

孙婕和白杨听到这句后显得十分惊讶兴奋，惊叹道："哇，你真厉害！啥题材的？"

"武侠。"

白杨凑到董菲身前，用十分佩服的语气说道："啥时候写好了给我看看呗，我忒喜欢看武侠！"

董菲笑着点头说：“现在喜欢武侠的人不多了啊！我是老派武侠的写法。”

“那我也喜欢看，毕竟也是同门，怎么说也要支持下吧！”白杨是捧场王，他的鼓励让董菲觉得更加有必要坚持这部武侠小说的创作。

董菲在创作的时候也会忍不住去想，如果小说里的人物能看到董菲这个“创世者”，他们会对董菲说些什么？记得很早的时候有一个游戏里的男主角喊了一句“我命由我不由天！”但那个故事的设定并没有另外的结局，虽然他抗争过，却也无奈屈服。游戏里和小说里的“虚构人物”没有自由意志，那如果是这个三维世界里的人又如何呢？

董菲现在也非常渴望能如爬上荷叶的小虫一般，获得一个全新的维度来纵观自己的生命轨迹。如果有人能看破时间这个维度，那么过去未来的事情都会尽收眼底，那么说这些人就是能预知未来的人，对于他们而言一切都是既定的、不可改变的。但是现在的量子理论又告诉我们一切皆是未定的，那么那些能预知未来的人或许只是看到了其中的一个可能性，也就是无数个平行空间中的一个。就如一个高维的本体投影在多个平行空间里的截面，就如那只可怜的薛定谔的小猫，也如董菲笔下的男主角秦云。董菲现在能看到秦云命运的很多个可能性，然后在小说里再给他赋予一个董菲喜欢的结局。

“既称为妄，云何有因。若有所因，云何名妄。”董菲借笔下男主角秦云之口说出了这段《楞严经》经文，也希望借此解答自己心中的疑惑。

19 “灵语”课题组

在董菲到这个实验室做研究助理的第三天，杨教授打电话让她去一趟办公室。董菲来实验室三天的时间，今天是第二次近距离和杨教授见面，短短三天的时间，他憔悴了很多。

董菲惊讶杨教授的变化，但更加让她惊惧的是，董菲从杨教授的眼睛里发现了徐教授的影子——就是那天在课堂上徐教授打翻茶杯时的眼神，疲累浑浊的双眼被焦虑不安填满。

当然这个时候董菲并不知道发生在另外一个城市里的徐教授的事情，董菲只是单纯地被眼前杨锦汉教授的眼神惊吓到，不自主地想起了当时的徐教授。

杨教授用略带嘶哑的声音对董菲说道："你去见徐教授的时候，他有没有告诉你来我这里的研究项目的内容？"

董菲抿抿嘴摇头说："徐教授让我办理转实验室的手续，还说了随后会让我来这里参与杨教授和徐教授的研究课题，还说过我可能会常驻西北，让我做好吃苦的准备。但至于课题内容，徐教授没有跟我提过。我从学校退学后，想认真学一些东西。摆脱学位压力的话，我会更自由一些。"

杨教授沉默片刻，用大拇指按压着太阳穴，对董菲说："我要去一趟北京，你和我一起去。买明天早上飞北京的飞机票，你去办吧。"

董菲将这件事应下，离开了办公室。虽然心中还是有很多疑惑，但她知道现在不是询问的时候。他们似乎都藏了很多秘密，这些秘密就像荷叶外的世界一样吸引着董菲这个居住在荷叶底下的虫子。杨教授要去北京，不带一个品学兼优的学生去，却要这个半吊子还没入门的研究助理陪同，这样的安排难免在实验室内部引起了一些小嫉妒。但孙婕和张芸都是豁达的人，她们得知这个安排，在表达了羡慕之后也祝董菲的北京之行顺利愉快。董菲从之前和室友们还有同门们的聊天中已经知道这位杨教授为人非常谦和，如其他地方一样，大家私底下也都称呼杨教授为老板。在这里杨教授也是出了名的"穷"，他从没想着在外面接私活，也从来没把学生当作廉价劳动力使唤，这点和徐崇辉教授是一样的。专心学术的老教授十分值得人尊敬。

董菲购买飞机票用的是白杨的电脑，白杨是个很热心的小师弟。他们两人的频道波段比较接近，总是聊着一些别人都听不懂的冷笑话。

这一天，董菲陪同杨教授坐上了飞往北京的航班，又一次从空中俯瞰那片贫瘠苍凉的山峦。

到达北京机场，已经有接待人员在机场等候杨教授。董菲这个小跟班头一次享受到这样高规格的接待，不免心中窃喜，颇为得意地跟在杨教授身后坐上了一辆小轿车。

小轿车四周有黑色的窗帘遮挡，董菲没办法欣赏沿途风景。一行人来到一处偏僻的地方，下车后就看见一座白色围墙围起的院落。院落门外有武警站岗，神情肃穆丝毫不容觑视，董菲识趣地避开武警的目光。在门口的时候，杨教授与一位工作人员起了争执。杨教授坚持让董菲进去，但那位身穿白衬衫面容冷酷严肃的工作人员毫不客气地拒绝了杨教授的要求。

董菲感觉面容灼烫难耐，像她这样的小角色竟让杨教授这样的人物为她跟人吵红了脸。杨教授虽然再三坚持，却还是没能说服那位固执的工作人员。后来走出来一位七十岁左右、很有官威的长者，他看着杨教授态度很不好地骂了几句。

董菲站在离他们有五六米的地方，清楚地听见那人说："你把不相关的人带过来已经是违反规定了！今天负责接待的几个人都要受到处分！这里是你胡来的地方？！"

随后一个工作人员走到董菲身边，让董菲往后走二十米回避。董菲十分识趣地跑开了三十多米，背对着那些争吵的人。

等争吵声消失的时候，董菲回过头小心翼翼地看了看身后的情况，杨教授和那位长者已经向院内走去。俗话说不做亏心事不怕鬼敲门，但董菲总觉得心里毛毛的，隐约感觉有大事会发生。

……

杨教授随这位长者来到了办公室内，又开始了一场激烈的争吵。

杨教授面色焦急，对那人说道："常钧言，你刚才见到她了，能长得这样像，绝对不是巧合！我考虑了好几天，才决定带她来这里，我希望你能给个机会证明！"

常钧言对于杨锦汉提到的所谓证据表现得十分不屑，骂道："老杨啊老杨！你怎么弄得跟徐崇辉一个样子了？科学研究不是凭借直觉做事情，长得像的人那么多，难道都有关系啊？"

杨锦汉抢过话来，吼道："多少研究都是因为直觉？！否认直觉就是否认了发现的第一动力！你做过那么多研究，又有多少和直觉没关系？凭什么我和老徐的就是错的！你不给这个机会，如何证明我和老徐是对的？"

常钧言拍着桌子骂道："我知道老徐的死让你受了不少刺激，但这件事情涉及机密，你如果擅自向不相关的人透露，将按照保密条约受到惩罚，你也会被剔除出这个课题组！而且无辜的人也会因为这个受到牵连！并非我不给你这个面子，是你这样胡闹的后果就是让这个研究课题从科学研究变成一个神棍笑话！"

杨锦汉也显得非常激动，破口大骂道："你以为你是量子物理的权威就可以凭自己的主观臆断否定别人的猜想么？！你他妈狗屁都不是！"

常钧言被杨锦汉的激烈言辞激怒，捶着桌子怒吼道："我是这个'灵语'课题组的组长，我有权终止你的组员身份！从现在开始，你被开除出这个课题组！不得再参与'灵语'课题的任何研究项目！"

杨锦汉似乎早就料到了常钧言的这个决定，冷冷哂笑着说：“你既然不相信玄学和直觉灵感，当时给这个课题命名的时候，你为什么也提名以‘灵语’作为代号？！”

常钧言被杨锦汉激得脸上青一阵白一阵，却刻意装作冷静地回答道：“‘灵’字一定代表‘神灵’？我国的空间站还叫‘天宫’，难道还指望着天上的神仙给我们建？你现在失去理智了，依我看很快就会变得跟老徐一样！我为你好，赶快回你的兰州待着，别再出来丢人现眼！今天你在大门口大吵大闹，已经丢人丢够了！”

杨锦汉一脸苍老疲累，望着怒不可遏的常钧言，他用低沉的嗓音问道：“老徐是怎么死的，跟你们有关吗？”

常钧言目光一沉，神情变得十分抗拒，虽然压低了声音，但也感受得到他嗓音中的愤怒，“老杨，你知道自己在说什么吗？我们犯不着用这种极端方式，用这种方式对我们有什么好处？更何况老徐也是我们的朋友和同事，他出意外，研究组的所有人都没有想到。哎，老杨！我们这些人，虽然算不上好人，但也不是冷血疯子。你回去兰州休息一段时间，这个课题让你也费了不少心。你的精神状态很差，是时候休息休息。”

……

董菲站在草坪外焦急地等待着，看见杨教授面色苍白步履蹒跚地从院子内走出。董菲不敢询问方才到底发生了什么，只希望自己的主动回避能少给杨教授带来一些麻烦。

杨教授让人帮忙购买了下午返程的机票，他这次离开得非常坚决，没有半点拖泥带水。

回到兰州，已经是晚上十点。杨教授心情烦闷，却又欲言又止的样子。一路上董菲小心翼翼地跟随着，不敢多说半个字。杨教授搭车回了家，董菲也提着行李向寝室走去。

寝室里的两位室友还没有睡下，她们都很奇怪董菲居然在一天内就在北京和兰州之间走了一个来回。

两个贴心的室友看着董菲这一脸委屈的倒霉样，连忙往董菲的杯里倒上热水。张芸问道：“我们杨老板虽然脾气还算不错，但有时骂人也会将人骂得狗血淋头，你今天不是撞枪口上了吧？”

董菲接过孙婕递来的水杯，对于今天发生的事情也不知道该怎么评论，就是叹气：“老板今天的事情可能办得不太顺利，就匆匆回来了。”

孙婕若有所思地点头说道：“老板这几天在办公室里的脸色也挺难看

的，不知道是不是因为实验经费或者是新课题申请的问题。”

张芸接过话来说：“老板为人太实在，典型的老派学究。老板都已经是二级教授了，以他的学术能力和科研背景，随便在外面接点私活或者弄个小公司什么的，不早就跟其他老板一样都换大房子换好车了么？哎，听说他早就有机会评上院士的，就是因为……哎呀呀，不说这些。董菲才回来，看样子累得不行了，早点休息。”

20 噩梦通灵

这个夜晚，不知道是不是因为太累导致的神经衰弱，虽然董菲感觉疲累不堪、头疼眩晕，但就是睡不着，脑袋里充斥着奇怪声响。那声音董菲之前也尝试描述过，就像在一种极静的情况下听到的背景噪声一样，嗡嗡索索。那种感觉和闭上眼后的视觉黑暗里飘忽不定又捕捉不到的各种细小飞点的画面融为一体。视觉和听觉的融合，通常称为通感，在那个时刻，董菲以为这两种感觉其实是一体的，只不过一个通过视觉的方式表达，而另一个通过听觉的方式传递。

不知折腾了多久，董菲才迷迷糊糊睡着。董菲做了一个很奇怪的梦：梦中的董菲犹如幽灵一样飘浮着，梦里依然是那间空旷的教室，墙角里蜷缩的慵懒肥猫，还有教室里稀稀拉拉的听众。讲课的人是徐教授，徐教授穿着一件黑色西装还打着领结，虽然董菲在现实中从未见过徐教授有这种装束。小小的讲台上被堆满了黄色白色的鲜花，旁边似乎还有……花圈？！董菲错愕地看着徐教授认真讲课的模样。此时董菲注视到了讲台下蓦然伫立的另一个人，那个衣着邋遢的流浪数学家正面容凝重地聆听着徐教授的讲课。董菲尝试着跟那个流浪数学家说话，问他怎么也在这里。

他目光呆滞没有一点神采，很冷漠地回了一句：“来送徐教授一程。”

董菲感觉一股冷风从脖颈处钻入，让她不禁打了个寒战从梦里惊醒过来。董菲睁着眼看着黑漆漆的寝室，听着室友们均匀的呼吸声，恐惧也逐渐淡去许多，随后又陷入了睡眠。

第二天，董菲从奇怪的梦里清醒后，迎接兰州的清晨。

和往常一样，八点半的时候董菲和张芸孙婕一同去往实验室。九点左右，她接到一个电话，是杨教授打来的，让董菲去他办公室一趟。董菲心里不免犯了嘀咕，不仅因为昨天在北京那个神秘院子外见到的场面，还有昨天晚上那个奇怪的梦带给董菲的不安和恐惧。

来到杨锦汉教授的办公室，他今天的状态虽然还是很疲累，但眼睛却有了些许神采，没有了昨天见到的那种浑浊。

杨教授让董菲快点坐下，还亲自给董菲端来一杯茶水。董菲受宠若惊慌忙接过，连连称谢。

杨教授询问："对于昨天的事情你一定很困惑吧？"

董菲双手握着茶杯点点头，却还是欲言又止的模样。

杨教授沉默片刻，才开始问道："徐教授之前都跟你聊了些什么？"

董菲低头思索，一边回忆一边说道："有时候扯得很远，很多零碎的信息，说到了时间的概念，也说了空间之类的，还说到了莫比乌斯环。"

"那我们就随意聊聊天，想到什么就说什么，不必太拘束。"杨教授说话很和气，让董菲放松了紧张的情绪。

董菲稍稍咬了咬嘴唇，问道："上次见到徐教授的时候都说他可以出院了，他现在出院了没？"董菲心里还在记挂着昨天的梦，昨天那个梦带给她很不祥的感觉。

杨教授低首沉默片刻："你突然问起这个，是不是有什么预感？"

董菲心里一揪，感觉到杨教授这番问话的弦外之音，这个时候董菲觉得脑袋里一片混乱，支支吾吾地说道："昨天……梦见徐教授出了事。"

杨教授眼神稍稍一沉，眉头紧锁，将声音放缓："就在你来兰州的那天，徐教授他从楼顶跳了下来，已经……去世了。"

"啊！"董菲惊恐地打翻了手中的茶杯，回想起昨天的那个诡异梦境，眼泪止不住地流出，大哭了起来。

杨教授叹了口气，问道："很多人都有类似的经历，在自己关心的人过世的时候，总会有莫名其妙的难过或者是做噩梦。说得玄乎一点，就是通灵，当然主流科学界都不愿意承认自己没办法解释的事物，但却没办法否认它们的存在。"

董菲竭力让自己表现得平静，但是这样的打击她还是一时难以接受，断断续续地说："那天徐教授跟我说，他倒一杯开水也会增加这个世界的熵，他活着很有负罪感。"

"生物的进化和人类社会科技的发展都是熵减少的过程，从无序到有序。老徐的负罪感完全没有必要，我们可以利用太阳的能源来减少自己的熵，现在宇宙正在膨胀，所以用来舍弃熵的空间还是很充沛。"杨教授的声音沙哑，继续问，"你是真心想在我这里学点东西么？"

“我想学点东西。”董菲点点头，语气坚定。

杨教授脸上露出宽慰的神色，点头说：“我和徐教授研究范围并不相同，徐教授没有说他和我合作的研究课题的内容，现在我可以从头跟你说起。我们第一次的合作是三十年前在新疆鄯善古墓群进行考古发掘。”

董菲认真地听着杨教授的讲述。

杨教授将电脑屏幕旋转到董菲这个方向，给董菲展示了几张当时考古发掘的图片。

杨教授继续解释说：“我当时正在和那边的研究所合作采集新疆旱区植物的样本资料，刚好洋海古墓出土了一批古代的植物，让我们去鉴定品种分类。而且古代干尸和植物标本上可能保留着古老的病毒，对于我们来说具有很高的研究价值。当时徐崇辉教授刚好也参与了这个古墓的发掘，他是气象学和环境学的专家，他做的课题就是文物的保存和新疆古代气候的研究。这是个国家级的考古项目，参与的专家学科和人数都是前所未有的，除了历史学、人类学的专家还有法医，甚至还有核物理方面的专家，这叫作大学科考古。现在有很多项目需要这样的大学科合作，不止考古这一项。”

董菲似懂非懂地点点头说：“我明白，考古中需要用到碳十四测年，还有用铀系不平衡法测地质年代，也需要历史和民俗还有地质方面的专家。”

杨教授点头继续说道：“墓葬群中出现了很多有开孔的奇怪颅骨，这种情况在东西方的考古发掘中均有出现。”杨教授给董菲展示了几张电脑图片，图片上的颅骨被开凿有大大小小各种钻孔，让人恐惧。

杨教授解释道：“但这几个颅骨的主人应该在实施开颅手术后不久就死掉了，毕竟古代的医疗条件有限。”

杨教授继续展示着一些图片，虽然董菲现在还不知道杨教授到底要引入一个什么样稀奇古怪的话题。杨教授点动键盘的手指突然停住，指着一张图片上颅骨的开洞位置问董菲：“你看得出有什么不一样么？”

董菲对这些完全不在行，尤其是面对这阴森恐怖的颅骨时，她都不敢多看一眼。

杨教授说：“这具颅骨和刚开始那一丛植物是埋葬在一起的，从出土的东西推断，它应当是部族里的一个巫师的。陪葬的植物是大麻，大麻有致幻作用。古代的巫师通过服食大麻从而进入一种神志不清的状态，达到他们认为的与神灵沟通的目的。这颅骨上也有开洞，和其他一些颅骨不一样，洞口附近有骨质生长的痕迹，说明这位族中巫师在开颅手术之后，还存活了相当长的一段时间。”

“啊……”董菲不禁感叹。

杨教授面色凝重，抬起鼻梁上的眼镜架，捏了捏睛明穴，继续说：“这么先进的开颅手术居然是在5000年前完成的，是不是很不可思议？”

董菲感觉背脊有点发凉，她隐约感觉到了杨教授话外的意思——难道文明真的是有轮回的？

杨教授看着董菲，继续说：“徐教授的情况我也大概知道一些，他有时候总会出现幻听幻视的情况，他偶尔能体会到一些以前从未感受过的奇异感觉。但是他一直在外人面前甚至家人面前都努力表现得和正常人一样。今年他突然情况失控，所以他被送到了医院。我们两人之间常用邮件交流，徐教授相信自己并不是疯了，而是具备了一种通灵的能力，他甚至能预感到未来的一些事。当然我在跟他交流的时候，并没有试图去否定他，因为我没有证据证明他就是错的。”

“通灵……”董菲脑袋里一时被各种杂七杂八的想法填满，让她感觉有些无所适从。昨天的梦境再一次浮现，让她不禁打了一个寒战。

杨教授点头说道：“你能跟我说说你对通灵的理解么？”

杨教授的问题也十分独特，让董菲想起当时和徐教授的两次交谈，董菲知道这是一次非常规的谈话。董菲紧咬嘴唇，她心中有种预感，杨教授是在暗示自己什么，而不是单纯讲那一次考古发现。杨教授是在用这种方式旁敲侧击，难道杨教授有什么原因不便明说？

董菲低头思考片刻，开始回答杨教授的问题：“其实这个问题，我之前也想过。我想的通灵可能并不一定就是和鬼神的交流，而是一些人通过某种方式突破了时间空间的限制，从而感知到了一些事情。”

21 被设计的世界

杨教授眼睛里闪过一丝异样的光亮，点头说道：“继续说吧。”

董菲点点头，努力整理自己的语言和头绪，“我之前从一本书上看到过，有人认为我们这个三维的世界是高维世界的一个投影或者说是一个截面，就是这个第四维时间截面上的体现。如果有些人能通过某种方式看透这个第四维度，也就具备了窥视未来的能力，也就是某种意义上的通灵。”

“你应该也听说过‘虫洞’和‘时空旅行’这样的理论吧？”杨教授

继续说道，“这两种理论经常出现在科幻小说和科普读物里，但它们并不只是用来猎奇和博人眼球的奇谈怪论，而是具备一定的科学价值和现实意义的。”

董菲稍稍思索片刻，点头说：“我对这个没有深刻的理解，我曾在一本书上看到过霍金的一个观点。霍金是量子宇宙论的支持者，他曾认为当大爆炸的宇宙从膨胀转变为收缩的时候，时间也会开始倒流，霍金当时认为时间的流逝方向就是宇宙的膨胀方向。虽然后期他收回了这个观点，但我觉得这个观点未必就没有道理。而在广义相对论中，时空也并不是平直的，会因为物质而变得扭曲，天文学中观测到的引力透镜现象已经是对这个理论的证明，而且时间也会因为质量和速度的变化而发生改变。很多科幻电影和小说，都说到了类似的场景，比如超光速而达到时光倒流的目的，或者是把载人的宇宙飞船送入虫洞之中，从而达到穿梭时空的目的。”

这个时候杨教授眼睛里透露出神采，他点头示意董菲继续说下去。

董菲也就大胆地开始高谈阔论了，拿起杨教授桌上的一张白纸，继续说道：“如果有一只二维小虫生活在这张白纸上，它要从这个角爬到对角上的话，需要走这么长的距离。但倘若用三维的视角来看，将这张白纸折叠一下，那么这只二维小虫将大大缩短自己的旅程，当然在它看来，它并没有看到空间这一个多出来的维度，它在这个旅途中却大大缩短了旅行用的时间。如果我们也具备折叠空间的能力，或者说具备通过更高维度旅行的能力，从而减缓时间的流逝。著名的‘费城实验’和‘天使之光’，应该就是通过强磁场折叠空间，而达到让事物隐形消失的目的。而在这种空间折叠的情况下，说不定会有更极端的事情出现，比如时间倒流。我也想过这种时间倒流会出现的悖论，可能倒流回去的世界并不是我们来的世界，而是另一个平行世界，就是那个四维本体无数个三维投影中的一个。”董菲喜欢用小虫子打比喻，因为董菲觉得自己就是那只希望爬上荷叶的小虫，也是那只希望能窥破更高维度的小虫。

杨教授对董菲这一番“胡说八道”的东西显得很有兴趣，点头问：“那量子纠缠你又是怎么理解的？”杨教授像是在刻意引导董菲的思路。

董菲点点头，“看书上说了一些，有科学家认为量子纠缠是一种鬼魅般的超时空‘心灵感应’现象。也有人分析过，认为这种现象并不难解释。在我们看来之所以难以理解，是因为人类这样的三维动物缺乏看透高维空间的能力。就像刚才说的那个二维世界中的小虫子一样，它看不到高维世界中的整体。或许这两个超距离、零时间感应的粒子，在高维空间看来是一个整体，就像一个人对着两面镜子，那个人动了，不同镜子里的不同影像也开始动。”

“那你认为这两个相互关联的粒子并非相互影响，而是同时受制于更高维空间里的本体？”

“嗯。”董菲点点头。

杨教授压低了声音，“人类尝试改变量子纠缠试验中其中一个量子的状态，而另一个量子也跟着相应变化，这个传输过程似乎并不受时间空间的限制，它们是同时改变的。但你有没有想过一个问题，如果这两个量子同时属于高维空间的投影，两个量子的状态改变了，那个高维度空间里的本体是否也改变了？也就是说，如果有办法改变你镜子中影子的行为动作，那你这个本体会不会也跟着改变？三维世界的投影也许对四维世界的本体存在‘负反馈机制’，这个四维本体和三维粒子有没有可能是互为因果关系的？”

杨教授这个问题很深奥，董菲感觉自己又陷入了一个思维怪圈的泥潭中：也许所谓的因果关系和时间关系，只是我们被困于三维思维时才有的错觉。

董菲眉头紧锁，此时心里一片混乱，垂头思考片刻，用不太有把握的语气说：“有可能吧，之前和一个人聊过，他认为我们的世界是被精确的语言编写的。按照他的意思，我们的世界是由一个更高维度的文明创造的。但如果这种量子纠缠的现象可以解释本体和投影的相互影响，说不定我们这样的低维度世界也是可以影响高维度世界的发展。”

“你相信这个世界是被精心设计的么？”杨教授问这句话的时候，董菲已经从他的语气里感觉到了他心中的答案。

董菲点点头，她心中也是这样的感觉。虽然不知道为什么，但本能地相信这些。

杨教授继续说道：“刚才我提到了考古发现，判断一个遗迹是人为还是天然形成，所需要的证据相对简单，比如头颅上出现的空洞是因为疾病还是人工开凿的行为，通过判断孔洞的规则程度以及周边有无打磨痕迹就能得到结果。”

随后杨教授又补充问了一句：“假如有人告诉你一栋高有300米的大楼是天然形成的，你会相信么？”

董菲摇了摇头，这个答案显而易见。

杨教授继续说道：“生物的基因构成远比这300米的大楼要复杂上万

倍，但可笑的是，很多人相信一块被敲打得有棱有角的燧石是人工设计打磨的产品，却不相信生物的遗传密码是被精心设计的结果。但这个世界所展示的远比最精细的智能生命的设计要复杂得多，这个世界是被设计的，同样这些被设计的动物植物也会通过主动或者被动的改变而达到对于设计者的反馈。当然我今天说给你的这些，教科书上是不会告诉你的。你有时间可以去看看剑桥的数学家约翰·康威做的生命游戏，他在电脑里模拟出了一个二维世界的宇宙。”

杨教授今天对董菲说的这些，远比在疗养院和徐教授的聊天要出人意料得多，也比和李尉明的几次谈话更让董菲感觉毛骨悚然不寒而栗。董菲这个糨糊一样的脑袋，很短的时间里被各种奇怪的“阴谋论”的语句填满，什么“以愚天下黔首”、“举头三尺有神明”、“你所知道的，只是他们想让你知道的”……董菲有一种隐隐的感觉，其实大家都是在表演真人秀。比如董菲小说里的那个武侠世界，如果他们能感觉到董菲在这个世界对于他们一举一动的窥视，会不会也觉得很可怕？或者说他们在恐惧之后，也会大吼一句“命自我立！”用来反抗所谓“天命”，但他们是否具备自由意志？从量子纠缠现象引出的那个话题，如果通过改变投影能改变那个本体，那么小说里的人物也应该有改变作者的能力。想到这里董菲的手微微发抖，在塑造小说里的那些角色时她确实有了一些改变，虽然将这个例子和量子纠缠放在一起说显得牛头不对马嘴，但是董菲却固执地认为，这两者之间必然有相关性。董菲相信她在刻画秦云的同时，秦云也改变了她的很多想法，高维世界和低维世界并不是统治与被统治、决定与被决定的从属关系，董菲开始相信再不起眼的小虫也有改变世界的能力。

杨教授看出了此时董菲内心的争斗纠葛，看来董菲是一点就透的学生。对于这个结果，他十分满意。

22 神秘的团体

杨教授继续说：“刚才说得有些远，说说你这几天在实验室里做的实验，我们用现代的仪器手段改造生物的遗传基因。同样，这样的作用在自然界里也存在。这个世界被设计了出来，但并非一成不变，自然界中会出现各种基因突变，但不论何种突变，都是遵循严格的遗传语法规则的。当然在自然的随机突变和精心设计的突变中，经过智慧生命刻意设计的显然要技高一筹，艾滋病就是这样。”

“啊！”董菲突然想到，“我曾经听过一个宗教教派的某种说法，说艾滋病病毒是天神为了惩罚人类道德的堕落而创造的。”

杨教授扶了扶镜片，用很从容的语气说道：“这种说法并不全对，的确是针对人类道德堕落而产生的，但并非神明，而是人为。人类感染的艾滋病病毒的确基于天然存在于黑猩猩体内的病毒，经过人为的精心设计之后，就变成了一场世界瘟疫。”

“竟然……有这么邪恶的人？”董菲感觉到两只手的手心里已经渗出冷汗。

杨教授神色凝重，继续解释说：“那些人并不认为自己邪恶，他们认为现在人类破坏环境违背自然规律，而他们做的这些反人类的事情，才是替天行道。”

董菲若有所悟：“我记得大学上环评课的时候，有个老师跟我们说过美国的一个生物学家，他是极端环保主义者，他的书在号称言论自由的国家都是被禁的。他认为人类是这个世界上最不应该存在的生物，人类灭绝了这个世界才会恢复美好。难道就是这样的人在改造艾滋病病毒吗？”

杨教授摇头答道：“这个人我知道，肯定不会是他。他太嚣张太乖戾，他的一举一动都受到严密监控。改造艾滋病病毒这样的事情可以被以‘危害人类罪’处死，改造病毒的人根本不会像那人一样每天高谈阔论引人关注。引起关注对于他们来说不是好事，所以他们行事相当低调。就是因为这个原因，所以这些人都十分神秘。他们有很多秘密的网点，分布于世界各地，而且他们中的人也通过一种很隐秘的交流手段来联系，躲避侦查。各国的相关部门对这个组织都显得无能为力，根本无从下手。引起艾滋病的HIV病毒很奇特，每次有新的疫苗要问世的时候，它总能巧妙地改变自身基因从而躲避疫苗的威胁。目前最有效的艾滋病治疗方法仍然是20世纪何大一博士所创的鸡尾酒疗法，通过各种抗生素的组合避免HIV对单一抗生素产生抗药性，从而达到抑制艾滋病病毒复制的目的。何大一当年曾认为，这个办法能让艾滋病彻底治愈，但事实却是病毒复制虽然得到抑制，但总有一些病毒能巧妙地隐藏起来，躲过药物的攻击。老话说‘道高一尺，魔高一丈’，那些人对于艾滋病病毒还有其他新型病毒的改造从未停止。”

董菲感觉到寒冷正慢慢渗入骨髓，她仿佛正在靠近一个前所未知的黑暗领域。

杨教授的眼神里充满了疲累感，声音略带几分沙哑："到目前为止，只有一例艾滋病完全治愈的案例，对于全世界数以千万计的感染者而言，治愈的可能太过渺茫，而且艾滋病的传播速度远远超乎官方所报道的。"

董菲点点头："这个报道我听说过，说那个柏林病人因为同时患上了白血病与艾滋病两种绝症，在接受骨髓移植之后艾滋病竟然痊愈，这太不可思议了！"

杨教授镜片后的眼睛闪烁着让人难以捉摸的微光，反问一句："你觉得这个治愈的个例只是巧合么？"

董菲被这句话噎住，诧异地看着杨教授深邃的眼睛。

杨教授继续说："这位被治愈的患者被植入了具有CCR532缺陷型基因的骨髓，之后他血液中新产生的免疫细胞同样具备了CCR532缺陷型基因，这个缺陷基因专门针对HIV的感染机制，从而达到了治愈的目的。这样极具针对性的治疗，并不是用巧合就能解释的。"

杨教授的这句话，犹如当头一棒，敲醒了迷迷糊糊的董菲，她立刻不由自主地重复那句，"这个世上，没有那么多巧合。"

杨教授能感受到董菲此时所承受的震撼，他继续补充说明："倘若一个人身患绝症，有医生找到他希望在他身上做一个实验，虽然没有100%成功的把握，但是对于那位身患绝症的人来说，却也是一线希望，他没有道理拒绝。治病救人的生物技术和医学很多时候也是见不得光的，当然官方媒体不会承认。他们只会说这是一系列巧合造成的结果，但仔细想想就知道漏洞所在。这样的实验成功的例子不多，失败的案例都被隐藏。在治疗艾滋病的研究上，看起来正义的一方用的方式不见得就光明磊落多少。根据世界卫生组织的调查统计，在非洲艾滋病感染最严重的地区，已经有一些人出现了对HIV免疫的现象，可以当作是自然选择的结果，也不排除是人工的基因改良的可能。"

"我听说过有些国家会在不发达地区以所谓医疗慈善的名号进行新型药物的临床试验。"董菲的手心和脊背上满是汗水，听完杨教授的这段分析，小声说道，"一股子血腥味，我听说现在还出现了阴性艾滋病。"

杨教授神色变得凝重，点头说："的确，这种病人在发病期的HIV检验都为阴性，但是却具备一切艾滋病病人的特征，现在还缺乏证据证明这是一种新型病毒还是一种集体癔症。学术界针对这个一直争论不断，可怕的是这类病人只在亚裔中出现，很可能是有针对性的。"

董菲感觉到头皮隐隐发麻，用试探性的声音小声问道："那个团体……那些人到底想做什么？是代替‘天神’惩罚堕落的人类？”

“据现有资料所知，改造病毒只是那些人所作所为中很小的一部分，他们的成员里肯定包含了当今各个学科里的一流专家。他们的目的是保留优良人种的基因，重新开始文明。他们相信文明的轮回循环，这一季文明结束后，他们便是下一季文明的创世者和设计者。他们改造的病毒虽然霸道，但传染途径有限，所以他们很有把握自己不会被感染——在这一点上，和你之前提到的那个宗教团体的观点很像，他们觉得这是对人类不道德行为的惩罚，以及对人种进行优胜劣汰的选择。”

“可怕……”董菲的衣服已经被汗水浸透，虽然兰州的夏天是很凉爽的。

杨教授继续说道：“病毒传播虽然迅速，但是感染途径也有限。他们中有不少人已经迫不及待想要当创世者，希望尽快地重建文明，目前的病毒感染这一条单一的途径已经不能满足他们的要求。所以他们迫切需要更加快捷有效且又便于控制的武器，继而迅速地达到毁灭世界重建文明的目的。”

“挑起核战争？”董菲蓦然一怔，惊恐的眼睛直直地望着杨教授，等待他的回答。

杨教授很快否定了核武器这个猜测，他摇头说道：“如果大规模爆发核战争，人类文明的确有可能消失，但是这个团队精心策划的文明重建的火种也会毁于一旦。那些野心勃勃的人也有可能死在核战争之中，而且核武器对于这些人来说可以当作老古董了。你刚才说到了费城实验和天使之光，虽然缺少第一手的官方资料，但我们有理由相信这些都是真的，他们的手段和这个类似，比如利用强能量折叠空间。”

“折叠空间的目的不是为了时空旅行？”董菲的心跳加快到了极限，感觉心脏都要跳到嗓子眼了。

杨教授摇了摇头，说道：“费城实验和天使之光同样不会得到官方承认，但我们知道物质和能量都有折叠扭曲空间的作用，折叠空间除了利用强能量场，还可以通过微型黑洞来实现。但微型黑洞极不稳定而且蒸发极快，目前的情况并不是空间武器的最佳选择。而且黑洞武器一旦使用，对于制造者来说也可能是灭顶之灾，所以那些人自然也不会考虑，所以他们选择了空间武器。当然空间武器并不是这些人的独创，每个有实力的国家都不会放过对于这样一种威力强大的武器的研发。”

“杨教授的意思是除了某些国家的官方项目，还有些人在暗地里研究这种恐怖武器用于恐怖袭击，目的就是毁灭现在的人类文明？”董菲小心翼翼地问。

杨教授往后稍稍一靠，点头道："是的。"

董菲很希望杨教授只是在讲一个精彩的虚构故事，但看着杨教授认真执着的样子，董菲明白他不是在开玩笑。可这些如果是真的，他为什么要跟董菲这样一个毫不相关的人说？她不禁想，杨教授是不是也疯了？

杨教授望着墙角做出了一个微笑的表情，继而又转过头对董菲说："今天跟你说的这些属于严格保密的资料。另外，我的办公室是被严格监控的，今天跟你说完这番话后，自然有相关的人会找到你。之后，你就有机会知道更多更高层的机密。"

董菲猛地咽了一口唾沫，脸色变得惨白，心脏疯狂地跳动着，有一种要死的感觉——她的确是被杨教授吓到了。董菲当时很想对杨教授说：其实我什么都不想知道，是你非要说啊！

这时候杨教授却轻松地笑了笑，摇头说道："你不必紧张，你需要做的就是在事情发生的时候尽量保持镇定。我的教学生涯应该也就此结束了，希望我不会像老徐那样想不开。"杨教授说完，递给董菲一个U盘。

董菲忐忑地接过U盘，不敢再看杨教授的脸。

杨教授看了看手表，点头说道："你先回去吧。"

董菲如获大赦，仓皇逃走，跑回了寝室。寝室里暂时就她一个，她坐在床边喘着粗气，手里还握着那个U盘，但是她没有勇气去看里面的东西。董菲一把将U盘丢进了垃圾桶，惊恐地盯着垃圾桶方向，感觉到心脏跳得好像要抽搐一般。大约过了十分钟，董菲又发神经一样从垃圾桶里将U盘捡了出来，塞进了自己的手提包里。董菲没敢看U盘里到底放了些什么，虽然好奇心特别强烈，但是恐惧感也让她不敢去一窥究竟。

23 预言的另一半

在这次谈话的第二天，也就是董菲来这个实验室做研究助理的第六天的时候，杨教授果然出事了。据说杨教授是因为健康问题住了院，然后又听说因为当地医疗条件有限，所以被送往了北京接受治疗。随后的几天里实验室的学生都被重新分配了导师，董菲这位临时的研究助理也理所当然地失业了。杨教授当天对董菲说的话算是应验了一半，接下来该董菲"倒霉"了。如果杨教授是因为精神问题而胡言乱语的话，董菲当然不会有事，但是杨教授如果说的是真的，那董菲肯定也会因为知道了不该知道的而倒大霉——当真有那么严重?

那天晚上，实验室的人聚集在实验室里，很晚都不肯散去。这样突如其来的变故和十分迅速地更换导师的安排，让所有人都不知所措。董菲没有参与他们的谈话，只是坐在角落里的电脑面前，将杨教授给的U盘插上电脑，小心翼翼地点开文件夹。

U盘里只有一个图片文件，文件名叫作“Key”，奇怪的是这样一张图片其大小竟然有800MB……让人不禁暗暗倒吸一口凉气，为了打开这张图片，这台破电脑花了足足十分钟。

图片的内容没有想象中的炫酷诡异，这只是一张房间的图片。阳光卧室，粉蓝色的窗帘，很温馨，但也没什么特别。但一张图片就有800MB大小实在是有点奇怪，董菲灵机一动，尝试着放大图片。虽然电脑反应偏慢，但却不影响她强烈的好奇心。随着图片的放大，这漂亮的卧室内景也变得模糊起来，这有些不对，因为这么大的图片，像素不可能经不起十倍放大，800MB的玄机到底在哪里？董菲疑惑不解。实验室其他人也没空搭理此时坐在角落里的董菲。他们可能觉得董菲来这里的时间太短，所以对于杨教授出事显得十分冷漠。

Key……钥匙……董菲默念着这张图片的文件名，钥匙可能会留在门上的锁孔里，或者被扔在桌子上……董菲尝试在这个图片里搜寻钥匙的踪迹。

现在已经是夜里十一点，实验室的众人也差不多都离开了。张芸和孙婕临走前让董菲也早点回去，董菲敷衍着答应了。

初夏寒凉的夜里，从窗外传来的虫鸣声此起彼伏，很快实验室里就剩下了董菲一个人。董菲坐在电脑前仔细观察着这张图片的每一个细节，不敢有半点疏忽。

这张奇怪的图片被放大后，清晰的图像都变为模糊的小点。这样看不会有结果，董菲却又不甘心放弃，突然想到如果这图片的部分图层被隐藏了会怎样？董菲火速打开白杨的电脑，记得他电脑上安装了Photoshop。董菲用Photoshop再打开这张图片时才发现这张图片上竟然有几百个图层。这些图层的命名毫无规律，也没看到任何一个叫作Key的图层。难道上百个图层要依次点开么？董菲随意打开了几个图层看，发现除了风景就是莫名其妙的黑点，她依然没有半点头绪，放大后也看不出什么名堂。

这次解密游戏又一次陷入僵局，但直觉告诉董菲这上百个图层绝对不是毫无意义的。董菲重新打开图层选项，仔细看着这些貌似毫无规则的图层命名，图层名是字母和数字的组合。既然没有叫Key的图层，也没有相似名字的图层，会不会是好几个图层组合的结果？董菲尝试着先将所有图层关闭，然后按顺序逐个打开名字中含有字母“K”、“E”、“Y”三个字母中任意一个的图层。当董菲打开二十几个图层的时候，电脑屏幕上呈现出一幅模糊的轮廓，当第三十七个图层被打开的时候，那张人脸已经清晰起来，虽然只由黑白灰三种颜色的像素圆点组成。

这一刻，董菲感觉夏夜的温度都降到了冰点，一阵阵寒气从背后袭来，让她牙齿打战。

董菲直直地望着那张脸，竟然是自己的照片——不对，是镜像的，就像董菲自己照镜子一样，虽然只有黑白灰三种颜色。

为什么会这样？！董菲感觉喉咙里一阵不适，嗓子像被什么东西堵住了一样。突然电脑屏幕开始剧烈闪烁，同时实验室的几盏灯也开始闪烁。董菲吓得赶紧闭上眼睛，生怕这时候睁开眼会看到恐怖的东西。

大概过了十几秒钟，董菲察觉到实验室的灯光不再闪烁，才敢睁开眼睛。仓皇地关掉电脑后，她继续望着已经熄灭的屏幕上映出的自己的脸。

一股莫名的恐惧从董菲心头涌起，同时混杂着强烈的不安。董菲趴在桌子上发疯似的哭了起来，直到睡着。

第二天清晨，感觉到有人拍了拍她的肩膀，董菲这才茫然地抬起头，一眼看到身旁的白杨。董菲睁着红肿无神的眼睛，脸上的睡痕和泪痕交错，显得格外憔悴。

白杨关切地询问道：“你怎么在这里睡着了啊，一晚上没回去？”

现在是早上七点，白杨有晨练的习惯，今天这么早来实验室是为了收拾东西，没想到看到董菲趴在他桌子那里睡着了。白杨显然很同情这个才干了没几天就失业了的董菲，关心地问：“没吃早饭吧？要不要给你带个荷叶饼回来？”

董菲点点头，然后又趴在桌上发呆。现在的她，很像一个痴呆木讷的傻子。

白杨有些无可奈何，耸耸肩膀转身走了出去。

七点过十分的时候，董菲的手机响了，是张芸打过来的。电话那头她显得非常焦急，“我们都睡过去了，醒来才知道你一晚上没回来，你没事吧？”

“我在实验室睡了。”董菲用迷迷糊糊的声音回道。

“啊，那就好。”张芸松了口气。

挂掉电话后，董菲对着手机屏幕发呆，脑袋里浮现的还是昨天看到的那张人脸。董菲没法把它等同为自己，因为那张脸不像是活人有的。董菲还不能理解杨教授的用意。或许只能等杨教授预言的后半段实现，有人来这里找到她之后，继而解开她心中的疑问。但从那天谈话到现在也过去好几天了，按照他们的办事效率如果要找董菲的麻烦，不至于拖到现在。或许他们觉得董菲的分量不够，没有必要在她这里耗费精力、时间。如果真的是这样，杨教授的这次精心安排便要落空了，他要是知道会不会很伤心？

就在董菲发呆的时候，一只搔首弄姿的荷叶饼在董菲额前晃荡，白杨还递过来一杯温热的豆奶。

“谢谢。”董菲接过白杨递过来的早餐，开始大口大口地咀嚼，想要把内心的不安和忧虑当作这只饼子嚼碎吞掉。

“你和荷叶饼有仇啊？！”坐在一旁的白杨冷不丁来了这句。

董菲抬头看着他，问道：“干吗这么说？”

白杨用他惯有的坏笑回应道：“要不你的吃相为什么这么凶残？像是这荷叶饼欠你钱一样，哈哈！”

董菲的反应出奇地木然，又低下头吃着早饭。

“你要不要去别的老板那里碰碰运气，再找一个研究助理工作？”白杨收起他那副玩世不恭的笑容，一本正经地说。

董菲迟钝的脑子里慢慢吞吞地考虑着白杨刚才的那个建议，片刻后才摇了摇头说：“不了，我还是重新找个工作吧，但是不想再在研究所里做研究助理了。”

“还留在兰州么？”

董菲又咬下一大口菜，嘟囔着说道：“不知道，在网上投投简历试试运气。”

“你就先别急着走，张芸和孙婕两个师姐都挺好的，现在哪里能找免费的出租房？”

“确实。”董菲还是一副无精打采的模样。

“我的新老板是刘元副研究员，不过他主要的精力放在青藏高原那一块。哎，往后少不了挨饿受冻和被高原反应折磨！”白杨往后一靠，后脖子搭在椅背上头，望着天花板上斑驳的痕迹叹气，“看你心情也不好，要不今天一起爬山去呗？”

“不想去，烦。”董菲闭上眼睛，也往椅背上一靠，继续问：“你跟着杨教授的时候，有没有参加过什么特别的课题？”

“怎样才算特别？”白杨皱着眉头看着董菲，两条浓黑的眉毛扭得跟毛毛虫一样，显得格外滑稽。

董菲思索片刻，轻轻咬了咬自己的嘴唇，说道："就是和平时做的生化、病毒等方向的研究不一样的课题，比如跟考古有关的。"

"考古？"白杨显得很诧异，摇头说，"我跟杨老板的时间也不多，他做的课题也没啥特别的吧，你不也大概知道些么。"

董菲继续问道："我知道现在的很多考古研究是大学科考古，老板是病毒学，在古墓里发现一些久远的植物，说不定能扯上点关系。"

"这个啊！你去小木虫上发帖问下，说不定有类似的。"白杨不紧不慢地答复着。

董菲抿嘴点点头，又陷入混乱的思绪里。

白杨拍了拍董菲的肩膀，宽慰劝道："别瞎想了，现在我们都很担心老板，但是在这里着急也没用呀！要不就去公园里散散心，中午我请你吃饭。"

"哦，好。"董菲这时候仍然神游四海，回忆着那些乱七八糟的信息，徐教授和杨教授给的提示都太少，而且十分零碎。

这里最舒服的就是夏天，尤其是清晨时分，董菲和白杨两个人一前一后走在公园里。公园里的槐树枝叶繁茂，两人选了靠湖的一张桌子，一人泡上一杯三泡台，就坐在这里闲谈聊天。

两人都很默契地不去谈杨教授的事情，因为害怕刚刚好转的情绪又陷入低谷。

大约十点的时候，董菲的手机突然响了起来，是妈妈的电话。

原来董菲在学校里办理的退学手续还有一些后续事项没弄完，董菲换了号之后，学校那边联系不上董菲，才辗转联系到了董菲家里。

董菲心里很忐忑，答道："妈，你放心，我会弄好的。"

妈妈在电话里又嘱咐了董菲几句，让她快点把学校的事情处理好，别让父母再担心了。

挂断电话后，董菲竭力掩饰着自己内心的不安。

"你没事吧？"白杨喝了一大口茶水，眼神带着好奇。

"没什么事，就是华大那边的手续还没弄好，可能过几天得回去一趟。"董菲抿了一小口八宝茶。

"你那会干吗要退学啊？"白杨很好奇董菲当时做出的决定。

"个人原因吧。"董菲的回答多少有点漫不经心。

白杨显然没有被这个理由说服，又继续问："你怎么对病毒学感兴趣的？"

董菲没有回答白杨的这个问题，却问道：“你用小白鼠做过实验么？”

“那当然，这是必修了。”

“有没有觉得那些小白鼠很可怜，下不了手？”

“刚开始有一点，后来也麻木了。实验室女生居多，很多人不敢处死小白鼠，每次这伤天害理的活就交给我了。”白杨略带不忍地闭上眼，故作慈悲的表情显得有些夸张。

“呃……那你是怎么做的？”董菲小口地抿着茶水。

白杨认真地用手比画着，解释道：“一手掐着小白鼠的脖子，另一只手扯住尾巴……啪！就这么一扯。”白杨的语气里没有半点同情，似乎就跟砍瓜切菜一样寻常。董菲当时想劝他有空读读佛经消消业，但最后还是忍住了。因为董菲知道，连自己都做不到，怎么好拿来劝人？

白杨继续说道：“是不是听不下去了啊？这种伤天害理的事情我做多了，也就麻木了。啊，对了，你啥时候动身回那边办手续？”

“过几天吧！你什么时候去青海？”董菲心不在焉地问着，脑袋里还在想那张图片的事情。

白杨的手机这时候响了起来，是孙婕打过来的，约好了中午一起吃饭，也算是这个小团体的一顿散伙饭了。实验室里的人感情都还不错，这次杨教授的事情对他们的打击也挺大，可惜也不能去探望杨教授。

白杨挂掉电话，对董菲说：“张师姐和孙师姐都到饭馆了，中午我请客。”

中午的聚餐大家显得兴致并不高，虽然没说明，但大家都知道是因为杨教授的事情。那一大盘羊羔肉都没几个人动，也就白杨一个人硬着头皮全吃完了。

午饭结束后，白杨笑嘻嘻地说他马上要去青海野外受罪了，几个师姐都不说点关心的话。一群人也装作没事人一样嘻嘻哈哈一阵，也便散了。

24 冯美娟

回到寝室后，董菲倒头就睡着了，今天她真的是累得精疲力尽。

半夜董菲又被恐怖的梦魇缠住，感觉胸口沉重得难以呼吸。董菲感觉整个人不停地往下沉，身体重得仿佛都要嵌入床铺一样。

董菲根本无法睁开眼睛，眼前纵然是漆黑一片，但是那张肖似自己的脸又如鬼魅般飘浮在那片漆黑之中。

突然董菲一声尖叫，从梦中惊醒猛然坐起，汗水不住地滴落。张芸和孙婕也被董菲这一声嘶喊吓得不轻，连忙打开床灯，惊恐地看着此时惊魂未定的董菲。

“没事吧你？！”张芸也被吓出了一身冷汗。

董菲重重地喘息着，梦魇还未淡去，对于自己的失态吓到室友，她感觉十分内疚。

“对不起，刚才我做噩梦了……”董菲捂着胸口，眼前那张灰色的人脸还是挥之不去。

孙婕摸了摸董菲的额头，关切地问道：“没事了吧？要不我们陪你说说话，老板这一出事情，我们心里都不好受。哎，你想好之后怎么安排了吗？”

董菲抱着膝盖，将下巴落在两膝之上，有些茫然。此刻她也没想好自己要去哪里，回家是不行的，自己都27岁了还混成这德行。董菲不想回家见那些八婆亲戚，因为不想听他们嚼舌根。现在兰州也待不下去了，学校那边又得把后续手续办了，现在只能先回武汉了！但如果碰到李尉明怎么办？哎，不管了！董菲现在内心极度混乱，扶着头说：“我得回武汉，学校那里的手续还没弄完。哦，我重新找了工作换了号码会联系你们的。”

“什么时候回去？”

董菲思考片刻，回答道：“明天吧，不知道多待一天又会出什么事情……”董菲后半句话是说给自己听的，但不自主地说出了声，让另外两人很是不解。

董菲意识到自己的失态，摇头说：“我怕耽误那边办手续，之后还有一堆事就不好办了。”

“走那么着急？”

董菲连忙打开手机，点头说：“嗯，还有很多事。我先看看有没有机票……唔，还有，贵了点，管它呢！”董菲索性付了款，假装轻松地笑着说：“明天中午十二点的机票。”

孙婕叹了口气，对董菲说：“你走这么急，哎，怕是白杨小弟弟要伤心了！”

“胡说什么呀？他才多大……我都能当他阿姨了！”董菲对于孙婕的这个玩笑表现出了不快。

张芸笑着说：“你来这里没几天，好多好吃的都没尝过吧？烤羊肉烤鱼啊，还有鸡蛋牛奶醪糟，你要是没吃过就太可惜啦！要不现在我们去吃夜市吧！吃完夜市，早上回来我们帮你一起收拾，中午送你去机场。”

三个吃货一拍即合，立马穿好衣服，对宿管说肚子痛要看急诊，就匆匆忙忙跑了出去大快朵颐。

……

董菲来兰州的时间不长，因为实验室每天的事情排得满满的，她也没有机会出来尝一尝当地最有特色的小吃。

这天晚上三人的聚会，也是为明天的分别饯行。三个人认识的时间不长，却跟其他闺蜜好友们没什么区别。最起码在吃上面，三人是有共同语言的。

夜市里，香浓的鸡蛋牛奶醪糟配上焦香鲜美的烤鱼，再加上每人手里握着十几串的烤羊肉……看起来颇有点“不破肚皮终不还”的架势。

在美味食物的面前，那些让董菲不愉快的阴霾也顿时消散得无影无踪。三个人说说笑笑，一吃吃到了将近凌晨三点，才勾肩搭背地回了寝室。

……

第二天中午，三人来到机场拥抱道别后，张芸和孙婕目送董菲走入候机厅。

飞机起飞后，董菲再次从舷窗往外看着那片犹如火星基地的褶皱山脉，原以为来这里可以逃避李尉明带给她的恐惧，没想到才隔了一个多星期又要回去。至于李尉明，他应该还在美国吧！他之前当作借口的那个国际心理学会议是真是假董菲并不知道，但那位千金富豪小姐伊芙肯定不会让李尉明回来这么早的。先前就听吴云波说起，李尉明跟这位伊芙快结婚了，董菲忍不住去想，李尉明这次去旧金山，是不是去跟这位伊芙小姐筹备婚礼的？

董菲闭上眼睛，靠在飞机座椅靠背上，忍不住又流泪。虽然说好了不会再去挂念，但思绪却仍然忍不住往那人身上飘。这种自虐的情绪，总是萦绕在心头，难以挥去。

飞机降落在武汉的天河机场，从机场出来，董菲打车回到学校。但她并没有回宿舍，而是先给院办打了个电话咨询办理退学手续的事情，院办老师对董菲说，让她去一趟郭校长办公室。

“去校长那里？”董菲突然想起退学手续里最后一步是需要主管业务的副校长签字。

董菲来到郭校长的办公室，发现还有一位很有气质的中年女人也在这里。

郭校长对董菲介绍道："这一位是从北京过来的冯美娟教授，专程为你的事情过来。"

"我？！"董菲很诧异，心里开始打鼓，不免想起了这些时间发生的那些奇奇怪怪、没头没脑的事情，不禁暗暗发憷。

这位冯美娟教授大约不到四十岁的样子，微胖，长相和善，这么年轻就是教授了，看来她也不简单。

冯美娟站起身，温和笑着，对董菲点头说："董同学，我的研究课题是生态方向。不知你愿不愿意加入我的课题组做研究？华大这边保留你的学籍，不耽误你拿硕士文凭。"

董菲心里咯噔一下，想起杨教授当日说的那段话，难道成真了？

冯美娟继续说道："兰州植物病毒研究所的杨锦汉教授跟我们的研究所推荐过你，这样你能接着从事你感兴趣的研究课题，又不耽误拿到华大的文凭，你觉得这样的安排怎样？"

这位冯教授说的董菲"感兴趣"的研究的实际所指当然另有深意，其实她们两个人心里都明白。董菲感兴趣的并不是研究课题，而是杨教授那天谈话里所说的更高层机密。两人心照不宣，外人自然听不明白。

"谢谢冯教授能给我这个机会。"董菲决定收起自己的懦弱，勇敢面对即将到来的一切，不论是福是祸。

郭校长对董菲说道："因为你的情况特殊，所以你的答辩时间会给你单独安排。"

三人将董菲以后的安排以及一些事情交代得清清楚楚，董菲和郭校长道别后，便随冯美娟走出了南二楼。

在那片茂密葱郁的法国梧桐小道上，两人差不多并排地走着。

冯美娟对董菲说道："你今天收拾下，将需要邮寄到北京的东西打包邮寄。"冯美娟递给董菲一张名片，又嘱咐说："收件人和地址都写名片上的。"

"冯教授，我……"

还未等董菲说完，冯美娟就打断了董菲的话，解释说："等你去了北京会告诉你详细情况。明天下午五点半的高铁去北京，时间很紧。你四点前赶到武汉站，还需要你用身份证取票。"

这位冯教授的出现是在董菲的意料之内的，所以董菲并不十分惊讶，心里暗暗想着：他们既然知道董菲这时候会回武汉，看来对她的一举一动他们都清楚得很，果然是躲不掉的。看郭校长对冯教授很客气，而且冯教授让董菲去北京做研究，学校还能破天荒地为她保留学籍安排毕业。看来这位冯教授来头不小，或者说董菲这次牵扯的事情不小。

与冯教授道别后，董菲又回到了这间寝室。离开了一个多星期，寝室里的布置还是原样。即便已经单方面宣布跟李尉明分手，但“李尉明女友”这个名称，一时间还是摆脱不了的。

董菲将寝室的门关紧，开始整理打包自己的东西。明天要把这些都打包收拾好，还真是艰巨的任务。

寝室里的人习惯性无视董菲的存在，这次也不例外。董菲一边收拾打包，内心也被周遭的冷漠所刺痛。

曾经听说，人间的痛苦无非就是“贪嗔痴”所引起的。毕竟，超凡脱俗云淡风轻，置身尘外无恼无忧的圣人，古今中外能有几个呢？到头来，还是回到了一句话上：道理我都懂，但就是做不到。

董菲就这么陆陆续续地折腾到第二天中午十二点，才把这些乱七八糟的东西打包好。时间紧迫，她火急火燎地打电话叫了快递公司过来收包裹。一部分寄回家，一部分邮寄去冯美娟教授留下的那个收货地址。等到一切弄妥当后，已经是下午两点。她也顾不上吃饭，又匆忙地赶往高铁站，用身份证取了车票，便立刻过了安检，正好赶上检票登车的时间。

匆忙登上高铁，找到她的座位后，董菲这才松下一口气瘫软坐下，气喘吁吁地对着身边的冯教授说道：“还好赶到了，冯教授。”

冯美娟点头一笑，伸手与董菲握手，温和说道：“董菲同学，希望我们之间的合作愉快。”

“合作？！”董菲有点诧异冯教授用这个词语形容两人的关系，不解地笑了笑。

冯美娟点点头，说道：“对，是合作。”

25 场景再现

高铁到达北京后，已经是将近凌晨。董菲跟随冯美娟乘车，随后来到一所位于五道口的生物医学研究所内。

给董菲居住的宿舍已经安排好，冯美娟简单交代几句之后便让董菲早点休息，因为明天一早就要开始新的工作。

董菲简单洗漱后，倒头便睡着了，因为实在是太累也来不及多问多想。

第二天早上八点，董菲准时来到冯美娟的办公室外。

“冯教授。”董菲进门后很有礼貌地向冯美娟问候。

冯美娟点点头赞许着说道：“你很准时，请坐。欢迎董菲同学加入‘灵语’课题组，我是‘灵语’课题组的副组长，组长是常钧言教授，之前你见过的。过段时间，我再带你去见常教授。”

“我见过？”董菲回想起那天随杨锦汉教授来北京，在那个神秘院子的门口见到的那个很凶的人就是常教授？董菲之前还以为冯美娟会像杨教授那样带自己立刻去那个神秘院子，现在多少有点遗憾，因为董菲很好奇那个武警站岗戒备森严的院子里到底藏了些什么。常钧言和冯美娟虽然在一个课题组，却不在一个地方办公。这也不奇怪，杨教授还远在兰州，照样加入了这个课题组，有了网络之后空间距离已经不是问题。这时候一个念头从董菲脑袋里划过，这个网络通讯有点像折叠三维空间缩短距离的那个通道啊？不过网络信息传输和真正的实时量子通讯的差别还是蛮大的，也并不等同于数学意义上的另一重维度，也无法与空间折叠而形成的爱因斯坦罗森桥产生相关性……董菲脑袋里堆满了奇怪的念头，一时间她也找不到头绪。

冯美娟神色平和，继续说：“我的方向并不是环境科学而是医学，我主要研究的是人体的脑神经系统。很抱歉，昨天不得不说自己是环境专业的。当然，这些郭校长都知道的，你加入我们课题组也是需要高层领导批准的。”

“需要高层领导批准才能加入啊，这是个什么项目？”董菲心里咯噔一下，瞪大眼睛问道：“我对医学完全不懂的！这个‘灵语’是什么课题？”

冯美娟温和地笑着，对董菲解释道：“这个是探索未知领域的项目，需要很多不同专业协同合作。”

“嗯，这叫作大专业课题。”董菲恍然大悟。

冯美娟点点头说：“对，在你正式加入我们课题组之前，还需要对你进行短期培训和心理评估。这个项目属于严格保密项目，你还需签署保密协议，会对你的生活有一定影响。”

“这么严格？”董菲感觉心里毛毛的，不免又担心起来。

冯美娟继而解释道：“杨教授所接触的并不是课题的最核心内容。”

“就连杨教授都不能接触最核心？那我……”董菲微微打了个寒战，她并不因为这个感到荣幸，反而因此感觉到害怕。

“这次让你参加课题，特意请了郭校长，也是希望能让你打消顾虑。”冯美娟很坦诚地解释着。

董菲点头回答：“这个我知道的，冯教授考虑得很周到，谢谢。”

冯美娟浅浅一笑，站起身说：“现在你需要接受一个小小的测试，需要一点时间，请跟我来。”

董菲忐忑不安地跟随冯美娟来到位于研究所二楼的一间别致的房间内。说这个房间别致，是因为这里布置得格外温馨，完全不像一个研究机构的风格。屋子里是浅蓝色的墙壁，点缀着绿色缠枝花草的墙贴壁纸，屋子的陈设透着普通家庭的温馨感觉。屋子东侧的博古架上摆放着几只别致的小陶瓶，还有一盆金边吊兰。屋子西侧的玻璃茶几上摆放着一小盆浅紫色的风信子，旁边还摆放了一套竹制茶具。茶几旁摆放的两张白色的布艺沙发上，放有几个颜色各异的抱枕，花色活泼可爱。

冯美娟示意董菲坐下，微笑着问：“喜欢什么曲子？”

“嗯，喜欢轻柔的音乐。”董菲环顾四周，心里很好奇，为啥这样的研究机构里还布置着如此温馨的一个房间，难道是会客专用的？

“准备了几首。”冯美娟取出一只小音箱插上U盘，随后小音箱开始播放久石让的曲子。冯美娟继续对董菲说道：“这里比较适合聊天，我们两人之间就随便聊聊，虽然是一个小测试，但你大可放轻松，不需要太紧张。”

董菲还是有些紧张，稍稍侧过头看着茶几上的那盆风信子，小声询问：“我和杨教授的对话，你们也都是知道的。杨教授所说的那些信息都很零碎，很多我也不明白。”

冯美娟接过话题，解释说：“我们并不是有意要监控杨教授和你的谈话，那天杨教授是特意打开了他办公室里的摄像头，连接到‘灵语’小组，是他有意让我们看到你们之间的对话。你跟杨教授说你是在梦里知道了徐教授去世的消息，详细说说。”

董菲眉头微微动了下，一边回想那些诡异的片段一边说：“以前听说过类似的事情，没想到自己也遇到了。”

冯美娟对这个梦境很感兴趣，继续问：“详细说下你在梦里见到的情形，还有描述下你在梦里的感觉吧。”

董菲有些疑惑，为什么冯教授要问这个问题？但梦境里的东西，醒来能记得的本已经不多，现在让自己回想细节更是不可能。

董菲稍稍思索片刻后，便摇头说："不记得，只记得梦里梦见徐教授过世。"

冯美娟眉头微锁，语调温沉缓和，帮助董菲去回想那些零碎的片段，"人脑很奇妙，对于记忆也分为瞬时记忆和永久记忆。瞬时记忆和大脑额前叶有关，这个部分约占大脑皮层的百分之三十。很多人能做到同时接收大量信息而过目不忘，就是这个区域在起作用，但多数人的瞬时记忆并不会保留太久。做梦是个很奇妙的过程，但多数人在醒来后的数秒内，梦里所接收的信息很多都会忘记，偶尔能记住一小部分。不过这种'忘记'并不是真正的遗忘，而是被埋藏。有一句话我很喜欢，'那些事情你并没有忘记，只是暂时记不起来'。"

"暂时记不起来……"董菲默念着这句，聆听着音箱里传出的动人旋律，在脑海里努力搜寻和那个梦境有关的所有片段。

董菲皱着眉，小声念着："是在一个教室，对……就是徐教授给我们上大气课的教室，还有……"

冯美娟聚精会神地听着董菲的叙述。

"梦里还有一个人，在梦里是他告诉我冯教授过世的。"董菲猛然间回想起。

冯美娟继续问："那个人对你很重要吗？"

董菲眉头紧锁，脸色有些苍白，摇头否定道："那个人很奇怪，我连他的名字都不知道。"

"那他一定给你留下很深的印象？"冯美娟继续问道。

董菲神色凝重，缓缓点头："是挺奇怪的一个人，感觉他的出现也太巧合了。他还跟我说，世界上没那么多巧合。"

"跟我说说这个人吧。"冯美娟语气平和。

董菲不由自主地皱起眉头，稍稍叹气，一边回忆一边说道："那个人说自己是个流浪数学家，是研究数学与自然语言的，挺奇怪的吧？他还说数学是构成世界的基础，我们这个世界是被精确地编码设计的……疯疯癫癫的一个人，最后一次见他，是在图书馆。他嚷着要见丘成桐教授，后来被保安赶出去了。"

听完董菲的描述后，冯美娟用柔和的声音继续问道："你在梦里有什么特别的感觉？比如类似飞翔或者飘浮……"冯美娟尝试着引导董菲的思维。

董菲眉头微微皱起，面露为难和疑惑的神色，摇头说："那种感觉描述不出来。好像是，又好像不是，总之梦里的感觉很难用现实语言描述。”

冯美娟对董菲的观点表示赞同，她点点头，继而问：“你能描述下梦境里那间教室的布置和摆设吗？”

“这……”董菲不知道冯美娟为什么要问这么奇怪的问题，董菲蹙眉思索着，却实在回想不起更多细节，只有些模糊的回忆。

冯美娟稍稍点头，对董菲解释说：“那你还记不记得我那间办公室的陈设？没关系，慢慢想，从你进门开始，最先看到什么，之后又留意到什么？”

董菲闭上眼睛，开始随着冯美娟的引导去回想她办公室的陈设，恍惚间进入了一种半梦半醒的迷离状态：“刚进门看见一盆绿萝摆在右边的角落，绿萝旁边是一个书柜，上边摆了几本书……”

冯美娟目光沉静，语调柔和，“你还记得都有些什么书吗？”

“从右往左，《现代遗传学》《微生物学》《神经生物学》《人体解剖学》……”董菲在不知不觉间竟然念出一大串书名，她似乎是在一种无意识的状态里再度走入冯美娟设定的那个空间，之前的一幕幕清晰呈现在眼前。董菲说完这些的时候，过了大概两三秒，才从刚才的状态里回过神来。

冯美娟欣慰一笑，微微眯着眼望着董菲的眼睛说：“不错，你的瞬时记忆比你自己认为的要好得多，空间位置记忆和场景复原有助于重塑记忆。你现在需要的，就是训练自己瞬间记录海量信息的能力。”

“这些都是‘灵语’课题的一部分？”董菲心里不停地犯嘀咕，对于这样的开局，难免感觉到有些莫名其妙。

冯美娟点点头：“是的，这段时间在这里，会对你进行一系列记忆训练。”

董菲望着冯美娟小声问：“你们课题组为什么选中我？和那张图片有关系么？”董菲在提到那张图片的时候，还是感觉到一股寒意从脚底升起。

冯美娟神色略显迟疑，继而又谦和一笑，“哦，我们课题组主要研究记忆力和人体潜能，那张照片是综合了很多记忆力出类拔萃的人的特征后得到的合成图片，刚好你和图片里的人长得很像，所以我们选定你作为实验课题成员，以后会让你逐步接触课题的核心内容。哦，你现在生活上还有什么需要的吗？”冯美娟平静地解释着。

“我想见杨教授。”董菲说出了自己的要求。

冯美娟摇头拒绝了董菲的这个要求，回答道：“杨教授在境外参与合作研究课题，暂时不能回来。”

“是这样？难道不是因为泄密被关起来了？”董菲不太相信冯美娟的说法。

“我们不做软禁和绑票的事情。”冯美娟说的话还挺幽默，继续说道，“杨教授他是国内顶尖的病毒学专家，因为事态紧急只好让他停下手头所有项目。不过因为时间太巧合，所以让你有误解。”

董菲双手交叉紧握放在膝盖上，低头看着自己的手，小声问出了她一直担心的事情：“加入这个课题之后，我还有自由的空间吗？”

冯美娟的笑容平静温和，有治愈的能力：“这是合作课题，并不限制人身自由。平时的学习工作之外，其余时间你可以自由活动。如果要请假，你提前跟我请假就行。但我们这个项目为涉密项目，相信你能有这份责任心，平时和非课题组人员交谈的时候不要提及工作。”

董菲点头应下，她心里还想着那张图片的事情。如果真是因为这样而使得他们接纳她成为“灵语”课题的成员，那自己的身份到底是实验者还是被实验者？董菲想起杨教授之前说到的，很多科学研究并没有表面上看起来那么光鲜，只不过官方不承认而已。

冯美娟察觉到董菲的不愉快，点头笑着说：“今天下午和明后两天都放你的假，这几天你在北京好好逛逛，记得晚上十点前回宿舍。调整好状态，后面的课题研究可不轻松。”

董菲虽不是十分情愿加入这个课题组，但此时内心的好奇已经战胜了恐惧。董菲抿嘴笑着，想要掩饰内心的不安，点头道谢：“谢谢冯教授。”

“说说，有什么观光计划？”冯美娟语气和善地问道。

“想去看升旗，去一趟故宫，逛逛王府井……哦，对了，还有颐和园。”董菲呵呵笑着，虽然她是第二次来北京，但上次打了个转就回去了。因为那一次哪都没逛成，董菲的心里还是挺遗憾的，这次自然不能错过。

这次交谈后，冯美娟让董菲做了一份简单的心理问卷测试。随后董菲便查好路线背上包往王府井奔去，去这号称第一的商业街见见世面。

26 二维生命游戏

冯美娟独自一人靠在沙发上看着董菲的心理测评结果，也思考着董菲刚刚说的那些细节，随后拨通了常钧言办公室的电话。

常钧言刚刚从新疆出差回到高能物理研究所，接到冯美娟电话的时候，常钧言的语气显得有些不快，问道：“这件事情你没询问过我的意见就向上级请示让董菲加入这个课题，这属于越级行为。”

冯美娟显得相对冷静，反说道：“现在我这里有些进展。”

常钧言眉头紧锁，面色严肃，冷冷地说了一句：“下午你到我办公室来。”

冯美娟挂断电话，便开车前往常钧言办公室所在地，那个位于郊外的神秘院子，即高能物理研究所。

常钧言脸色严肃地看着推门而入的冯美娟，语气冰冷地说：“小冯，坐吧。”

“你脸色不好看，看来实验并不成功。”冯美娟在常钧言办公桌一旁坐下，将董菲的心理测评报告交给常钧言。

常钧言只稍稍扫了那份报告一眼，便将这份报告扔在一边，面露不悦，严厉地说道：“新疆的量子干涉实验室的设备调试已经接近尾声，这么多人的努力，不能又打了水漂。‘盖亚’对我们的一举一动清清楚楚，欧洲原子能机构里有‘盖亚’的人，强子对撞机的多项实验结果遭到泄密。‘盖亚’他们在享用我们的实验结果，我们却对他们的研究进展一无所知。现在各国的研究机构里都在搜寻内奸，对于实验人员的选择慎之又慎。但是，你却在这个时候弄来一个莫名其妙的人。”

冯美娟目光一沉，认真地说道：“我是要另辟蹊径，墨守成规的后果就是坐以待毙。”

常钧言神情里带着一丝愤怒，用严厉的口吻斥责道：“我不希望不相干的人搅进来，对我们课题组没有任何好处，如果是‘盖亚’他们扰乱我们思维的烟雾弹呢？”

冯美娟依然平静地说道：“除了这张图片，也没有别的有效线索。”

“这世界上长得像的人太多了，这会不会就是一个巧合？或者是‘盖亚’那群人故意误导我们的。”常钧言还是不愿意接纳冯美娟的意见。

冯美娟却显得颇为自信，稍稍抬了抬下巴说道：“常组长，你怎么解释强子对撞机黑洞衍射实验后所呈现的痕迹斑点图像？我们在法国的合作伙伴也相信这一切不是巧合。”

常钧言反驳说：“人的大脑习惯性捕捉和人脸相关的事物，所以一些看上去似是而非的东西也被误认为人脸，火星上那个看起来像‘脸’的阴影不就是个闹剧吗？你不觉得你的行为十分的迷信吗？”

冯美娟面对眼前这个顽固不化的常钧言，继续解释："那常组长现在还有什么别的途径吗？更何况什么是迷信？你自己都不能说服自己。那不是相似，而是一模一样，应该说是镜像的关系，我相信自己不会只是单纯地眼花认错。我是严格测量了董菲照片的额头宽度及两眼间距的颅骨特征。某些特征都是独一无二的，即便是同卵双胞胎也不可能完全一模一样。董菲的特征与那张照片能对上，否则也不会执意让她加入。徐崇辉和杨锦汉是凭借直觉注意到董菲，而我是依靠专业知识认定的。"

常钧言身子往后一靠，摇头说："这个项目牵扯太多，你这样做增加了泄密的风险，也让我们这个课题组变得跟神棍迷信团体一样。"

冯美娟目光坚定，摇头说："如果我们放弃这条线索，那还有赢的把握吗？我们在明他们在暗，我们到现在连他们的通讯方式都没有弄清楚，如果真是利用了量子纠缠的瞬时通讯，那么他们的科技能力已经在我们之上。我们需要尽快找到突破口，否则就是坐以待毙。"

常钧言眉头紧锁听完冯美娟的话，一言不发，随后拿起一旁的测评报告，仔细阅读。不过这份冯美娟递交给他的报告里，并没有提到董菲再三提及的流浪数学家，而且冯美娟提供的录音记录里也被有意修改了，也没有关于流浪数学家的信息。

常钧言点点头，神色严肃地说道："我们给这个课题组取名'灵语'，也是为了找到这个世界的基本构成规则，以突破研究多维空间的瓶颈，尽快寻找到遏制'盖亚'的方法。"

冯美娟指着报告上的一段记录，继续说道："目前只在法国抓到过一名'盖亚'组织的成员，但那个人死得太离奇，从那里我们得到的消息实在有限。"

常钧言双手支撑在桌子上扶着额头，说："老徐的爱人说老徐总觉得屋子被什么东西监视着，说有幽灵一样的高维生物的眼睛在注视着他，他的一举一动都逃不过那双眼睛。老徐在疗养院的时候见过董菲，他们的对话记录我也看过了，老徐对她的确也是另眼相看。"

冯美娟面露哀伤的神色，缓缓说道："徐教授也是因为自身太过悲观，他总觉得一切努力都是白费。"

常钧言看着坐在正对面的冯美娟，问道："董菲现在在哪里？"

"住宿就安排在五道口的生物医学研究所。她现在的情绪有些焦虑不安。所以我放她几天假，让她在北京逛逛。"

常钧言点点头，揉了揉太阳穴继续说："她参与课题研究的事情我同意了，但暂时不能将课题的核心机密透露给她，免得麻烦。”

冯美娟点头说：“这个我明白，我跟她说这是一个记忆力的研究项目，用来研究人脑的潜力。至于那张图片，我说是电脑合成的记忆力好的人的形象，就算是善意的谎言。她容易焦虑，我怕她变得跟徐教授一样。”

常钧言低头思考片刻，点头赞同：“也只能这样。新疆量子干涉实验室的事情太多太杂，这个董菲就交给你了。”

……

而此时，董菲正在王府井疯狂购物，她工作几年也没积攒多少钱，如今也挥霍得差不多了。这次来北京不仅是为了解开心中疑惑，也是看中了课题组许诺给她的丰厚报酬，她也是一个看重物质条件，挺现实的人。

董菲提着大包小包的血拼成果走进街道拐角处的一家小餐厅里，要了一份牛排套餐。

董菲望着街上熙熙攘攘的人群，仔细琢磨着这段时间接触的人和他们所说的话。今天上午和冯美娟的对话结束之后，她感觉到自己的思维和举动也发生了变化，她已经开始刻意留意身边的一切，接收各种琐碎的信息，这样对强化大脑额前叶有帮助么？

董菲以前看武侠小说的时候，总羡慕那种天赋异禀、骨骼清奇的奇才。而这次冯美娟邀请董菲加入这个号称是开发人脑潜力的课题组，多少还是让董菲有些许兴奋。

晚上九点董菲回到宿舍，洗漱之后躺在床上休息。迷迷糊糊地尝试着在脑袋里重建今天逛过的路线周边的场景，还有场景中每一个路人的穿着以及他们脸上的表情。

董菲第二天凌晨四点起床，早早赶到了天安门广场，见到了向往已久的升旗仪式。早上八点董菲回到了生物医学研究所，来到冯美娟的办公室。

冯美娟有些惊讶，眯着眼笑着问：“今天给你放假，怎么不去玩？”

董菲略带抱歉地笑着说：“冯教授，我想早点开始工作。”

冯美娟颇感欣慰，点头说：“好，不过现在你还需要做一些理论准备，不如从这个小游戏开始。”

“游戏？什么？”董菲不太明白冯美娟话中所指的游戏是什么。

冯美娟示意董菲坐下，从抽屉里取出一只平板电脑，开机后递到董菲手里，解释道：“一个小游戏，关于物种诞生和进化的。”

董菲的脑筋一下转不过弯来，她不明白这个游戏和课题有什么关系。她茫然地接过平板电脑，看着屏幕上毫无规则四处游动的绿色和红色的小方块。

冯美娟将一份说明书交给董菲，说道："这个游戏可以自己设定规则，这是说明书。你可以制定一套生存法则，让这些小方块生存繁衍进化，当然一切都得按照你制定的规则进行。"

董菲觉得这总有点似曾相识的感觉，就像是……她猛然间想起自己还没完成的小说。

冯美娟继续说道："任务并不轻松，你得在这两天学会简单的游戏编程和制定游戏规则理论依据，当然最关键的在于你所建立的这个游戏里的生命要能存活繁衍。这个游戏并不是正式的课题项目，而是要锻炼你的逻辑思维能力，也有助于以后研究的开展。因为这个游戏不属于课题范围，也不受保密条约的限制，你大学里有同学是生态方向的，你可以和他们交流心得。"

董菲疑惑地回到宿舍里，开始研究这个小游戏的编程方法，接下来该思考如何制定这个二维世界的生存规则。她这一整天都在反复琢磨这个小游戏里的基础规则。以往的研究课题中那些任务都是条条框框已经划好，只要按部就班就能完成，结果差不多是可以预知的。但这个开放式的小游戏，只要学会简单的语法便可以创建一个二维世界，却让她感觉难以下手。

这天晚上董菲辗转反侧，一宿未眠，就算闭上眼睛眼前也会呈现出那些浮动的绿色红色小方块。

第二天下午，董菲从武汉邮寄过来的包裹已经寄到，董菲将包裹堆在墙角后，依然把所有的心思都扑在该如何制定那个游戏规则上。

董菲制定的初步的游戏规则如下：1. 红色方块代表原始形态的生命，绿色为营养物质；2. 当红色和绿色结合在一起的时候，这个生命才能算是活的；3. 但红绿两种方块结合概率并不高，也代表着原始生命能生存的概率并不高；4. 红色方块在10分钟内如果没有和绿色方块结合，便会"死亡"而变成绿色；5. 系统每隔两个小时又会产生一批绿色方块，作为负熵输入；6. 红色方块在与绿色方块结合后，红色方块才会生长，将绿色方块同化为红色；7. 长大后的红色方块必须在两小时内"吃下"与自身体积一样绿色方块才有可能继续生存，所以红色方块的体积呈2的指数倍生长；8. 红色方块不能无限制增长，当生长为16个红色小方块组成的"生命"时便要开始繁殖，每次繁殖生出4个分别由单个红色小方块和绿色小方块构成的结合体，"母体"自身保留8个红色小方块；9. 由8个红色小方块组成的原始生命是比较稳定的个体。

规则制定到这里，董菲陷入了疑惑，因为这个看似严密的生命系统有着严重的漏洞。由于不是封闭系统，会有负熵的输入。每隔两小时就会有一批绿色方块的诞生，那么总的方块数量是在不断增加的，而且这样的生命爆发模式已经不需要生命自己繁殖。红色方块长大而且红绿方块可以互相转换，这会导致这个二维世界最后变得拥堵不堪，从而导致生态系统崩溃。

于是董菲又引入了一个灭绝模式，也就是每隔一段时间会有一次“灾难”杀死一批弱小的单个红色小方块，这种死亡并不是让红色方块转变为绿色方块，而是使其彻底消失不见。

为了维持这个系统的正常运行，就需要反复校核调整每次产生的红色方块数量、红色方块捕捉绿色方块成功的概率以及每次灭绝所需要消灭的方块数量。这个游戏看似简单，实则非常难以把控各项参数的尺度。

董菲在读书的时候学到过：生态学中有个r-K选择理论：在气候环境稳定、自然灾害少见的生态系统里，动物的繁衍有可能接近环境容纳量，近似于逻辑斯蒂方程中的饱和密度K。所以在稳定的环境中，更好地利用环境承载力达到更高的K，就能有利于生存繁衍。与之相反，在不稳定和灾害频发的环境中，较高的繁殖力能补偿灾害所造成的损失，所以具有较大的内禀增长率r，在不稳定的环境里具备生存优势。

她所设计的这个生命小游戏，依据之一就是r-K选择理论。看似简单的游戏，越往深处研究反而越让人迷惑。

27 大灭绝

冯美娟与常钧言都是“灵语”课题组的主要负责人，但在观念上两个人有很大的分歧冲突。常钧言将这个归咎于专业分歧，冯美娟更倾向于男女思维方式的差异，因为女人更容易相信直觉。就这次董菲加入灵语课题组的事情来说，冯美娟在没有告诉常钧言的情况下便向上级请示。虽然不少人认为这个做法有些荒谬，但是他们现在面临的问题和威胁远远超出了以往的认知范围，更何况来北京疗养接受心理干预的杨锦汉也是坚持让董菲加入课题组，或许这次剑走偏锋真的能有所突破。

常钧言说冯美娟像一个迷信的赌徒，但常钧言自己又何尝不是在赌？

尤其是在量子论领域研究深入之后，常钧言有时候怀疑自己是不是也陷入了一个迷信的怪圈。常钧言桌上摆了几本佛经，心不静的时候，常钧言便会通过研读佛经来寻求内心的平静。

常钧言是量子物理方面的顶尖专家，但到了现在他似乎更加像一个虔诚的教徒。在美国研习的时候，常钧言的一个同事告诉过他，信教后很多难题都迎刃而解了，当时他还认为那是一个人自欺欺人的迷信方式。

这时，常钧言办公室里的电话铃声响起。常钧言接起电话，脸色微微一沉，新疆在建的量子干涉实验室的系统调试过程并不顺利，他必须立刻赶往新疆。

常钧言拨通冯美娟的电话，让冯美娟来他办公室一趟。冯美娟的办公室原本位于常钧言的隔壁。但因为董菲的加入，冯美娟在五道口的生物医学研究所新开了一间办公室，现在的工作重点便也转移到了董菲身上。

常钧言向冯美娟交代近期的工作事宜，继而又聊到了董菲："小冯，那个董菲这段时间怎样？"

"她在学习生命游戏，看了她给出的几个设定。她学习能力不错，可能之前有人刻意点拨过。"冯美娟如实汇报着董菲这边的进展。

"哦？或许老杨跟她说过一些。"常钧言眉头紧锁，并不感觉到轻松。

"现在出现了几种新型的病毒变种，压力不小。"冯美娟语气里透露着担心，"'盖亚'那边一直没有消停。"

常钧言捏了捏睛明穴，说："我们这个课题组是各个专业的杂烩，跟无头苍蝇一样四处乱撞，又始终找不到突破口。"

冯美娟回应道："针对特定人群有选择性地改造病毒，这是'盖亚'惯用的手段，但我们都知道这不是最可怕的。还有南太平洋近期频繁出现的海啸地震，都不太寻常。"

常钧言眉头紧锁神情严肃，望着冯美娟说道："我还是希望你别把太多精力浪费在没用的人身上。"

"常组长，任何研究都是需要时间来证明的，这样的方法未必就不行。"冯美娟素来坚持自己的直觉和判断。

"好，再讨论下去又会陷入之前的怪圈，我让步。"常钧言对于冯美娟的坚持，也是无可奈何。

……

这段时间，冯美娟通过相关途径希望找到董菲提到的那个流浪数学家，帮助冯美娟在武汉调查的人也证实了确实有这样一个怪人的存在。这个流浪数学家去过华大几次，发放自己的论文希望找到知音，但从没成功过。收容所里的收容记录连这个人的真实姓名和真实身份信息都没有。收容所的工作人员记得有这个奇怪的人，他们说这个人说不出自己的名字也不说家庭住址，只是再三强调自己是数学家。这条线索，到这里似乎就断了。

这些天，董菲反复调整修改那个生命小游戏中的各种参数变量，偶尔还需要引入新的变量，但总是无法让这样的生命系统健康繁衍超过72小时。

来到北京已经有一个月的时间了，董菲去请教过冯美娟关于这个小游戏的设定和玩法，但冯美娟解释说这是个开放性的游戏，并没有严格意义上的正确答案。冯美娟对董菲说，因为这个小游戏并不属于课题项目，所以也没有保密性的问题，完全可以请教在大学里主修生态方向的同学，也可以上网寻求帮助。

董菲于是将这个小游戏的基本规则和自己的初步设定以及近期实验结果整理好发在了小木虫论坛里，希望能得到帮助。

几天下来，帖子里的讨论回复虽有不少，但是能起到作用的却不多。这样的小游戏比起那些高大上的国家课题或者能挣大钱的项目实在是太不起眼了，多数来回复的人也只当这是个无聊的小游戏。董菲也给几个大学同学发了邮件，但得到的答复也不尽如人意。

这天董菲在看着相关的专业书籍，时不时刷新论坛帖子，希望能得到帮助。

这时候，论坛帖里一个人的回复引起了董菲的注意。

那个人并没有讨论董菲的实验方法，而是对董菲引入的那个定期灭绝机制很感兴趣。

在帖子里，他回复提到这样一段，“系统每隔一段时间产生新的小生命，像地球上的几次物种大爆发。而引入的这个定期灭绝的机制，和地球上差不多每隔6000万年的生命大灭绝很相似。生命很可能并不是按照进化论循序渐进，而是有过几次集中式的大爆发和定期的大灭绝。”

这个人的回复让董菲有种不寒而栗的感觉，虽然这些内容仅限于幻想阶段。董菲索性将QQ号留给了这个人，希望他能进一步跟自己聊一聊刚才的那个话题。一整天的时间，董菲都盼着新消息的提示音响起，自从把李尉明的号拖进黑名单之后，她很少这样关注QQ消息了。

到了晚上，董菲才等来了那个人发来问候的消息：“你好。”

对话框显示这个人是电脑在线，点开这个人的资料，却发现他留下的资料少得可怜，只知道昵称“刹那”，性别男性，年龄填的是113岁。

董菲敲击着键盘，回复了一句：“你好，我这个小游戏进行不下去了，估计又得重来。”

过了一会，那边跳出一行文字：“你玩的那个游戏有点影射现实世界的意思。”

董菲心里一紧，她此刻对电脑前的那个人充满了好奇，用手敲击着键盘：“你也这么认为吗？”

过了片刻，那边跳出一个字“是”。

电脑聊天的好处，就是留给双方充分的时间思考。董菲两腿支撑在凳子上，猫在电脑前敲击着键盘：“我们现在这个世界也是经过反复的实验修订才臻近完美的吧？”

“完美吗？”那边很快地给出了这个反问句。

董菲愣了一下，连忙回道：“嗯，是不太完美。”董菲觉得那个人有点不冷不热，原想着跟他多聊一些，现在觉得是自己一厢情愿了。虽然董菲一直没什么朋友，但她很少意识到自己的孤独，不过现在情况却不一样了。在还没有正式进入灵语课题研究之前也许还有些自由空间，但不知道之后等待她的又是什么。随着时间的推移，董菲心中的疑惑非但没有得到解答反而变得愈来愈强烈，已接近把董菲逼疯的临界点。

但现在，董菲又能找谁倾诉呢？

过了一会儿，电脑屏幕的对话框里跳出了一段文字：“我们身体里的每一个原子来自于哪里都是不可追溯的。它之前可能属于一棵白菜，也可能属于一只恐龙，再往前追溯的话可能来源于某颗超新星。就像你游戏里那些侥幸存活下来的生命，组成它身体的方块之前也组成过其他的生命。”

董菲看到这行字，瞬间又提起了兴趣，敲打着键盘，“你是想说明什么呢？”

过了一会儿，会话框里又跳出一段文字：“现在的科技在研究量子传输的可能性，比如将某个物品的量子信息完整记录，再到另一个地方复原成之前的样子。但如果是一个有生命的人呢？即便精确到原子程度复原了这个人，那么他还是之前的他么？”

这个人聊的东西显然已经偏离游戏讨论的范围了，董菲心里有些触动，不知道如何回答他的这一系列问题。

就在董菲望着电脑屏幕发呆的时候，对话框又弹出一行文字：“我说跑题了。”

董菲敲击着键盘回道：“你说的这个很有趣。”并附带上了一个龇牙笑的表情。

“刹那”回复道：“你这个游戏里的食物链很简单，但电脑里的生命能进化出智能需要多久？比如不再需要由你设定它们吃到绿色方块的概率，而是有意识地去捕食。”

董菲回复道：“这个可以通过修改程序实现，我可以让红色方块变得更有进攻性。”

紧接着，“刹那”回复：“那动物的基本生存本能是最初就设定好的吗？”

董菲沉默了一会，模棱两可地敲击着键盘回复道：“也许吧。很多东西解释不了，就说那是天生本能，或者说是进化选择的结果。”

“但最初的设定者不一定能料想到后期的发展，一旦具备了自我修改升级的能力，就会超出控制。在修订无果的情况下，便会选择更极端的方法来重建这个世界，不是吗？”

“大灭绝……”董菲发送这三个字的时候，感觉她的脑袋被一种神秘的声音影响着。

那边半天没有了消息，董菲的眼睛还是死死盯住屏幕，希望他能陪自己聊下去。

过了一会，对话框又弹出一行文字：“听说过阿西莫夫的‘机器人三大定律’吧？”

董菲敲击着键盘回复：“嗯，虽然来源于科幻小说，但也应用到了人工智能的研究上，是人类给人工智能套上的道德行为规范。”

“刹那”随后纠正了董菲的说法：“不是道德规范，是不可违背的强条。”

董菲恍然大悟般点点头，对着电脑屏幕笑了笑，敲下一行回复：“是哦！都是最苛刻严格的强条。”

“再精密完善的程序也有运行异常的时候，漏洞（Bug）不可避免，现在我们的世界处于失控的边缘。佛教认为有正法、像法、末法，众生三毒心炽盛。”

董菲皱了皱眉，越来越觉得跟她聊天的这个人太古怪。董菲敲着键盘回复道：“现在的世界生活水平和科技水平都是人类历史中最高的。”

随后对话框里弹出这样一行文字，“百年来科技水平的爆炸式发展还有人类贪欲的膨胀，已经让这个世界变得面目全非。”

董菲感觉心里毛毛的，盯着屏幕打字回复：“这有点像极端环保主义者的言论。”

屏幕里的对话框里跳出一段文字，“现在已经成功合成了新的碱基对，这就意味着会有新的生命形式诞生，这样的技术远比克隆人更加挑战伦理底线也更加危险。克隆技术所用的还是基本的四个碱基对，遵循的也是基本的自然界的语法。但新的碱基对的加入，会扰乱整个世界秩序。”

“聊这样的话题是不是不合适？”董菲思索片刻，敲下了这一行字。

“这些科技信息网上都看得到，就是随意聊天。如果你觉得不舒服，我们可以换个话题。”

“刹那”的答复让董菲有些意外，董菲原以为他会据理力争。

董菲发送了一个笑脸过去，回复说：“是我太敏感了。对了，你是在校学生吗？”

“不是。”那边答道。

“那还喜欢上小木虫论坛，那你应该是在高校工作吧？”董菲很好奇对方的身份。

“不是。”

“哦，谢谢你今天跟我聊这些。”董菲感觉这人应该是个古板的理科男，有点极端环保主义倾向。董菲本身也是学环境工程专业的，虽然并不完全认可他的观点，但也不排斥。

“不谢。”那边的回复很简单。

“对了，你的昵称干吗叫作‘刹那’？”

“一刹那者为一念，二十念为一瞬。”

“哦……”

一场莫名其妙的聊天就这样冷场了。

28 飞蛾扑火

董菲回过头看着一旁平板电脑屏幕上浮动的红绿方块，无可奈何地叹了口气。现在是晚上九点，今天董菲觉得出奇地累，匆忙洗漱完后，倒头便睡着了。

梦里董菲又来到那天逛街后吃饭的那家西餐厅门口，梦境中的她反复告诉自己这是在梦里，眼前的这一切都是她脑海中重建的梦中场景。清醒状态的清明梦，反而让人更害怕。梦境里来来往往的人群似乎和当日所见的不太一样，梦中场景的重建，也是一次记忆的再造，原有的基础上进行的调整和修改。所有的一切介于像与不像之间，让身处其间的董菲不禁害怕起来。

董菲就像一个幽灵一样，漫无目的地在人来人往的街道中穿行。这种感觉既真实又虚幻，游离在真假之间。最后，她来到了那家街角的餐厅，站在拐角处看着身边穿梭不停的人群发呆。

梦境里，一个小女孩摔了一跤，董菲下意识将摔倒的女孩扶起，半蹲着帮女孩拍了拍身上沾着的灰尘。随后，那位穿着花格裙子的小女孩向她道谢，接着又蹦蹦跳跳地跑开了。

就在这个时候，董菲似乎听见有人在喊她的名字。茫然中，她四下环顾，惊讶地发现在不远处的路灯下有一张熟悉的脸，是李尉明，他保持着一贯的温和笑容望着董菲。这个场面来得太突然，让董菲的情绪一下子失去了控制。

“李尉明！”梦中的董菲呼唤李尉明的名字，也就在这时，董菲从梦里惊醒了过来。

惊魂未定的董菲打开床头小灯，看了看书桌上的小闹钟，现在已经是早上的五点。已经是黎明破晓，外面的天空微亮。而桌子上的那个生命小游戏运行一夜后，也已经再次陷入死寂。看来董菲这次重新设定参数的实验，又一次以失败告终。刚才梦里的记忆已经淡去大半，董菲只隐隐记得那个西餐厅，其余的细节却都记不住了，只残存模糊的感觉，让她感觉到隐隐的后怕。

这种游离的梦境犹如鬼魅般吞噬着董菲，她似乎能感觉到那重重黑暗之后暗藏的那双眼睛，无时无刻不在注视着自己。

无数细碎的片段从脑海中快速掠过，好奇最终战胜了恐惧，董菲决定去梦中出现过的地方一探究竟。

上午八点的时候，董菲跟冯美娟请了假，又来到了梦里反复重建场景的那家西餐厅门口。董菲就在梦里的这个位置，望着不远处路灯的方向。正在董菲发呆的时候，一个穿着花格裙子的蹦蹦跳跳的小女孩不小心摔倒，董菲连忙将女孩扶起，安抚这个摔疼了的女孩。小女孩在道谢后又蹦蹦跳跳地跑开了。但董菲还立在原地发呆，陷入了深深的思考之中。就在这时，董菲听见了有人在叫她的名字。

董菲蓦然惊醒向那个方向望去，此时的心跳加速到了极致，身体却僵硬得像个木头一样伫在原地，那个名字脱口而出，“李尉明！”

李尉明快步走上前，一把将董菲揽入怀中。董菲的思维因为此刻现实和梦境的交错重叠而变得混乱，分不清现在的处境到底是梦境里还是现实中。董菲的思维停转了片刻，因为她被李尉明抱得太紧，感觉呼吸都有些困难。

董菲从惶恐慌乱中惊醒过来，惊恐地抬头看着李尉明深邃的眼睛，用急切的语气喊道：“尉明！我预感到了，我预感到了！”

李尉明将惊魂未定的董菲揽住，在她耳边低声安抚几句，又说：“平静下来再慢慢说。”李尉明将董菲带到那间餐厅，要了一间靠里的卡座。李尉明的出现让董菲又惊又喜，加之早上那个预知了未来的梦，让董菲突然间崩溃，哭泣了起来。

“小菲，遇到了什么事情？”李尉明望着董菲的眼神里带着温柔的怜惜。

半晌后，董菲因惊恐而停滞的大脑思维才继续运转，捧着红茶茶杯的手还在不停发抖，惶恐地抬头望着李尉明说：“我预感到了。”

“没事，你平静下来说给我听。”李尉明温和的声音让董菲恐惧的内心渐渐恢复了些许宁静。

“尉明，我做了一个梦，梦见在这里遇到你……”董菲惨白的嘴唇不住颤抖着，“所以，我过来看看。”

李尉明的眼神里快速闪过一丝讶异，又轻轻地抚摸董菲鬓角的头发，温柔地说道：“这是一种上天赐予的能力，你难道不觉得，这是一种很了不起的天赋吗？”

董菲将眼睛闭上，她没有回答李尉明的问题，沉默许久后，才缓缓睁开眼睛，注视着李尉明迷人深邃的眼眸，问道：“你为什么在北京？”

“我从郭校长那里知道了你来北京的事。”

董菲挪动身子往后躲了躲，刻意避开了李尉明，摇头说：“伊芙在不在？”

“她在美国。”李尉明回答得很干脆简洁，又补充了一句，“我和她已经分手了。”

董菲嘴角微微抽动了一下，假装镇定地一笑，却不敢再看李尉明的眼睛，冷冷地回复一声，“哦，这个桥段和借口都很老套，我不会相信。”

李尉明眉头不展，神情显得十分凝重，“好，我可以明确地告诉你，我和她分手的原因很简单。我想留在中国，而她无法接受。她的生活环境决定了她和我所热爱的传统文化没办法融合。这样的理由你能接受么？而且，这段时间我也想清楚了，我爱的是你。”

董菲装出满不在乎的样子苦笑一声，冷冷说道：“哦，这样啊。”虽然眼前的李尉明的态度很真诚，样子也是十分迷人，但因为目睹了那样的一幕，董菲还是无法完全说服自己再次接纳李尉明。

李尉明从上衣的内口袋里取出一只精致的玫瑰红首饰小盒递到董菲面前，望着董菲冰冷的面孔，温和且平静地说：“这个是为你准备的，希望你能原谅我。”

董菲双臂交叉抱在胸前，顺势往后一靠，故作傲慢地仰面冷笑着，“你还真是能随机应变。我是个庸俗的人，但也没那么好骗。”

李尉明眉头紧锁，对于董菲的冷言相讥，他现在的表现除了伤心更多的是无可奈何。李尉明将小盒打开露出一只精美的羊脂白玉挂坠，对她说道：“如意云纹，你最喜欢的图案。一位设计师朋友的独家设计，我看到的时候就猜到你应该会喜欢，所以在第一时间下单了。今天刚好来取货，本来想给你送去求你原谅，没想到这么巧遇到了你。小菲，你说这是不是上天的安排？”

董菲还是故意装作镇定似笑非笑地望着李尉明，她不得不承认眼前的男人实在太迷人也太会骗人。她反复提醒自己，不能再被这个人欺骗了。

董菲冷冷回了一句：“我自认没有实力也没有能力，配不上你这样的人。伊芙那么优秀，瞎子都会选她，你还在这里演什么戏？我又不会纠缠你，你就省省吧！”董菲的情绪很激动，整个人显然已经处在失控的边缘。

而这时候，李尉明却苦笑一声，笑容显得有些疲惫，换了个话题问道：“你来这里做课题，开心吗?”

“为什么这么问？”董菲不知道李尉明为什么突然转移话题，难道他也有尴尬的时候？这个话题转得好生硬。

李尉明稍稍点头，温柔地望着董菲的眼睛，平静地说道：“你不喜欢束缚，我想带给你更好的生活。”

“呵……”虽然此时董菲表情依然冷漠，但内心的触动和眼睛里闪过的感动是掩藏不了的。两人之间原本寒冷的坚冰也因为李尉明话语和眼神中的温暖，渐渐被融化。

这时，李尉明温柔地握住董菲的手，深情地望着董菲的眼睛，温柔地说：“你这段时间过得不好，看你瘦得，脸色也憔悴。我已经辞去了华大的工作，就是希望能挽回你。”

“如果我不同意呢？！你以为你是谁？万人迷啊！李大帅哥啊！你身边的女人那么多，呼之即来挥之即去的，你在我这里费什么心？我爱怎样过也是自己的事情，你管得太多了！”董菲用愤怒和咆哮掩盖内心的惊恐，她不想再被这个男人操控。

这个时候，李尉明并不反驳，而是一把将董菲揽入怀中。

这突然的拥抱让董菲最后的心理防线即刻崩溃，她隐忍许久的泪水在一瞬间奔涌而出，她扑进李尉明怀里号啕大哭起来。这些时间里所经历的种种变故，对于董菲来说实在是太可怕了，完全颠覆了董菲往日的认知。靠在李尉明的怀里，她才感受到了那久违的安全感。

李尉明贴在董菲耳边柔声地问：“你还要继续留在这里吗？”

董菲抬起头看着李尉明的眼睛，断断续续地说：“是的，我心里有很多疑问需要解答，而且冯教授对我很好。”

李尉明用嘴唇触碰董菲的额头，温柔地说：“你现在能请个假么？我们一起旅游，旅行结婚。”

“结婚……？”董菲微微怔住，诧异地望着李尉明。

李尉明稍稍侧头，温柔地看着受宠若惊的董菲，小声问道：“你不愿意吗？”

董菲心里难以平静，摇头说：“我还没做好准备，结婚这么大的事情，也得让家人知道吧，怎么能这么草率？”

李尉明温和笑着说：“你现在的状态也很难投入课题工作，我们去旅游吧！让沿途的美景温暖治愈你的心。”

董菲摇了摇头，面露为难，望着李尉明说道：“我还没开始正式工作就要请假，冯教授估计不会同意吧！”

李尉明摊摊手，轻松笑着说：“没试过怎么知道不同意？也许那位冯教授没有你想的那样不近人情。”

董菲低头笑了笑，心里波澜起伏。她没想到自己还是这么轻易地原谅了李尉明，她不得不承认这个男人的魅力实在太大。

过了片刻，董菲望着李尉明说道：“你知不知道今天我为什么来这里？我早上做了一个梦，梦见在这里遇到了你，然后我就过来了。真的是我在梦里预知了未来的场景，还是我的记忆欺骗了自己？”

李尉明稍稍一惊，眼睛里闪过一丝光亮，点头说：“先不要怀疑自己，我相信你说的。”

董菲欣慰地笑了，她最害怕的就是别人把她当疯子当神棍，但李尉明的信任让董菲又鼓起了勇气。

董菲微微垂目，咬了咬嘴唇，继续说：“我也是在梦里知道了徐教授去世的消息，后来也得到证实了。梦境是连接不同时空的途径么？”

李尉明蹙眉思考片刻，耐心地解释道：“你还记不记得我们之前的聊天，三维时空中的物质受空间维度的限制，也许意识能不受束缚。你这样的并不是个案，也有不少人有这样的经历。”

董菲轻咬嘴唇，身体微微颤抖，低声说：“挺可怕的。”

李尉明释然而笑，搂着董菲的肩膀，劝慰她说：“你要做的不是逃避和恐惧，而应该正视自己、正视这样的能力，这些没什么可怕的。更何况，害怕和逃避并不能解决问题，反而会让你陷入更加被动的负面情绪。你要勇敢一些，主动去操控它们，而不是被它们所操控。”

“嗯，我会努力面对。”董菲抿嘴，冲李尉明微微一笑，这一笑之后，两人之间的罅隙和坚冰也都荡然无存。董菲望着李尉明迷人的笑脸，感觉有些迷离恍惚，她还是有点不太敢相信，这到底是现实还是梦境。

董菲微微闭上眼睛，悠然说道：“很想和你一起去旅行，也许真的能让我整个人放松一些。”

李尉明用右手食指的指尖点了点董菲的额头，平静柔和地问：“说说想去哪里旅游？”

董菲皱眉思考片刻，说道：“想看最美的星空，去内蒙古的草原吧！之前看旅游杂志介绍过，而且离北京也不远。”

“好，我查看下合适的路线。”李尉明一边说着，一边将项链给董菲戴上。随后温柔一笑，问道：“很适合你，现在算是原谅我了吗？”

董菲抿嘴笑着，将项链取下又交还到李尉明手里，摇头说：“没那么容易的，你太小看我了。你得好好表现，我再考虑要不要接受你的道歉。”

李尉明轻拍董菲的面颊，点头说：“以后定唯小菲马首是瞻。”

“你在北京住在哪？”

“暂时住在五道口附近的一家酒店里，离你现在工作的生物医学研究所不远。”李尉明目光温柔沉静，带着一种能让人平静下来的魅力。

董菲略有几分诧异地看着李尉明，“我的天，你都打听得那么清楚？”

“当然，来之前已经跟郭校长打听清楚了。”李尉明的语气里带着点得意。

“你把工作都辞了，如果我这次不肯原谅你，那你怎么办？”董菲微微侧着头，用责怪的语气盘问李尉明。

李尉明温柔地望着董菲，用迷人且富有磁性的声音说道：“我会用时间来证明。”

董菲刻意压抑着内心的喜悦，假装不在乎地问：“什么是时间？”

“这个啊！”李尉明假装深沉地长舒一口气，用手抚摸着董菲的面颊，悠然说道，“那就需要我们两个人一起去验证，你会陪我么？”

董菲抿嘴笑着，面对这样甜得发腻的情话，她完全没有抵抗力。

吃过午饭后，李尉明送董菲回到生物医学研究所。

董菲随后来到冯美娟的办公室中，向冯美娟说明了自己想请几天假。但她心里也有点犯嘀咕，觉得这样希望不大，只奢望着给一两天的假期再结合周末时间也行。

冯美娟笑容温和，点点头说道：“我也需要出差一段时间。你现在的情况的确不适合进行研究，出去散散心也不错。给你一个星期的假，你看怎样？”

董菲完全没想到冯美娟居然答应得这么爽快，而且还给出了一个星期的长假，实在是太不可思议。谢过冯美娟之后，董菲转身离开了办公室。走到研究所的小院子里，董菲抬头望着不辨天日的灰蒙蒙的天空，却做出一个深呼吸的动作，体会此刻久违的轻松惬意。

董菲拨通了李尉明的电话，难掩内心的兴奋激动，“尉明，冯教授同意给我放一个星期的假。我没想到她竟然这么好说话，难以置信。”

电话那头的李尉明语气平缓温和，笑着说：“你看，没试过怎么知道不行？这下是有点喜出望外了吧？”

“嗯嗯，是啊。”

“之前想着如果时间短就去草原，但现在时间这么充沛，要不再增加一点行程？”李尉明建议道。

“好啊！”董菲语气兴奋，表示赞同。

“那待会我们好好规划一下旅游路线。”

这天夜里，董菲在自己小小的寝室中睡得格外沉稳，许久都未体验过的轻松感，游走于全身每一条经络。

已是深夜，一间普通的居民楼里，亮着昏暗的灯光。

客厅里，两人相对而坐，气氛诡异。

冯美娟的笑意浅淡："放心，他们监视不到这里。"

"他们？"李尉明眉头微微一挑，笑着问。

冯美娟点头笑了笑，"这次，你有多少把握？"

"不知道。"李尉明目光平静，直直地注视着冯美娟。

"这不太像你的风格。"冯美娟嘴角的笑容里带了几分不屑。

李尉明反笑道："你的进展呢？"

"还需要找一个人。"冯美娟微微顿了顿，"你见过的。"

"郑强。"李尉明点了点头，用看似满不在乎的语气说道，"他经历了那次实验后，整个人都已经失常了。"

"你跟他接触过几次，多少应该知道点有价值的消息！"冯美娟的目光变得锋锐。

"我跟郑强接触不多，一共四次。"李尉明微微抬起下颌，目光沉稳，"我知道的不比你多多少。"

"呵，是么？"冯美娟冷笑一声，"你居然没能获得更多有价值的信息，难以置信。"

李尉明并不介意冯美娟的嘲讽，反而笑着问："你相信那张照片的启示？"

冯美娟冷冷哂笑："过于巧合，不得不去留意。"

李尉明不置可否地笑了笑，看了看窗外依稀亮着的星点灯光，摇头说："我们需要把握主动权。"

"的确。"冯美娟冷冷笑了笑，"不论是疯疯癫癫的郑强，还是浑浑噩噩的董菲，都不是把握主动权的关键。"

"郑强脑袋里到底藏了哪些秘密我无从知晓，或许这样的秘密，只能意会不能言传。"李尉明的目光从窗外挪回了室内，又落在了冯美娟的脸上，"而董菲，依然是未知数。"

……

这一场谈话持续到了第二天清晨。随后，冯美娟便赶往了武汉，去寻找那位"流浪数学家"郑强。

29 星轨

董菲与李尉明制定好了详细的旅游计划，包括旅游路线、沿途景点和特色美食，随后便踏上了这一次说走就走的任性旅途。

现在是八月天，正是草原最美的时节，可夜间的草原仍是凉意袭人。

虽然附近有可供住宿的蒙古包，但李尉明和董菲仍然在蒙古包外搭建了一顶小小的帐篷。董菲将帐篷的顶拉开，躺在草地的帐篷里，听着飒飒的风声，慢慢地进入一种类似冥想的状态。这是董菲第一次亲眼见到这样瑰丽灿烂的银河，这一刻整个人仿佛要融化在星空里一样，竟然有种天人合一的感觉。

李尉明在不远处用架好的相机拍摄星空，董菲从冥想状态中清醒过来，随后披上薄外套蹑手蹑脚地来到李尉明身边，贴在李尉明耳边问："这是在做什么？"

"以北极星为轴心拍摄星轨。"李尉明专心地调整角度和光圈。

"星轨？是什么样的？"

"电脑里有，过会儿给你看。"

将拍摄星轨的准备工作做好后，李尉明带董菲回到帐篷里，从背包中取出平板电脑，递到董菲手中。

董菲被电脑里那震慑人心的壮丽星轨图片吸引，拉住李尉明的胳膊好奇地问："都是你拍摄的？"

"也不全是，有些是朋友拍摄的。"

"原来你懂得这么多。"董菲将脸贴住李尉明的面颊，"哦，对了，相机放在那里就不用管了么？"

"要曝光一晚的。"李尉明解释说。

董菲用手拨动照片，小声问："怎么有些星轨长有些星轨短？"

李尉明指着几张图片解释说："星轨长度跟曝光时间长度有关，曝光时间短的星轨就短，反之星轨就会更长更漂亮。你看这一组很漂亮的同心圆，是以北极星为圆心的。"

"原来星轨就是星星留下的时间线。"董菲认真欣赏着每一幅图片，突然间脑袋像触电一样想到了什么，连忙问道，"哎，尉明，我记得梵高有一幅名画叫作'星夜'，画的也是星轨吧？"

“嗯，和星轨有那么点相似，也融合了作者的想象。天才的作品，只可惜他的同时代人里能欣赏他作品的不多。”李尉明的脸被平板电脑的屏幕发出的柔和白光笼罩着，更加凸显他完美的轮廓。

董菲将脸靠在李尉明肩膀上，又皱着眉神叨叨地念着：“梵高真的是个神人啊！他居然能用肉眼看到星星的时间线，难道他能看透更高的维度吗？真是可惜了，据说他活着的时候温饱都成问题，死后才被当作神一样供着。”

“我因为工作原因接触过一些来向我咨询心理问题的人，其实他们并没有问题，只不过他们有些与众不同的天赋。”李尉明缓缓躺下，让董菲枕在自己的手臂上。

董菲望着星空，享受着这静谧安宁的时刻。突然一颗流星划过，在留下一道灿烂轨迹后，天空又归于黑寂。董菲看着那片天空出神，悠然说道：“那些人应该觉得很自豪吧？像鹤立鸡群一样的自豪，而不应该被俗人的目光弄得那么累。就算是流星也不忘灿烂一把，对不对？”

这时董菲的手机收到一条新消息，是那个叫“刹那”的网友发来的：“你有没有尝试过将负熵输入删去，再看看那个封闭的生态系统能维持多久呢？”

董菲将手机递到李尉明面前说：“你说他提议的这个方法可行吗？”

李尉明抿嘴笑了笑，“没有负熵的输入，封闭的系统会越来越混乱，最后只能是死寂了。”

董菲点头说道：“是啊！他怎么会这样建议呢？”

董菲给那个“刹那”回复了一条消息：“如果没有负熵的输入，那这个系统不就很快崩溃了吗？”

过了片刻，“刹那”回复：“那你现在的做法，系统就不崩溃了吗？”对于这个反问，董菲竟有些无言以对。

此刻应该是享受草原之夜，而不是纠结于那个古怪的游戏上。李尉明索性夺过董菲的手机，关机后扔进帐篷里，一下揽住董菲的脖子骤然吻了下去。

……

清晨时分，从天的尽头飘来了第一抹草原的晨曦，帐篷里的董菲迷迷糊糊地伸了个懒腰，慵懒地睁开眼睛，这才发现李尉明已经早早起来，将拍摄星空的器材收好，整理妥当。

草原的清晨还被一层朦胧的寒冷水气轻笼，董菲披上外套，光着脚踩着还都是露水的青草来至李尉明身旁，小声问：“怎么起来这么早？”

“得赶在天亮前把器材收起，否则光害会让整个相片变白，一晚上的辛苦就白费了。”李尉明将背包背上，一手搂住董菲，却发现董菲竟然光着脚。

李尉明无可奈何地叹了口气，小声责备说：“粗心的毛病还不改，鞋子都不穿。”说完便一把将董菲横抱入怀，走到帐篷那里，将董菲平稳放下，半蹲着身子耐心为董菲穿鞋袜。

董菲双手支撑着自己的身子，歪着头眯着眼抿嘴笑着，打量着眼前专心给自己穿鞋的李尉明。这样的幸福，会不会也如流星转瞬即逝呢？一阵凉风吹过，董菲不禁打了个寒战，她很懊恼，在这个时候自己居然还在想那些不吉利的事情。李尉明都已经回来了，之前的事情也过去了，他就是属于自己的。

“尉明，忘了问你了，你是在哪里拍的这么多星空图片的？”董菲望着李尉明，此时她的内心已经被幸福填满。

“去了好多地方，印象比较深的有在新疆的喀纳斯和八达岭长城，国外的话喜欢在爱德华王子岛和复活节岛拍摄的星空。哦，还有南半球的新西兰。”李尉明一边回忆一边帮董菲将鞋带系好。

“新西兰啊，真好！”董菲眼睛里闪烁着向往的神采。

李尉明刮了刮董菲的鼻梁，温和笑着，“你回去后把护照办了，下次找机会带你去新西兰旅游。”

“好啊！我记得你说你父母和姐姐是在澳洲，对吗？”

“对，他们住在澳大利亚的阿德莱德，有机会让你见见他们。”

“今天要离开这里了，好舍不得。来来，李大帅哥，我们合张影发朋友圈，好嘚瑟嘚瑟！但我只会用手机拍照，李大摄影师不会瞧不起吧？”董菲将手机开机，想要给自己和李尉明合拍一张照片，却在这时候手机屏幕上又显出一条“刹那”发过来的新消息。

“刹那”在这条不合时宜弹出来的消息中说道：“我建议你删除负熵输入是因为你的这个系统生命构成十分简单，但是规则却相对复杂了，这样变量太多难以控制。在简单的系统里，各种因素的改变对系统的影响显而易见。当简单的系统趋于稳定之后，再引入新的参数变量完善系统。”

董菲将手机屏幕放到李尉明眼前，抿嘴笑着说：“这个人还真是执着啊！”

李尉明拍了拍董菲的头，温柔笑着：“他说的未必不对，系统中的变量过多，是一个问题。”

“李大帅哥又想到什么了呢？”董菲双手抱着膝盖，将下巴靠在两膝之间，用色眯眯的眼神打量着一本正经的李尉明。

李尉明将董菲扶起，故作高深地说：“无招胜有招，不变应万变。”

30 心外无物

结束草原之行后，李尉明与董菲已经乘坐火车到了宁夏的沙湖，西斜夕阳中，荒凉沧桑的西夏王陵高大的封土堆和沙湖畔茂密的芦苇荡都已然成了她心中的圣地了。

董菲特意借来一套衣服，站在被芦苇荡分割成小块的湖面的竹筏上摆出各种各样花痴造型，让李尉明给自己拍照。

来到西夏王陵高大的封土堆下的时候，董菲突然装作严肃的样子，对李尉明说：“好啦好啦，就在这里。”

李尉明将事先准备好的项链为董菲戴上，董菲见自己计谋得逞，十分得意地笑着，表示接受了李尉明的道歉。这时候，董菲心里突然像被针刺了一下，董菲也不知道自己当时是中了什么邪，突然回过头看着身后高大的西夏王陵的封土，想起了那个骗了年少无知的自己几升眼泪的桥段。董菲心里一阵疼痛，她觉得自己的多愁善感触景伤情的毛病又更上了一层楼了。

李尉明察觉到此时董菲眼神从得意变得茫然空洞，关切询问董菲是不是身体不适，董菲将刚才自己那些不吉利的想法说了出来，没想到李尉明非但没有生气，反而哈哈大笑着说哪有那么多一语成谶！

董菲也傻笑着，暗自责备自己是杞人忧天庸人自扰，本来好好的浪漫氛围，差点让自己这些乱七八糟的想法给毁了。

那天的夜晚，天空难得地清朗透亮，青白的月光倾泻而下。在沙湖附近的仿古小客栈里，董菲和李尉明坐在客栈的屋顶上。二人惬意地沐浴着清冷柔和的月光眺望远山，享受着西北沙漠夏夜里独有的寒凉与寂寥。

“那里是不是贺兰山啊？”董菲享受着夏夜里的惬意，用手指着远处的天际。

“好像是吧！山近月远觉月小，便道此山大于月。若有人眼大如天，当见山高月更阔。”

“好像是王阳明十一岁的诗作，嘻嘻。从诗里也看得出，王阳明也渴望得到更高维度的全新视野吧？”董菲得意地接过话说道，“哎，尉明，你把华大的工作辞掉了，之后怎么办？”

“当无业游民，小菲你养我呗。”李尉明现在十分喜欢开玩笑，抬眉毛的样子也十分可爱。

“好啊，我养你！”董菲被逗得前仰后合，若不是李尉明扶着，就差点从凳子上摔下来了。

董菲捂着胸口，平复下刚才的惊恐，继续喘着气，笑着说道：“我说认真的，我养你啊！”

李尉明双手抱着后脑勺，靠在坐凳的靠背，仰面望着天空，回答道：“有朋友在北京开了心理诊所，我先去那里工作。”

董菲抿嘴笑着说：“对哦，你除了会出卖色相之外还是个心理医生呢！”

李尉明浅笑着望着董菲，一本正经地摆了摆手，摇头说：“错了，我是心理咨询师，我的那个朋友才是心理医生。”

董菲捂着肚子忍住不笑出声，摇头不解地问：“心理医生和心理咨询师，有什么区别吗？”

李尉明煞有介事地点点头，故作严肃地说：“他的专业是医学，而我学的是心理学，差别当然大啦！”

董菲抿着嘴笑了笑，点头说：“那回到之前的话题，你是承认自己除了当心理咨询师之外又出卖色相啦？”

“呵，我说不过你！”李尉明温和一笑，稍稍摇头。

董菲故作神秘地小声说：“你是让着我。”

“等你毕业后，我们就结婚。”李尉明的声音温沉柔和。

“呵。”董菲会心一笑，也学着李尉明的样子，仰面望着这月朗星疏的夜空，幸福地说，“好啊，有空带你回我家，我爸妈肯定会很吃惊我居然能嫁出去，还能嫁给这么好的李大帅哥。嘿嘿，今天的月亮好漂亮。”

李尉明目光柔和沉静，问道：“小菲，我给你的那本书你看了没？王阳明的《传习录》。”

董菲转过脸与李尉明四目相接，回答道：“当然有看，就觉得好奇妙，看似没道理，但却和现代的量子理论不谋而合，科学研究的后期是不是都会转入哲学领域？”

“哦？说说你的想法。”李尉明对董菲的看书心得很有兴趣。

董菲谦虚地笑着：“我理论物理水平有限，对量子论的了解也仅限于科普层次哈！博学多才的李大帅哥听了不许笑。”

“就是随便聊聊，又不是学术研讨。要不我先说，等你先笑够了，你再说？”李尉明挑了挑眉毛。

董菲忍俊不禁，连连点头说：“好啊好啊！你先说，让我好好笑笑。”

李尉明目光如今晚月光一样柔和平静，回答说：“王守仁认为灵明是天地鬼神的主宰，位天地，育万物，未有出于吾心之外者。”

董菲兴奋地接过话来，说道：“那个著名的‘我看花故花在’的故事是中学的教科书批判唯心论的经典案例，但从量子论的角度来看就未必不对，是吧？”

李尉明温和笑着，点头表示赞同，说道：“对，之前我们有聊过这个。比如那个让很多科学家窝火的不死不活的‘薛定谔的猫’，深究到后面，也不能用实证科学的那套来解答。”

“薛定谔是个虐猫狂。”董菲忍不住大笑，“我也不了解量子论里那些高深的思想实验，看科普读物里这样描述量子论的观点：说一个粒子，当没有被观测的时候，有各种可能。只有当它被观测了，才会呈现出某一种状态，这就是薛定谔思想实验的来源，对不对？太玄妙了，我理解不了。所以看了王阳明先生的‘心外无物心外无理’这句话，好像悟到了那么一点点。不过也有人觉得这是掩耳盗铃自欺欺人，哎，很多事情真的说不清原委。”

李尉明轻松笑着，点头说：“道门中人有句话很有道理，网络上流传很广。”

“什么话？”董菲瞪大眼睛望着李尉明。

李尉明故作高深地颔首点头，慢慢念道：“爱信信，不信滚！别打扰贫道飞升。”

“哈！”董菲听李尉明一本正经地说出这句话，又差一点笑岔气，她原以为李尉明会说出一段惊艳的装酷的文言文，没想到没有想象中的高雅，居然是这样接地气的又十分可爱的“俗气”。

董菲连连点头赞同道：“说得有道理。哈哈，就是这个‘爱信就信，不信就滚’，李道长也是打算白日飞升呢？之前你说的，要顺应本心，就是这个道理对吧？”

“对，只俯首于自己的心！人就这么大个脑袋，能装下一个宇宙吗？天下的事情太多了，每个人都有自己的理解方式对不对？”李尉明看着天空里的月亮，目光沉静深远。

董菲望着李尉明，又问道：“有没有想过，大爆炸之前的宇宙是什么样子的？”

李尉明摇头反问：“北极的北边在哪儿？”

“啊？这个啊……”董菲若有所悟地点点头。

“按照大爆炸的理论，整个宇宙都是在大爆炸中诞生的，那么大爆炸之前本身就没有宇宙。其实大爆炸也只是一个假设，也有脉动宇宙和静态宇宙的猜想。脉动宇宙的理论很有意思，现在的宇宙也许是从上一个宇宙的废墟中诞生的。”

“浴火重生的涅槃凤凰吗？”董菲对着李尉明眨巴着眼睛装可爱，虽然董菲早就过了装可爱的年龄。

李尉明温柔地看着身旁装可爱的董菲，点头赞同说：“是啊！但这些天马行空的想象又能怎么证明呢？人类的寿命太短，可被记录的历史也太短，加上受制于三维空间的限制，导致目光短浅。很多事情都只能看到片面，然后通过片面的投影去推测完整的形态，这种方法必然导致‘盲人摸象’的结果。所以很多大胆的猜测也没办法证明，现在备受推崇的实证科学的弊端又一次暴露了。”

“那么你也认为宇宙也许有轮回，之前我听说人类文明也有轮回。不是有那么多没法解释的史前文明，还有一些曾经高度发达却又突然消失的神秘文明吗？”董菲若有所思，沉浸在西北清凉的夜风里。

“在望远镜发明以前，非洲的原始部落也知道天狼星有一颗伴星，也许人类现在的文明就是在上一个文明的废墟上重建的。”李尉明目光深远，意味颇为深长。

“说不定还有高维的宇宙，我们这个宇宙只是高维宇宙的投影，或者是上层宇宙所创造的一个世界。”董菲转过头看着天空，喃喃说道，“我的小说还没写完，不过已经能预见男主角的悲惨命运了，有点不忍心写下去。他如果真的存在于那个武侠世界里，会不会痛恨自己为啥时运不济命途多舛？哎呀呀，真是惨！我也想对他好点，但真心投入到创作中，总觉得故事的发展轨迹并不是作者能全权决定的。”

“一定是高维宇宙决定了低维宇宙吗？有没有可能相互影响互为因果？”李尉明内心隐隐有一丝触动，眼神微微闪了一下，继而转脸看着远方已经和夜色融为一体的沙丘。

董菲侧过头，痴迷地望着李尉明迷人的侧脸，小声说：“尉明，我也想过这个问题。呵呵，我们是不是心有灵犀？”

“如果小菲你具备看透高维空间的能力呢？”李尉明突然问出这个问题，目光温沉平静。

李尉明的问题，让董菲联想到她的那几个诡异的梦。董菲心里一惊，仿佛意识到了什么，蓦然陷入莫名的恐惧之中。

李尉明察觉到董菲此时心里的矛盾和恐惧，安慰她说：“那些能力并不会伤害你，你之前也不是说应该感到自豪么？睥睨天下舍我其谁的小菲不应该被自己的能力吓到。”

董菲思索片刻，稍稍平静下来后，又释然笑着点头说：“那种感觉就是超时空接触么？如果我真的具备这样的能力，呵呵，我想我应该会当个勇敢的虫子吧。”

“虫子？”李尉明疑惑地笑了笑，不解地问，“怎么又想到要变成虫子了，为什么不是救世主？”

董菲双手抱着后脑勺，仰面看着天空里皎洁清冷的月亮，假装轻松地笑着说：“之前不是老拿虫子作比喻么？莫比乌斯环上的二维小虫，还有生活在荷塘里一心想看外面世界的小虫。我如果真的有这样的能力，我会爬出荷叶，看看池塘外面的世界。”

李尉明听完董菲这一段内心剖白，颔首浅笑而不语。

董菲闭上眼睛，回忆起当日杨锦汉教授对她说的那段莫名其妙的话，虽然现在董菲还是没弄明白心中的疑问，但她正在努力地向那个方向走去。

沉默片刻后，董菲继续说道：“我越来越相信这个世界是被精心设计的了，呵，这个世界哪有那么多的巧合？”

清冷皎洁的月辉温柔洒落，凉风从沙丘芦海上吹过，萧萧肃肃的声音是很好的安神曲。董菲沉浸在这清灵的风声草歌之中，靠在李尉明的怀里安心地睡去。

31 分裂的变数

在武汉汉阳一栋别墅的地下室里，一个衣着邋遢的男人正猫在电脑前全神贯注地上网，他身边堆砌了好几层吃过了的饭盒，还有一地的垃圾。

此时，房门吱呀一声被推开，从屋外走进一男一女两个人，一人是冯美娟，另一个便是周峰。这栋别墅便是周峰在武汉的房产之一，闲置了许久。

这别墅的地下室原来是周峰堆放杂物的地方，现在改造成了一间简单的卧室。即便是在白天屋内也十分昏暗，而且闷热潮湿，蚊虫飞舞。

这个正在上网的男子压根不回头看，仍然全神贯注地盯着网页，似乎进来的人跟自己一点关系都没有。

周峰对冯美娟说："找到郑强的时候他藏在城中村里的黑网吧上网。他连饭都吃不上，拾荒得点钱也要跑去上网看消息。他还挺关注时政新闻，还喜欢去学术论坛里看帖子。"

冯美娟看了这里恶劣的居住环境，表情略带同情，向周峰询问道："怎么给安排住在这里？"

周峰尬尴地笑了笑，解释说："之前给安排在上面的房间住着，不过他坚持要搬到地下室来，我这不也是没办法吗？"

冯美娟来到郑强身旁，平静地问道："郑强，你还记得我吗？"

冯美娟一连将这句话重复了三遍，这个叫郑强的男人才缓缓转过头，一脸迷茫地看着冯美娟问道："不记得见过你，还有我的名字叫作刹那，不叫郑强。"

冯美娟从手提包中取出一份论文，递到郑强面前，"我读过你的这篇论文。"

郑强看了看冯美娟手中的那几页纸，皱了皱眉摇头哂笑一声，又转过头专心看着论坛页面。

冯美娟见他这样冷淡的反应，也不再多问，将论文摆在郑强身边。

冯美娟看着身旁等候着的周峰，问道："你找到郑强的时候，他有什么特别反应吗？"

"当时他在汉阳城中村的黑网吧上网，用了别人的身份证。"周峰耸耸肩，向冯美娟描述着当日找到郑强时的情形，"他当时觉得自己是一个考大学失败的学生，想要进到高校读书。我告诉他我跟他的志向是一样的，可以给他提供一个住宿的地方，他便同意跟我来这里。说服他的过程很轻松，没费什么周折。调查了下他的资料，他是名校毕业，怎么又分裂出一个连大学都没考上的人格？"

冯美娟摇头说道："可能他近期接触过类似的人，于是就分裂出了这样一个新的人格。我和这位朋友好好聊聊，谢谢你能帮我找到他。"冯美娟此时心里也难以接受曾经才华不凡、刚愎自用的郑强会突然变成了一个疯疯癫癫的流浪汉。

周峰点头表示赞同："之前他去华大学校里闹过几次，后面又销声匿迹，原来是藏在城中村里靠拾荒换点零花钱。还真可惜了，这样一个优秀的数学家。”

冯美娟神态十分凝重严肃，对周峰说：“好，你先出去吧，我留下跟他好好聊一聊。”

周峰会意地笑了笑，将房门钥匙递给冯美娟，随后便离开了。

待周峰走后，冯美娟便走到郑强身前，用同情怜悯的目光看着郑强笑了笑，低声说：“人格分裂让你自己都不知道自己是谁，但有些小习惯却藏在潜意识里，没那么容易改变。一个人再怎么伪装，都是建立在他已有的认知基础上，所以总是逃不掉自己本身的影子。”

正注视着屏幕的郑强嘴角略略上扬，目光里闪过一丝诡异的亮光，但仍然对冯美娟的话不作答复。

冯美娟环顾了下四周糟糕的环境，又继续问道：“怎么要住在这里？上面的房间不是住得更舒服吗？”

郑强仍然一言不发，仍然死死地盯着电脑屏幕，时不时傻笑几声。

冯美娟眉头微微一动，“通天塔计划中的量子智能关系到整个计划能否顺利实施。现在新疆的量子干涉实验室正在调试，我已经申请的课题会将量子干涉用于脑电波的研究。欧美那群人一直不把我们放在眼里，我们要反客为主必须把握好这个机会。”

听到这段话的时候，郑强一改方才冷漠的神情，右手食指停下了点击鼠标，稍稍侧过头看了冯美娟一眼，嘴角挂着让人捉摸不透的笑意。

冯美娟很满意郑强此刻作出的反应，趁热打铁继续说道：“我知道你神智失常也是因为一次脑电波量子智能实验，据说当时在澳大利亚自愿参与实验的人中，只有你的实验结果与通天塔系统产生了一定的契合度。但在那次实验之后，不论通过哪种手段，都没办法让你说出所经历的实验过程，即使是最顶尖的心理专家也没能通过催眠手法唤醒你的潜在意识。但我相信你的意识在那次实验中一定经历了一场很特殊的旅行，那么多顶尖的医学专家和心理专家都对你无能为力，我猜是因为你这疯癫的样子都是刻意装出来的，而且现在的你已经具备控制自己潜意识的能力。”

郑强眼睛里闪过一丝不易察觉的愕瑟，虽然这一抹神色转瞬即逝，但仍然被敏感的冯美娟捕捉到了。

冯美娟意味深长地一笑，问道：“你也不希望一直受制于那群自以为是的西方人吧？现在能做这样实验的，除了澳大利亚的实验室，也只有国内新疆的量子干涉实验室。我是灵语课题组的副组长，有这样现成的资源为什么不用？”

郑强脸上的颓废与茫然在此刻突然消失得无影无踪，随后他稍稍侧过头看着冯美娟，神神秘秘地说：“你应该知道我为什么不喜欢住在楼上，因为楼上的房间里都有讨厌的监控，这个地下室里没有。”

冯美娟眼中闪过一丝惊异，随即又恢复平静，从容地笑着问：“你怎么知道的？”

郑强哂笑着抬了抬眉毛，“经历过那次脑电波量子智能实验后，我对周围环境的感觉也变得异常敏感，楼上的房间里能听见那种监控独有的电磁噪音。看来你对这个周峰也不放心啊！对了，这个周峰是谁？”

冯美娟摊摊手，一脸淡然地笑了笑说道：“周峰表面上是个热爱环保的公益人士，前些时日一直在兰州，近期回的武汉。”

“我知道，兰州有一个杨锦汉。”郑强眉头微微一挑，浅笑着说，“现在如何了？”

“不知道，或许让常钧言给藏起来了。”冯美娟的目光转而变得锋利。

“哼，同样的手段使用两次，谁都会有所警觉。”郑强的语气里带了几分嘲讽。

冯美娟两手环抱于胸前，脸色寒凉瘆人，“所以我需要找到你，了解更多内幕。”

郑强转过身，稍稍仰头看着身旁站着的冯美娟，轻声叹了口气，“如果我不想让你们找到我，你们也没那么容易找到我。”

冯美娟浅笑着点头说：“当然，你隐藏自己的能力无人能比。”

郑强目光里带着得意，说道：“我看这个二维生命的小游戏董菲玩得还不错，她还是有点天分的。”

“我很好奇，你在那次通天塔量子智能的实验后，到底经历了什么？”冯美娟镇定沉静的目光直直地望向郑强，她迫切地想要知道那次量子智能实验的更多秘辛。

郑强嘴角微微上扬，得意地笑着说：“我想你还暂时不具备接受这种描述的能力，这是一种用语言无法描述的奇特经历。你要确定的是，我通过这个找到了董菲，她是通天塔计划的关键钥匙。”

“所以我更加好奇。”冯美娟的神情和语气都变得焦躁。

郑强低头皱眉沉默片刻后才说：“这些我一时也说不清，有那么一段时间，我确实进入了一种类似于精神分裂的人格解离状态。不过我的情况与你们常说的人格解离症不同，我能清楚记得我那个分裂出的流浪数学家的人格当时在做什么，这种状态更像一具躯体里同时存在多个灵魂。但身体内的每个灵魂都是处于清醒状态，只不过在特定情况下会有一个作为主导人格出现。你明白我的意思了吗？”

“这样的情况还真是特别。”冯美娟低头思索，继续说，“一般的人是为了在精神世界中获得现实中缺失的自尊感而分裂出其他人格，而你的情况刚好相反。你这么优秀的条件，偏偏要扮演底层的角色，真不知道这种自虐的方式是否能让你获得某种程度的愉悦感。”

“每一个不同的人格所具备的思维方式也是截然不同的，但又彼此知道对方的观点和思路，就像是并联的关系。”郑强笑容轻松地回答着。

冯美娟的眉头动了动，心里泛起无尽疑惑，她等待着郑强继续解释。

郑强双手交叠放在身前，仰面看着地下室顶部斑驳的水泥顶，拉长了语调说道：“可以说，是我身体里的这个流浪数学家人格找到了董菲，所以我比你更加好奇更想知道上次实验后对我造成的影响是什么。”

“为什么一定是董菲？她，并没有什么特别之处，除了那张照片。”冯美娟的语气里透着隐隐的不甘。

郑强的脸上露出异样的微笑，转而对冯美娟说道：“或许你可以亲自参与到这个实验里，我们之间才具备进一步交流的可能性。”

冯美娟得意地浅笑着，目光深沉，颔首点头说道：“也许我有途径解开疑惑，‘灵语’课题组也参与了新疆量子干涉实验室的建设调试，我新申请的课题很快也会批下来。”

郑强会意，笑着说：“‘盖亚’的通天塔计划还差最关键的这一步，我们要好好利用新疆的量子干涉实验室，所以必须将董菲带入你的课题组。按照目前大的形势，我们必须冒这个险。正如你说的，我们谁都不想再受那群自以为是的欧美鬼佬的气。只有把握这个机会，我们才能获得在‘盖亚’中的主动权。”

冯美娟双手环抱于胸前，神色略显焦虑，“只是那个常钧言是个障碍，但他是国内量子物理方面的顶尖专家，现在我们还需要他帮我们才能完成关键实验。”

郑强镇定地望着冯美娟，点头说：“带我进‘灵语’课题组。”

冯美娟微微一惊，随后平静下来问：“这样是不是太冒险了？”

郑强泰然自若地笑着说：“既然都决定冒险了，为什么不更进一步？你是个很有手段很有魄力的人，胆量上再大一点会更好。”

冯美娟眉头微微一动，她已经猜到了郑强的用意，点头笑了笑，继续说道："的确，这次是我们的机会。"

"把这篇论文给常钧言，我相信他会有兴趣的。"郑强将手旁的论文递给冯美娟，微微眯着眼自信地笑了笑。此时郑强眼神里满是期待，他已经完全将自己代入了那个幻想的角色之中。

……

"灵语"课题组的组长常钧言此时已经从新疆量子干涉实验室回到位于北京郊区的高能物理研究所的办公室内。他正坐在办公桌旁仔细阅读那篇名叫《数学与自然语言》的文章，文章的署名为郑强。

郑强在里面列出的问题和数据，在寻常研究者看来似乎有些不伦不类，但却处处戳中灵语课题的要害，尤其是这篇文章中对弦理论中量子尺度空间折叠概念的解释，更加让常钧言不免惊出一身冷汗，这位郑强的观点论断之独特，远超乎常钧言的意料。

常钧言的直觉告诉他，这个叫作郑强的人一定和"盖亚"有莫大的关联——只是这样一个人怎么会以这样疯疯癫癫的流浪数学家的形象出现？常钧言此刻迫不及待想要见到他。

郑强随一行人来到常钧言所在的研究机构，走进来的时候郑强显得十分开心和好奇，忍不住四处张望，还不停地问这是什么大学，是不是清华？

对于郑强这些疯疯傻傻的问题，冯美娟也懒得应付，也就笑笑敷衍了之。冯美娟对郑强其实也不是十分放心，所以在来常钧言这里之前，特意为郑强做了几项精神状态测评。

常钧言见到郑强的那双看似呆滞却又十分深邃的眼睛，心里微微一震。随后常钧言示意冯美娟与郑强就座，吩咐其余人暂时离开。

郑强还是在忍不住四处张望，发出嘿嘿的傻笑声。

冯美娟察觉到常钧言才几天未见，竟然憔悴了不少。随后冯美娟向常钧言介绍："我费了不少力气才找到郑强这篇文章，不过现在他的解离症状比较严重，身体里藏了好几重人格。看来如果想要从他这里了解更多的话，我们得费不少功夫。"

常钧言将那叠论文递到郑强面前，扶了扶镜片打量着眼前这个看起来疯疯傻傻的郑强，问道："你就是这篇文章的作者？"

郑强用茫然不知所措的目光看着常钧言，小声问："你是大学里的老师吧，我能来读书吗？"

常钧言向郑强点点头，解释说："我看了你的文章，你在数学上很有天赋，决定破格让你进入我们研究所做相关课题研究，这里会负责你的饮食起居，而且每个月会给你发放一定补贴。你从武汉过来，需要好好休息，过几天再正式开展工作。”

常钧言吩咐工作人员将郑强带去他所住的寝室，郑强兴冲冲地跟随工作人员出门。郑强这一系列表现，与当日在华大里出现的落魄的流浪数学家的形象截然不同，他现在扮演的是一个高考失利的学子。郑强随后就被安排住在位于北京郊外的戒备森严的量子物理研究机构中。

此时常钧言的办公室内，只有常钧言与冯美娟两个人。

常钧言紧锁的眉头稍稍动了动，转头看着一旁的冯美娟，询问：“你在邮件里说，他曾经要求见丘教授？”

冯美娟脸色严肃，解释说：“在华大图书馆有丘教授的讲座，郑强因为要进去而与学校的保安发生了冲突。目前还问不出太多，不过通过功能磁共振成像察看他大脑的活动情况，在我提到‘盖亚’和他这篇论文的时候，他大脑内侧眶额皮层会变得异常活跃。”

“你是说，他是在装傻？”常钧言心存疑虑。

冯美娟释然笑了笑，摇头解释说：“不是，他现在分裂出了多重人格，但是一些小习惯和潜意识仍然潜伏在大脑的某些角落里。我查了他的资料，郑强毕业于美国哥伦比亚大学数学系，大学里跟随导师从事孪生数猜想和弦理论研究，在美国有过七年的金融工作经历。他是单亲家庭，从小跟着他母亲生活。他之后加入了美国国籍，母亲也跟随他去了美国。他母亲前年去世后，郑强回国在上海一家外资集团从事精算师的工作，不过因为性格古怪孤僻难以和同事相处，后来就突然离职不知所踪。”

常钧言眉头紧锁，点头说：“你是这方面的专家，郑强的事情交给你了。你申请的将量子干涉应用于脑电波研究的量子智能课题已经得到批准，说说你的想法。”

冯美娟蹙眉凝思片刻，解释道：“我想将脑电波研究用于量子智能和量子通信。”

常钧言神色显得十分严肃，点头说：“目前我们能做到的，是将一个没有生命的物体的量子信息完整记录后再实施超时空传输。但之前以小白鼠做的量子传输实验，结果都失败了，目前还不能做到生物的量子传输。”

冯美娟表现得很平静，点头说道：“所以我申请的新课题要研究的并不是一个生命体的量子传输，而是脑电波的量子化与量子智能感应实验。从理论上，对测试者并没有危险，我会在确保安全的情况下，再进行下一步实验。”

常钧言微微一怔，略带诧异地看着冯美娟，问道：“你有把握？”

冯美娟泰然自若地笑了笑，摇头说道：“我还没有十足的把握，但有些牺牲是科学发展必须付出的代价。”

“郑强与董菲两个都是‘灵语’课题的关键人物，现在还不能让他们两个见面，所以郑强暂时安排在你这里，董菲还住在我那边。他们两个暂时通过互联网保持着联系，进一步情况我会向你汇报。”

常钧言目光沉静严肃，沉默片刻后才回答：“你这个做法很冒险，意识的量子化并非传统意义的人工智能研究，而是将现有的人类的智能转化为量子智能，这个界限一旦模糊，很容易引起伦理道德层面的争议。”

“我这么做的目的，一是为了验证‘惠勒延迟选择’这个思想实验的正确性，另外一方面也是为了解决海量信息接收储存与传递的关键问题。‘灵语’计划的最关键步骤，便是高层空间的穿越。理论上，我们的身体无法摆脱三维世界，但意识与灵魂却有可能。这么说可能不合适，但我们研究到这一步，已经不能简单地用唯心或者唯物来区分派别了。”冯美娟向常钧言解释自己的研究思维。

常钧言赞同冯美娟的说法，点头说：“‘盖亚’是一帮前所未有的恐怖分子，现有情报显示他们的空间武器研究已臻成熟。我们建立‘灵语’课题组的主要目的就是破解他们的秘密继而摧毁他们的系统。哦对了，你去武汉调查有没有弄清楚这个郑强与老徐是否认识？老徐的死，有点蹊跷。”

冯美娟垂首点头说道：“我询问过徐教授的遗孀，这个郑强和徐教授有过几次交谈，不过具体内容暂时不得而知。目前的催眠治疗还不能完全解开这个郑强的秘密，请再给我一点时间。”

32 信仰输入

一个星期的旅行很快结束，董菲与李尉明又乘上了返回北京的列车。车窗外的景物也化作飞逝而过的线条，眼前的景象也变得迷离恍惚。

一路上董菲时而看看窗外的风景，时而望着身边的李尉明傻笑。董菲很享受现在这样的幸福时刻，少女心爆棚的她感觉自己又变成了十年前那个傻傻的、单纯的小女孩。

董菲双手托脸支撑在小桌板上，眯着眼用色色的眼神打量着李尉明，用半开玩笑的口吻问道："李大帅哥在心理诊所工作，那会不会又迷倒一批女患者？你们心理咨询师，不就是要抚平来咨询的人内心的伤痛吗？长得太好看了，就不怕起些副作用？"

李尉明放下手中的书，抬起头望着董菲，无可奈何地笑了笑，问道："这么问，你是对我没信心，还是对自己没信心？小笨蛋。"

李尉明的责备里都是甜甜的宠爱，让董菲感觉内心里充溢着温暖。

"怎么会对你没信心，就是担心有些来咨询的人会胡思乱想。"董菲俏皮地吐了吐舌头。

李尉明微笑着望着董菲的面庞，温和地说道："我喜欢看你自信的样子，很美。"

"哈哈，你真会讨女人欢心，真是让我欢喜让我忧啊！"话虽然这么说，但董菲依然抿嘴笑着，目光里溢满幸福甜蜜。

李尉明长叹一声，略略抬了抬眉毛，无可奈何地笑着说："有些话，我只会对你一人说。"

这一个星期的旅行，冲淡了董菲对未来的恐惧，也让董菲更加依赖李尉明。

回到北京后，李尉明将董菲送回五道口的那间生物医学研究所。二人依依不舍地道别，约好了下次见面的时间。

董菲回到宿舍中，又从柜子里取出平板电脑，重新思考网友"刹那"给自己留言的用意。

董菲将这个二维生命小游戏的初始参数重新设定，删除了负熵输入。没有了稳定的负熵输入，这样一个封闭的生命系统能支持多久呢？董菲也没把握，但目前的情况下，也只好先试试。

董菲拿出手机，那个叫"刹那"的网友又在这时给董菲发来一条消息："你认为我们的世界是不是封闭的系统呢？"

董菲摇头笑了笑，不假思索地敲击着键盘回复道："肯定不是啊，我们不是能接收来自太阳的能量输入么？因为有太阳的负熵流，地球系统才能逐渐从无序变得有序。"

没多久，又跳出一行字："我问的是'这个宇宙'是不是封闭的？"

董菲迟疑片刻，疑惑地皱皱眉头，回复道："如果说是宇宙的话，应该是封闭的吧？"董菲也不知道这么回答合不合适，这行字发过去后，她却有点后悔了。她担心这样的回答会不会显得太外行，毕竟跟这样一个拥有严密逻辑思维且见不着面的神秘人聊天，多少让人有些忐忑。

董菲眼巴巴地看着屏幕，焦急地等着“刹那”的回复，可是过了好几分钟，“刹那”那边却一点消息都没有。

十几分钟过去，失去耐性的董菲索性将手机扔到一边，抱着脖子靠在椅子上，仰面看着屋顶雪白的天花板发呆。她此刻的脑海里不住地回忆起和李尉明这一个星期的旅行，偷偷乐着。

此时冯美娟还没回到五道口的研究所，董菲一时无所事事，翻着她和李尉明在旅游沿途拍摄的照片，还时不时望着照片幸福地傻笑。

临近晚饭点的时候，董菲的手机收到了李尉明发来的消息：“记得吃饭，不许瘦了。”

董菲扑哧一下笑出来，看看时间原来都过去了快两个小时。董菲站起来伸着懒腰，这时候却听见那个小游戏发出的游戏结束的提示音。这才发现，自己重新设定的小游戏已经结束了。这个没有负熵输入的系统，果然没有维持太久。

董菲将这个实验结果记录了下来，然后给“刹那”留了言：“没有负熵输入，这个游戏只持续了两个小时不到。”

此时郑强坐在常钧言给他安排的宿舍里，看着董菲发过来的留言，眉头微微一动，脸上闪过微妙的神情。

郑强在这一端回复董菲：“可以参考完整的地球生命系统，有稳定的负熵能量输入是生命系统的必要条件，但不是充分条件。最关键的是复制因子的加入，才能让整个系统从无序到有序发展。”

此时冯美娟在常钧言的办公室里密切地注视着郑强与董菲的聊天记录。常钧言眉头紧锁，他对冯美娟这样的安排表示不满，因为本来一项严谨的科学研究课题，现在已经逐渐往玄学迷信方面靠近了。

常钧言转过头询问冯美娟：“你认为这个郑强会对董菲透露关于‘盖亚’的消息吗？”

冯美娟神情十分严肃，低声说：“一个人角色扮演得再成功，也会在不经意间透露自己真实的想法。因为他现在扮演的角色，也是建立在他现有的认识理解之上。这个郑强是关键人物，在将他带往新疆量子干涉实验室参与量子智能实验之前，我必须对他有一个详细了解，不论是真实的郑强还是他自己虚构的角色。”

“量子干涉实验室的调试效果并不理想，我还是担心将生命体量子化风险太大。”常钧言表达了自己的忧虑。

“将一个生命物体量子化，目前最难把握的不仅是生命体征，还有一个就是我们最不愿意谈及的‘灵魂’。”冯美娟看了看常钧言，她有意将这个常钧言不愿提及的话题挑破。

“用‘灵魂’这个词语合适吗？”常钧言立刻反驳，他显然不喜欢这样带着神秘性质的定义。

冯美娟微微眯眼笑了笑，换了种说法：“那就用‘意识’这个词，我们一直不敢用人做量子传输实验，所担心的不仅是伦理道德问题，也是因为实验人的生命安全没有保障。”冯美娟微微顿了顿，继续补充说明：“所以目前只能退而求其次，以脑电波量子实验为主。”

常钧言露出迟疑的神色，“动物的脑电波量子化实验虽然能顺利通过，但我们能检测到的也只是动物的各项生命体征是否正常，对于其有没有本我意识尚存在争论，就更不能检测其意识是否顺利通过实验了。”

冯美娟得意一笑，“但要将量子智能用于实践，人体实验是必须经历的。不过换个方向想，不论是飞机试飞还是航天器升天，哪一个不是需要参与者冒生命危险的？很多理由未免显得太冠冕堂皇。”

“那是在被实验者自愿的情况下。”常钧言很严肃地纠正了冯美娟的说法。

冯美娟笑容自若，“郑强他愿意参与这次实验。”

“郑强！”常钧言面色一凛，立刻否定，“以他现在的精神状态，你能确保实验的安全性？而且，他是‘自愿’的么？”

冯美娟摇头轻声叹气：“郑强是我们打开‘盖亚’秘密的关键，从他的只言片语中，他提及‘盖亚’曾经进行过类似的脑电波量子实验，而他正是实验者之一。”

常钧言面色凝重，回复道：“这件事，我会再跟郑强确认。”

冯美娟却丝毫不生气，反问道：“生存是生物的本能，谁愿意拿生命开玩笑？不过重赏之下必有勇夫，有了名誉和利益的诱惑作为交换，自然有人愿意参与。科研中自愿牺牲的人不少，不过可惜多数人并不符合实验条件。目前量子传输中，我们只突破了无生命物体的传输。但对于有生命的生物，始终有难以突破的瓶颈——除却生物的生命体征，就是这个‘自我意识’的存在。我的意思是将‘生命体征’和‘自我意识’这两项最难把握的实验内容分开，先从‘自我意识’开始。”

“你这样的实验背离了主流科学观念。”常钧言显得有些顽固不化，其实此时的常钧言的思想已经开始倾向于冯美娟了，不过他口头上仍然不肯服输。

冯美娟自然能意识到常钧言现在的矛盾，适时地反问了一句：“我不太懂量子物理，但我认为量子物理的理论才是一直在挑战所谓的传统的主流的科学观念的，难道不是么？‘惠勒延迟选择思想实验’中所说的意识能否左右量子特性？你应当比我更加好奇这些现象的本质。我们三维世界里所呈现的时间，是不是错觉？所谓的因果关系，是否也是时空的局限而导致的误判？我们的敌人‘盖亚’专注于高维空间实验研究，尤其是思维的高维穿梭实验。我们要了解这个组织，必须按照他们的思维来进行实验研究，这样才能寻找到突破点，而不是被动地在这里等待时机降临。”

听完这番话，常钧言的神情显得十分严肃，在沉默思索片刻后才说：“我担心我们这次辛苦建立的量子干涉实验室，又会被‘盖亚’利用。”

冯美娟转脸看着常钧言，问道：“你担心我们课题组里混进‘盖亚’的成员？”

常钧言眉头紧锁，点头说：“不是没有这个可能。”

冯美娟摇头笑了笑，继续说：“总不能因噎废食，这次实验的内容严格保密，除了你我，也只有郑强与董菲参与。”

常钧言紧锁的眉头稍稍动了动，疑惑地看着冯美娟问：“董菲也要参与？她对这些还什么都不知道，你如何说服她自愿参加？目前她还是认为自己参与的是一项关于人脑记忆力研究的课题。”

冯美娟双手环抱，目光冷沉，平静地说：“我的直觉告诉我，董菲是这个项目的关键。”

“你想通过什么方式让她接受这样的安排？”常钧言显得十分警惕。常钧言和冯美娟之间是合作关系，而且他现在也已经被她的实验想法说服，但是常钧言总还是对冯美娟有种本能的排斥。因为这个女人在很多时候，有种为达目的不择手段的魄力，而且这种魄力给人一种很危险的感觉。

冯美娟自信地笑了笑，解释说：“循序渐进，不能操之过急，让这个变成她的一种信仰。”

常钧言警惕地看着冯美娟，心里微微咯噔一下，下意识问道：“洗脑？”

冯美娟很耐心地解释道：“可以这么说，最差的洗脑手段是用拙劣的方法迫使人忘记本来所坚持的东西，最高级的洗脑就是输入信仰。其实我们这些人现在所坚持的也是被输入信仰的结果，难道不是吗？董菲喜欢写武侠小说，她在小说世界里有着很明显的个人英雄主义的倾向，她喜欢把自己代入角色中思考。如果从这个角度出发，我们的工作就会容易很多。小说虽然是虚构的文学作品，但也是作者思维及世界观在某一层面的体现。”

常钧言依然保持着警惕严肃的神情，用沧桑的声音警惕地说道：“强行的信仰输入，这样的做法恐怕并不光彩。”

冯美娟依然保持着耐心，反问常钧言：“那我们为什么加入这个课题？为了科学发展，还是为了内心所谓的‘正义’？其实这两样都是外界输入给我们的信仰，而并非最早就根植在我们内心的。人存活于这个世界，必然与外界存在物质和思维的交换，倘若我们不把握机会，难保董菲不会走向另外一个极端。在心理学的研究过程中，我始终认为‘先入为主’的作用无可替代。”

常钧言立刻反驳说：“董菲的情况特殊，理论知识不够、心理承受能力也一般。我希望让她结束这次实验研究后就可以顺利地回归原本的社会角色，而不需要太多心理干预。而且她是个喜欢讲故事的人，难保她不会因为有意或者无意的举动而泄密，这样恐怕会节外生枝。我虽然同意董菲加入‘灵语’课题组，但是新疆量子干涉实验室的项目，她暂时不许参与。”常钧言的语气态度十分强硬。

冯美娟皱皱眉头，神色凝重地说：“你这样谨慎的性格有时候会严重影响我们的研究进度！南太平洋发生的海啸与同时在澳大利亚出现的天震难道还不能引起你的重视？董菲的心理测评虽然不理想，但是心理素质是可以训练的。理论知识也不是问题，她学习能力很强。而且我已经成功让她对这方面有了兴趣，后期会顺利很多。现在要做的就是如何让她平静地接受实验内容，需要循序渐进地加以引导。”

“你总有你的道理，我也有我的坚持。好，我让步。但前提是，董菲必须具备参与实验的心理素质和理论基础，而且让她参与的时候，仍然以大脑潜能开发和人体记忆研究作为理由，不得跟她透露实验的核心内容。”这个固执的常钧言终于做出了关键性的让步。

冯美娟的目的得逞，但她仍然做出无可奈何的神情，又略略蹙了蹙眉头，无声地笑了笑，随后说道：“好，可以综合我们两人的意见。新疆量子干涉实验室的脑电波量子化的实验研究就先从我和郑强开始，待时机成熟，再让董菲加入。就这两天，安排我和郑强去新疆。董菲先留在北京，她还需要一段时间适应新的角色。”

对于冯美娟的这个要求，常钧言感到很为难，摇头说：“现在大型量子干涉实验室的设备调试效果并不理想，很多时候，我们并没有能力去操控客观条件。”

“时间紧迫，要尽快找到突破点。我这几天安排动身，让那边给我安排单独的办公室，且没有外部监控。另外目前实验参与者必须严格限定只有你、我、郑强三个人，实验结果作为最高机密。我这么做，希望你能理解。我也怀疑我们小组有‘盖亚’的人，不得不这样小心。”冯美娟显得格外警惕。

常钧言眉头紧锁，点头说：“可以，我会配合你的工作。”

“谢谢你，常组长。这几天我会做好去量子干涉实验室的准备，也会格外留意郑强的聊天记录和上网记录。”冯美娟跟常钧言握手道谢。

33 通天塔

当晚，董菲收到李尉明发来的消息。董菲看着手机上跳出来的消息笑了笑，原来李尉明那家伙居然为了省房租就住在心理诊所里。虽说那家心理诊所也是开在小区的住宅楼中，但办公和住宿的地方合在一起，不太符合李大帅哥这么讲究生活情调的人的风格啊！

董菲傻乐着，一边扒拉着晚饭，一边用手机回复：“这么凑合地过日子，不是李大帅哥的风格吧？”

随后李尉明发过来一张自拍照，照片里李尉明躺在心理诊所里的沙发上，旁边还摆着一份刚吃完的盒饭。

董菲回复了一个“哈哈”的表情，并表示李大帅哥越来越接地气了。

李尉明回复道：“接地气才能更好地生活，‘要把根扎进泥土里，而不是飘浮在虚无的云端’。”

李尉明的回复，蓦然间触动了董菲的内心，有那么一时半会，她的神情又恍惚起来。

这时候，董菲的手机上又弹出了网友“刹那”发过来的消息：“你知道通天塔么？”

董菲听见手机提示音，下意识看了看屏幕上的文字，心里咯噔一下，寻思着这个叫“刹那”的网友思维跳跃可够大的，之前聊的一直都是生态学和哲学范畴的话题，现在又跳到了这一块。

董菲回复道：“大概晓得一点，好像是《圣经》里的故事。”

“刹那”回复了这样一段：“这个故事里说，人类之前语言是相通的，于是很团结地修建了一座通天塔，从而威胁到了天神的统治。于是神让人们开始说不同的语言，这样就出现了无法沟通的矛盾，继而诞生战争。从此之后，人类不再团结，而通天塔这样一个浩大工程就此夭折。”

董菲疑惑地回复道：“这个和我这个生命小游戏有什么关系吗？”

“刹那”那边也很快给出回复：“并没有直接关系，但有一定的借鉴作用。你应该是学过电脑编程的吧？”

“学过一点点，大学本科学的，忘得差不多了。”董菲心里没底，她内心里隐隐有种不祥的预感。

“刹那”那头紧接着回复道：“不论是什么看似完全不同的高级语言，其实都有一个共同基础‘机器语言’。”

董菲看着“刹那”发过来的消息，沉默思考片刻，脑袋里闪过的是那天在学校和那个流浪数学家起争执的场面……

董菲开始怀疑坐在网络另一端的那个人的身份，不会真的那么巧吧？

董菲有点忐忑地回复说：“你的知识面很广啊！你说你没上过大学，我不太相信。”不过董菲刚把这句话发送过去就立刻后悔了。

果不其然，“刹那”的回复在董菲意料之内，“学东西就一定要去大学里么？”

董菲有些哭笑不得，回复说：“好了，继续聊通天塔。通过这个故事和计算机的语言，你是想说明什么呢？”

“这个世界也有最基本的语言。”那边很快给出回复。

当这句话跳出来的时候，董菲眼睛瞪得老大，差点噎住。她猜这个莫名其妙突然出现的“刹那”，很可能就是那个流浪数学家。

董菲回复：“你是说‘数学’？”

“是”这个字跳出屏幕。

董菲怔怔地看着手机屏幕，心里有种不祥的预感，对面那货不会真的是那个流浪数学家吧？怎么这么阴魂不散？！天啦！真的是到哪都摆脱不了这家伙的阴影。

还没等董菲回复，“刹那”那边又发过来一句话，“其实，我是一个民间的流浪数学家。”

看到这行字的时候，董菲先前的猜测得到了证实，她最害怕的事情发生了。她慌忙中吓得把手机扔到了一边，额头上汗珠莫名其妙地滴落，心跳加速、呼吸也加快。

过了几分钟后，董菲稍稍地沉住气，这才慌忙捡起手机将那个“刹那”立刻拉黑，但她不知道这样的做法是否真的能摆脱这个神秘的令人恐惧的阴影。

“阴魂不散的人，你要吓死姐姐啊！”董菲拍拍胸口，鼓励自己一定要镇定。即便事情再难搞定，她至少有李尉明。想到李尉明的时候，董菲原本恐惧的内心多少有了些许轻松和宽慰。

……

而此时，冯美娟也正在密切关注郑强和董菲二人之间的聊天内容，看来这个郑强又从高考失利的考生角色再次回归了流浪数学家的角色。

郑强此人是一个奇怪的变数，冯美娟此时更加迫不及待想要知道郑强在澳大利亚的那次实验中到底经历了什么，那天在地下室，郑强对冯美娟说的话，深深地刺痛了冯美娟要强的野心。郑强说冯美娟还不具备跟他交谈的资格，而在量子智能实验中，郑强经历了一场难以言喻且神奇诡异的旅途。冯美娟的野心和不甘，刺激着她更加向往郑强所描述的那段神奇的经历。

除此之外，冯美娟还有一个心病，那就是董菲。虽然现有的很多证据，包括郑强、杨锦汉等人都相信董菲才是关键的钥匙，但冯美娟却从未如此真正地认为。即便她拿这些理由来说服常钧言，但她却从未真正相信过。洗脑原则中有一条很关键，让对方相信为之奋斗的信仰并且深陷其中，而这个信仰的缔造者却必须时刻保持清醒和冷静。

冯美娟认为，董菲充其量不过是钥匙，而她自己才是手握钥匙开启天堂之门的创世者。

不过现在对于冯美娟的计划而言最大的阻力并不是来自常钧言，而是来自“盖亚”内部。“盖亚”内部对于通天塔计划的实施细则仍然有众多分歧。所以按照目前的形式，冯美娟也只能先从郑强这里入手。

第二天上午，冯美娟回到位于五道口的生物医学研究所的办公室内，随后她给董菲安排了近期的学习任务和记忆力练习的计划。

董菲今天精神状态并不好，显然一夜未睡。她一直被那位神秘且阴魂不散的“流浪数学家”的阴影笼罩着，彻夜难安。

冯美娟十分关心董菲现在的心理状态，关切地询问道：“这次旅游怎么样？”

董菲竭力掩饰着她的真实感受，摇头解释说：“这次旅游很开心啊！假期休息得挺好，很快能投入工作的。”

不过，董菲的伪装是瞒不过冯美娟敏锐的观察力的。

“挺好，那你先回去看书吧！理论知识的积累，是进行实验研究的首要步骤。我还需要出差一段时间，暂时没有别的导师带你，你自己安排好学习生活。你每个月的生活费会按时打到你的银行卡里，如果有额外的需求，可以跟这里的赵老师提出要求。在这里你的首要任务就是安心学习、调整心态，因为后期研究工作会很辛苦，需要提前做好心理准备。”冯美娟点头笑了笑，温和地嘱咐几句。

董菲十分感激冯美娟对她的关心和教导，但她是一个不善于表达的人，最好的报答方式就是通过实际行动去回报。

离开冯美娟办公室后，董菲来到院落中的银杏树下，仰头看着夏季银杏青绿如华盖宝伞的树冠，阳光从枝叶间透过洒落在她的面颊与身体上。

董菲做了一个深呼吸，庆幸自己又遇到了一个好老师。在感叹过后，立刻掏出手机给李尉明发了一张剪刀手的自拍，照片里的她笑容纯净明澈。

很快李尉明那边回复了：“呆瓜，笑得这么开心，今天不用工作？”

董菲偷着笑，用手机回复说：“我这次是遇到贵人了，不干活都有工资，你相信不？”

李尉明回复了一个无可奈何的表情，“好！当然相信你。不过现在你的李大帅哥要工作啦！晚上一起吃晚饭，到时候我去接你。”

董菲抿嘴笑着回复：“你的车还在武汉呢，下班高峰你挤地铁一来一回的多不方便啊！还是我去找你吧！顺便看看你的办公室兼宿舍。”

李尉明很快回复道：“好，那就等你下班后来我办公室享用烛光晚餐，我下班后准备好饭菜等你过来。想吃点什么？提前跟我说。”

“都行，你知道我的喜好的，嘻嘻，你来定吧。”董菲的内心也因为冯教授的关怀和李尉明的爱护而得到了些许宽慰，而那些不愉快的阴霾，被她暂且抛之脑后了。

……

李尉明现在工作和居住的心理诊所位于一幢居民楼内。晚上八点的时候，李尉明在地铁口接到了董菲。二人来到这间位于居民楼21层的办公室里，李尉明并没有着急打开屋里的灯，而是先拉开窗帘，让外界五颜六色的霓虹灯光从玻璃窗中透入，落在室内，营造出一份静谧浪漫的氛围。

这间办公室靠近书柜的角落里摆放着一只小巧的中式茶几，茶几上有两支彩色的小蜡烛。今天的晚饭就摆放在茶几中央，李尉明还故弄玄虚罩了一只小罩子。李尉明随后点亮两支蜡烛，此时朦胧摇曳的橘色烛光将原本冷清的办公室烘托出一种别样的浪漫氛围。

董菲留意到这间办公室的布置看似简单，却无处不透露着一股别样细致的设计感，尤其在这暧昧温暖的烛光下，更显出布置者的别具匠心。

靠墙的博古架上摆放着几只仿古的陶罐和一只笔架，就连一旁的书柜上都摆放着十多本古朴的线装书和一方砚台。

李尉明搂着董菲的肩膀站在高大的玻璃窗前，眺望这个城市喧嚣的夜景，马路上流转的光影和建筑物闪烁的霓虹构成了夜景画面最基础的色调。

董菲非常欣赏这样的布置，满意地问道："你的这位朋友还真有心，连心理诊所都布置得这么雅致，什么时候能见见这里的主人呢？"

李尉明低下头，柔声地解释说："现在这里的装饰格局都是我重新布置的，我猜你会喜欢。我那个朋友玩心比较重，既然有我来上班，他索性给自己放了个长假，带着老婆孩子去国外度假了。他估计得玩上好一阵子，等他回来的时候，有机会介绍你们认识。"

李尉明揽住董菲的肩膀，让她稍稍转过来面对自己，深情地望着董菲的眼睛，低声地问："你知道我为什么这么喜欢你吗？"

"我傻呗！你一哄我，我就原谅你了。"董菲抿着嘴偷笑着，微微低下了头。

李尉明将董菲抱上茶几旁一侧的座位，借着微弱的烛火看着董菲的眼睛，十分认真地说道："我们都很喜欢中国的传统文化，这一点才是我最看重的。"

董菲明白李尉明这句话是说明为什么他会选择董菲而不是伊芙。像伊芙这样的ABC（American-Born Chinese）是无论如何不可能成为李尉明这种追求心灵共鸣的人的知音的。

董菲微微皱了皱眉，反问一句："你不知道你在华大的粉丝团有多疯狂吗？有人还为了你买了古琴，难道你和她们没有共鸣？"

李尉明浅笑着拍了拍董菲的额头，叹气说："你自信一点，为了你自己，也为了我。"

董菲若有所悟地抬了抬眉毛，点头说："好吧！那我不难为李大帅哥了。今晚吃点啥？看你弄得神神秘秘的。"

李尉明冲着董菲做了个略得意的鬼脸，嘴里还念念有词。随后李尉明揭开那只小罩子，露出了一小盘西红柿炒鸡蛋、一盘青椒肉片和一碗紫菜蛋花汤。

看到这些接地气的家常菜，董菲开心得前仰后合，轻轻拍了拍李尉明的脸，好不容易才忍住笑："看来李大帅哥已经成功回归平民圈了呢！如此甚好！甚好！"

李尉明也不顾董菲的调侃，微笑着在一旁坐下，解释说："今天实在太忙，只好瞎对付了。小菲如果生气了，我们现在就出去吃怀石料理如何？"

董菲知道李尉明是故意调侃，于是强忍笑意，装作一本正经地说："你知道我不会去的，又逗我。那种高贵冷艳的怀石料理又贵又不好吃，关键是规矩还一大堆，太不适合我了。家常饭挺好的啊，哈哈！对了，有机会带你去兰州的夜市吃烤肉，那才叫生活啊！"

"我朋友也很少在这做饭，我刚来的时候发现这厨房真是一团乱。好多厨具都是这几天才准备好的，实在来不及做大餐。下次一定好好研究厨艺，把我的小菲伺候好。"李尉明连忙抱拳赔罪。

随后李尉明将屋里的大灯打开，两个人一人端着一碗饭，相视一笑后，便狼吞虎咽起来，丝毫不在意自己的吃相。

吃过晚饭，董菲想起昨晚和"刹那"聊天的事情，心里咯噔一下，连忙说："光顾着跟你开心了，我居然连这么诡异的事情都忘了。尉明，你还记不记得我们在华大遇到的那个自称'流浪数学家'的怪人？"

李尉明认真听着董菲的话，点头说："记得，你和他在学校起过争执。"

"对对，就是这个人。那个跟我聊天讨论二维生命小游戏的'刹那'就是这个流浪数学家。你说他怎么这么阴魂不散？！绕了一大圈，又碰到了。"

李尉明面露惊奇的神色，问道："你确定是他？"

"肯定的，昨天那个'刹那'还跟我说什么构成这个世界的基本语言，他也说自己是一位流浪数学家……"董菲害怕地闭起眼睛，用撒娇却又紧张的口吻说道，"你说怎么有这么阴魂不散的疯子啊？！"

李尉明在短暂的诧异过后，转而轻松地笑了笑，将董菲抱在怀里，小声宽慰着说："可能是你太紧张了，故而放大了这种心理感受。也许在小木虫论坛里的'民科'也不少，或许就是个巧合。对了，他都跟你说了些什么？我倒是有兴趣听下。"

董菲抬起头注视李尉明沉静温和的眼睛，叹口气说："你还是职业病改不了，对这种偏执狂疯子格外有兴趣。不过要让你失望了，昨天他跟我说什么世界基本语言的时候，我就把这家伙拉黑了。"

李尉明释然笑了笑，摇头说："我不是对他的精神状态感兴趣，而是有兴趣知道他的理论。”

董菲无可奈何地叹气说：“哎呀，我就没你这么好的心理素质。我要能像你这样处变不惊，肯定天下无敌了！哈哈！他以前跟我的聊天记录你也看过，基本上都是关于那个生命小游戏的。不过昨天他换了个话题，先跟我聊起了通天塔。”

“通天塔？”李尉明目光微微一沉，原本轻松的眼神里泛起了一丝狐疑。

董菲连连点头说着：“是啊！《圣经》里的故事嘛。然后他就引出了数学是这个世界的基本语言的话题。”

34 惠勒延迟选择

在听到这个话题的时候，李尉明蹙眉思索了片刻，然后对董菲点点头示意道：“你稍稍等一下，给你看本书。”

随后李尉明在一侧的书柜里翻出一本书，递到董菲手里。

“《易经》？”董菲接过这本书，随意翻了几页，笑着问，“李大帅哥还看这些，莫不是想着哪天心理诊所开不下去，就去天桥下摆个卦摊帮人算命看相吧？哈哈。”

“学易的等级分为‘山医命相卜’，最次才是用来占卜。”李尉明优雅从容一笑，并不介意董菲的调侃，继而一本正经地解释道，“还记得我们以前聊过的吗？道生一，一生二，二生三，三生万物。其实不从现代科学研究和数学理论入手，从中国传统文化入手，我们也能知道上古圣贤也认为数学为宇宙的基础。”

“哦，对啊！那个流浪数学家当时也是这么说的，我因为说了个毕达哥拉斯学派，让他大发雷霆，他说中国古代就有的渊源，你非要去古希腊那里找根据。”董菲回忆起当时的一些场景，仍然觉得难以理解。

李尉明平静地解释说：“这也不怪他，也不见得是这个人因为自大而排外。当今国际上，在很多学科中起领导作用的基本上都是欧美人，他们那种自带的优越感，即便没有明着表现出来，也会刺痛国人的自尊心。他们妄图用自身的标准去衡量判断其他文明的价值，十分地狭隘和极端。在我从事的学科研究上，也经常受到西方学者的打压，虽然并不是所有人都如此，但这类现象还是相当普遍的。这位流浪数学家，之所以再三强调中国古代的成就，而不是去古希腊引经据典，恐怕也是有感于被西方打压的现状。”

“原来是这样啊！”董菲若有所悟地皱眉点头，转而又说道，“我觉得你们两个人好像是知音啊，伯牙和子期！哈哈。”

李尉明捏了捏董菲的面颊，说道：“就是就事论事，综合分析一下，也是从我的切身经历分析的。而且，这话题不是你挑起的吗？可不要给我乱扣帽子。”

“好啦，不开玩笑。”董菲傻笑着眯眼看着李尉明，“你曾经对我说过，中国的传统文化十分早熟，起点很高，反而是到了后期，渐渐式微。”

李尉明笑着点头说：“宇宙万物发展的基本规律，无恒强无恒弱。《道德经》里也说：‘天之道，有余者损之，不足者与之。’”

董菲听到这句的时候，眼睛瞪得老大，神神秘秘地问：“《射雕》里《九阴真经》的第一句：‘天之道，损有余而补不足’？”

李尉明被董菲逗乐，点头说着：“对啊，金老也是从《道德经》里得到的灵感，黄裳所写的《万寿道藏》就是道家经典的合集。”

“对对！金老在小说里说《万寿道藏》就是《九阴真经》，能从经文中悟出最高深的武功！”董菲是个不折不扣的武侠迷，她兴奋地问，“难不成李大帅哥让我看的这本《易经》里也包括了高深的武功秘籍？”

李尉明不介意董菲这种疯疯癫癫的言论，愈发耐心地解释说：“《易经》的核心就是阴阳变化。不论怎么改变，始终围绕着九阳六阴的阴阳变化，就是阴阳、卦爻的演变过程。阴阳组合为乾、坤、震、艮、离、坎、兑、巽八卦，八卦两两相叠为八八六十四卦，六十四卦中，每个卦有六爻，就是三百八十四爻。再加上用九、用六两爻，这三百八十六爻就是构成我们宇宙的基础语言。如果真能参透天机，维护世界和平就真的靠你了！”在严肃的解释后，李尉明也不忘加上一句活跃气氛的话语。

董菲扭曲着眉毛，似懂非懂地傻笑了几声，继而又摇头说：“嘿嘿，太深奥，我完全搞不懂啊。不过我大概能理解你的目的，你是想从中国传统文化中寻找到这个世界的答案对吧？”突然，董菲感觉脑袋触电一样，恍然大悟地说，“易经的六十四卦……哎呀，组成地球生命的遗传密码子刚好也是六十四个！不会真这么巧合吧？”

李尉明嘴角微扬优雅笑着，点头解释说：“的确很凑巧，但也不一定就是巧合。传统文化里有着非常早熟的部分，大胆点猜想，这些很可能是史前文明的余晖。不过后期的发展有些偏离了最初的道路，幸而诞生王阳明这样的人物来拨乱反正。近一两百年科技爆炸式的发展催生了很多负面效应，我认为要从哲学着手来寻找解决这些理论悖论和社会弊端的方法，就得以中国的传统文化中的精华部分作为最核心的思想指导。”

董菲恍然大悟般点点头，笑着说：“我大概明白了。就像用王阳明先生的心学来理解量子叠加状态存在的可能性对吧。王阳明先生的心学虽然是儒学，不过最初来源能追溯到佛家理论和道家思想，早期他也是修炼道家导引术和养生术的。”

李尉明会心一笑：“对，陈抟老祖所提出的无极的概念，在濂溪先生周敦颐的《太极图说》里得到了发展。太极这个概念，通俗的理解是天道，也就是这个宇宙的基本规则。后来演化出来的程颐朱熹的程朱理学，还有程颢陆九渊一脉的心学，溯其根本应当都来源于《太极图说》中最核心的思想。”

董菲一脸惊异地点头道：“难怪呢！有位湖南的同乡有一副很狂妄的对联，上联就是‘吾道南来，原是濂溪一脉’。指的就是濂溪先生周敦颐啊！”

“其实现在科技文明所遇到的困难和谜题都有人尝试着从宗教思想和哲学范畴里寻找解决的办法。”李尉明轻轻抚摸着董菲的头发，“很多看似不相关的学科，发展到了极致也是相通的。”

董菲瞪大了眼睛看着李尉明，压低了嗓音用神神秘秘的口吻说着：“哎，李大帅哥，我觉得你的思想很危险哦！”

听到这个评价，李尉明目光依然沉静温和，他并不介意董菲这样的调侃，继续问道：“那你认为，到底什么才能算是宗教呢？呵呵，其实这个概念很模糊，并不好明确地区分。我个人认为，心中有信念的人都可以算是虔诚的教徒，包括对科学的信仰和对自然的尊重。我那个为了环保事业而奋战的朋友，也可以看作是一位虔诚的自然教派的教徒，而这些也和你的专业环境工程相关。”

董菲点头赞同李尉明的这个观点，但又补充了自己的想法，“哈哈，这么说也对哦！用宗教的哲学思想解答量子论带来的疑云，确实是个捷径，但还是会被实证派认为是思想层面的自欺欺人，那些实证派的反对理由也并非没有道理啊。”

李尉明继续解释道：“所以我认为，王阳明先生所提倡的‘知行合一’才是最基本的科学精神。在提出理论解释后，也需要给出相应的验证方法和实践方法。”

“我很想知道，我们的李大帅哥会不会用格物致知的方法学王阳明去格竹子呢？”董菲望着李尉明的眼睛，不知不觉被其中深邃迷人的光泽给吸引住了。

李尉明十分坦然地答道：“格竹子没意思，还是学王阳明成就一番大业，经略四方才好。”

董菲捂着嘴笑：“那是那是，人人都可以是圣人。”

李尉明赞许地笑了笑，继续说：“量子理论里还有一个著名的‘惠勒延迟选择’的思想实验，这个实验让人无法理解的地方就在于实验观察人的想法和选择提前决定了粒子的状态。”

董菲瞪大眼睛，好奇问道：“这么有趣？是升级版的薛定谔思想实验吗？”

“哈哈，没那么残酷。”李尉明拿出笔和纸，开始耐心地解答，“这个实验的基本思路就是用涂着半镀银的反射镜代替双缝来进行双缝干涉实验。比如一个光子有一半可能通过反射镜，也有一半可能这个光子会被反射。因为光子通过这个半镀银反射镜的过程是量子的随机过程，就跟它选择双缝还是单缝本质上是一样的。”说着，李尉明画出了一个简单的示意图，方便董菲理解。

董菲歪着头看着，努力回忆已经忘得差不多的大学物理知识，小声感叹着：“喂喂，你一个心理学的专家，居然对高等物理这么有研究，我这种人都不敢自称自己是理工科专业的呢！”

“就是个人爱好，没事的时候读读闲书，说不上有研究。”李尉明一边解释着，一边继续画着示意图说明这个著名的思想实验的核心内容，“小菲你学过大学物理，还记得双缝干涉实验吧？”

“呃，就记得这个名字了。”董菲茫然地眨了眨眼睛，虽然大学里学过这些，而且她还做过相关实验，但这时候也早都忘得精光了。

李尉明轻轻捏了捏董菲的面颊，宠溺地笑着，又继续指着示意图解释道：“小菲你看，把这个反射镜和光子入射途径摆成45°的角度，那么光子它有一半可能会选择直飞，也另一半可能会成90°角被反射。接下来，实验者可以通过另外的一面全反射镜，把这两条分开的岔路再交汇到一起。”

听到这里，董菲糨糊一样的脑袋一下子就不够用了，她完全记不起大学物理曾经做过的类似于这个思想实验的双缝干涉实验的理论和步骤，也无法根据李尉明的解释对这个名叫“惠勒延迟选择”的思想实验进行凭空想象。

董菲此时脑袋发蒙，连忙打断李尉明，说道："李大帅哥，等等。我要好好梳理一下，还没怎么弄明白你刚才说的那些。"

李尉明并没有生气，反而很有耐性地为董菲补充相关的物理知识，方便董菲加深对这个思想实验设想的理解。

董菲皱着眉头，好不容易才大概理解了李尉明刚才的解说，过了一会示意说："李大帅哥继续吧。"

李尉明温和笑着，点头继续说道："在这个'惠勒延迟选择'的实验中，这位观察者在终点观察光子飞来的方向，我们可以确定它究竟是沿着哪一条道路飞来的。但是我们也可以在终点处再插入一块呈45°角的半镀银反射镜，这又会造成光子的自我干涉。如果我们仔细安排位相，完全可以使得在一个方向上的光子呈反相而相互抵消，而在一个确定的方向输出。这样的话我们每次都得到一个确定的结果，就像每次都得到一个特定的干涉条纹一样。而根据量子理论，此时光子必定同时沿着两条途径而来。总而言之，如果我们不在终点处插入半反射镜，光子就沿着某一条道路而来，反之它就同时经过两条道路。"

董菲的脑神经现在已经拧成了"中国结"了，纠结地看着李尉明，傻笑着说："李大帅哥说的我完全不懂，怎么办？"

"就是那句，无处不在，处处都在。"李尉明简单地概述了一下。

董菲仍然一脸痴样地看着李尉明，傻笑着说："好像有那么一点点懂了。"

李尉明抿嘴笑了笑，继续说："没关系，我们现在说结论。把实验的中间过程都略去，在终点处插入反射镜的步骤可以在光子实际通过了第一块反射镜已经快要到达终点时才决定。我们可以在事情发生后再来决定它应该怎样发生。就是说，实验观察者的想法会影响到光子的路径选择。"

董菲艰难地思索着，又咬了咬嘴唇，眨着眼睛不解地笑着问："到底是先有因还是先有果？还是互为因果？好复杂啊，感觉头有点疼。意识这个东西很神奇，会不会真的如我们之前推断的那样，意识能不受维度限制，在高层的维度上会对我们这个世界里的某些现象产生一定影响？或者说不论因果都是一体，我们现在经历的是时间轴上的截面？"

李尉明面露赞许的神色，点头笑道："可以这么想，你理解能力很不错。我们平常所认为的因果顺序和时间先后关系，很可能只是错觉。因果，是因为以我们的视角。我们从时间流逝的方向来看，先看到了因，再看到了果，所以认为先有因而后有果。倘若突破一定的限制，这个看似真理的因果顺序，就要被改写倒置。”

董菲突然灵光一现，两手一拍，立刻想到了什么，“哦，对了！我大学物理课学相对论，有个计算试题，就是让我们分析因果关系的，当物体运动速度超过光速的时候，时间、距离、质量、因果这些度量都会发生变化。哎呀，我那会哪想到这些，上课都是发呆发过去的，考试也是混过去的……早知道，就多累积一点理论知识了。”

李尉明面带笑意看着董菲，用充满磁性的嗓音解释说：“再用一个比喻，除却太阳外，离我们最近的比邻星距地球4.2光年，你能理解这个概念吧？”

“能啊，就是光线走了4.2年的距离，光年是长度单位。哈哈，这个我还是记得很清楚。”董菲自信地解释说。

李尉明继续问：“还有呢？”

董菲疑惑地皱了皱眉，思索着说道：“光线从比邻星到达地球，需要4.2光年，也就是说，我们现在看到的比邻星的样子，是它4年前的样子，对吧？”

“对的。”李尉明欣慰而笑，继续说道，“那么调换一下角色，联想你在大学里学过的相对论，倘若从光子的角度，又如何理解这4.2光年的距离？”

“啊？！”董菲这下完全蒙了，全然不知该怎么去理解李尉明的这个问题。

李尉明尝试着引导董菲的思维：“根据广义相对论，光速为我们这个世界的速度上限。当一个物体的运动速度增加时，这个物体自身的时间将会被延长，而且测量的尺子也会相应缩短。但因为寻常我们见到的物体的运动速度与光速相比太过渺小，所以相对论效应并不明显。但是一旦物体的运动速度接近光速的时候，之前所说的时间及尺度的变化将会大幅度体现，而且物体的静止质量也会无限提升，因此这也在某一方面佐证了有质量的物体的运动速度无法突破光速极限的设定。所以，光子的静止质量为零，这个你在大学物理课本里应该学过的。”

“嗯嗯。”董菲连连点头。

李尉明继续说：“那么回到最开始的问题，假如以光子的角度结合广义相对论的理论设定，以光速运动的光子它的时间无限被延缓，而测量尺度却也无限被压缩，那么以这个角度来看，光子从比邻星上产生的那一刻到被你的视网膜神经捕捉观察到的那一刻，其实是同时发生的。”

“啊？”董菲一脸愕然，随后摇头晃脑地说道，“就是说，从光子角度来看，并不存在4.2年的时间差，也没有4.2光年的距离差？”

“一部分物理学家是这么认为，但这并不是我的专业，我也不能盲目论断对错。单从这方面来看，有一定的借鉴参考价值。”李尉明的声音沉稳平静。此时，他的话锋又一转，“你之前说的梦境中预感到未来，其实可以看作是意识在高维度里的穿越。”

董菲稍稍皱了皱眉，摇头说：“那种有预兆的梦其实放开点想也觉得没什么了，以前那么大惊小怪的，还真以为特别了不得。如果我真的具备这样的能力，应该是开心，而不是恐惧，对吧？”话虽这么说，但董菲对于这样的经历还是多少有些惧怕忐忑的。

李尉明轻轻拍了拍董菲的面颊，温和笑着，“这本《易经》你有空可以看看，卦辞、爻辞、象辞、彖辞里都有很深刻的哲学思想，不是非要在这方面有所成就，但会让你的内心更加平静。”

“李大帅哥平时也会给自己算算卦吗？”董菲望了一眼李尉明完美的轮廓，又低下头自个斜眼笑着偷着乐。

李尉明点头回答道：“算啊！偶尔会算一卦。”

“准不准？”董菲瞪大眼睛，很是期待的样子。

李尉明怅然笑着说：“这怎么说呢。我也不知道准不准，但不论得到哪一卦，哪一个变爻、卦辞或者爻辞都能作为指导人生的哲学。”

“啊！感觉你的境界已经非常人能及了！”董菲笑嘻嘻地点头应下，翻到了书本的前几页，立刻笑着说道，“哇！乾卦和坤卦里的潜龙勿用、见龙在田、飞龙在天、亢龙有悔、龙战于野都是降龙十八掌的招式呢！金巨侠写小说也是从这里面来寻找灵感的。我也可以多从里面汲取点灵感，好好写写我的那本武侠小说。”

李尉明抬了抬眉毛，意味深长地叹了口气，浅笑着望着董菲问：“你的那部武侠巨著完成了没?”

董菲尴尬地傻笑着，说道：“嘻嘻，还没呢！男主角秦云大侠要拯救世界，哪有那么容易。不过可惜啊！他拯救了那么多人，还得承受那么多的误会和背叛。真是时运不济，命途多舛。”

李尉明温柔地拍了拍董菲的头，问道：“他是一个孤胆英雄，只是为什么你一开始就给他一个悲剧的定位？”

董菲故作深沉地笑着说：“这问题之前讨论过的嘛！作者也不是能

够完全掌控小说人物命运的造物主，写到一些情节的时候，我也是身不由己。”

李尉明面露惋惜的神色，不免感叹着说道：“秦云善于运用自己的能力，也能正视自己的责任，比起那个男二号杨旗要强上许多。”

“为啥？因为杨旗说‘不拔一毛以利天下’？”董菲冲李尉明眨着眼睛。

李尉明点点头说：“杨旗在能力上并不见得逊色于秦云，不过他的性格毁了他。”

董菲一脸不服气，抱着胳膊说：“我不这么想，‘不拔一毛以利天下’也不见得不对，为什么要强迫他牺牲自己，而且还是为了某些人的利益？这有点道德绑架的嫌疑。”

李尉明听闻董菲的辩解后忍俊不禁，连连摇头笑着说：“蜘蛛侠曰：‘能力越大责任越大’，现在的人都喜欢超级英雄。不过话说回来，喜欢归喜欢，愿不愿意做就是另一回事了。”

董菲咧嘴一笑：“你还挺多愁善感的，是不是李大帅哥爱上秦云了？”

李尉明摇头笑了笑，解释说：“秦云这个人做事很有前瞻性，目光长远、文武双全、有勇有谋。如果放在宗教故事里，那就是先知或者救世主的角色。”

“哎，正所谓‘天将降大任于斯人也，必先苦其心志，劳其筋骨，饿其体肤’，秦云的形象要塑造得让人感动，当然得好好塑造一番的啦！”董菲煞有介事地解释着。

李尉明继续问：“主角在经历那么多折磨后，一定要以悲剧结尾吗？”

董菲冲着李尉明眨巴着眼睛，用神神秘秘的口吻说道：“当然啦，悲剧才让人记得住嘛！悲剧的定义是这么说的：在悲剧中主角不可避免地遭受挫折、受尽磨难，甚至失败丧命，但其合理的意愿、动机、理想、激情预示着胜利、成功的到来。悲剧撼人心魄的力量来自悲剧主角人格的深化和升华。而且，人性更乐于享受悲剧所带来的哀伤情绪，这就是为什么悲剧比喜剧更容易流传的原因。”董菲很得意地卖弄着这段悲剧的定义，其实她也是前段时间刚背下来的。她也纠结过要不要写一部悲剧小说，后来她又想起很多享誉世界的作品，几乎都是悲剧。为什么读者观众对悲剧这么情有独钟？于是她便去查了查悲剧的定义，这才恍然大悟。

李尉明扶着董菲的肩膀，十分认真地问：“哈哈！阅读悲剧的故事是生活调味剂，但生活还是皆大欢喜的喜剧好。你要是能当救世主，肯定不会把自己往死里折腾吧？”

董菲被李尉明的话逗乐，得意地大笑着：“那当然，我要是天下无敌了，就要坐拥三宫六院的绝世美男，哈哈哈！都得是李大帅哥这样姿色的才行。”

“真是人心不足蛇吞象。”李尉明的语气显得有些无可奈何，但此刻望着董菲的眼神仍然是一贯的温柔和宠爱。

董菲一把揽过李尉明的脖子，用霸道的口吻说道：“好啦！李大美人莫要生气，朕今晚就宠幸你一个。”

李尉明一把将董菲抱在怀里，故意坏笑着说：“那就由在下伺候女皇陛下沐浴更衣！”

35 作茧自缚

清晨时分，董菲还沉浸在梦里的时候，就已经隐隐闻到了番茄炒鸡蛋的香味。这个陌生的环境里，因为李尉明的存在，一切都变得温柔起来。

在简单的梳洗之后，董菲换上衣服来到客厅里，这里也是李尉明工作的地方。

“很久没吃你做的饭菜了。”董菲将碗捧在手中，满意地深吸了一口气。

“以后我还得多开发几种早餐，要不小菲该吃腻了。”李尉明微笑着看着董菲，语气温柔沉静。这个人确实有种让董菲无法拒绝的魅力，让她为之着魔。

这样的相处，平淡却又温柔。有那么一时半会，董菲也希望时间能够停下，让她多享受享受这样的宁静时刻。

“昨天说的那些我到现在都没想明白，虽然觉得想多了没啥用，但还是忍不住去想。”董菲心满意足地吃着碗里的面条，不时抬起头憨笑着望向李尉明。

“这些又不是求生的必备技能，有时间就多了解下，想不通也没必要多想。”李尉明倒是一脸惬意的轻松。

“不过我也用不着想那么多，只要你陪着我就好。”董菲没头没脑地抛出这句话，却也是她对李尉明的依赖和信任。

短暂的浪漫之后，李尉明需要开始新一天的工作，而董菲在用过早餐后也赶回了五道口的生物医学研究所，开始了一天的学习工作。

虽然现在冯美娟在出差，也没有给董菲安排新导师。但她觉得既然冯教授这么信得过自己，她自己便须对得起这份信任。

不能再堕落着混日子，学会自律才是成功的第一步。

目前董菲仍然天真地认为自己是在从事一项关于人类记忆力的研究课题，虽然她也发现了一些不太寻常的迹象，但她强迫自己乐观地认为那些只是因为她的敏感多心导致的错觉。毕竟她也觉得人类的思维很能捕风捉影、无中生有。想象力这玩意是双刃剑，控制不好就成了自我折磨。有了李尉明的陪伴，那些笼罩在心头的阴霾渐渐淡去了许多。

……

那所位于新疆塔里木盆地的大型量子干涉实验室距塔里木河不远，毗邻戈壁，这里的蓝天、戈壁、绿洲，还有河边遒劲的胡杨、柽柳构成了一幅独特的塞外景致。

这所实验室是国家级的大项目，耗费了6年的时间建设调试，才具备了如今的规模，常钧言作为国内顶尖的量子物理专家，也是建造这所实验室的规划者之一。虽然实验室的名字叫作量子干涉实验室，但其实这个实验室的主要功能并不是进行量子干涉实验，实际上这里是一处高维空间武器研究中心，加速器能量已经达到世界第一。因为任何一个有实力的国家都不会放过研制这种高能武器的机会，给这个实验室取名量子干涉实验室是为了掩人耳目。

此时，常钧言、冯美娟与郑强三人已经在实验室工作人员的安排下，由安保人员护送进入这个与世隔绝的地方，进入这所号称全世界安全系数最高的建筑物中。

这是全球占地面积最大的量子干涉实验室，光是地面建筑的占地面积已经达到20平方千米，这里汇集了全国乃至全世界的量子物理方面的权威精英。不过这气势恢宏的地面建筑只是这所实验室的冰山一角，在这广袤的戈壁之下，还隐藏了长约60千米的环形粒子加速隧道。

“盖亚”是一个分支众多的国际恐怖组织，在对抗“盖亚”上，各国政府也是持合作态度。不过近来多地的实验室都爆出实验结果遭“盖亚”窃取利用的消息，所以这次灵语课题不得不启动了最严格的保密措施，以确保冯美娟量子智能实验的顺利进行。

按照冯美娟的要求，在量子干涉实验室西北角落单独给“灵语”课题组辟出一块安全的区域。这区域的网络以及监控都是独立的系统，并不和量子干涉实验室其他地方联网，保证实验数据的安全。

“流浪数学家”郑强就被安顿在这片安全区一间封闭的屋子里，屋子内布置仍然如同普通宿舍。郑强对于这次突然的安排似乎没有什么特别的反应，一路上话不多，最喜欢的事情就是沉浸在自己流浪数学家的身份中。来到这间宿舍后，郑强看了一眼位于墙角的监控摄像头后便十分泰然地躺在床上休息，但看似淡定的表情里，仿佛还是透露出了让人难以捉摸的古怪神色。

此时，冯美娟与常钧言二人站在安全区的另一间房间里，神情严肃地看着监控视频内郑强的一举一动。

冯美娟神情沉稳严肃，认真地说道：“因为实验涉及的核心内容牵扯到‘盖亚’，为了保证我方实验人员的安全以及实验的顺利进展，必须保证这片区域的监控和网络数据都是独立的。”冯美娟再次强调她的要求，因为在这件事上，容不得半点马虎。

常钧言眉头紧锁，点头答道：“你太过谨慎了，这件事情我已经反复确认过，肯定能达到你的实验要求。”

冯美娟礼貌地笑了笑，转过头向常钧言解释道：“常组长，情况特殊，如果不这么做的话，我担心这次实验结果有可能会被泄露，这样对我们不利。”

常钧言眉头紧锁，沉默片刻后点头说：“这么做是有必要的，‘盖亚’的人几乎无处不在，太可怕了。”

冯美娟的目光从监控屏幕上移到手中的天震监控记录报告上：“最近天震越来越频繁，常组长你负责的实验室的空间折叠实验项目，可能得暂停一阵子了吧？”

常钧言右手拇指食指按了按睛明穴，长叹一口气说：“调试的情况并不理想，再过一个月欧洲的大型强子对撞机也会重新启动，希望能在高维空间中解决幽灵快子的问题。他们也希望我们这里能尽快运行上轨，可以做一组对比试验。另外，关于量子纠缠和量子传输，也需要两方面合作。”

“这么频繁的天震记录，就怕有什么问题。”冯美娟显得并不乐观。

“这是四维空洞湮灭时产生的空间震荡，这个过程中会释放出巨大的能量，引发天震。近期天震频繁，也跟加速器调试有关，需要多次调试修正数据，加速器能量控制在较低范围内。目前的天震频率还是在控制范围内的，所以不用太紧张。”常钧言从专业的角度解释着。

“你的量子智能的课题研究形势紧迫，你确定不需要其他人加入吗？”常钧言转过头看着冯美娟冷静的脸，这时他的关注点又重新回到了冯美娟所主持的量子智能研究的课题上。

冯美娟语气十分坚定，直接回绝说：“不用安排其他人，参与实验的人多了就有泄密的风险。从这几天郑强的表现来看，他已经从高考失败的学生角色里走了出来，又变成了之前扮演的那个流浪数学家的角色。”

“他人格的转变，有什么暗示吗？”常钧言眉头紧锁，看着视频监控中时而沉默时而疯笑的郑强，目光中也充满了怀疑。

冯美娟目光灼灼，微微点头说道：“流浪数学家能理解那篇论文，但高考失利的学生却全然不知。”

虽然“流浪数学家”和“高考失利的学生”都是郑强体内分化出的不同人格，但是却拥有截然不同的性格。而且，不同人格对事物的认知也天差地别，甚至影响到了他原本所具备的一些能力……难道一个躯壳内，真的可以蕴含多个“灵魂”吗？不同的是，这位郑强与一般的人格解离的患者不同，他似乎能在某种程度上自由地切换各个灵魂角色，仿佛有一个主导的意识在进行角色扮演。

“希望尽快有突破。”常钧言点头。

冯美娟点头解释说：“脑电波量子智能的设备已经通过五次动物实验，其中还包括了一只猴子和一只黑猩猩。现在我希望尽快开始人的脑电波量子智能实验研究。跟‘盖亚’较量，必须争分夺秒。”

常钧言面露难色，摇头问：“这么仓促？应该再多进行一些实验观察和风险分析。”

“脑电波的量子化实验必须尽快，留给我们的时间不多了。如果还找不到突破口，后期我们会更加被动。”冯美娟的态度十分坚决，“实验如果失败，责任由我一个人承担。”

当天下午，郑强被带到脑电波量子智能实验室内。

在签订了实验协议之后，郑强在冯美娟的安排下走到了实验舱前。

在这次实验前，常钧言已经反复确认了郑强目前的精神状态，确保他是在“清醒意识”下做出了这个决定。

郑强从容自若地躺进实验舱，呼吸心率监视仪显示一切正常。

这是“灵语”课题组的第一次人类参与的量子智能实验，于郑强而言却是第二次经历。

郑强连续三次按下确认按钮，实验仪器开始运转，连接大脑皮层的电极被激活。一瞬间，郑强便再次陷入到那个令他恐惧，却又令他神往的世界之中。

时间在一分一秒地流逝，常钧言与冯美娟密切注视着实验设备的运转，两人之间没有任何交流。

量子智能实验的特殊性在于，只有实验参与者才能知道到底发生了什么。如今要做的就是等待，等待郑强苏醒。

……

实验结束后，郑强被医疗助手送入特护房间二十四小时监护。

看着监控录像中仍然昏迷不醒的郑强，冯美娟的心再次被揪紧。

冯美娟安排郑强参与的这一次试探性的实验是为了证明量子化智能的安全性，前几次动物实验都已经通过，在理论上并不存在风险。而且郑强在澳大利亚的时候也已经经历过，虽然他表现得疯疯癫癫、神志失常，却有了意想不到的额外收获，这也是促使冯美娟推进量子智能实验的重要原因。

但是人类的自我意识是个很奇妙的东西，就连哲学家都难以说清楚。那几个顺利通过实验的动物虽然其生命体征和生存能力没有受影响，但人类无从得知这些动物的意识是不是受了影响，因为这些动物有没有意识都存在争议。如果是一个人的脑电波经过量子化后会不会影响到他的意识呢？对于这点，常钧言并没有把握，但冯美娟却有十足的信心，因为“盖亚”在之前已经进行过类似的实验，当时郑强就是实验参与者之一。不过在“盖亚”这个组织里，西方人一直占主导地位，所以他们一直排斥来自中国的冯美娟，所以冯美娟并没有机会接触到更多的核心内容。

……

7小时后，郑强苏醒了。

“在这次实验中，你经历了什么？”冯美娟注视着刚刚恢复意识的郑强，她表面看似平静，但其实迫不及待地想要得到更多讯息。

郑强没有回答这个问题，反而抬头看着米白色天花顶，用一种傲慢的语气反问：“苹果是什么味道？”

“苹果？”冯美娟微微一怔，她知道郑强突然冒出这样的问题，肯定不是单纯想吃苹果。

郑强的目光回到冯美娟这里，他疲累的眼睛里已经血丝密布：“大多数人都吃过苹果，但让他们去描述这种味道，又应该怎么描述呢？”

冯美娟没有回答，目光严肃地注视着郑强每一处细微的表情动作。

郑强苍白的嘴唇微微翕动，嘴角浮现一丝诡异傲慢的笑意，“是定性去描述，还是定量去描述？如何让人明白你描述的这种蔷薇科的水果是苹果而不是其他？”

冯美娟会意一笑，点头说道：“你的意思是，你的感觉是只可意会，不可言传？”

郑强耸耸肩，长叹一口气后，又顺势靠在墙壁上，自信地望着冯美娟的眼神，一字一顿地说：“倘若有人吃过苹果，你直接告诉他这是苹果的味道，他很快就能领会。如果他没吃过苹果，无论我怎样解释，在他听来都是有偏差的。”

冯美娟轻声笑了笑，点头表示赞同，“你好好休息。”说罢，冯美娟转身离开了这里。

……

两天后，郑强又被带到了这间实验室中，不过这次他并不参与实验，他只是被要求站在一旁观看。这里除了冯美娟、常钧言以及郑强三人之外还有两名冯美娟的助手。助手的任务一是协助冯美娟完成实验，还有就是密切注视呼吸心率监视仪，以确保参与实验的冯美娟的生命安全。

冯美娟是个自命不凡的人，她也想经历那种奇特的体验，完成一次灵魂层次的脱胎换骨。

在实验工作准备妥当后，冯美娟在助手的协助下戴上连接脑电波记录仪的量子智能头盔，平稳地躺入实验舱之中。

在脑电波意识干涉仪器启动后，常钧言密切地注视着监控屏上的脑电波图，这项实验的独特性在于它无法靠现代仪器记录实验的过程和结果，只能等参与实验的实验人清醒后自我叙述。所以只要冯美娟不说，那么这次实验的结果也只会有她一个人知道。

冯美娟向助手示意可以进行实验，冯美娟根据实验舱顶部显示屏上的提示，连续三次按下了确认的按钮。

在不到三秒的时间内，冯美娟就陷入了深度睡眠的状态。在场的几人都密切注视着这些跳动闪烁的数据和脑电波曲线，但郑强除外。

此时的郑强依然若无其事地四处张望，根本没有将这次实验放在心上，因为他的心里已经有了答案。

郑强能参与通天塔计划也并非因为“盖亚”中的西方人对他另眼相看，而是在这之前，多次试验都以失败告终，他们是将郑强当成一只实验用的小白鼠。不过出乎所有人的意料，在澳大利亚的那次量子智能实验中，郑强不但活了下来，而且与通天塔系统产生了一定的契合度。按照

“盖亚”的行事作风，他们不会轻易地将郑强这样的关键人物放走。但事实是这个郑强不仅逃离了“盖亚”的控制，还若无其事地在武汉当了一段时间的“流浪数学家”，直到他被冯美娟找到。

不过冯美娟并不知道那次通天塔量子智能实验的具体细节，自然也不知道曾经有那么多人参与的量子智能实验都以失败告终——因为这些都是“盖亚”的最高机密。冯美娟这样一个被边缘化的华人是没有机会得知的，而且郑强也有意对冯美娟隐瞒了这一切。冯美娟只知道郑强顺利地通过了那次实验，而且获得了前所未有的特殊经历。

……

时间一分一秒地过去，突然显示屏上的数据出现剧烈波动，红色警示灯响起，常钧言的心被提到了嗓子眼，两位助手立刻按下急停按钮停止实验。此时冯美娟剧烈起伏的胸口渐渐趋于平静，各项生命体征也逐步恢复正常，常钧言与两位助手这才长舒一口气。

两名助手将冯美娟移出实验舱，冯美娟却并没有立刻醒过来，依然处于沉睡状态，好在各种生命体征均已恢复正常。两名助手将冯美娟送去休息室内休息，现在这间实验室里就剩下了常钧言与郑强两个人。

常钧言脸色十分沉重，警惕地注视着那个空荡荡的实验舱。在这个摆满了各种仪器的实验室内，常钧言决定好好跟这位“流浪数学家”郑强聊一聊。

郑强依然一副玩世不恭的模样假装四处观望，但是他眼睛的余光已经留意到了常钧言，此时的郑强自然知道常钧言想要知道什么。

两个人都沉默了一阵子，都在等待对方先说话。

常钧言先打破尴尬压抑的沉默，语气冰冷锋利，“你刚才一直在笑，为什么？”

郑强转过头，似笑非笑地眯着眼望向常钧言，反问道：“哦，我什么时候笑的？”

“实验出现状况，我就察觉到你不太对了。”常钧言声音低沉，在这间实验室里显得更加压抑。

郑强不慌不乱，歪着头问道：“你也开始以直觉来办事了？”郑强的话里有话。

常钧言察觉到郑强的言外之意，点头说：“这间房子里没有监控，你可以安心说出你的想法。”

郑强环顾四周，点头说：“我知道这里没有讨厌的监控，因为我没在这里听见监控那种令人反感的嗞嗞声，我很讨厌电磁噪声。”

常钧言心里微微一惊，冷冷注视着郑强镇定自若的脸，不发一言，等待着郑强继续说。

郑强从容自若地笑着，继续说：“冯美娟也是‘盖亚’的成员，恭喜常组长除去一个内鬼。这个实验如果是一般人贸然参与，其结果就相当于额前叶脑白质切除手术，冯美娟可能不会醒过来，就算醒过来也会完全丧失原本的意识。”

听完郑强的这句话，常钧言感觉心脉被猛然揪紧一般。这个郑强居然就这样不动声色地除掉了冯美娟，眼前的人隐藏之深，让人不寒而栗。但他为什么要这么做？

常钧言锋锐的目光直直地投向郑强，可语气依然平静低沉，“你一早就知道这个实验有漏洞？！”

郑强揉了揉眉头，思考片刻后解释说：“当时‘盖亚’也进行了类似的实验。不过据我所知，十七个自愿或者被迫参与实验的‘盖亚’成员中，能恢复意识的只有我一个。当然冯美娟不知道这些细节，因为她始终没能进入‘盖亚’的核心研究层。”郑强的语气中带着炫耀的成分。

“所以你先前自愿复现这次实验，就是为了让冯美娟放低警惕性？”常钧言的目光尤为锋利。

“可以这么认为。”郑强叹了口气，转而一笑，看着常钧言问道，“你也早就怀疑冯美娟的身份了吧！”

“你有意隐瞒实验的危险性，我必须知道更多的实验细节，再决定是与你合作还是将你交给警方。”常钧言如鹰隼的目光牢牢地锁定郑强，一字一顿地说。

郑强变得兴奋起来，眉飞色舞地解释道：“人的意识到底是什么？恐怕最权威的专家也难以解答。现在所谓的核磁共振和脑电波技术，无异于盲人摸象，非常片面，根本看不到意识的全貌。这个实验最大的漏洞在于，脑电波不等同于意识，它只是意识的一个投影。通过片面的影响妄图达到人类意识的完整分离，导致这种失智的结果也就不足为奇了。”

常钧言神色凝肃地听着郑强的讲述，内心里已经是巨浪滔天。

郑强能察觉到常钧言眼神中情绪的剧烈起伏，又手舞足蹈地继续解释道：“冯美娟是脑神经学的顶级专家，这些风险她不是不知道，只不过人在极度自信的时候容易忽略这些显而易见的错误。因为她得到的资料有限，她只知道我勉强通过了‘盖亚’所设计的脑电波智能实验，但是她并不知道在我之前有十六个人在参与实验后，以失智的结果告终。她作为这方面的专家，自然比任何人都期待了解我所经历的一切到底是什么。”

“我也很好奇，你参与实验时的经历。”常钧言一字一顿地说出了这句话，鹰隼般的目光落在郑强的身上。

这时候，郑强眉头紧锁，原本淡定的面孔开始变得扭曲，额头上的汗水也开始不停地滴落，身体也不由自主地剧烈颤抖起来。此时的郑强似乎陷入了往日痛苦的回忆中，表情中充满了痛苦和恐惧。

在这个压抑的空间里，这片刻的死寂让两人都感觉到心跳几乎要停止。这短暂的沉默之后，郑强从痛苦的回忆里挣扎着清醒过来，此时他的脸依然显得苍白且扭曲。

郑强用疲累却又带着挑衅嘲讽的眼神看着常钧言，用沙哑的声音说道：“冯美娟她很有野心也很有能力，但是那群西方人从来不把她放在眼里，她希望通过这个项目来获得在‘盖亚’中的地位。你其实很早就怀疑冯美娟是你们课题组的内奸了，对吧？那些动物实验能通过，也是因为动物可能没有自我意识，即便动物们有自我意识，我们人类也无法判断和分辨。而那些参与实验的可怜人，即便再次苏醒，也只能保持着一些生存本能，比如饿了进食、累了休息等。不过那些失败的实验也不是毫无意义，起码我能确定，人的自我意识这样的高级智能与生物最基本的生命体征和生存本能是完全不同的。”

常钧言此时仍然十分警惕，他不太敢相信眼前的这个郑强。常钧言早就料到“灵语”课题组中有内奸，他也早已经怀疑了冯美娟。不论是徐崇辉的死，还是杨锦汉的突然失控，所有的线索都指向了“灵语”课题组的副组长冯美娟。

常钧言本来的安排是先顺应冯美娟的要求，先让她放松警惕后再露出破绽，便可以顺藤摸瓜。没想到这次冯美娟却因为她自己的安排而陷入昏迷不醒抑或完全失智的状态，而这个郑强则是有意促成了这个结局。目前尚不知这个郑强到底是什么目的，但直觉告诉常钧言，这个郑强绝对不简单。在这种情况下，说得越多越容易暴露自己的弱点，所以常钧言决定等这个郑强把话说完。

郑强右手扶了扶耳朵上已经有些歪斜的眼镜的镜腿，继而冷笑一声说道：“冯美娟本应该很小心，但因为她实在太不甘心屈居人下，所以才急于求成，从而自乱阵脚。现在算是什么？偷鸡不成蚀把米。哦，这么说不合适，应该说是作茧自缚，这样文雅一点。”

常钧言神情肃穆冷静，低声问道："你和冯美娟都是'盖亚'的成员，可为什么你要这么做？这样对你有什么好处？"

郑强眉头微微一抖，语气变得急促，"常组长，也许你应该换一个思维。你们和'盖亚'的交锋也只是停留在实验室内的学术对抗，暂时还没上升到正面交锋的地步。而我却差点死在'盖亚'那群人的手里，所以我更有理由痛恨他们！冯美娟想利用我来获取'盖亚'通天塔系统的内幕，她想在'盖亚'内部获得主动权，从而实现她的野心。这次她想利用我参与量子智能实验，呵，她不知道我最痛苦的经历就是在澳大利亚参与通天塔实验。所以我决定帮你们除掉冯美娟这个内奸，而且我有办法让你们在跟'盖亚'的较量中占上风。当然我这么做就是想让你们帮我报仇，我这么说，能说服你吗？"

常钧言点头思索，继续问："看来我并没有别的选择，我要知道关于'盖亚'通天塔计划的事情，要尽可能详细。"

36 量子智能

郑强缓缓站起身，打着哈欠，伸了个懒腰，看似有点漫不经心地说道："说大一点，在天文物理学视角下，当下的能源密度、人类生物性的大脑和身体都已到达极限。如果希望人类的未来长远繁荣，必须开发人工智能系统，也许会出现机器与生物的混合体形式，实现对地球式的生命周期的超越。"

常钧言听到这段话后，凝肃的面孔又微微一沉，警惕地问道："据我所知，'盖亚'的通天塔计划是关于高维空间的探索，而不是你说的人工智能。"

郑强并不慌乱，从容一笑，反问一句，"'盖亚'的'通天塔'的含义就是要寻找这个世界最基本的构成，这里说的并非各种基本粒子，而是一种类似于精神状态的存在。使一个无生命的物体通过一系列复杂的逻辑运算来突破人工智能存在的瓶颈限制。让人造智能系统具备类似人类的思维是一条漫长且艰辛的路，所以为什么不转变思维方式？将已有的人类智能直接用于通天塔系统。"

常钧言心中猛然一怔，郑强的话让常钧言有种窒息的恐惧。常钧言并不害怕"盖亚"，他所担心的是"盖亚"这种独特的思维——这群人不是一般的危险分子，他们都拥有超高的学历和智商，还有异于常人的思维模式。

郑强气定神闲地浅笑着继续解释："那群人自然也是怕死的，在前几次实验失败之后，他们也不敢盲目参与实验。所以才让我这个边缘化的组员参与到通天塔计划的核心实验中，其实想想也明白，我就是一个实验小白鼠，他们不会在乎我的死活。当然这么说并不合适，因为小白鼠除了生存本能之外很可能没有人类这么强烈的自我意识，但是我有。所以我经历那次恐怖实验能清醒过来，他们也觉得十分不可思议。"

"所以他们是不会轻易将你放回来，你现在平安无事地坐在这里，你是如何做到的？"常钧言目光锋利、语气冰冷，表达了自己对郑强的不信任。

郑强从容地笑着说："这得感谢'盖亚'中那些西方人常年对于华裔成员的打压，很多华裔成员也想借这个机会反客为主从而在'盖亚'里取得主动权。冯美娟就是这样的成员，当然和她类似的也有不少。这些人虽然在'盖亚'里受排挤而边缘化，但是每个人都不是等闲之辈。所以在得到几个华人成员的帮助后，我辗转逃回中国。在几个大国中，中国是'盖亚'势力渗透最少的国家，当然这一切也得感谢'盖亚'中那些盲目自大的西方人。若不是他们常年对华人的排斥，'盖亚'在中国的势力也许会发展得更快一些。"即便在这种环境里，郑强的语气里有着他独有的狂妄自信。

常钧言眉头紧蹙，思索片刻后问道："所以董菲的出现是你为了扰乱冯美娟的判断而布下的局？"

郑强神情严肃，摇头否定了这个判断："我并没有这么大的本事，那张神似董菲的照片并不是我这种人能伪造的。那张图像是'盖亚'在十余次空间折叠试验后，所得到的量子干涉图像。而且据我所知，你们和欧洲原子能机构也得到过一样的图像，这些都不是某个组织能作假的。"

常钧言是故意这么问的，他当然知道这个世界上没有哪个组织有能力伪造一张这样的量子干涉图片并且让图片出现在各大实验室的实验结果中。

想到这里，常钧言眉头微微一动，随后抬起头冷静地看着郑强，等他进一步的解释。

郑强没让常钧言失望，他继续说道："如果说一次高维空间的量子干涉实验出现一张类似人脸的图像可以当作巧合，但是十余次的实验，而且是世界各地不同实验室所进行的实验都得到了相同的结果，又说明什么？"

常钧言低头陷入沉思，此时他心里已经明白了郑强所指。这一切看似灵异的现象背后到底暗含着什么？

郑强嘴角微微扬起，继续说：“‘盖亚’那群人也是在见到这张照片的基础上才想到的，会不会已经有人做到过个人意识的量子化呢？所以‘盖亚’就利用这个思维制定了通天塔计划，这就是通天塔计划的由来。如果能有窥测到第四维度甚至更高维度的能力，那么就有可能得到预测未来和海量信息瞬间获取的能力。这里面也包括了你们这些主流科学家一直不愿意谈及的‘灵魂’，但这个通天塔计划就是研究人类意识或者说灵魂是否具备穿梭高维时空的能力，继而寻找到这个宇宙的根本所在。”

“然后呢？”常钧言压低了声音，冷肃的目光穿过厚厚的镜片，直直落在郑强自信得有些扭曲的脸上。

郑强怪异地笑着，用略带挑衅的腔调问道：“知道了这个世界的基本规则就具备了操控世界的能力，这是个连计算机专业的本科生都懂的道理，难道身为量子物理专家的常组长想不明白吗？哈哈，‘盖亚’的研究确实要比你们大胆很多，你们也不能责怪‘盖亚’成员的思维异于常人。是主流科学界的多数人，沉溺在已经获得的成就中而不愿意接受新的思想挑战。”

常钧言听了后并没有介意郑强的挑衅和嘲讽，反而点头赞同道：“我承认，不少人的确满足于现状，在现有基础上修修补补，却不愿意抛下一切陈旧观念接受全新的设定……而我曾经也是其中的一员。”

郑强目光沉远：“‘盖亚’在南太平洋与北冰洋制造小规模的天震，便是他们空间武器实验的结果，不过现在高维空间武器还属于不可控制的危险物，所以‘盖亚’并不敢轻举妄动。一旦他们能突破三维时空的限制，那么就可以在高维度上实现对空间武器的操控，从而达到他们的目的。而量子智能可以摆脱三维时空的限制实现高维度穿越，在理论上是控制空间武器的最佳选择。但是这里面最关键的地方在于，这个被量子化的智能所奉行的宗旨必须与‘盖亚’宗旨保持一致，所以‘盖亚’才会在组员内选择核心成员参与实验。不过可惜，那些自愿为了‘盖亚’理想而献身参与实验的成员均已失智，变得痴呆傻笨，只保留了最基本的生活本能。虽然经历挫折，但‘盖亚’又不愿意放弃这条思路，所以他们才将我选入了通天塔的实验组。很幸运，我能从通天塔的实验中苏醒，但我在很长时间内也陷入了一种奇怪的错觉之中。我能感受到通天塔系统所控制的空间武器的恐怖，不过我还不能控制它们。但意外的是，我通过那次的量子智能实验感知到了董菲的存在。”

“感知？如何感知到的？”常钧言下垂的右手已经握指成拳，冷汗从掌心里渗出。

“我无法描述这种感觉，有些感觉和现象，已经超出了我们三维世界语言的表现范围。我见你办公桌上摆了几本佛经，我猜你应该明白这样一种描述：有些世界里的殊胜奇景已经不能用现有的语言概括，所以佛陀当年在度化世人的时候，会用到一些世俗的比喻方便说法。”郑强嘴角微微抽搐着，虽然看起来在笑，但他笑容中透露出的纠结和痛苦瞒不过常钧言的眼睛。

郑强的这些话，句句戳中要害。

常钧言感觉到心头被扎进了一根刺，虽然他早就猜到了，但是从这位前“盖亚”成员的嘴里亲口说出，还是让常钧言感受到一种能让人心脏骤停的恐惧。但在这个时候，他不能将内心的不安和恐惧表现出来，尤其是在面对一位敌友难分的危险人物时。

“那张脸的确很像董菲，但这个世界上不同国家不同民族没有半点血缘关系的人都有长得极其相似的。”常钧言为了掩饰内心的不安，继而违心地解释说。其实他也开始认为，那张脸就是董菲，冥冥中仿佛有因缘牵引一般。

郑强无声地笑着，摇头叹道：“董菲和那张脸不是相似，是镜像的一模一样。这点冯美娟和你也说过了吧？基因完全相同的同卵双胞胎，在后天发育的过程中，也难免出现骨骼肌肉等特征的微小差异——但这张图片就是董菲的完美镜像。”

常钧言目光一沉，冷静地注视着郑强，用冰冷的语气问道：“是你通过通天塔量子智能实验找到了董菲？”

郑强坦然地点头说：“当然，我说了很多次了。”

常钧言压低了声音询问：“是因为巧合，还是你的意识作祟？”

郑强嘴角微微一撇，略带深沉地笑着：“这个世界哪有这么多巧合。”

常钧言眉头陡然间抽动了一下，显得忧心忡忡，“如果这么说，董菲现在的情况岂不是很危险？‘盖亚’他们早就留意到她了。”

郑强摇头说道：“其实也没那么危险，因为董菲一直在冯美娟的控制下，虽然冯美娟不是‘盖亚’的核心成员，但‘盖亚’也没有必要再多此一举、节外生枝。不过现在冯美娟参与量子智能实验失败的事情一定要严格保密，我担心‘盖亚’中的其他人在知道后会有进一步的行动。我先前听冯美娟描述过董菲参与到灵语课题后的状态，董菲现在恐怕还没有作好心理准备来面对这一切。所以今天晚上，再由我参与量子智能实验，以验证我之前的推断。”

常钧言捏了捏睛明穴，闭目沉思，显得十分忧虑。量子智能的动物实验已经顺利通过，但真人实验却有如此大的风险，这是常钧言始料未及的。

郑强猜到了常钧言的忧虑，继续说：“量子智能实验对于实验参与者有着极其严格的要求，我比较幸运能活下来。我是通过通天塔系统找到了董菲，所以我相信董菲才是量子智能实验最合适的人选，甚至有可能是唯一的人选。”

常钧言皱眉沉思许久，他要在道德底线和科学信仰中做出一个选择，这个决定很艰难。

随后郑强回到宿舍休息，常钧言也回到这片安全区的独立办公室里，开始思考今天发生的这一切。

身为“灵语”课题组副组长的冯美娟，在经历量子智能试验后陷入昏迷的事情被当作最高机密而对外严格保密。常钧言不仅担心“盖亚”得知后会不会对董菲采取进一步行动，也担心因为冯美娟的意识量子化实验失败而导致量子智能研究的终止。现在的常钧言，也觉得自己有一点不择手段的意味了，难道是和冯美娟在一起的时候被她的思维影响到了吗？这个念头从常钧言心头闪过，但转瞬即逝。常钧言告诉自己，他现在面对的敌人太过强大，不能再以常规方式来思考问题。常钧言当然清楚，墨守成规的结果就是坐以待毙，只有突破现有的思维，才能获得有价值的进展。

37 否卦

自从那天郑强跟董菲聊起通天塔的故事和世界的基本语言后，董菲就将郑强的那个叫作“刹那”的企鹅号给拉入黑名单了。

这一天下午，郑强坐在新疆实验室里的宿舍的电脑前，查阅着电子邮箱里收到的邮件。

董菲很快将这几天的学习记录和记忆力训练的情况整理好，做成文档以邮件形式发送了过来。郑强仔细阅读董菲发过来的文档，随后又模仿冯美娟的语气给出了相应的学习指导。

这时的郑强一改以往的疯癫形象，回信的语气风格都与冯美娟十分相似。此时郑强所表现出的严谨的逻辑，连常钧言都不免感到诧异。

这时候，身在北京的董菲除了按照冯美娟给出的学习计划进行理论知识学习和记忆力训练之外，其余的工作时间都花在研究那个二维的生命小游戏上了。

董菲虽然也不太明白玩这款游戏的意义在哪里，但她莫名地对这个看似无聊枯燥的生命小游戏渐渐有了兴趣。当然，董菲在闲下来的时候除了和李尉明约会，也要努力完成她那部还未写完的武侠小说。

莫名的，董菲脑海里浮现出一个场景，立刻写到了小说之中。

大漠孤烟，长河落日，遒劲的胡杨树生长在已经干涸的古河道边。主角秦云，一人一马一剑，站在胡杨树下，眺望天边尽头的落日红霞……

董菲尽量细致地去幻想着笔下的这一幕，为了让描写更加真实可信，她尝试着将自己的思想代入到文章中，也随着秦云一同来到了古河道旁的胡杨林中。

沥血残阳，漫漫黄沙的尽头，酷热未退的空气仍然翻腾着热浪。

“景色很漂亮吧！”董菲微眯着眼，怅然地笑着，随后转过头看着身边的秦云。

恍惚中，秦云的脸，有些模糊，但这并不影响董菲对他的欣赏。

秦云并没有回应，背手迎风而立，衣袂带裳翻飞。

耳边的风声呼啸着吹过，带着西部戈壁独有的苍凉和严酷。夜色逐渐降临，清冷的星空又笼罩在穹顶。

星河灿烂，辉光熠熠。恍惚中，董菲的精神也变得迷离起来。星光下，秦云原本模糊的身影也被夜色吞噬殆尽。

这时，一阵熟悉的铃音响起，在董菲脑海中碧夜戈壁的空间内回荡。董菲的灵魂仿佛又再次回到了麻木的躯壳内，定神之后，才接过电话。

“小菲，学习了一天也累了吧，过来吃晚饭！”电话那头李尉明的声音，让董菲原本恍惚的思绪又渐渐回归正轨。

结束一天的工作后，董菲心满意足地乘上地铁，赶往他工作居住的地方。

李尉明在厨房里忙活着准备晚饭。此时李尉明一手拿着锅铲，另一手拿着手机接听董菲的电话。

董菲听见电话里油烟机轰轰的声响，联想到了李尉明现在手忙脚乱的样子不由觉得好笑，也十分幸福。

“好啦！你也不用来接我了，我待会就到，一会见。”还在地铁上的董菲将电话挂断后，望着手机屏幕幸福地笑着，屏幕壁纸是她和李尉明在沙湖边的合影。联想到与李尉明一同旅游的时光，董菲不禁联系起刚才想象的残阳沥血下的苍凉的戈壁荒漠与月夜星辉笼罩里的胡杨林。回忆，果然是一种很美妙的经历。

就在这个时候，董菲瞥见地铁窗子上映着的自己不太清晰的影子，突然感觉有一股莫名的寒意侵入骨髓。就在那一瞬间，董菲的思维似乎暂时停止了，原本嘈杂拥挤的地铁车厢瞬间变得安静下来。这一刻时间的停滞，似乎周围的空气都凝固了一般，原本拥挤的人群在这一刻也没有了踪迹。只留下孤零零的董菲像雕塑一样木然地矗立在这空荡荡的车厢里，诡异的灯光营造出一种时空隧道的错觉。

这种奇异的感觉在一瞬间又没有了踪影，蓦然耳边的嘈杂声和身边人的拥挤感觉又回来了，这让刚才还处于恍惚迷离状态的董菲不禁暗暗发抖。

董菲握紧扶手回过神来看着到站提示，这才发现自己竟已坐过了六站路。

刚才发呆的时间，董菲感觉不过一瞬间，但竟然过去了那么久？董菲暗自心惊，手心不觉又冒出冷汗。此时的她却不敢多想，只能匆忙下车，再坐上返程的地铁。

董菲赶到李尉明的心理诊所的时候已经是晚上九点，董菲浑身无力、显得一脸疲惫，甚至都没有留意到茶几上花瓶里的李尉明特意为她准备的鲜花。

董菲感觉到很疲累，连呼吸都感觉到压抑。她将头埋进李尉明的怀里，两手环抱揽住李尉明的腰，却不说一句话。

李尉明抱着怀里的董菲，用平和的声音小声宽慰着，温柔地问道："怎么会坐过那么多站，你是不是身体不舒服？"

董菲摇了摇头，将脸埋得更深。待混乱的思绪渐渐平复之后，她才说道："感觉很奇怪，我说不出来……"

"没关系的，我们一起回想。"李尉明用手轻轻为董菲捋着头发。

然后，李尉明扶着董菲在一旁的沙发坐下。

董菲仰面看着天花板，这才小声说："那种感觉，好像在梦里有过，可是……"董菲欲言又止，她将头靠在李尉明肩头，努力抚平仍然惊恐的心绪，那种感觉说不清道不明，但就是让人害怕恐惧到骨髓里。

恐惧的来源，很多并非因为已知的事物，恐惧往往是来源于未知。那种朦朦胧胧若即若离的感觉，正是董菲最害怕的。如海潮一样众多的零碎的片段信息时不时袭击董菲脆弱的大脑，这种感觉一旦袭来，会让董菲有种异样的“错觉”：这个世界的一切都是那么的不真实……

好在李尉明很善于疏导人的负面情绪，这毕竟也是他所擅长的专业。在李尉明的耐心开导下，董菲也渐渐从恐惧中走了出来，开始尝试着描述之前那种异样的感觉。

董菲努力整理好纷乱的思绪，皱着眉头，用疲累的声音说：“尉明，你说那种能感知未来的梦，到底可不可信？”

李尉明轻抚董菲的长发，温和笑着说：“小菲，正视这些也就没那么可怕了。有时候，不要因为世俗的眼光而否定自己的一些特殊能力。不要把自己跟其他人等同，你要正视自己的与众不同，要相信自己。”

董菲若有所悟地抿嘴挤出一个笑容，听着李尉明说出这样让她内心温暖的话语。

但此时她的神情还是十分疲惫，点头叹气说：“是啊！如果我真有这样的本事，我应该高兴才是，如果没有这样的能力，我担心又是为了啥？所以不管怎么想，都是我庸人自扰。”

“这么想就很好啊！”李尉明摸了摸董菲的额头，温柔地亲了亲她的脸。

董菲长叹一口气，努力让自己看起来轻松点，假装没事人一样说道：“世间的烦恼，除了生老病死没办法躲避之外，其余都是自寻烦恼。”

“今天为你准备了一些花，中国桔梗和洋桔梗。”李尉明手捧着花瓶递到董菲面前。

“好别致的花啊！”董菲看着花瓶中的鲜花，渐渐露出了笑容，“哪个是中国桔梗？”

“蓝紫色的这个。”李尉明指了指花瓶中那一丛蓝紫色的有五瓣单层花瓣的独特花朵。

“好漂亮，以前听说过，但还是第一次见呢！”董菲仔细看着瓶中的插花，微微有些出神。

这时候，李尉明指着一旁茶几上用碗碟扣着的几盘菜，浅笑着说：“菜热过了一次，抓紧吃吧，再热就不好了。”

“尉明，谢谢你。”董菲微微低下头，突然说出了这句话。

“怎么突然这么说？”李尉明微笑着将花瓶放在一旁，随后托着董菲的面颊，温柔地望着董菲的眼睛。

两人就这样四目相对，默契地相互对望着，这样的注视足以安抚董菲恐惧迷茫的内心。

“肚子饿了，吃饭吧。”董菲率先开口打破了方才的静谧。

“好，吃饭！”李尉明摸了摸董菲的头发，点头笑着，站起身去盛饭。

两个人吃过晚饭，就坐在靠窗的小藤椅上看着窗外街道上的流光霓虹。迷离的五彩光晕似乎有种特殊的催眠效果，让坐在椅子上的董菲不由自主开始出神。

此时的董菲显得十分魂不守舍，恍惚间，她正在努力靠近那种接近冥想和灵魂出窍的状态。

而李尉明则静静地坐在一旁，用温沉且深邃的目光注视着神游四海的董菲，并不打扰此刻的她。

突然间，董菲原本灰暗无神的眼睛闪起一缕特殊的神采，她突然转过头看着李尉明，诧异地问：“《易经》的第六十三卦是‘既济卦’，按理说第六十四卦就应该是‘济卦’，可为什么是‘未济卦’？”

李尉明对于董菲的提问并不感到意外，耐心地解释说：“俗话是这么说：‘水满则溢，月盈则亏。’所谓物极必反，达到了鼎盛则必然走向衰落。所以并没有‘济卦’这一说，从‘既济卦’到‘未济卦’，这是一套复杂的哲学思想同时还融合了古老的数学理论。当一个函数达到峰值，接下来必然是下降的趋势。还记得乾卦上九爻辞怎么说的吗？”

“亢龙有悔，盈不可久。”董菲点点头说道，这一条在武侠小说里出现了多次，所以董菲记得很清楚。

李尉明欣慰笑着，点头说：“盛极而衰，所以为什么一定要达到‘济’？留一点缺憾，反而是最完美的，对吧？”

董菲皱着眉思考片刻，摇头说：“我感觉这里透露的是一种周而复始的意思，像一组复杂的波函数，也像我们之前聊过的一样。刚才我好像体会到了什么，不过清醒后又什么都不记得了，不知道刚才是睁眼做梦还是怎么了。”董菲现在一脸的忧虑，在思维逐渐从潜意识状态转化到显意识状态的同时，方才那些扑朔迷离的感悟，也迅速离她而去。

李尉明平静地解释说：“那咱们换个说法，可以说你是进入了一种禅修入定的冥想状态。触及到了某些平时无法企及的感受，那种感觉很美好，却也很让人困惑。”

董菲无可奈何地笑了笑，摇头说：“我不是信徒，用‘禅修’、‘冥想’这两个说法不合适吧？”

李尉明嘴角微微一扬，平静地说：“但是你读王阳明的书，也可算作心学门徒吧？王阳明也会通过打坐冥想来寻求心中的真理，人最难理解的，其实就是他们的心。换而言之，这里的心，就是他们真正的本我思维。”

董菲点头笑了笑，“算是吧，不过我学得还很浅。”

李尉明继续说：“你说，王阳明的心学最核心的思想是什么？”

董菲长叹一口气，歪头看着李尉明深邃的眼睛，懒洋洋地答道：“知行合一。”

“还不够准确。”李尉明温和笑了笑，示意董菲继续说。

董菲整理一下头绪，继续说道：“有些人是在逃避现实、逃避自身的责任，而王阳明的心学却提倡门徒入世，去做一番事业，就是王阳明先生说的要‘经略四方’嘛！”

李尉明赞许地笑着，点头说：“对啊！你很独特，你自己没有意识到自己的独特吗？”

董菲慵懒地傻笑着，耸耸肩说：“我的确挺自恋的，恨不得自己就是玛丽苏小说里的女主角，天下第一、天下唯一的那种，哈哈！”她方才的心结也因为李尉明的开导而被解开。

“你笑起来像个小孩，好可爱的。”李尉明的眼神和话语里都是满满的宠爱之情。

见董菲的神情已经轻松下来，这时李尉明再将话题转向《易经》。他拿起身边的一张纸，画出了天地否卦，递到董菲面前。

董菲接过这张纸，皱着眉头看着李尉明问道：“我认得这个，乾在上、坤在下，是天地否卦。尉明，你是在暗示否极泰来的意思吗？”

李尉明温和笑着说：“不作什么暗示和预测，就只单纯讨论这个否卦，结合你的那个生命小游戏一起说。”

董菲不得其解，疑惑地摇了摇头，尴尬笑着问：“李大帅哥又想到了什么？”

李尉明稍稍皱眉，问道：“你觉得这个生命小游戏里最重要的因素是什么？”

董菲不假思索地立刻回答：“当然是稳定的负熵流啦！上次那个流浪数学家让我删除游戏里的负熵流，游戏一会儿就崩溃了。那个人故弄玄虚，其实出的都是馊主意。”

李尉明微微眯起眼睛，带着笑意问：“你看，根据你的意愿所输入的负熵流可以看作是这个三维世界输入那个二维生命游戏里的负熵流，是高维世界对于低维世界的一种影响。那换个角度想，我们这个世界的生命能繁衍发展也是因为负熵流的输入。”

“是啊，太阳是万物之源嘛！地球生态系统就是通过太阳获得稳定的负熵流，从而才能从无序变得有序。所以生物开始进化，文明也开始发展。”董菲接过李尉明的这个话题，笑嘻嘻地说着。

李尉明目光深沉，继续问道：“你说那个人之前问过你‘这个宇宙是不是封闭系统？’”

董菲眉头稍稍一动，点头说：“那个人当时突然冒出这个问题，我也觉得奇怪。”

李尉明意味深长地一笑，摇头说：“你说我们这个三维的世界，存不存在从四维世界甚至是更高维的世界里输入的负熵流？”

“啊？！”董菲睁大了眼睛，好奇地看着李尉明，又看了看手中白纸上画的否卦，继续问，“那这和你画的这个卦有什么关系？”

李尉明耐心地解释说：“否卦的卦辞是：‘否之匪人，不利君子贞，大往小来。’天在上，地在下。天地不交万物不通，上下不交天下无邦。小人道长，君子道消。”

董菲瞪大眼睛尴尬地抿着嘴笑着，摇头说：“得了，我一个字都听不懂，你还是说白话吧！翻译成我能听懂的那种，哈哈！”

李尉明拍了拍董菲的脸颊，微笑着说：“用理工科语言说，就是没有负熵流的输入，而导致世界从有序变得无序，混乱程度逐步加深。”

董菲捂嘴笑着，点头说：“现在大概明白一点，我知道这个卦不是个好兆头，但是也有‘否极泰来’一说对吧？倒霉到了极点，也会有转运的时候。”

李尉明显得十分有耐心，继续解释说：“否极泰来这个词里既包含了‘天意的成全’也有‘人为的努力’。古代的巫师，不论东西方，都是希望从和天神交流中获得指示从而预测未来凶吉。如果我们的世界是因为高维世界的负熵流输入而得以维持的话，那么古人心中的真神应当就是高维世界里的智能生命，就像你小说里的角色和你这个作者的关系。”

董菲心里咯噔一下，茫然地看着李尉明，自己却一言不发。

李尉明温和地望着董菲，稍稍点头继续解释说：“也许我们的肉身没办法突破三维时空的限制，但是灵魂意识却有可能进入高维空间，获得全新的维度感知，从而预测未来。所以我认为古人中一些人的意识或许真的能在突破肉身的限制后，与高维空间的智能生命智慧进行交流，从而成为了先知。”

董菲疑惑地问：“你这是在讨论宗教学吗？”

李尉明浅浅一笑，摇头说：“并不是讨论宗教，而是打个比方。其实很多经典的思想实验已经在理论上证明了意识对于结果的影响，也推测出‘因果关系’可能只是三维世界的错觉。意识，不仅能决定薛定谔的猫的生死，还能颠倒惠勒延迟选择实验里的因果关系。‘薛定谔的不死不活的猫’可以看作是两个平行三维世界的状态叠加。而‘惠勒延迟选择实验’中，却是意识通过更高维度影响了低维度的实验结果，也颠倒了低维度世界里的因果关系。”

董菲皱着眉头，小声说：“你是说，我的意识在我不知道的情况下具备了穿梭高维空间的能力？所以我才在梦里得知徐教授的死讯，也在梦里预测到会在王府井遇到你？说得玄一点，就是通灵了吗？”

李尉明此时的面容沉静谦和，用温和的目光望着董菲疑惑迷茫的眼睛，稍稍点头说：“对的，所以我才会说你很特别。你要正视自己的能力，主动面对才能克服内心的恐惧。善于利用自己的能力，让这个世界因你而有所不同，这就是强者的优势。”

38 量子纠缠

此时，远在千里之外新疆塔里木盆地的大型量子干涉实验室内，郑强在常钧言的陪同下再次来到了那间位于西北角的脑电波量子智能实验室中。

因为这次秘密实验的特殊性，这时实验室里只有常钧言与郑强两个人。在常钧言的协助下，郑强穿戴好实验设备躺入实验舱内，按照提示按下确认键。

因为没有专业医疗人员在一旁监护，郑强现在的处境相当危险。但郑强和常钧言都明白，这个时候若还做不到孤注一掷，那就只能任人宰割。在与“盖亚”竞争的过程中，任何一次的迟疑，都有可能成为致命的原因。

在系统启动的一瞬间，实验舱中的郑强感觉到一阵电流经过躯体，放电局限于大脑的一小部分区域，这让他的前脑岛被激活，产生了一种奇特的感觉。这种感觉十分诡异，却也很让人着迷。这种奇特的感觉在持续不到一秒之后，那股原来只作用在部分大脑皮层的微电流迅速放大，转化为一股强大的电流风暴席卷郑强的整个大脑，他的意识随着这电流风暴被迅速抽离。

摆脱了肉体的束缚后，郑强的意识漂流在无垠无尽的黑暗之中。但这片黑暗的空间并不完全是黑暗的，仿佛又有无数的遥远星光从亿万年前照射而来。这种感觉，类似于幻想中飘浮于太空的感觉，可实际却又如此不同。在这个时候，人原本固有的本我执念已经消失不见，取而代之的是与这个宇宙合而为一的通感。

……

而此时正坐在窗前看夜景的董菲的意识也在一瞬间被抽离躯体，突然间坠入快速眼动睡眠之中。

对于董菲突如其来的这些反应，李尉明并未感到惊讶。他将昏睡中的董菲抱上沙发，随后坐在一旁用冷静且深邃的目光注视着董菲沉睡的面孔。此时李尉明的目光也变得复杂起来，脸上也多了几分扑朔迷离的诡异表情。

李尉明知道现在新疆实验室的量子智能实验已经启动，他也知道这次的实验者并不是冯美娟，而是郑强。如果一切顺利，那么冯美娟应该如他和郑强计划的那样，即便醒过来也会永远地失忆失智，因为冯美娟的意识已经被解离在了高维时空之中。

现在这里只亮了一盏橘黄色的小灯，工作室就被这种昏黄压抑的灯光笼罩着。

在房间的角落里，昏睡中的董菲在“梦境”中感受到的焦虑被放大到了难以自控的地步。她逐渐陷入了一种不受控制的癫狂状态，似乎被带入了一个熟悉又陌生的密闭空间里，随后陷入了一个不断循环的古怪梦境之中。以往董菲已有的对这个世界的认识和判断，这时候都已经失效。她坠入到一种看似荒谬，实则又真实到令人难以置信的幻觉之内。无数的旋涡包裹着她，她也不可避免地被其中一个旋涡所吞噬。

此时董菲的意识已经冲破了躯体，她已经感觉不到任何束缚，也察觉不到身体躯壳的存在，茫然地飘浮于虚空之中，仿佛连最基本的呼吸本能都已经不再需要。董菲感觉自己犹如一团云雾一样，漫无目的地在四处飘荡游走，时快时慢。此时她的所感所见已经远远超出以往能力所及，一瞬间各类信息和画面犹如海啸怒潮一样涌入董菲的意识之中。这样爆发式的信息入侵，让董菲的意识瞬间陷入混乱。在混乱的梦境里，董菲想大声喊出来，却无能为力。

在这诡异的感受里，时间仿佛都已经不存在，她的意识也被无限地拉伸。

突然间，像受到一阵电击，董菲感受到心口一阵剧痛，猛然间从梦中惊醒过来，伴随着痛苦的惨叫。董菲脸色苍白面容扭曲，艰难地喘息着，冷汗不住从额间滴下，身上的衣服已经被汗水浸透。

“小菲！别紧张，好好回忆，你刚刚看见什么了？不要迟疑，说出你现在脑海里所呈现的影像。”李尉明将陷入梦魇不住哭喊的董菲揽入怀里，用纸巾帮董菲擦拭着脸上的汗珠。

李尉明的声音将董菲从混沌状态拉回现实之中。在刚才的那爆炸式的信息袭击之后，那些如潮水般的梦中信息又如鬼魅一样在一瞬间消散无踪，只有些许模糊印记还在董菲脑海里回荡。

“不记得……”董菲的声音很虚弱。

李尉明清冷的目光微微一沉，显得有些失望，小声询问：“什么都没记住？”

此时董菲的头脑还处于放空的状态，那种模糊却又深刻的感觉在脑海中挥之不去，却又说不清道不明。沉默片刻后，董菲用梦呓一样的声音念道：“旋涡……好多旋涡……”说到这里，董菲闭上眼睛，努力去寻找那些转瞬即逝的信息残留在脑海里的片断印记。

“什么旋涡？”李尉明的声音变得有些急切，目光里也带着焦灼。

董菲依然闭着眼睛，用断断续续且十分虚弱的声音回答道：“没有尽头，好多旋涡在旋转……”

“还有没有别的，只有这些？”李尉明显然对董菲刚才的回答并不满意，他急于知道更多董菲梦中的细节。

董菲不再说话，尝试着努力转动自己的脑袋，但她发现自己竟控制不了自己的身体。此时此刻，她感觉到自己的呼吸越来越微弱，身体也在不自主地往下沉，像要深深嵌入沙发中。

此时又出现了方才梦境中的那种诡异状态，董菲的意识又如同幽灵一样悬浮在空中，看着角落里沙发上躺着的自己的身体还有自己身侧焦急的李尉明。

与李尉明的紧张完全不同，此时的董菲感觉到从未有过的放松和自在。此刻董菲的感官也变得异常灵敏，仿佛能感知到这个房间外风吹过的声音，还有马路上的车流，甚至连每个角落里传来的细碎人语都听得一清二楚。董菲的心情从恐惧害怕转而变得异常兴奋，她尝试着控制自己向外飘去，轻松地穿越那层钢筋混凝土的墙壁，来到熙攘嘈杂的街道之上，飘浮在人群和车流之上，静静地感受着这一切。当感知换了一种方式，这原本熟悉的景象也变得陌生和新奇起来。

董菲感受到身边的车流霓虹变为一道道光影线条迅速飞离，身侧的世界又出现了诡异的旋涡状的景象，那旋涡不断扩大，吞噬着她能感知到的一切。从那大旋涡里又分生出无数个小的旋涡，这些小旋涡的边缘又蔓延出更小的旋涡，犹如分形世界一样无穷无尽。

董菲的意识也随着这些旋涡而被分散扭曲于其间，那种奇妙的感觉就如同自己融入了这个世界，并且与这个宇宙成为一体。董菲仿佛已经感觉不到自己的存在，她此刻的意识介于一种似有似无的状态之中，却又无处不在、处处都在。

在这种虚无空灵的感觉里飘浮了许久，董菲的本我认知又逐渐回归灵魂。在朦胧中，董菲好像又回到了武汉的那间教室里，看见了课堂角落里熟睡的老肥猫，还有教室里零星的学生。那只老肥猫睡得依然安详，黄褐色的虎纹皮毛在阳光的照射下微微泛着光泽。与此同时，董菲感知到她的意识又回到了兰州，从褶皱一样的山峰上飞跃而过，再穿过一丛丛的洋槐树来到了熟悉的研究所，董菲发现自己正身处兰州杨锦汉教授的实验室外。这种感觉是那么的不真实，却又如此“真实”地让董菲感知到了。她惊讶地发现杨教授此刻正坐在办公室内办公，难道他的身体好转了，已经回到了研究所继续工作？正在董菲疑惑的时候，她惊讶地发现一个人走到门前，那个人竟然是董菲自己！

在感知到另一个自己出现的时候，董菲的思维在一瞬间陷入混乱，她迫不及待地跟进，却发现杨教授跟另一个“董菲”正在交谈，谈话内容正是当日董菲所经历的场景。难道这不是现实，只是深藏在董菲记忆中的一个场景的回放吗？但为什么记忆中的场景重现，自己会以一个透明的旁观者的身份出现？！

董菲还想再看清楚些，可就在此时她又来到了另一个地方，道路两侧都栽满了法国梧桐。

董菲看见一个熟悉又陌生的身影在路口坐上了一辆白色的英菲尼迪，随后离去。董菲认出了那辆车正是李尉明的，而那个身影正是另一个董菲。这一幕是记忆里的场景重现，还是她看到了另一个时空的自己？

虽然此刻的董菲犹如一团云雾飘浮不定，但她还是追上了那辆白色的英菲尼迪。紧接着，董菲随着那辆车来到了李尉明所居住小区的地下车库内。

她透过车窗，看见另一个自己牙关紧闭昏睡在副驾座位上，而一侧的李尉明脸上却浮出了诡谲的笑意。

董菲看见车内的李尉明正在另一个自己的耳边窃窃私语。李尉明的笑容愈加诡异，而另外一个董菲的脸却愈发扭曲，仿佛陷入了痛苦的挣扎，额头上冒出细细的汗珠。

董菲尝试着拍打车窗，努力呼唤车窗内的自己。但这样的做法，显然无济于事，“幻境”中的一切不会对她有任何回应。此时以意识状态呈现的董菲，与这个世界的任何一个物体都不会发生相互作用，就如同宇宙中透明的幽灵中微子与其他物质之间不会有任何相互作用。

紧接着董菲感觉到一种莫名的惊恐袭入内心，四周的场景又开始虚化成一个个分形旋涡，伴随着一阵强烈的眩晕和抽搐，董菲云雾一样的身体被旋涡卷入无底的黑暗之中，一切又归于平静。

这时候，董菲的意识又随着聚散无定的云气飘浮着来到了一处海边。金色沙滩，蓝天碧海，翻腾的白浪拍打着礁石和海岸，还有一群可爱的仙企鹅摇摆着从沙滩旁走过。

站在这里，董菲有些恍惚。在她的印象中，她从来没有来过这个地方，虽然在浙江见到过大海，但记忆中的印象与这里也是截然不同的，而且，在那里也不会有这么多野生的仙企鹅。

随后董菲的意识又渐渐沉入到沙滩的沙粒之中，四周的海浪声渐渐淡去，一切又归于黑暗。

董菲再次从梦魇中惊醒过来的时候，她的身体在不住地发抖，冷汗顺着指尖滴落在地面。李尉明仍然守在董菲身侧，不过与之前见到的关切神情不同，此时李尉明的眼神里多了一种深邃冷静的意味。

董菲现在头脑混乱且惊魂未定也来不及多想，她在李尉明的搀扶下坐起身，顺势靠在李尉明肩膀上，单薄的身子不住颤抖着。

李尉明轻轻搂着董菲，另一只手帮董菲擦拭着汗水。片刻后，见到董菲的情绪渐渐平静下来，李尉明用温柔的声音关切问道：“小菲，你刚才又做噩梦了吗？”

董菲将头埋进李尉明的怀里，用微弱的颤抖的声音说：“我去了好多地方，看到很多以前的事情。”

“还记得是什么事吗？”李尉明引导着董菲去回忆梦中的场景。

董菲沉默许久，却问道：“尉明，你说如果是一个人记忆的场景重现，那个人的意识有没有可能会以旁观者的方式出现在有另一个自己出现的场景里？”

李尉明微微顿住片刻，眼睛里闪过一缕亮光，温和地说：“人的意识和记忆可以被改造重塑，在重塑的场景里出现旁观者的视角也是有可能的。”

董菲仍然感觉到内心压抑恐惧，虽然从梦魇中醒来，但是那种眩晕惊悚的感觉却始终挥之不去。她的双臂紧紧抱住李尉明，依偎在他的怀里闭上眼睛深吸几口气，努力拂去心中的纠结和恐惧。

李尉明用手帮董菲梳理着头发，缓解她此时的不适。虽然董菲并未向李尉明透露太多梦中的细节，但李尉明已经了解到了最关键的部分：在突如其来的梦魇里，董菲以旁观者的视角经历了多重记忆的场景重建。这些与郑强的描述是一致的，应当不会错了。

董菲觉得自己头疼欲裂昏昏欲睡，却又不敢睡去，她害怕自己又再度陷入刚才那恐怖的梦魇之中。

夏末夜晚，位于东六区的新疆塔里木盆地被清冷的星辉笼罩，北京时间现在是二十三点，这里却还是二十一点。在大型量子干涉实验室内没有监控的量子智能实验室里，脑电波与心率监控显示一切正常，可郑强依然躺在实验舱里沉睡不醒。

常钧言脸色铁青眉头紧锁，焦急地等待着这次的实验结果，看它能否证明郑强的观点。

这一切是巧合还是必然？只能等这次脑电波量子智能的实验结果出来后，才能下论断。

此时常钧言的脑袋里也有各种矛盾的观念在相互争斗，这种状态就像董菲在武侠小说中所描述的走火入魔、天人交战。

到底怎样做才是对的？不顾一切的后果，是能快刀斩乱麻，还是将局面推向更加失控的状态？

“盖亚”通过高维空间实验得到了一张董菲脸的镜像图像，如果这真的是一个存在于高维空间且已经被量子化的智能投影到我们这个世界的一个图像，那么必然是这个智能生命有意留下的讯号，因为高维空间里已经量子化的人类智能不可能呈现出三维世界里人类的面孔。目前常钧言尚不知道这个存在于高维空间里的已经量子化的智能是善意还是恶意，“它”留下这张极似董菲面容的干涉图像，在郑强经历量子智能实验时对他的种种指示的意图都十分明显，就是想要常钧言等人找到董菲，并启动量子智能实验。这一切都像是被精心设计谋划的。

现在常钧言也不能确定这个郑强是否别有用心，虽然郑强有理由帮助常钧言，但他更有理由利用这个量子干涉实验室进行通天塔计划的关键步骤。但此时的常钧言也不得不选择与郑强合作，因为除了这条路，目前别无他法。

想到这里，常钧言微微打了个寒战。虽然这里没有冷风吹入，但刺骨的凉意还是让常钧言感觉到异常的恐惧。常钧言年近七十，也是见过风浪的。但面对“盖亚”这样恐怖的敌人，他却显得十分被动无助。他也想改变如今的局面，不论那个存在于高维空间里向我们这个世界发送讯号的智慧体是否是善意，常钧言也都得按照那个高维空间的量子化智慧体的设计安排一步步走下去。因为如果常钧言不把握这个机会，“盖亚”就会抢先一步，那后果更不堪设想。现在高维空间的潘多拉盒子已经打开，没有人有能力关闭。是福是祸不得而知，如今的情况只能是走一步看一步了。

39 命中注定

直到北京时间第二天早上八点四十分，东六区乌鲁木齐时间早上六点四十分的时候，已经躺在宿舍卧室的郑强的眼皮微微动了下。

在昨晚的那场实验中，郑强也在意识的游离里，度过了漫长又艰难的时光。他的意识正在逐渐恢复，脸部肌肉开始微微抽搐，仿佛思想意识正在进行一场激烈的争斗。

郑强的这种状态持续了近5个小时，虽然他有清醒的迹象，却始终没有睁开眼睛。

医护人员在一旁监控着郑强的各项身体指标，常钧言担心郑强会跟冯美娟一样，陷入失智的状态。

直到中午，郑强才睁开沉重的眼皮，刺目的白炽灯光灼痛了他的眼睛。随后他勉强支撑起身子坐在床沿，抬起沉重疼痛的脑袋看着身旁表情严肃、目光冷静的常钧言。

随后，郑强勉强笑了笑，眼神里带着炫耀般的自信，用虚弱的声音说道：“董菲必须尽快参与实验。”郑强的语调清晰，说明他已经从量子智能实验的特殊思维中走了出来。

“一定要这么做？”常钧言仍然心存疑虑。

郑强苍白疲累的脸上浮起自信的笑容，用确定的语气说道：“我现在更加确定自己的判断，我们需要把握住这个难得的机会，总不能让‘盖亚’抢在你前面。”

这个郑强能领悟到常钧言现在所忧心的问题，而且郑强的话总能扼住问题的要害。

常钧言眼注视着郑强，点点头说：“这一点，我知道的。”

郑强额头上依然微微渗出虚汗，吃力笑着说：“‘盖亚’制造了通天塔这样恐怖的空间武器计划，但是最关键的钥匙却在你们手里，这是机会。”

常钧言问出了内心的疑问：“那个图像如果是高维空间里智能生命有意发送给我们的信号，它们是在暗示什么？是暗示董菲是开启通天塔的钥匙，还是董菲是阻止‘盖亚’的关键？”

郑强苍白的脸上浮起得意的笑容，布满血丝的眼睛里闪过一丝亮光，用神秘的口吻说道：“那个存在于高维时空的量子智能，就是董菲……”

听完郑强的这句话，常钧言的面颊微微抽动。震惊，已经不足以形容此刻常钧言的心情，他迫切地问道：“我需要知道更多细节。”

郑强此时太累也没有精力解释太多，便请常钧言先离开。

常钧言离开后，这间密闭的卧室中，只剩下郑强一人，还有嗞嗞的电磁噪声。

郑强的眼睑微微抽动着，他陷入了一场激烈的天人交战之中。这次的量子智能实验让郑强突然意识到一个难以置信的“现实”：原来，那个存在于高维空间的量子智能，正是未来的董菲……

常钧言回到自己的办公室，陷入了一个常规思维所布下的迷局之中。如果真如郑强所言，那么那个图像中所显示的量子智能的来源就不言而喻了——这个世界中的董菲，必然在某个时刻获得了穿越到高维空间的能力。那是先有了我们这个世界的董菲还是先有了量子智能的董菲？到了这样一个层面，很多情况下因果关系是可以互换的，而且在哲学层面也能臻近完美的逻辑自洽。或者用另一种方式来解释，平行时空里的另一个董菲，或者是我们这个世界的未来的董菲成为了量子智能，而这个量子智能通过高维空间通道映射到了我们这个世界。如果要在空间物理和量子物理中获得革命性突破，这是不能绕过的一条路。

而且“盖亚”已经在着手研究，从理智上讲常钧言也不能放弃这条途径。可如果真如郑强所言，参与实验的人大部分都会彻底失忆失智，那如何说服董菲自愿参与呢？难道要用冯美娟的那一套洗脑的办法，让董菲认为参与这类实验是一种崇高的科学任务，让她甘愿为内心信仰而牺牲？想到这里，常钧言揉了揉太阳穴不禁摇头叹气。

……

北京的那间心理诊所内，董菲失眠了一宿。严格地来说，她应该是在真假虚实之间，迷迷糊糊地漂流了一晚上，直到早上六点多才在李尉明的怀里睡去。

现在是北京时间中午十二点半，李尉明已经结束了上午的工作，正在厨房里煮着面条。

从睡梦中醒来的董菲迷迷糊糊地睁开眼睛看见对面墙上的时钟，原来已经到了中午。她感觉头疼欲裂，耳朵里仍然充斥着嗡嗡的声响。昨晚经历的梦境里的诡异感觉已经淡去大半，但此时她有种奇怪的预感，预感这几天会有些事情发生，能帮助她解开心中疑惑。

李尉明将煮好的面条端到卧室里，放在一侧的床头柜上，语气依然十分温和，“小菲你醒了？”

董菲勉强支撑起身子，靠在床头，慵懒地望着李尉明问道：“怎么不叫醒我？我得回研究所，今天的任务还挺多的。”

“你一晚上没睡，上午看你睡得那么香，不忍心叫你。好歹吃了中饭再过去，我待会送你。”

董菲端起面碗大口地吃着，皱着眉嘟囔着说：“你别送我了，你的工作也不轻松。别以为我不知道，我看了预约表有两个人几乎是天天来这里找你，说是什么感情疗伤，我看她们就是想泡你，李大帅哥要把持住哦。”董菲说完这段话微微顿了下，她很诧异在这个时候自己还有心情开玩笑。

李尉明浅笑着摇头却不说话，他打量着眼前看似坦然的董菲，他自然能感受到在她刻意装出的豁达外表下那颗纠结的心。

董菲狼吞虎咽地吃完面条，又仰头将面汤喝完，随后将碗放在一旁的小桌上，接过李尉明递来的纸巾擦擦嘴唇。

董菲仰头用花痴的眼神看着李尉明略带铁青色的下颌，小声说：“我不逗你了，你别送我了，这里坐地铁方便。”

李尉明抿嘴笑着，用手轻轻触摸董菲的脸颊，温柔地说：“有空就过来，这几天我再学几道菜。”

董菲与李尉明道别后，便搭上地铁回到了研究所里。

现在是下午两点，这间生物医学研究所里很冷清，完全不像一个从事科研的研究机构。这里的工作人员也就寥寥几人，也是整天无所事事。

董菲有时候隐约觉得，这个研究所是冯美娟为了她而临时建立的。当然，她并没有怀疑冯美娟的教授身份，就是奇怪自己来这里的目的。

冯美娟说是让董菲参与一个人脑记忆力的实验课题，董菲却隐隐觉得事情可能没那么简单，自从她来到这里，奇怪的梦魇就变得更加频繁。

董菲坐在桌前看着枯燥的教科书，认真做着笔记。身边的平板电脑里依然进行着那个二维生命小游戏，这次重新修改参数后，这个生命游戏也没有往更好的方向发展，生存环境依然面临可能崩溃的压力。董菲得在系统面临崩溃的时候一遍又一遍地修改这个小游戏的参数，以保证系统能继续运行下去。

董菲突然冒出一个念头：如果这些小生命能进化出自我修改参数的能力那会怎样？想到这里她却觉得莫名的恐惧，不愿意再往下多想。但越是不愿意多想，这个念头就越像魔鬼一样纠缠着她。她预感今天应该会发生什么事，有种莫名的感觉堵在胸口。

这间屋子的光照不好，即便是白天，也需要开盏灯。这时候那盏灯突然猛烈地闪烁了起来，董菲的双手微微颤抖着，她的思绪又被卷入了昨夜恐怖诡异的梦境之中……原以为已经忘却的噩梦，此时却愈发清晰起来！

这种诡异的感觉持续了很久，到晚饭的时候，李尉明的电话才将董菲从混乱迷离的思绪里拉回到现实中。

“我今天不太舒服，就不去你那里了。”董菲的声音沙哑，还有些虚弱。

“小菲，我有点担心你，我现在过来找你吧。”李尉明的声音一如既往地平静温和，一下子就让董菲紧张的情绪得到了缓解。

董菲感觉到一缕暖意涌进心里，这种感觉让她原本混乱的思绪也渐渐平静下来，轻声说了句：“谢谢你。”

“怎么突然说这样的话？太见外了吧。”

“就是很感谢你。”董菲没作太多的解释，她希望自己能尽快“正常”起来。

“有点担心你，我过来找你吧。”李尉明的语气里透露出担心和关切。

“嗯，今天还有些工作没做完，我要尽快调整好心态。这几天你也花了不少时间陪我，谢谢你。”董菲的语气里满是愧疚，因为很多原因，她不能把自己目前参与的工作内容告知李尉明。

电话那头，李尉明说道：“我没有太多要求，就希望你能开心些。”

“我也是，希望你能开心。”董菲面色不豫，但语气里还是充满着爱意。

……

这天晚上，董菲还在研究那个二维生命小游戏，直到将近零点的时候才回到床上睡着。

梦里面，董菲又坠入那种似真似幻的世界里，时而飘浮于城市的上空，时而又随着清冷的空气飘浮到了云端。周遭能感知的一切，时而化作光线飞速离去，时而又凝聚成幻象中的奇异形态。

无数的旋涡，就像梵高名画《星月夜》中描述的景致。董菲的意识也随着这些旋涡开始旋转，无穷无尽，时间也仿佛被无限地拉长延伸。

第二天早上，闹钟响了好几遍，董菲都没能从这恍惚迷离的梦境中清醒过来。直到她手机的电话铃声响起，号码显示电话是从冯美娟办公室打来的。

“难道是冯教授回来了？”恍惚中的董菲回过神，慌忙接起电话，紧张地问候道：“冯教授。”

没想到，电话那头却是一个老年男子厚重沧桑的声音：“董菲，我是‘灵语’课题组的组长常钧言，你现在来趟冯教授的办公室。”常钧言刚乘坐飞机从新疆赶来北京。

董菲知道常钧言的名号，这位“灵语”课题组的负责人就是那天杨教授带自己去的那个神秘机构外见到的那位大人物。但突然接到大人物的电话，让她着实吓了一跳，她现在的思维处于一种停滞状态，也来不及多思考什么，收好手机后，立刻向冯美娟的办公室走去。

见到常钧言的时候，董菲的思维重新开始运转。

“冯教授现在正在新疆的实验室做研究，所以这次由我来给你安排接下来的一些工作任务。”常钧言没有拐弯抹角，直接说出了此行的目的。

常钧言向董菲说明了接下来的工作安排，需要董菲去新疆实验室进行下一步的研究。

董菲微微低头认真听着，沉默片刻后问出心中的疑问：“这个课题组到底是做什么的？之前说是记忆力的研究，应该不是全部的内容吧？是不是有些核心的东西还不能跟我说？”

常钧言平静地解释道：“随着工作的推进，会跟你逐步说明一些事情，也会让你接触到‘灵语’课题组的核心内容，这是一个循序渐进的过程。”

董菲显得很纠结，沉默片刻后说道：“有件事，不知道我说了常教授信不信，这两天我好像预感到会有人来找我，和那张图片有关。”

常钧言眉头紧锁，神色凝重，点头回答：“你现在参与的实验课题本身也会涉及这方面的内容，你需要做好相关的心理准备。”

听到常钧言肯定的答复，原本悬挂在董菲心头的一块大石头落地。董菲轻松地抿嘴略略一笑，随后镇定地抬起头看着常钧言，继续说道：“昨晚做了个奇怪的梦，不过都忘得差不多了。但刚才见到常教授的时候我又回想起一些，这一幕在梦里出现过，我相信这不是错觉。我心里有很多疑问，我愿意去新疆的量子实验室参与‘灵语’课题组的实验。”

董菲答应前往新疆参与课题的核心内容，她被要求不能透露她接下来的去向和实验内容，所以她并没有告诉李尉明自己的行程。她知道自己现在算是正式加入涉密课题，虽然自己有些玩世不恭，但对于原则性的问题还是有一定的认知的。

在跟李尉明的通话里，董菲只是告诉李尉明自己要去外地出差一段时间。挂断电话后，李尉明得意一笑，满意地靠着椅背，微眯着眼欣赏着这间由他精心布置的办公室的每一处细节。

常钧言说服董菲去新疆量子干涉实验室的过程异常顺利，他猜测这是因为冯美娟早已经完成了对董菲的潜意识植入。植入潜意识也是洗脑的手段之一，但与额前叶脑白质切除术一样，都并不高明。让洗脑者自己的想法成为他人的信仰，甚至是一群人的集体信仰，这才是高明的手段。

40 “盖亚”

乘上飞往乌鲁木齐的航班，董菲的心也随着航班飞翔在云海之间。透过舷窗看着万米高空上起伏的云烟，她又陷入到奇怪的思绪里。

到达乌鲁木齐后，在工作人员的安排下，董菲先在乌市的研究所接待中心休息了一晚。第二天早上从乌市动身，到东六区时间下午五点的时候，董菲与常钧言乘车在武警的护送下来到了这座位于蓝天黄沙间的巨大建筑之前。

董菲感觉到心中有一个声音驱使她来到这个地方，这种感觉从坐上飞机开始就一直萦绕在她的脑海里。直到她站在这座被称为世界第一的量子干涉实验室的门口，心中那种古怪的感觉更是愈发强烈。

推开一道道厚重的防火门，穿过一条条曲折的回廊，有节奏的脚步声在这幽深的走廊里回荡，董菲随常钧言缓步向这座建筑物的深处走去。

董菲的心被一只无形的手越揪越紧，连呼吸都变得沉重。刚才还听得清清楚楚的有节奏的脚步声在耳朵中渐渐淡去，取而代之的是董菲沉重的呼吸声和紧张的心跳声。眼前的通道像极了梦中所见的时光隧道，在内心的交战中，好奇战胜了恐惧，董菲心中的那个声音使她坚定走下去的决心。

随着又一扇绿色的厚重大门被推开，董菲来到了这座实验室单独为“灵语”课题划出的安全区内。

董菲跟随常钧言来到那间没有监控的办公室里，见到了已经在这里等待许久的郑强。

郑强那张僵硬苍白的脸出现在董菲面前的时候，董菲本能地感觉到惊恐，不自主地踉跄退后几步。

世界上没有那么多巧合……这句话再次浮上董菲的心头，她竭力压制着自己的恐惧。

但在随后的几秒钟内，董菲也意识到了事情的非同寻常，她努力稳住自己，镇定地看着郑强眼镜镜片之后那双带着得意色彩的深邃的眼睛。

常钧言示意二人就座，随后说道：“董菲，这位是我们‘灵语’课题组的另一位成员郑强，我想你们之前已经见过了。”

郑强微笑点头示意，却不多言。

董菲努力平复内心的惊恐不安，故作镇定地点点头，却一言不发。

常钧言向董菲解释说：“之前没有跟你说明‘灵语’课题组的主要研究方向，是因为有些核心内容需要参与者做好一定的心理准备才能正式接触。”

原本还是很紧张的董菲在听闻这句话后，却从容地反问了一句：“从徐教授到杨教授再到冯教授，还有那么多乱七八糟的事情，怎么可能只是普通的记忆力研究训练课题？如果是这么简单的问题，当初杨教授也没必要故弄玄虚。之前是我太懒，都懒得去深入思考，其实我早该明白。所以我也很好奇，这些核心的内容到底涉及哪些机密？不过只要你们不说，我也不会多问，我明白有时候知道得太多不见得是一件好事情。”

常钧言并不介意董菲的这种问法，点头说：“我们课题组主要是研究高维空间以及量子智能。”

董菲眉头微微一动，这个答案的沉重度和严肃度似乎都已经超出她的心理承受范围，但这一切却又是在她的意料之中。或许她应该早就猜到这个结果，可自己内心一直不愿意面对。直到这一刻到来的时候，才觉得心中悬着的那块大石头终于落下，在一小段冷静时间之后，她很快恢复了镇定。

随后便由常钧言向董菲解释这一课题的目的和实验任务，这些答案或许早被埋在了董菲的潜意识里，只是等待被唤醒的这一刻。

董菲努力整理着思绪，回忆起那次杨锦汉教授对她说过的那段看似不着边际的话里提到过一个神秘的组织试图操控高维空间。董菲蓦然抬头警惕地看着常钧言，一字一顿地问："杨教授那天跟我聊天的时候，说到了一个神秘的组织在改造病毒和研究高维空间武器，是不是也和这个课题有关。"

常钧言与郑强相视一眼，二人心里明白此时没有必要再向董菲隐瞒"盖亚"的事情。

常钧言示意由郑强解释，郑强会意地转过头看着董菲，目光沉静冷肃，认真地解释："杨教授提到的那个组织自称'盖亚'，我们这次实验的最终目的就是寻找克制'盖亚'的方法。"

董菲眉目微垂沉默不语，她的内心正被矛盾纠葛撕扯着。

郑强目光一沉，继续解释说："'盖亚'建立之初，他们是奉行盖亚假说的。他们认为地球的生命体和非生命体形成了一个可互相作用的复杂系统。盖亚假说的核心思想是认为地球是一个生命有机体，这里所谓'生命'，绝不仅仅指通常意义上的代谢和繁殖，而是指一个能够进行能量与物质交流并使之内部维护稳定的体系。"

董菲稍稍抬起头，望着郑强问道："我记起来了，那次在华大的时候，你对我说蚂蚁和蜜蜂都是集体智慧的代表，它们的一个集体才是一个完整的生命体。"

郑强点头说："是这个意思，同样的道理可以放大到地球，甚至是整个宇宙。在'盖亚'的理论体系中，他们认为我们的地球存在负反馈机制，所以才会有冰期与间冰期的交替出现和6000万年一次的物种灭绝。他们认为物种灭绝是地球的免疫系统自我修复，人类如果继续执迷不悟一错再错，也会走向灭绝的道路。"

"他们是极端的环保主义者。"董菲想起了当日杨锦汉教授对她说的那番话，立刻意识到这个问题的严重性。

郑强点点头，继续解释说："他们之前也尝试过阻止他们认为的错误行为发生，但结果……呵，所以他们换了种方式，既然人类是在自取灭亡，那么他们便要加速这一期邪恶的人类文明的灭亡速度，但是也要为下期文明保留火种，留下他们认为的精英和先进文化，从而按照他们的构想重建这个世界。而且他们相信多次考古发现能证明人类文明也是有轮回的，他们要做下一季文明的缔造者。"

董菲心里触动，眼睛里闪过一丝亮光，虽然这缕亮光转瞬即逝，但还是被郑强敏锐的目光捕捉到了。

郑强脸上浮现出得意的神色，继续说："'盖亚'中的成员分布世界各地，都是各个领域中的精英翘楚，他们拥有不拘一格的行为方式，还有极其危险的思想。"

这样的讨论，如果放在以前，董菲认为只会在科幻片里出现，但这时却是真实地发生在自己的身边。她努力让自己认清现实状况，告诉自己这不是做梦，这是真实发生的。她尝试着用李尉明教过她的那些，去体验活在当下这四个字到底是什么含义。但越是去感受当下现实，这种迷离错乱的感觉就越发强烈。

董菲的身子开始不由自主地颤抖，她在努力让自己平复下来。这一切到底是怎么回事？董菲很想知道这个问题的答案，但对于答案的恐惧再一次阻挡在好奇心之前。在杨锦汉教授跟她讲述了那些没头没脑的话之后，还给了她一张图片。对，就是那张图片，那图片之后隐藏着什么秘密？

在努力调整好思路之后，董菲稍稍咬了咬嘴唇，用沙哑的声音小声说："现在说下那张图片的来历吧，那张跟我很像的图片。"

常钧言点头，随后打开一旁的开关按钮。

这时房间里的灯光暗了下来，一人高的立体投影呈现在房间正中，向三人展示欧洲大型强子对撞机的一次高能量子空间实验的模拟演示以及实验结果。最后，在已经漆黑暗淡下来的空间里，出现了那张由白色光点构成的董菲的脸的图像。这张脸与董菲的脸成镜像关系，但这张木然的脸上透露出的内容，让董菲的恐惧更甚。

董菲目不转睛地盯着那张人脸的眼睛，双手紧握成拳，身子不住发抖，冷汗已经将衣服浸透。

见到董菲这样的反应，常钧言立刻关闭了3D投影，房间里重新恢复了明亮。在3D投影熄灭后，董菲和那个影子之间的联系也暂时被切断。董菲从方才的出怔中回过神，双拳陡然一松，身子不自主地打了个寒战。那一瞬间，董菲似乎感受到极其可怕的事物，但她却不能回想起任何细节，只有那种恐怖的感觉依然存留心中。

"那到底是什么？"董菲从齿缝间挤出这一句话。

常钧言为董菲端来一杯热水，递到董菲手中。此时常钧言的眼神也显得十分复杂，用沉缓的语调说："那张图片是在高能高维空间实验后，留下的量子干涉的图像。"

董菲的手指微微一颤，她极力压制着内心的惶恐不安，一瞬间她有种心脏停跳的错觉。

董菲面色苍白，虚汗不住地从额间滑落，牙关也不由自主地咬紧。

郑强语气平静，继续解释道："'盖亚'一直在秘密研究高维空间武器，就是通过强能量折叠空间，当然很多国家也在研究。不过从两年前开始，世界各地不同国家和机构的高能空间实验都捕捉到了这张清晰的人脸，这也是在打通高维空间通道后所留下的图像。"

董菲从沉默中抬起头，惊恐地望着郑强的眼睛，嘴唇微微抽动一下，话到了嘴边，却又咽了下去。

郑强深邃的目光落在董菲身上，"'盖亚'也在研究人工智能，希望制造出一种强大的人工智能，得到这张量子干涉图像的启示后，他们转换思维：是否已经有人实现了人类智能的量子化？能否将已经堪称完美的人类智能转换为量子智能，从而实现高维空间的穿越以高维空间的量子智能控制空间武器，所以便有了之后的通天塔计划。"

"通天塔……"董菲不由自主地重复着这个词语，恍惚间回忆起当时在网络上与郑强化名的"刹那"交谈的时候，就已经谈到通天塔。

董菲尝试着去回忆当时聊天的细节，"圣经里的这个故事，暗示着人类想要通往天堂吗？"

郑强解释说："摆脱现有的三维思维，拓展新的维度，从而获得全新的认知。低维生物的升维过程，也可以看作是通往天堂的道路。"

董菲仔细听着郑强的解释，继续问："这张图片是怎么来的？"

"这张图片出现的时候，都是高维通道被打通的时刻。"郑强继续解释着，眼眸里闪过一丝亮色。

"然后呢？"董菲知道，自己正在靠近内心深处那个让她恐惧的隐秘角落。

郑强解释道："也许是高维智能留给我们的启示。"

"高维智能也会呈现出三维世界普通人类的样子吗？"董菲有些怀疑。

"当然不是。"郑强很快否定了董菲的这个猜测，继续解释道："这是一个投影，是高维智能有意向我们传达的一个信号，通过我们熟悉的方式展现出来。"

"然后呢？"董菲的声音略微有些颤抖。

郑强的双手支撑在桌子上，看着董菲的眼睛解释说："这是一个明显的暗示，以我们目前的科技水平，通过空间折叠获得新的维度是可以做到的，但始终存在一个无法突破的瓶颈，低维度的生物无法对高维度的世界直接操控。不过，也许人类的意识存在这种可能性，可以突破三维身体的屏障而获得全新的存在方式。”

董菲的牙关不住打战，这种来自内心最深处的恐惧让她濒临崩溃。不过董菲低估了自己内心的强大，一再认为自己将要失控崩溃的时候，她总能在最关键的那一刻克制住。

郑强看着天花板上特异的线条，目光变得让他人难以捉摸，“‘盖亚’建立的通天塔系统，就是将无数个四维空间孔洞连接为一个整体，再通过量子智能的手段突破三维局限，进行统一操控。”

董菲努力理清混乱的思绪，脸色变得惨白。

郑强低下头看着身边神色焦灼的董菲，说道：“‘盖亚’的通天塔量子智能实验一旦成功，那分布在世界各地的隐秘的空间罅隙便会由高维空间中的量子智能将它们连接成一体，成为真正意义的毁灭世界的空间武器。而你就是启动通天塔的钥匙，所以你现在能理解之前发生在你身上的那些不能解释的事情了么？”

董菲的手不住发抖，此时她感受到的是一种从骨髓里散发出来的恐惧，这种恐惧并非外部所加，而是深藏在董菲心中的恐惧。

常钧言的神情显得十分压抑严肃，他虽在一旁默不作声，但此时内心也掀起了惊涛骇浪。他能理解董菲在突然接触到这些内容的时候，所表现出的抗拒和害怕。

董菲抬起头看着面前的郑强，此时的董菲面色惨白、紧握双拳，原本咬紧的牙关也开始不住发颤。

郑强锋锐深沉的目光透过厚厚的镜片直视着董菲的眼睛，认真地说道：“那并不是一张简单的人脸投影，而是高维空间里的量子智能给我们发送的讯号，用这样的方式暗示我们下一步该如何做。”

董菲的身子依然在不住发抖，她想极力否认自己和这个莫名其妙的通天塔系统的联系。但是此时的她连自己都说服不了，她明白即便辩解否认也不可能断绝自己的奇怪感觉。这是自己一直想解开的秘密，如今离这个目标这么近了，她没有道理再逃避。

董菲用颤抖的声音问在场的常钧言和郑强，“为什么……那个……选中我？”

郑强直直地望着董菲，用缓慢平静的语调回答道：“不是那个量子智能选中了你，而是那个量子智能就是你，而它留下这张图片的目的，就是为了让我们找到你。”

41 救世主

听到这句话的时候，董菲顿时愕然，心跳陡然加速，那一瞬间血流冲入脑海，让她暂时失去了思考的能力。

这个时候，在这间没有任何监控的房间里，三个人都陷入了死寂一样的沉默。每个人都只能听到自己的呼吸声和心跳声，空气仿佛凝固了一般。

这样死寂一般的沉默持续了几分钟后，董菲出人意料地打破了沉默，“那个量子智能是平行时空里的另一个我吗？”

郑强随即否认了董菲的这个判断，说道：“不是平行世界里的你，而是我们这个世界的未来的你。”

董菲惊恐地看着郑强，情绪变得激动起来，随即否认道：“不可能！我知道有‘外祖母悖论’，同一个世界并不具备时空穿梭的可能性。如果高维空间里发出信号的是未来的我，也应该是属于另一个平行世界的，而不是这个世界里未来的我，那一定是错了！”

“外祖母悖论也存在一定的逻辑漏洞。”郑强示意董菲冷静下来，解释说，“你刚刚说的‘外祖母悖论’可以简化为另一个思想实验——假设在时光隧道前有一个刚性小球，小球穿梭隧道后便会立刻从隧道内飞出。从时光隧道飞出后的小球会回到它还没有进入时光隧道之前的时间，遇到还没有进入时光隧道的另一个自己。董菲，你认为结果会怎样？”

心情依然激动难平的董菲听到郑强这么询问后，微微一怔，思索片刻后回答：“你是说那个小球在进入通道后又会被立刻弹出来，回到它正准备进入却还没有进入时光隧道的那个时刻？”

“是。”郑强从容地一笑，点点头，期待董菲接下来的答复。

董菲理清纷乱的思绪，眉头紧锁，摇头说：“你的意思是说那个从时空隧道里飞出的小球，会遇到过去的自己？”

郑强语气平静温和，帮助董菲梳理思路，再次阐述了这个思想实验的概念：“这是一个‘外祖母悖论’的简化表达。如果那个即将进入隧道的刚性小球在准备进入的那一刻遇到了从时空隧道里飞出的来自未来的自己，结果会怎样？”

董菲心头一惊，恍然大悟，立刻回答说：“那个即将进入时光隧道的小球会因为遇到了从时光隧道飞出的自己而被弹开，所以这个小球并没有机会进入时光隧道。那么这个思想实验的问题在于，小球没有进入时光隧道，那个从未来而来的小球又是从何而来？这就是‘外祖母悖论’的简化表达对吧？但你之前说这个‘外祖母悖论’有逻辑上的漏洞，但你给出的简化表达的思想实验却是在另外一个方面佐证了‘外祖母悖论’，那你提到的漏洞又从哪里说起？”

郑强依然十分平静，他并不介意董菲刚才的反驳，反而从容一笑，用手比画着继续解释：“不如我们换个思路来思考这个问题，如果这个从未来世界飞出来的小球并不是正对面碰上了过去的自己，而是稍稍擦碰了一下。对，就是稍稍碰了一下……”

董菲怔住片刻，瞪大眼睛望着表情从容的郑强，心里似乎领悟到了什么。

郑强继续用手比画演示着解释自己的观念：“因为并不是直直撞上，所以那个过去的小球并没有像之前的那个理论里设想的一样被直接撞飞，虽然稍微偏离了原来的轨道，但依然有机会进入时光隧道。这么想，因为被未来的自己稍稍撞了一下，所以它虽然能飞入时光隧道，但是再次飞出的时候也不会是直直地飞出，会稍有偏差。所以从隧道里飞出的小球才不是直接撞上过去的自己，而只是稍稍地碰了一下。”

听完郑强的这段解释，董菲愕然，惊讶得半张着嘴，她似乎已经领悟到了郑强的意思。

郑强眯着眼意味深长地浅浅笑着，继续解释说：“这样就达到了完美的逻辑自洽，因为被未来的自己稍稍碰到而不能直直飞入隧道，这也成就了它从隧道里飞出的时候不会直接撞上过去的自己。过去和未来是互为因果，如果在高维度审视这个问题，那么就可以得到一个完美的逻辑圆环，并没有首尾因果的区分。所以‘外祖母悖论’的漏洞经过这个思想实验的简化而变得清晰明朗，同一个世界的时空穿梭是具备可行性的。不过一个人回到了这个世界的过去应该是杀不了自己的外祖母，但是他却有能力对那个世界产生一定的影响，而他产生的影响为他在未来的诞生又提供了条件，起码霍金是这么认为的。”

董菲又陷入了沉默，此时她已经处于一种思维的混乱状态，她想极力避免这一切的发生，但是她知道自己无能为力。那一句话又浮现在董菲的脑海里，让她微微打了个寒战——有些事情越是刻意回避，反而越会促使它的发生。

这个时候脑海里的另一个声音又在鼓励着董菲向那个问题的答案前进，鼓励她像那只小虫一样爬出荷叶去看看荷塘外的世界。

郑强和常钧言两人密切地关注着董菲，等待着董菲的回复。

常钧言并不知道这样的解释会有怎样的效果，因为他觉得董菲之前的心理测评显示她缺乏科研精神，也缺乏为了科研和人类世界献身的勇气。常钧言读过董菲写的武侠小说，那是冯美娟整理好递给常钧言的。董菲在那篇小说里塑造的男主角秦云是一个有着个人英雄主义倾向的人，但男二号杨旗却是一个不愿拔一毛以利天下的人。这两个角色，像是董菲暗藏的两重人格的体现。董菲愿不愿意参与这次实验，就得看她会在内心的天人交战中最终选择哪一个角色。

“我愿意参加实验。”董菲给出答复的速度也超出了她自己的意料，对荷叶外世界的向往，促使着她一步步往前走着。

如果是几个月前的董菲，面对这突如其来的事情，她一定会吓傻的。但在这几个月的时间里，董菲的想法已经彻底改变，从一个胆小如鼠唯唯诺诺的边缘人，变成了一个敢于冒险的“虫子”。但董菲清楚自己在这个时候不能给自己贴上英雄的标签，她告诉自己一定要学那只小虫努力爬出限制它眼界的世界，不论前方等待她的是福还是祸。

郑强对于董菲的表现却一点都不感到惊讶，因为他知道在这几个月的时间里董菲的思维方式和想法在不经意间就已经被某人改变，那个人并不是冯美娟，也不是李尉明，而是存在于现在时空的未来董菲。

此时，从实验室外部传来隆隆巨响，这间屋子里的三人都感受到了剧烈的震动，建筑物开始摇晃，灯光一闪一灭。

“是地震吗？！”董菲这才意识过来，惊讶地发现常钧言与郑强二人对这突然袭来的地震显得无动于衷，表现得十分平静。

常钧言示意董菲不用惊慌，继而解释说：“是实验室在进行高能高维空间折叠实验时引起的天震，并不是地震。”

董菲放松了下来，长舒一口气，摇头问：“这样的天震经常会出现？”

常钧言神色凝重，点点头：“我们已将实验能量控制在临界最低值，空间折叠的实验地点离这里还有数十公里，是在塔克拉玛干沙漠的中心腹地。我们实验室的建筑结构能抵御核爆，发生天震的时候，待在这里要比外面更安全。”

直到亲自经历了天震，董菲才对高维空间武器有了一个初步的概念。她突然感觉到一种摄人魂魄的恐怖，这里将能量值控制在临界最低点的小型空间实验就能造成这么大的威力，如果“盖亚”的通天塔系统所连接的隐藏在空间罅隙中的空间武器同时启动，那对这个世界必然是灭顶之灾。不过这个可怕的系统尚缺乏一把启动的钥匙，那把钥匙便是她吗？董菲不太敢相信，但这一切是确实摆放在她面前的。

在那么一瞬间，“救世主”的这个念头又从董菲的脑海里闪过，她立刻否决掉了这个定义，因为她觉得这样的定义宗教色彩太过强烈。她现在好奇的是，如果常钧言和郑强的论断是正确的，在那个更高层的世界里，自己会以一个什么样的方式存在？

随后，这样的天震又爆发了一次，不过此时的董菲显得平静淡定了许多。

三人离开了这间实验室，董菲随后来到常钧言的办公室，常钧言交给董菲一只特制的新手机，说：“将手机卡取下来，换到这个手机上。”

董菲明白常钧言的用意，按照指示用新手机换上自己的手机卡。随后她给父母和李尉明打电话报了平安，不过在电话里也只是说自己在外地出差，没有透露关于新疆实验室以及“灵语”课题的相关内容。在这里，她被允许定期向家里人打电话报平安，但不能提及现在的工作地点与工作内容。

晚饭后，董菲在两名安保的陪同下来到了塔里木河旁边。她现在的情况特殊，被这样严格地保护起来对于她来说并不是多荣耀的事情。

现在董菲强烈的好奇感已经逐渐战胜她内心的恐惧不安，她站在塔里木河畔，眺望着远处隐约可见的山脊。

现在是8月下旬，这里已经能提前感受到来自沙海的金风寒凉。蓝天白云、戈壁黄沙、古道西风、蜿蜒河流、遒劲胡杨……构成了如此独特的塞外景致。

这一幕董菲曾经想象过，那是在写武侠小说的时候。小说里的男主角秦云曾独自一人来到塞外，站在遒劲的胡杨枯树下凝神眺望。而如今这一幕，却实实在在地呈现在她的眼前。

梦境和现实的碰撞，如此明白真切，却又如此虚无缥缈。

42 梦中人

今天是8月21日，这两日是实验设备的调试期，董菲参与的正式实验将会在三天后，也就是8月24日进行。因为这次实验的非同寻常，常钧言不得不启动了最高的保密等级，连他的直系上司都无法直接过问这次实验的进度和结果。

因脑电波实验而陷入失智状态的冯美娟依然昏迷不醒，常钧言站在病房的玻璃墙之外，复杂纠葛的目光透过玻璃直直注视着监护室病床上的冯美娟。

常钧言已经忧心到了极点，冯美娟昏迷不醒的事情在董菲的量子智能实验结果出来之前不能向外透露。虽然冯美娟是“盖亚”的成员，但毕竟也是上级钦定的“灵语”课题组副组长。更何况，目前除了郑强的证词和其他并不能形成完整证据链的零碎信息之外，常钧言并没有掌握更有效的直接证据，所以他并不能向上司证明冯美娟就是内奸。

常钧言两道花白的眉毛拧成了一团，他努力用手指按压着天应穴舒展自己眉头，他知道自己现在的处境就像《诗经•小雅•小旻》的最后一句描述的一样，“战战兢兢，如临深渊，如履薄冰”。

但这时候在常钧言的心里，另一个念头又浮了上来。即将开启的高维空间里藏着的秘密，对于常钧言来说也是非常大的诱惑。常钧言不是圣人，他甘愿冒险甚至是拿着这个世界来冒险，也是为了他的信仰——对于常钧言来说，他的信仰就是真理，即便不能穷尽真理，也但求在有生之年能得到革命性的突破，不论结果是吉是凶、是福是祸。在不知不觉中，常钧言的办事风格也越来越为达目的不择手段了。为了大局，必要的牺牲是在所难免的。

8月21号的北京时间二十一点，李尉明坐在那间位于住宅楼21层的心理诊所的落地窗前，面带微笑、饶有兴致地欣赏着北京这座繁华都市的流光夜景。他身侧的小茶几上摆着今晚的插花作品，是几枝粉色的蔷薇与紫色的九品香莲。一壶刚沏好的冻顶乌龙散发着氤氲白气萦绕在花朵四周，屋子里花香与茶香混合又与昏黄的灯光一同营造出一种别样的幽静气氛。

这时候，一位裹着浴巾的年轻女子从浴室里走出来，用毛巾擦着湿漉漉的头发，随后挑逗地坐在李尉明的身侧，妩媚地笑着。这个年轻女子就是这些时日频繁来找李尉明做情感疗伤心理咨询的沈月。沈月的前男友劈了腿，当时沈月还为他割过腕，也为了威胁他跳过楼，但她的前男友对沈月的自残和威胁无动于衷。来这里做心理辅导治疗的沈月自己也没想到，今晚竟然能有机会得到李尉明的青睐，这比中了五百万大奖还要让她兴奋。这位自认为深陷前一段爱情而不能自拔的女人立刻跳出了之前辛苦扮演的痴情角色，不顾后果地扑进了李尉明的怀中。

沈月虽然算得上有点姿色，但她肤浅庸俗、无知愚蠢，绝不是能让李尉明动心的那种类型。放在往日，李尉明根本不会多看这个女人一眼。但李尉明今夜收下这个主动投怀送抱的沈月，是因为他决定在今夜提前庆祝即将到来的成功。另外一方面，也正是因为这个女人的愚蠢和肤浅，让她更容易被控制。

这两人就在曾经属于董菲与李尉明的空间里尽情狂欢，毫无保留地挥霍着所有的激情。

……

而现在是东六区乌鲁木齐时间晚上七点三十分，董菲回到了自己的宿舍，继续做着功课。身旁小闹钟的秒针发出嘀嘀嗒嗒的声响，闹钟仍然显示的是东八区北京时间，董菲并没有把它调为东六区时间，因为她希望能和李尉明的时间同步。

董菲自己都没有意识到，李尉明对她的控制已经深入骨髓，影响着她生活的每一处细节。

这天夜晚，董菲反复地回忆之前与李尉明相处的点点滴滴，这能让她感觉到快乐平静。

荷叶之外，到底是什么样子？董菲自言自语地说出了这句话，她还记得自己第一次与李尉明说起这个故事的时候，还是在武汉。

虫子，爬上荷叶就会变成蜻蜓么？还是会因为失去赖以生存的水塘而死去？也许摆脱水的束缚，真的会获得另一种特别的存在方式。

董菲的脑海里飞过许多奇怪的念头。

……

第二天，也就是8月22日的早上，郑强从常钧言处得到了一个消息，一直处于昏睡状态的冯美娟苏醒了。

随后郑强来到那间没有监控的量子智能实验室内，此时常钧言已经在这里等候。

“冯美娟醒过来十分钟后又睡着了。她现在的情况跟你描述的一样，已经完全失智，不过CT检查显示她的大脑功能并未受损，但对她提及一些相应问题的时候，大脑的对应区域并不会出现放电情况。可以说她现在除了维持基本生存的本能外，已经完全丧失了思维能力。”常钧言语气冰冷平静，深邃的眼睛显得十分疲累。

郑强转头看着常钧言，不紧不慢地解释说：“我早就说过，失败的实验对于被实验者的作用类似于大脑额前叶白质切除术所造成的失智，但是并不完全一样。她的大脑并没有受损，却处于失智状态，虽然她还能保持一些生存本能。从这里可以得到一个困扰脑神经学科多年的思想实验的答案：‘缸中之脑’这个假说并不可行，人脑的构成远比如今生物学和脑神经学研究得出的结果更为复杂。”

常钧言并没有接话，今天是脑电波量子智能实验设备的调试日，为了董菲能顺利进行实验，他不能有半点疏忽。为了避免实验被“盖亚”利用，这次参与实验的四个实验助理都是从在校相关专业的博士生中临时挑选的。他们四人的专业分别涉及临床医学、量子物理、仿生学和电子工程学。这些临时挑选的实验助手都通过了精神及心理测评，且都没有过出国留学或者交流的经历，以保证他们学术背景的“纯洁性”。

这间量子智能实验室位于建筑物的西北角落，相较于整座占地20平方千米的大型实验室来说，显得十分微不足道。新疆的这座量子干涉实验室的名字其实是一个幌子，其实建设这座实验室的主要目的就是研究可控的高维空间武器，能量加速装置就位于实验室的中心区域。折叠空间的实验地点选择在了距这约60千米的沙漠中心，理论上，高能控制点对空间武器的有效控制距离为90千米左右，但各国研究机构都在努力通过折叠空间的叠加效应来提高空间武器的可控范围，但目前并没有更多证据证明有哪个机构突破了这个瓶颈限制。所以“盖亚”要制造遍布于世界各地的高维空间罅隙，必然要有足够多的隐秘控制点。即便之前捣毁了“盖亚”在中东和欧洲的两处控制点，但必然有更多不为人知的控制点分散于世界各地。最可怕的是，这些分布于世界各地的高维空间罅隙一旦被通天塔系统通过高维空间里的量子智能连接为一个整体的话，就会生成一场毁天灭地的灾难。

常钧言的眼睛布满血丝，连续多日的高强度工作和睡眠不足已经让他接近崩溃边缘。再强大的人，总有支持不住的时候，他靠着顽强的心理素质在与“盖亚”的对抗中支撑到了现在。

这次实验的结果会如何？常钧言心中也没有把握，他这个时候也变成了一个凭借直觉判断的赌徒。

8月23日，东六区时间早上五点半，黄色的小闹钟显示的是北京时间的七点半。董菲又来到了塔里木河的胡杨树下，眺望远方浩瀚戈壁黄沙尽头的隐约群峰。

常钧言并不限制董菲出入实验室的自由，但不允许她走得过远，而且每次出门的时候，都会有两个面容严肃不苟言笑的威武安保陪着董菲。

这时候，董菲的手机跳出一行消息，是她在兰州的时候认识的师弟白杨发过来的问候："董师姐，我在青海被折腾得就剩半条命了，一直没机会上网，才看到你们的旅行照片。你和男友什么时候结婚啊？记得通知我们啊！"

董菲现在用的手机是常钧言给她特配的，虽然用的还是董菲自己的手机卡，但是聊天内容和电话内容是被实时监控的。董菲明白她现在说话的分寸，不能有任何涉及实验机密的内容。

董菲用手机向白杨回复："最近工作挺忙的，一直忘了和你们联系。我结婚会通知大家的，放心吧！"

白杨立刻回复："你之前都没提过男朋友，我和张芸聊起来，都说你深藏不露啊，哈哈！"白杨又附带上一个大笑的表情。

董菲抿嘴笑了笑，用拇指敲击着手机键盘回复："是我疏忽了，其实我也没想瞒着大家。"

白杨那边又回复道："你的武侠小说写好了没？我光看了前半截，揪心得很啊！能剧透下不？秦云有没有和海棠终成眷属啊？这两个人的故事有点虐心。"

董菲并没有回复白杨的这个问题，反而问道："你也喜欢秦云？对其他角色有没有感觉？"

过了一分多钟，白杨那边才有了回复："秦云毕竟是主角嘛！主角能让人多留意一点。我对他是敬佩，但绝对不是喜欢。"

董菲皱了皱眉，回复道："不太明白。"

白杨发来一个憨笑的表情，回复了这样一行文字，"他活着太累了，我喜欢轻松点的角色，比如杨旗。"

董菲对这个答案表现出些许诧异，问道："你不觉得杨旗挺自私的吗？"

白杨回答道："不觉得啊！他日子过得好好的，突然让他承担那么大的责任，他就一定要为了那些人牺牲自己吗？更何况小说里那些指责杨旗自私的人才是真的自私，他们要杨旗牺牲换来自己的太平日子，这纯粹就是道德绑架嘛！”

董菲心里略有触动，立刻回复：“那你觉得为天下牺牲那么多的秦云是不是很冤？那些被他救了的人还误会他、中伤他。”

白杨又回复道：“不冤，秦云他做了自己认为对的事情，这点和杨旗一样，都做自己觉得对的事情，而不是被他人的观念左右自己的想法。”

看到白杨发来的这行文字，董菲沉默了许久，拇指悬停在手机的键盘上，却打不出一个字。

片刻后，白杨又发了一行消息过来：“就是你在小说里写的那句：‘俯仰天地之间，但求无愧于心’。我觉得秦云很像萧峰，都是那种顶天立地的大侠，本身就是为天下苍生而创造的人物，很高大，却也不现实。杨旗就更加现实一点，接地气。”

此时一阵凉风袭来，将董菲从迷思中拉回现实。董菲冲着屏幕上白杨发送过来的文字笑着，回复道：“谢谢你陪我聊这些。”

白杨回复说：“师姐客气！哈哈哈哈。”

董菲看着白杨发过来的文字轻松释然一笑，心头萦绕的阴霾此刻也消散了大半。

现在是北京时间的早上七点五十分，董菲拨通了李尉明的电话。

位于北京的那间心理诊所后面的主卧里，依然弥漫着暧昧的味道。又是一夜的意乱情迷，沈月和李尉明两人的衣物肆意散落在床铺的四周。

此时李尉明的手机响起，李尉明转身示意身边的沈月噤声。

李尉明眉头微皱，接起董菲的电话，温柔地问候：“小菲，早饭吃过了没？”

董菲在电话答道：“还没吃，这里开饭比较晚。”

而这时，李尉明身边光着身子的沈月正妖媚地笑着，眯着眼看着李尉明。虽然不说话，但她的手仍在有意挑逗着对方。

“什么时候回来呢？”面对沈月不怀好意的挑逗，李尉明仍然能装作无事一般，平静地在电话里跟董菲交谈着。

董菲的语气不太确定：“可能还要几天吧，看这边的进度安排。”

“在外面，一个人好好照顾自己，别让我担心。”李尉明的语气温和如昔。

沈月虽然没说话，但始终眯着眼睛狡黠地笑着，不停地亲吻着李尉明的脸颊和身体。

李尉明眉头动了动，露出了厌恶的神情，但说话的语气却并未受影响，在电话那头的董菲自然也察觉不到有任何问题。

在从容地挂断董菲的电话后，李尉明看着身旁笑嘻嘻的沈月，一言不发。

沈月并不是个聪明的女人，而且完全可以用蠢来形容，她不知道自己的挑逗行为已经彻底激怒了李尉明。

在李尉明挂断电话后，沈月依然媚笑着用挑衅的语气说："你的那个女朋友啊？我看了照片，不算多好看嘛！"她还在喋喋不休地说着，不过两夜的迷情，就让这个不知天高地厚的女人有了要转正的想法。

虽然对眼前的女人已经厌恶到了极点，但李尉明还是同以往一样平静温柔地说："穿上衣服收拾好，待会还得给你再做一次疏导治疗。"

沈月踮着脚搂着李尉明的脖子亲吻，娇嗔道："哎呀，还要治疗什么啊？之前遇到的那个渣男我才不管了。有你就好了，答应我好不好。"

李尉明嘴角稍稍一扬，意味深长地笑了笑。

上午的时候，李尉明再为沈月做了一次心理疏导治疗。随后沈月恋恋不舍地离开，临走前还不忘跟李尉明说想她的时候记得打电话。

李尉明的笑容看似温和，但温和里却带着厌恶。

……

当天晚上发生了一件不可思议的事情，沈月拿着一把水果刀跑到她前男友的家门口大哭大闹，还把前男友和他的新女友刺伤。沈月当时陷入了一种疯魔的状态，满嘴胡言乱语，不停地撕扯自己的衣服，而且还用水果刀把自己划得鲜血淋漓。她的前男友也被这样的情况吓傻了，带着受伤的新女友逃走后，就立刻报了警。

警察赶来的时候，发现那个疯疯癫癫的沈月爬上了14层楼道的窗口。她已经脱得一丝不挂，身上的伤口还在往外渗着鲜血。四周的住户听到这么大的动静，都纷纷跑出来看热闹。

还未等救援气囊准备好，陷入疯魔状态的沈月已经从那栋建筑的14楼跳了下来，当场死亡。

现场混乱血腥的场面，让在场的人无不吓得大惊失色。

因为沈月之前也因为跟前男友的事情跑来这里闹过，而且她也弄过几次自杀的闹剧。所以出了这件事情后，她的家人将矛头都指向了沈月的前男友。

随后，该市各大门户网站首页的报道标题皆为："痴情女挽回旧爱未果，精神失常自杀身亡"。

43 意外的天震

8月24日，董菲在一位工作人员的陪同下来到位于西北角的量子智能实验室内。她在今天早上的心理测评中表现得十分平静，也顺利通过了这次心理素质测评。

常钧言向董菲再三强调这次实验具有一定的风险，但董菲仍然十分坚定地签了字。

这一切进展得是如此“顺利”，顺利到董菲也不会去多想什么，冥冥中，她能感觉到那个存在于高维时空的自己，在向她传递着某些信息。

董菲在工作人员的协助下躺入实验舱内，固定好头盔后，实验助手将实验舱的舱门关上。

随后，一个助手启动了实验仪器，各项生命体征监控设备均已启动，只等待躺在实验舱内的董菲按下确认键。

董菲根据提示，连续三次按下确认键。随后一阵电流穿过她的身体，她的意识随着这股电流被迅速抽走。

在这复杂的大型设备启动之后，现场所有人的神经都紧绷了起来。实验舱外的常钧言与郑强都严密地注视着实验进展，而四位实验助手则负责监视仪器运转以及董菲生命体征是否正常。

这一次董菲更加清醒地游离在真实与虚幻之间，身体原本的感觉早已消失，取而代之的是融为一体的通感。她的“灵魂”又一次摆脱了现实时空的束缚，又一次变得无处不在，又处处都在。

就在这个时候，又发生了一次剧烈天震。巨大的轰鸣声透过实验室坚实的墙壁传入其中。实验室内的灯光忽明忽暗，桌子上的东西纷纷下坠，巨大的仪器也开始强烈震动起来。

郑强神色惊异地问道：“今天怎么还安排有高维空间实验？！”

常钧言面色惨白，心中大感不妙。为了今天董菲的量子智能实验，整座量子干涉实验室都已经将高维空间实验项目停了下来。按理说今天不应当出现这样剧烈的天震，莫非是哪个环节出了问题？

常钧言立刻接通了高维空间实验室的电话，那边的答复更让常钧言出了一身冷汗，因为今天的确没有进行任何高维空间的实验，连希格斯场的研究也暂时停止。

那这恐怖的天震到底从何而来？常钧言有种不祥的预感，在如今严峻的形势下，真是容不得半点疏忽和错误。

郑强对突然发生的天震也表现出了震惊，此刻他似乎意识到了什么。

郑强的面色变得凝重，转过头注视着实验舱内的董菲。

实验结束后，董菲的一切体征指标都显示正常。从实验舱出来后，董菲缓缓睁开了眼睛，慢慢坐起身。但她此刻的眼神显得十分空洞和茫然，这让常钧言不由暗暗捏了把汗。

因为常钧言在那天见到的刚刚苏醒的冯美娟眼睛里也发现了同样的眼神，难道实验失败了？！常钧言的心被揪紧。片刻后，一丝光亮回到了董菲原本晦暗无神的双目里，常钧言这才稍稍松了一口气。

董菲木然的眼神里恢复了些许神采，额间的汗水还在不停滴落，嘴唇微微抽动着，整个人始终一言不发。

"她怎么了，是不是实验出了差错？！"常钧言看着郑强，严肃地问道。

"放心，她不会变得和冯美娟一样失智。她不过是沉浸在刚才的梦境中，需要一段时间才能恢复。"郑强虽然眉头紧锁、神情严肃，但语气却相对平静，因为他对自己的判断有十足的把握。

郑强继续解释："在这样的实验中，实验参与者会经历爆炸式的信息入侵以及多重人格分裂。给她点时间调整，只能希望她尽快恢复过来。她情况特殊，不能有外加的心理干预，否则会对她的记忆产生错误引导。"

突然间，董菲的面孔变得诡异扭曲，双手如鸟爪一样蜷缩着抱在胸前，声嘶力竭地哭喊呼叫。

四个实验助手立刻将神志失常的董菲控制住，并给她注射了一针镇定剂。

片刻后，镇定剂的作用生效，董菲渐渐安静下来。她疲累地抬着头看着身侧的几人，喉咙里不住地发出奇怪的声音，像是在梦呓，但说的是无人能懂的古怪语言。

董菲在恢复平静后被送回了宿舍，有医护人员二十四小时密切观察她身体及精神状态的恢复情况。

郑强则与常钧言回到了位于安全区内的办公室中，二人注视着闭路电视里董菲宿舍的监控画面。

常钧言面色凝重、目光警惕，压低了声音严肃地问："你会如何解释今天的天震？"

郑强听出了常钧言的话外之意，镇定地看着常钧言的眼神说："你是怀疑我？”

常钧言语气冰冷严肃，“刚刚收到监测报告，刚才的天震发生地点距离实验室只有12公里。这么强烈的天震必是触发了空间武器的结果，而空间武器与控制点的理论距离不会超过100公里，而在这个可控范围内，只有这个地方具备制造高维空间的能力。”

郑强冷笑一声，平静地解释说：“不要太早地下定论，我来这里后，一举一动你都是知道的，我自问也没有能力在你的眼皮底下做一些事情。毕竟，你与冯美娟不同。”

“今天的事情，怎么解释？还是要等董菲清醒之后？”常钧言迫切地要知道更多内容。

郑强则继续说道：“现在的空间武器还相当不成熟，可控距离有限就是它目前最大的弊端。不过根据计算，理论上是能利用高维空间折叠的叠加效应缩短空间距离，从而大幅度提升空间武器的攻击范围，只不过暂时还没有哪个国家和机构能突破这个限值，当然也包括‘盖亚’。四年前，欧洲核子能机构在非洲撒哈拉沙漠里进行的那场验证折叠空间叠加效应的实验以失败告终。那场实验还造成了多名实验人员的伤亡失踪，那片实验区域也成了禁区。所以现在的高维空间武器研究都趋于保守，在找到可控方法之前，他们不会、也不敢贸然使用高维空间折叠的叠加效应来提升可控距离。”

郑强提到撒哈拉实验的时候，常钧言的脸色出现了微妙的变化。

郑强继续补充说明：“现在实验室能制造的都是四维空间罅隙，而那次欧洲核子能机构在撒哈拉沙漠中进行的叠加效应的验证，是在四维折叠的基础上再获得新的维度。从某种程度上来说，这场实验也不能算失败，只不过它所造就的五维度克莱因瓶结构，超出了可控范围，从而产生了一系列不可预估的影响。”

常钧言警惕地听着郑强的描述：“但今天的天震的确是四维空间罅隙湮灭时所引发的，今天高能实验室的加速器根本没有运转。”

郑强丝毫不示弱，反问一句道：“一定要加速器运转才能制造空间武器吗？”

常钧言听闻此言心头骇然，顿时面如土色，他立刻明白了郑强话中所指的含义。

郑强用手指了指天花板，示意说：“可以事先制造高维空间罅隙空洞，再等待统一触发的时机。今天的天震说明了一点，我推断你们这个实验室也早就被‘盖亚’纳入了通天塔体系，成为了‘盖亚’的傀儡实验室之一。”

郑强的话，犹如重磅炸弹，激起了漫天尘土。

“今天董菲参与量子智能实验，便无意中触发了其中一个离这里12公里的高维空间罅隙，所以才造成了这次结果。”说到这里，郑强带着嘲讽的神色浅浅一笑，意味深长地看着常钧言继续说，“这说明什么？”

常钧言一言不发，太阳穴的青筋突兀，他已经濒临崩溃。原来“盖亚”的势力早就渗透到了这座大型量子干涉实验室，而且那个人的级别肯定相当高，绝对不是冯美娟这样的人能做到的，因为他能在不知不觉间利用新疆实验室的高能加速器在附近布下高维空间罅隙。今天无意中触发的只是其中一个，他肯定还布置了更多的高维空间罅隙在附近。

常钧言颓然瘫坐在自己座位上，眼睛里已经被恐惧填满，筹备多年辛苦建立的实验室，最终还是被“盖亚”利用。这一刻，绝望将他包围。

郑强摇摇头，故作惋惜般地哂笑一声，问道：“难道你没有想过吗？冯美娟怎么能进入‘灵语’课题组担任副组长？她申请的课题为什么能顺利批下？而且董菲进入课题组也得到了你的领导的快速批准。这些都能说明你的上级里也有‘盖亚’的人。”

44 天使之光

“那个人是谁？”常钧言疲累且绝望的目光直直地望着郑强。

郑强摊了摊手，摇头说：“我只知道你的上司里有‘盖亚’的人，至于他是谁，我并不清楚。这个得你自己去想，谁的可能性最大？谁能在前几次加速器实验和调试的过程中神不知鬼不觉地布下高维空间罅隙，而且能将你们的实验室也纳入到‘盖亚’的通天塔系统。那个人的级别一定很高，或许还不止一个。”

常钧言的双手微微发抖，被冷汗浸透的衣服将他整个人裹住。他闭上眼睛努力在脑海里搜寻着线索，似乎每一个人都很可疑，他现在完全不知道该相信谁。

郑强长叹一口气，意味深长地笑着，继续说：“所以你我合作，我为了报仇，你为了你的科学信仰。”

常钧言双手托着额头，汗水滴落在桌面上，他感受到了前所未有的恐慌——难道谁都不能相信，只能相信郑强这个前“盖亚”成员了么？除却新疆这个最大的实验室，中国境内能制造高维空间空洞的实验室就不下50个，其中很多位于一、二线城市的高校和研究机构中。以那个内奸的级别，他很容易利用权力将其他实验室也纳入通天塔系统，并且在附近制造大量的空间罅隙。这个新疆的实验室虽然号称是世界上最先进的，但好在这里地处偏远的沙漠戈壁，远离人口稠密地区，而且高维空间武器可控距离有限。但那些隐藏在一、二线城市中的无数高维空间定时炸弹一旦被触发，其结果不堪设想。

今天董菲正式参与了量子智能实验便触发了一个高维空间罅隙，常钧言的直觉告诉他，这不是一个巧合。董菲果然是“盖亚”寻找的开启通天塔的钥匙，而且是唯一的一把钥匙。

郑强这时候却显得平静得多，继续解释：“‘灵语’课题组能单独申请几间没有外部监控的房间和实验室，这也是那个人首肯的，因为我和冯美娟的‘盖亚’成员身份敏感，他也不希望他的计划被反向监控而遭败露。所以我让你将冯美娟实验失败的事情暂时隐瞒不报，并且让董菲在这么短的时间内参与实验，也是因为这个。冯美娟实验后失智的事情恐怕也瞒不了太久，最关键的是今天的实验触发了意外的天震，我想他很快就会有新的动作。这个安全区没有外部监控的好日子也会很快到头，那时候我们就不能这样推心置腹、毫无顾忌地聊天了。”说完这段话，郑强露出了惋惜的神色。

“董菲怎么办？”常钧言此时显得很矛盾，说道，“如果董菲是开启通天塔系统的钥匙，那我们再进行类似实验就是帮了‘盖亚’。”

郑强目光一沉，冷冷问道：“那你打算怎么做？放弃实验，然后秘密处置掉董菲？！”

郑强的话点到了要害，常钧言的眉头拧成了一团，不置可否。

郑强浅浅一笑，说道：“我之前通过冯美娟对你的描述以及这些时日和你的相处，对你有了一个大致的判断。就算没有了董菲，但是那些数量巨大且威力惊人的高维空间炸弹都已经布下，我们没有别的选择。‘盖亚’要利用董菲，我们也不能放弃这个机会反制‘盖亚’。如果我们提前找到高维空间量子智能的秘密，或许就能彻底清除‘盖亚’这个世界毒瘤。”

这个时候，办公室里连接董菲宿舍摄像头的闭路电视显示董菲又一次出现了精神失控。

就在这个时候，常钧言办公室的电话响起。常钧言与郑强相视一眼，两个人都有了某种预感。

常钧言接过电话，电话那头传来愤怒的斥责声。常钧言神色凝重，静静地听着电话那头传来的责骂声，他握着电话的手已经被汗水浸湿，常钧言此刻已经知道那个高级别的内奸是谁了。

这个电话持续了十分钟，随后那边愤怒地挂断了电话，常钧言这头只听见嘟嘟的断线声。紧接着，常钧言将电话挂断。

郑强站起身问："那个人知道了冯美娟的失智和今天意外触发的天震，看来他已经自乱阵脚提早暴露了。那么，他现在是什么安排？"

常钧言神色沉重，苍老疲惫的眼睛里布满血丝，用低沉的声音缓缓说道："'灵语'课题组解散，所有'灵语'课题组的项目全部终止。冯美娟和董菲回北京治疗，你和我回北京接受审查。"

郑强已经看穿了常钧言的心思，常钧言也并不是如表面那样的正气凛然。他也只是个普通人，不可能没有私心。常钧言作为国内量子物理方面的顶尖专家，在科学研究的这条路上，也不会放过任何一个可能获得颠覆性突破成果的机会。

现在的常钧言甚至比当日的冯美娟更加好奇那高维度里所隐藏的秘密是什么。对未知神秘领域的求知欲望，是控制一个顶级科学家最好的工具。郑强十分清楚常钧言的弱点，这就是他如此肯定常钧言在知道这一切之后还会选择继续走下去的原因。

当天傍晚，8月底的这片戈壁荒原迎来了今年的第一场雪。呼啸凛冽的北风卷带着飞沙滚石与雪刀冰刃，将这座巨大的实验室包裹得严严实实。

当晚在附近哨所执勤的安保人员刘安超留意到一个奇怪的现象——在那不远处的戈壁里出现了一个白色的诡异亮点，今晚没有进行任何实验，这个亮点的出现实在太不寻常。

刘安超意识到事情的不寻常，立刻将此种突发情况汇报给了常钧言。常钧言得到消息，披上军大衣，火速来到了瞭望哨，用望远镜密切注视着沙漠方向的那个闪烁耀眼的白色光点。

刘安超向常钧言汇报："有可疑人员闯入，从沙漠那边过来的，应该是冲着实验室来的。也已经派了一队人去打探那个白光的情况。"

常钧言密切注视着望远镜里的动静，那点白光愈来愈刺眼夺目。

“天使光！”常钧言的面色苍白，用惊恐的声音喊道，“通知他们快撤离！千万不要靠近那个光束！”

……

这个时候，在房间内休息的董菲仍然处于神志不清的状态。在那个外人看来不过十余分钟的短暂的量子智能实验里，她却似乎迷失在了时间的尽头，脑海里已经被爆炸式的信息填满。

在实验的进行过程中，董菲感觉自己见到了同一时间的不同空间，也感受到了不同时间的同一空间，那种感觉像大旋涡中分散出的无数个小旋涡，但在这小旋涡的尽头又包含了大旋涡。没有过去、未来的区别，也没有大和小的差异……往日里对世界的常规认知，在这场实验带来的幻梦里都变得扑朔迷离。

突然这间屋子的墙壁被一束强烈的白光照射后瞬间消失，这座号称能抵御核爆的建筑物的“铜墙铁壁”，竟然被这道白光这么轻易给“融化”了。

在那道白光消失后，墙壁又恢复了原样，丝毫看不出任何被融化的痕迹。等到常钧言与刘安超等人赶来的时候，原本应该躺在屋内的董菲已经不见了踪影。

常钧言坐在办公室中，神情疲累。郑强就坐在常钧言的对面，也是一言不发。

常钧言用布满血丝的眼睛望着郑强，说道：“在距实验室23公里的沙漠里找到了天使光的发射源，他们的目标很明确，就是冲着董菲来的。他们竟然费了那么多心思，穿过沙漠、蚂蚁搬家似的将发射源的零部件一点点运来，然后再组装成品。这不是一两天能做到的，是早有计划。看来今天的量子智能实验印证了那个猜想，所以他们便立刻动手。”

郑强点头表示赞同，说道：“他们能神不知鬼不觉地将天使光的发射源搬进来，所以将一个董菲带离中国也费不了太多力气。有那个高级别的内应在，他们在一天内就能逃出中国国境。”

常钧言目光一沉，语气变得狠厉，一字一顿地说：“你必须留下来接受调查，而且需要你帮我抓出内奸。”

郑强镇定地望着常钧言的眼睛，从容说道：“我留下来对你的调查有任何意义吗？我知道你怀疑我，而且我现在也没办法证明自己是无辜的。不过现在最关键的不是在这里争论这些，而是尽快找到董菲的下落。现在的优势在于，他们还把我当作‘盖亚’的成员，所以有些事情由我来做会更加方便。”

常钧言恢复冷静后，示意郑强继续说出他的计划安排。

郑强镇定地说道：“我现在没有身份证明也没有护照，不过我知道你有办法。你现在是孤军作战腹背受敌，除了和我合作之外，已经别无选择。而且就在你职业生涯中如此接近高维空间奥秘的时候，你不应该放弃。”郑强说完，意味深长地笑了笑。

45 菲利普岛

11月2日，距离董菲上次脑电波量子智能实验已经过去了两个多月。

这段时间对于董菲而言，似乎是空白的。她的意识时而清醒时而模糊，但即便是清醒的时候，那些对现实的记忆也都随脑海里的记忆乱流而消失无踪。

恍惚中的董菲仿佛迷失在一片氤氲蒸腾的白雾里，耳畔有风吹过，她尝试着缓缓睁开眼睛，发现自己竟然坐在一处金色的沙滩上。海风夹带着浪花的碎沫从耳边吹过，带着海水独有的咸腥气味。高扬的海浪拍打着海岸礁石，又散作细小的水花落下。一群仙企鹅旁若无人地从她身边一摇一摆地走过，在细软的沙滩上留下一路的脚印。

这是两个月来，董菲第一次切切实实感受到本我意识的回归。她在这一刻，才感觉到她自己是存在的。

董菲的脑袋仍然昏昏沉沉的，她一手捂着额头，另一手去触碰身旁那细软潮湿的沙子。冰冷柔滑的细沙传递到指尖和掌心的触感温度，让董菲觉得恍惚迷离，却又真真切切。

董菲不由去想：这里又是哪里，还是处于错乱的幻觉中吗？

“小菲。”李尉明的声音将游离于半梦半醒之间的董菲的意识又拉回现实之中。

董菲原本木然迷茫的眼睛在见到李尉明之后有了些许神采。

“我……你……”董菲心里有很多话要说，但却不知道如何表达，她发现这时候的自己竟然连语言表达都成了问题。

眼前出现的李尉明到底是梦境还是现实？董菲又一次陷入迷茫，再次迷失在记忆的错觉之中。

李尉明走到董菲身侧，搀扶起董菲，在她耳边温柔地说道：“午饭准备好了，回家吃饭啦！”随后李尉明牵起董菲的手，向岸上走去。

朦胧中，董菲不自主地跟着李尉明来到了海边的一间别墅里，这里的布置安排，有种似曾相识的感觉。

不知道是记忆的错觉，还是因为之前确实经历过，周遭的一切都透露着莫名的熟悉，但董菲却回忆不起任何细节。

董菲迷茫地环顾四周，突然间身子微微一颤，一下子扑在李尉明的怀里开始号啕大哭起来。

李尉明目光温沉深邃，用手轻抚着董菲的头发。他并没有说什么，只是任董菲在这一刻放肆地宣泄这些时日来心中压抑的情绪和恐惧。

大约过了十分钟，董菲也哭累了，激动的情绪才渐渐平复下来。李尉明用纸巾为董菲擦拭着眼泪，关切地说：“今天中午吃牛排，希望还没变冷，要不口感就差了。”

董菲坐在沙发上，望着小桌子上李尉明做好的午饭，却迟迟不吃。

“怎么了？小菲，是不是没胃口？”李尉明将一杯柠檬红茶放到董菲手侧，温柔地望着她。

董菲现在心里充满了疑问，用红肿的眼睛看着李尉明问：“尉明，我……是不是疯了？”

李尉明温和地笑着，用手轻抚董菲的额头，关切地说：“你说什么傻话啊？这段时间你没怎么休息好，这次出来玩确实是挺累的。”

董菲慢慢闭上眼睛，努力去搜寻自己记忆里那些看似真实的片段，但越是去想，思绪就越来越混乱。董菲耳朵里又响起了那种讨厌的嗡嗡声，她立刻捂住耳朵，痛苦地将头埋入李尉明的怀中。

“那种感觉，很可怕。但每次陷入的时候，我又非常痴迷。”董菲的声音很小，她将脸贴在了李尉明的胸口。

“以前听你说过，但是不是每次的体验都不一样？你能再描述一下那种感觉吗？”李尉明用手轻轻抚摸着董菲的长发，希望能缓解董菲的紧张情绪。

董菲停顿了片刻，又说道：“很难形容，感觉我仅有的词汇都用不上。那种感觉很不真实，像在做梦。”

“梦里看见了什么？”李尉明的声音温和如昔。

董菲微闭眼睛，用害怕的口吻小声说：“好像自己都不存在。”

李尉明欣然笑着，尝试着去体会董菲所描述的那种体验：“无所不知，又处处都在？”

“嗯。”董菲点头应下，“好像是这样。”

“是那种摆脱了原有躯体的束缚，与世界融为一体的感觉吗？”李尉明捧着董菲的脸，温柔地看着她迷茫的眼睛。

李尉明轻抚着董菲的长发，温柔地说：“小菲，你的天赋是上天赠予的，但你要驾驭自己的天赋，会有一个艰难的过程。努力正视自己的与众不同，不要因那些普通人的狭隘观念而禁锢自己。”李尉明用语言引导着董菲的思想往他所期望的那个方向走去。

董菲痛苦地闭着眼睛，沉默片刻后，稍稍点头，问道：“现在是几月几号？”

“今天是11月2号。”李尉明很快答道。

“11月？！”董菲心中愕然，脸上显出不信的神色，摇头说：“不对啊，现在明明是夏天。”

“这里是澳大利亚，在南半球，所以还是夏天啊！”李尉明的目光依然沉静若水。

“澳大利亚？！”董菲惊恐地看着李尉明沉静的眼睛，疑惑地问，“我怎么会到这里？我是不是失忆呢？好多东西都记不起来……”

“小菲，不用太紧张。你回想一下，你现在记得的最近的时间点是什么时候？没关系，慢慢地尝试去回忆，想到什么就说什么。”李尉明用充满磁性的平和嗓音帮助董菲回忆过去的片段。

无数细碎零散的片段在董菲的脑海里一闪而过，但是又难以捕捉。恍惚间，她好像又回到了呼伦贝尔草原，感受清冷的微风从草间拂过，看着夜色幽蓝静谧的星空……风声渐渐变得虚无缥缈，夜空里的点点繁星也虚化为一道道螺旋状的星轨……

“草原……”董菲眉头紧锁，沉思片刻后，才说道，“我记得和你在草原拍摄星轨，后来又去了宁夏的沙湖。”

“哦？”李尉明眉头微微一动，继续问道，“我们从沙湖回来后呢？没关系，一点点去回想，你能记起哪些片段？”

董菲皱了皱眉，继续搜索脑海里的记忆，断断续续地说：“我们回到了北京……然后……”董菲又一次陷入了迷思，她痛苦地闭上眼睛，想要捕捉眼前闪过的无数个真实或者虚幻的片段，却无能为力。

李尉明温和地笑着，继续引导着董菲的回忆：“你记不记得，我们在沙湖约定，等你毕业后我们就结婚。”

“啊？”董菲微微有些诧异，抬起头看着李尉明深邃迷人的眼睛，不由自主地被他吸引。

“我在北京的那间心理诊所里研究了几道新菜式，你还挺喜欢吃的。”李尉明的声音温和又充满磁性。

董菲恍然大悟地笑了笑，微微地点了点头。

李尉明双手扶着董菲的肩膀，温柔地看着她：“旅游回来后，你就一直留在北京的生物医学研究所里，做关于记忆力研究的课题。我们也只是四天前刚到的澳大利亚，在阿德莱德你也见过我爸妈还有我姐姐了，他们很喜欢你。”

董菲惊讶地笑了笑，虽然她现在还有些茫然，但依稀记起了些片段。但她也在疑惑，自己怎么会有那么久的记忆空白断层？难道是自己的那种特殊能力所造成的记忆偏差？

董菲并不知道，在这两个月的时间里，她的记忆已经被李尉明重新植入的意识重塑了，她已经不记得在新疆所经历的那场量子智能实验。虽然那场实验所带来的恐怖诡异的感觉还残留萦绕在心头，但是对于这些幻象的来源，她却一无所知。

董菲疑惑地皱了皱眉，思索着李尉明所说的那些话，随后尴尬地笑着，小声问：“你的家人……他们喜欢我吗，我有没有表现不得体的地方？”

“又在瞎想什么，他们怎么会不喜欢你？”李尉明的笑容仿佛有治愈人心的魔力。

“怎么现在没见到伯父与阿姨？”董菲好奇地四处张望。

李尉明笑得温和沉静，点头解释说：“这里是菲利普岛，我爸妈说我们出来旅游一趟，他们也不当我们的‘电灯泡’。所以昨天我们离开了阿德莱德，来到这里度假。”

董菲稍稍低头思索片刻，随后尴尬地笑了笑，点头说：“都怪我，记忆都变得乱七八糟的，好多事情都记不清了，就连昨天的事情都想不起来了。你不会觉得很烦吧？我这真不是病了吗？”

“怎么会啊，我只希望你开开心心，别胡思乱想就行了。”李尉明拍了拍董菲的脸颊，两人相视而笑。

董菲微微低头，自言自语地说：“算是体会到了。”

“体会到什么？”李尉明对董菲的话题很感兴趣。

董菲释然笑着说：“天下本无事，庸人自扰之。我这就是典型的庸人自扰吧！”

李尉明会意笑着，却又摇头说道：“也不能这么说。你很独特，所以你要尝试适应以及驾驭，而不是被束缚住。”

董菲会心笑着，点头应下，但眼神依然迷茫无措。

李尉明随后将桌上盛放着牛排的盘子端起，叹口气说：“你看我们只顾着说话，牛排都冷了，只好再热一下咯。”

董菲坐在沙发上看着厨房里忙碌的李尉明的背影，抿嘴傻笑着。按理说此时董菲的心中应该被幸福填满，但她总觉得脑海里有一块隐秘的地方，记忆里那些扑朔迷离的片断转瞬而逝。她努力想靠近，却无能为力。

“牛排怎么样？创新的做法。”李尉明温柔地看着董菲，期待她给出嘉奖。

“嗯，挺好吃的。”董菲抿嘴笑着，虽然这一刻平静美好，但她仍然显得心神不宁。

“还有心事？”李尉明用善解人意的眼神看着董菲。

董菲茫然地点头回应：“尉明，我不知道应该怎么描述那种感觉……”

“没关系，说你想说的，我在听。”李尉明的声音温和沉静，能抚平董菲焦躁不安的情绪。

“我不知道什么时候才是真实的……”说到这里的时候，董菲顿了顿，“即便现在你陪着我，我也总感觉好像是在梦里。这样的感觉太不真实了，我……”董菲欲言又止，对于目前这种奇异的精神感受，她的词语已经匮乏，无法继续再描述下去。

李尉明大概能理解董菲的感受，用右手轻轻捋着董菲的头发，平静地解释道：“不要回避自己的这些想法，回避的结果会导致你更加迷失。你尝试去体验一下当下的感觉，让自己从这种迷失中解脱出来。”

董菲迷茫地抬起头，看着李尉明。

“活在当下，用心去体验这一时这一刻的感受体悟，而不是迷失在是真是假的纠结里。”李尉明耐心地解释着。

董菲若有所悟地低下头，仍然似懂非懂。

“晚上我们要乘船去另外一个地方。”李尉明递来一盘切好的水果。

“嗯？是我们接下来的旅游计划，去哪？”董菲多少还是有点心不在焉，她的意识还是没能集中在当下时刻，总是被各种零碎片断组成的背景噪声所扰乱。

“是朋友的聚会，在他的私人岛屿，离这里不算太远。”李尉明温柔地望着董菲。

“啊？私人岛屿，听着好有趣。”董菲从恍惚中回过神来，茫然地笑笑。

“给你准备了一套礼服，试试看，喜不喜欢。”李尉明拍了拍董菲的脸颊，温柔地说着，随后拿出一套为董菲专门准备的中式长裙，让她换上。

这件内敛又华美的礼服是李尉明请了设计师为董菲量身定做的，牙白色的丝绸缎面，裙摆处是精致的苏绣荷花，衣襟处点缀了一只红色的蜻蜓。这件别致的礼服十分地合身，也衬托出她自身固有的婉约娴静的东方韵味。

董菲看着镜子里的自己微微有些出神，她或许从来没有意识到自己也可以这么优雅漂亮。

董菲看着镜子里的自己，还有自己身后的李尉明，幸福地笑着，不过笑容里带着些虚浮和茫然，因为一切都完美得太不真实，整个人就像飘浮在虚无的梦境里。

46 求婚

当天傍晚，董菲与李尉明坐上一艘小游轮从菲利普岛出发，游轮浸沐在落日的余晖中悠然前行。

夕阳的余晖洒落在静谧幽蓝的海面上，粼粼波光反射的余晖犹如梦幻般的迷离虚无。随着游轮舞动翻飞的众多白色海鸟也在夕阳的浸润下，披上了一层金色外衣。

董菲站在游轮右侧的船舷旁，微眯着眼看着金色落日下的海天交接处，怅然若失地笑着。

“突然想起一句话，也忘了是在哪里看到的，好像是叫‘海到无边天做岸’。”董菲的思绪缥缈不定，无意中想起了这句话。

李尉明陪伴在董菲身侧，陪她一同欣赏着傍晚的海景，将脸颊贴在董菲的发端，顺着董菲方才的话题沉声说着：“这副对联挺有名的，在国内的时候也见到过很多次。‘海到无边天做岸，山登绝顶我为峰。’摆脱了原有的束缚，从而获得另一种全新的视野体会。”

听着李尉明的解释，董菲微微怔住，思绪在一瞬间又飘向了九霄云端。李尉明并不介意董菲突然间的神游四海，他静默笑着陪伴在董菲身旁。

待董菲回过神的时候，天边最后一道残阳光焰也早已被海水吞没，碧蓝的夜空、闪烁的繁星、如丝的轻云构成了夜色中的天空穹顶，还有一艘灯火通明的游轮在幽蓝深邃的海面缓缓前行。

有那么一瞬间，董菲认为自己还是处在梦境里，但梦里有李尉明的陪伴，她也不会强求自己醒过来。

临近当地时间九点的时候，两人乘坐的游轮来到了位于菲利普岛西部海域的一处相对偏远的私人岛屿。

这处岛屿有着十分独特的韵味，虽然两侧有高木参云、藤萝缠绕，但又随处可见人为修饰改造的痕迹。这座岛屿远离大陆，所以这里采用的是风能配合潮汐能发电的电力系统。这座不大的岛屿上还建设了完善的雨水收集、海水淡化、污水处理以及中水回用设施，连生活垃圾都有专门的船只负责转运进行无害化处理——功能之强大完备，令人难以置信。

静谧幽凉的夜色中，小岛林木中笔直的小路两侧被散发着柔白光晕的路灯笼罩。这里已经聚集了数十人，他们之中大多数为欧美人，但也有几张亚裔的面孔，他们都用一种特别的目光注视着刚刚走下游艇的董菲与李尉明。

董菲察觉到他们目光的异样，走到李尉明身旁，小声说："他们为什么这么看着我们两个？感觉好奇怪啊！"

李尉明顺势将董菲的胳膊挽得更紧，从容自信地笑着说："自信些，你是万众瞩目的女王。"

董菲下意识躲避众人的目光，紧紧贴着李尉明身侧慢慢走着。其他人也随着他们两人的步伐，缓慢跟上。随后，众人来到岛中心一栋灯火辉煌的高大别墅内。

众人聚集在这间华丽别墅的大厅，看样子是一场高级别的奢华舞会。董菲先前也只是在各类影视剧中见到过类似的场景，她并没有亲眼见过国外名流的舞会。在整场舞会的进行过程中，她显得十分拘谨。李尉明陪着她坐在西南角的沙发上，随意聊着天，品尝着精美的小点心。

"这曲子好熟悉。"董菲听着舞池一侧乐队的演奏。

小提琴和钢琴完美搭配演奏的这一段舞曲，让董菲听得出神，恍惚间又回到了记忆中的某个时刻。

李尉明恬然自若地笑着回答道："中文名是'一步之遥'，很多著名的电影都用过。"

董菲恍然大悟地点点头："我说怎么听着这音乐看着眼前的画面，有种电影大片的即视感。"

"还记得有什么电影用过吗？"李尉明侧着脸，温柔的目光落在董菲脸上。

“你是要考考我？”董菲狡黠地笑着，她明白李尉明的用意。董菲目前的情况她自己也清楚，过去很多事情都只能记起片断。这种利用记忆片断帮助回忆往事的方法，确实对现在董菲的精神状态的调整有着很大的作用。

董菲低着头思索着，总感觉答案就在嘴边，却迟迟说不出来。

这时候一个棕色头发、高鼻深目的女人向二人走来，坐在了对面的沙发上，向二人点头问好。

那个名叫艾玛的美国女人的目光在董菲身上停留了片刻，随后向李尉明问道：“威廉，你能介绍下这位拘谨的女士吗？”

“她是我的女友，董菲。”李尉明保持着儒雅的微笑，眼神里带着得意的神采。

董菲静静地听着他们两人的对话，礼貌地抿嘴笑着。

艾玛望着董菲优雅地笑着，深目中多了另一番意味。随后艾玛想邀请李尉明跳舞，但被李尉明婉拒，李尉明略带抱歉地笑着说：“不应该拒绝女士的邀请，但我的女友还有些不适应这里，我需要照顾她。”

“有些遗憾了。”艾玛略带失望地抬了抬眉毛，继而优雅一笑，便转身离开。

李尉明向董菲介绍道，这座小岛和别墅的主人安德鲁是一位年逾七旬的澳大利亚人，是这个国家里首屈一指的富豪。随后，李尉明示意董菲看向大厅北侧角落里一位手拿红酒杯与宾客聊天的和蔼的银发老者，正是安德鲁。

董菲看安德鲁的衣着打扮相对朴素低调，并不如一般想象中的富豪那样奢华高调。

董菲小声问：“这个人不太像一个富豪，感觉他好低调。”

李尉明将脸贴着董菲的脸庞，小声说：“他曾经是墨尔本大学的化学教授，后来离开学校从事远洋贸易，也投身环保和公益事业。”

董菲抿嘴浅笑着，点头说：“原来是深藏不露的高人，他经常举办这样的舞会晚宴吗？”

李尉明耐心地解释说：“这样的聚会并不多，来的人非富即贵，也有些是学术领域的权威。”

董菲若有所思地点点头，小声感叹着说道：“啊，原来是这么高规格的晚宴呀！呵呵，我也是托了尉明你的福，今天长见识了。”

李尉明轻轻点了点董菲的额头，宠溺地笑着说：“今晚的主角是你啊！”

“呵，少来。”董菲抿嘴忍着笑，有些埋怨李尉明又拿她开玩笑。

李尉明却郑重其事地看着董菲，认真地说：“今天的晚宴，就是为你准备的。”

董菲也懒得辩解，强忍住笑，故作严肃一本正经地说：“我英文是不太好，可你别欺负我不懂啊。”

这个时候乐队停下了演奏，这里的主人安德鲁走到大厅中央，微微扬起双手示意众位宾客安静下来。

在场的人都认真听着安德鲁的讲话，董菲也大致能听明白他的意思。

安德鲁微笑着说道：“感谢诸位女士先生光临晚宴，希望今晚的英国厨师没有让大家失望。我在聘请他的时候，他跟我说他曾为英国的王室服务过。”安德鲁的这段话，引得满堂大笑。

安德鲁微笑着示意大家安静，继而望向在西南角坐着的董菲。

董菲察觉到这位大人物居然看着自己，心里不免咯噔一下，下意识地握紧了李尉明的手。

安德鲁继续说道：“今夜的晚宴，便是为了董菲女士准备的，现在有请美丽尊贵的董菲女士。”

董菲听到自己的名字，面露惊愕的表情，诧异地望着身旁气定神闲从容不迫的李尉明。李尉明笑容温和，站起身挽住董菲的手臂，携董菲一起走到了大厅的舞池中心。

董菲的英语口语一般，所以不太敢说话，用求助的目光尴尬地看着身边的李尉明。

李尉明从侍从手里接过话筒，用流利的英文向宾客问候：“感谢这里的主人安德鲁先生为我们提供这么完美的场地，今夜我想在这里向董菲小姐求婚，请大家为我作一个见证。”

董菲听懂了李尉明的话，但这突如其来的求婚让她手足无措，此时她的脸颊已经绯红滚烫。

还未等董菲回应，李尉明就已经从怀中取出一只镶嵌硕大蓝钻的戒指，单膝跪于董菲身前，仰面看着董菲惊慌失措的眼睛，深情地说道：“小菲，你愿意嫁给我吗？”

对于李尉明的求婚，董菲并没有立刻答应。此时的她变得茫然不知所措，她感觉这个场面似乎有些莫名的诡异。在她出怔的时刻，她眼神的余光察觉到周围人脸色眼神的微妙变化。大厅四周那些围观的宾客们似乎并不关注这场求婚，他们的目光深沉多疑。原本属于这个环境的背景音乐在一瞬间消失无踪，董菲耳朵里又响起了窸窸窣窣的声响。时间流逝的节奏在这一刻变得格外缓慢，每个人的动作都变成了慢动作。她甚至能数出一个角落里红酒杯掉地时洒落了多少滴红酒还有飞溅出多少片玻璃碎片。

随后，董菲看见了坐在角落里的一个人。那个人……好像曾经在哪里见到过。

那个人正是郑强，但和董菲记忆中的流浪数学家的形象截然不同。今天的郑强穿着一身得体的浅棕色西装，形象气质焕然一新，完全看不到往日所见的憔悴和落魄。此时郑强的脸上带着似笑非笑的表情，深邃且锋锐的目光仿佛能穿透董菲的内心。

这一刻仿佛无比漫长，董菲迷失在这奇异的感受中，连身边李尉明的求婚都忘了。

突然间，耳朵里的细碎声响被抽走，现实中的声音又回到了董菲身边，对于时间的感受也恢复到以往正常的节奏。

董菲慌乱地从迷离中回过神来，又茫然地看着身前单膝下跪向她求婚的李尉明，却迟迟不给出答复。

一场原本浪漫的求婚变得如此尴尬，但在场的人似乎并不在意这场求婚的冷场，他们都对董菲神情的突然改变表现出了极大的兴趣。

就在这时，这里的主人安德鲁走上台，前来救场。

安德鲁从容地笑着说道："王子的求婚太突然，让美丽的公主惊慌失措，恐怕公主现在已经沉浸在幸福中所以忘了回答。"

李尉明并不介意董菲方才突然的失态，从容地为董菲戴上蓝钻戒指。

随后，李尉明站起身将董菲一把揽入怀中拥吻，在场的宾客则回以稀稀拉拉的掌声。很显然，在场的宾客们并不是真心祝福。因为他们的关注点并不在求婚，而是在董菲方才突然间的失态上。

47 花园

在这所海岛别墅中，这场奢华的宴会继续进行着。董菲在李尉明的鼓动下，也来到舞池中与他合跳一支舞曲。董菲原来只在大学里学过一些华尔兹的舞步，她那薄弱的舞蹈基础放到这里就显得捉襟见肘了。但好在李尉明是一位非常好的舞伴，他能很好地引导董菲，即便在生疏的情况下，也跳出了必要的自信和优雅。

“刚刚看到一个人，好熟悉。”董菲脑袋里有点混乱，她也想不起太多细节，“也许是我眼花看错了吧！我这人本来就脸盲，也容易记错人的长相。”

“为什么安德鲁也说这场舞会是为我准备的？你们串通好逗我开心的吗？”舞池中的董菲小心翼翼地问着，心里还是感觉莫名的恐慌。

“为什么要这么想？你不用在意别人的眼光，按照你的想法去主宰你的世界。我们的小菲就应该拿出睥睨天下、舍我其谁的豪气。”李尉明的话语里有着多重的含义。

“你总是能逗我开心。”舞池中的董菲随着华尔兹的旋律和李尉明的步伐略显生涩地移动着步子。

李尉明将头低下，贴在董菲的鬓边小声说：“你自信起来的样子很漂亮。”

这场舞会继续进行着，与会的每个人却又是各怀心思。

等这场奢侈的晚宴结束时已经是第二天的凌晨，客人们都陆陆续续回到了安德鲁为他们安排的客房休息。李尉明与董菲从宴会大厅走出，来到别墅后面游泳池旁的花园内。

郑强这时候已经换上了一套衬衫式便装，独自一人坐在泳池旁继续品酒，微微眯着眼看着夜色下泛着路灯光影的泳池水面。

看见走近的董菲与李尉明，郑强很有礼貌地站起身向两人点头问候：“今晚的求婚很浪漫，祝福你们。”

董菲的眼睛与郑强对视的那一瞬间，感觉自己的心像是突然被一只神秘的手一把揪紧。

董菲的双手都不自主地抖了起来，混乱的记忆又在一瞬间涌入她的脑海里，莫名的恐惧感再一次袭入骨髓。她突然踉跄着往后退了一步险些摔倒，幸好李尉明及时将她扶住。

董菲觉得眼前的人很像那个在华大见过的流浪数学家，但这个人现在所呈现的形象气质和那个流浪数学家失魂落魄的样子完全是天壤之别。现在的董菲已经完全想不起在新疆的量子干涉实验室所经历的事情了，脑海里所残留的也只有那次实验后留在记忆中的模糊印记。她虽然能感受到这个郑强带给她的恐惧，但不知这恐惧到底因何而来、由何而起。

董菲下意识拉了拉李尉明的衣袖，小声说：“尉明，今天好累，我想睡了。”

李尉明点点头，继而向郑强道别。随后带着董菲来到了别墅旁的一处种满蔷薇的安静小院落，那是安德鲁专为董菲与李尉明准备的客房。

郑强从容笑着，微微眯眼看着李尉明与董菲在夜色中渐淡的背影。

这时候董菲与李尉明回到客房里休息，董菲今天感到异常疲累。洗完澡后，不一会儿董菲便依偎在李尉明的怀里沉沉睡去。

虽然现在是南半球的夏季，但这里纬度较高，加之海风吹拂，夜里温度还是偏凉。李尉明将熟睡中的董菲轻轻放下，为她盖好薄毯，轻轻吻了下董菲薄薄的嘴唇。

随后李尉明坐在窗子边的高椅上，若有所思地望着董菲恬静柔和的脸。

自从董菲那日被“盖亚”成员从新疆量子干涉实验室带走后，辗转来到了土耳其，再由苏伊士运河穿过红海，绕到了位于南半球的澳大利亚。

这两个多月的时间里，董菲虽然一直处于意识混沌不明的模糊状态，但李尉明对她进行的意识诱导以及潜意识植入的工作从未停止过。加之先前两人之间几个多月的相处，李尉明已经让董菲在任何一个细节上都符合他的设定。李尉明认为他已经将董菲的思想行为都牢牢控制在手里，他十分有把握，在董菲的潜意识里，她已经将自己当作这个世界的救世主了。现在就等待一个唤醒的机会，让她内在的隐藏人格得到展现。

这次晚宴上的求婚仪式，就是李尉明要那些盲目自大的西方人看看，现在是谁在掌控“盖亚”通天塔的关键钥匙。通天塔计划一旦成功，李尉明便能够根据自己的意愿重新构造一个符合自己设想的理想世界。

想到此处，自信狂傲的笑容又浮现在李尉明的面容上，现在已经是当地时间的凌晨三点。李尉明从屋内走出，来到了别墅后的花园里，见到了坐在花园里的郑强。

郑强一晚都没有回房间休息，独自一人坐在花园里，一边喝着红茶，一边欣赏着月夜下含苞待放的玫瑰。

“安德鲁这里的红茶还不错，要不要尝一杯？”郑强客气地跟李尉明打着招呼。

李尉明坐在一旁，语气冷淡地回道：“我不喜欢大吉岭。”

“这是乌伐。”郑强笑着解释道。

“哦。”李尉明点头浅笑，从郑强手里接过一只茶杯。

“董菲今天的表现不错。”郑强喝着已凉的乌伐茶水，眯着眼似笑非笑，神色颇值得玩味。

李尉明自信地笑着，并没有顺着郑强的话题说下去，反而说道：“应该说你近期的表现都不错，精神解离的过程很痛苦吧！见到你能恢复以前的样子，我也觉得欣慰。”

郑强无声地笑着，神色悠然地望着昏黄路灯下的玫瑰花丛，回答说：“其实你对这个概念还有一点误解，我那种非正常状态，在外人看来也许是痛苦。不过我反而挺迷恋那种感觉的，我的很多灵感和念头，都是在那时候涌现的。”

李尉明微眯着眼，点头笑着回答道：“看来还是专业不同造成的差异。我的专业要求我冷静理智客观，而你，则是需要更多灵感来帮助你去发现的。”

“是吧！很多一闪而过的灵感确实能起到改变世界的作用。”郑强耸耸肩，与李尉明相视而笑。

郑强和李尉明当然也知道安德鲁等人正在密切监控着他们两人的一举一动，但这些并不能阻止郑强与李尉明在这里谈笑风生。

他们两人自信得意的笑容，足以说明如今的“盖亚”已经不是当年欧美人主导的状态。因为那张神奇图像的出现，以及通天塔计划的逐步推进，所有的事情都已经偏离了安德鲁等人原先的设定，而进入到李尉明与郑强重新勾勒的轨道之中。

48 走马灯

岛屿的夜晚格外宁静，在清凉海风的吹拂下，董菲恬然地沉静在梦境里。

梦中她又回到了华大的教室，她坐在角落里，那只呼呼大睡的老肥猫仍然陪伴在一旁。她的身边仍然有在自习看书的同学们，但他们的身影和样貌早已经虚化得不可辨认，一切都成了董菲梦中的云雾烟气。

董菲的耳旁，似乎又响起老师上课的声音。那声音似乎很清晰，却又难以捕捉到。恍惚中她也不知道老师在课堂上说的到底是什么，在梦境里连声音都是转瞬即逝、无迹可寻的。

恍惚中董菲穿过教室的墙壁，来到了茂密的法国梧桐的树冠之下。她又沿着以前常走的小路，回到了阔别数月的宿舍中。宿舍里空无一人，安静得出奇，只有那只黄色的小闹钟发出嘀嘀嗒嗒的声响。

从宿舍飘然而出，董菲又沿着学校的道路往西边继续走着。

华大校园的道路两旁种满了高大健硕的法国梧桐，这些法国梧桐多数都有五十多年的树龄，枝叶笼罩在道路的上空，挡住了从天际投落而下的阳光。梦里明媚的色调，也带着几分虚化的彩光。法梧茂盛的枝叶与夏日灼目的阳光共同组合而成的斑驳的光晕为董菲的奇异梦境增添了另一种缥缈的情调。

沿着这条熟悉又陌生的小路，董菲飘进了一片盛放的玉兰树林里。才从夏日慵懒的法国梧桐的光影中走出，又来到了清寒微冷的初春玉兰花树下。梦里的世界本来就无逻辑可遵循，四季的景色自由切换也不足为奇。不过让董菲惊讶的是，她虽然在某种程度上清楚自己在梦中，但并未像之前那样感觉到害怕，反而表现得异常轻松恬然，无所顾忌地欣赏着梦里瑰丽缥缈却又格外“真实”的景色。

白玉兰往往在初春时节绽放，那时的春寒还未褪去。玉兰的冷香和料峭的春寒，也组成了此刻董菲梦境里的味道。

梦境里，一阵香风吹过，玉兰花的花瓣簌簌落下，扑打在董菲的脸颊上。

玉兰花下，一对穿着婚纱礼服的新人在亲友的簇拥下正在拍照。

董菲不远不近地看着，直到那群人的身影逐渐消失。

玉兰的香气和清冷是那么真实，在花瓣落下的时刻，董菲感觉到那股清凉转而变得冰冷。这时她才发现，原来簌簌飘落的并非春季玉兰的花朵，而是冬日里飞散张扬的雪花。

四季的顺序是倒着播放的，董菲在这一刻恢复了些许理智，但这理智也只是昙花一现。紧接着，董菲又沉浸在冬日雪飘的兴奋狂喜中，在校园的操场里快速奔跑着。当她的速度越来越快，身侧的景象也都化作四散飘舞的雪花，呈现出诡异的舞动线条，这些扭曲怪异的线条又化作旋涡吞噬着周遭一切。

又一次陷入黑暗旋涡之中的董菲思绪停滞了那么一会儿，然后她惊恐又兴奋地从黑暗中清醒过来，莫名其妙坐上了一辆飞驰的列车。模模糊糊中，她凭借直觉猜测这辆列车应当是开往家乡。她趴在车窗前的小桌子上，看着窗外飞逝而过的虚化景物。

接下来，该到家了吧？看着那些飞逝的景物，董菲又想起了家人朋友。从小到大的那些她还能记住的真实或者不真实的片段，如走马灯般在眼前快速闪过。

董菲想要接近那些片段，却在梦中列车即将到站的那一刻，从这梦境里醒了过来。

现实中的她，身在这座位于南太平洋的私人岛屿上。

董菲两只手托着额头，感觉到莫名的纠葛：为什么梦里的景象反而更像现实，而现实的事物又让她以为自己是在梦里……这种迷离错乱的状态让她痛苦不已。

“小菲醒了。”李尉明的声音温和沉稳，用手抚摸着董菲的额头。

董菲迷糊地睁着眼睛，看着身侧李尉明温柔的眼睛，傻傻憨笑着问：“尉明，你什么时候起来的？”

“比你早一个小时。”李尉明刮了刮董菲的鼻子，在她额头上亲了一下。

李尉明嘴唇传来的温度，让董菲确认自己现在是清醒着的。在调节好混乱思绪后，她起身洗漱好，又换上了一套清爽的夏日便装，与李尉明一起在安德鲁的餐厅吃过早饭，又来到了小岛南边。

“我们这是要去哪儿？”董菲疑惑地询问着，即便是跟李尉明在一起，但她此刻的内心还是难免有些忐忑。她隐隐约约感觉到有那么一丝不寻常。

“去一个很特别的地方。”李尉明的回答有些故弄玄虚，但目光传递出的温存让人本能地去信任他。

“特别？”董菲好奇地抬头看着李尉明。

“很特别，也很有意思。”李尉明边微笑边抚摸着董菲的头发。

一行几人来到岛屿南边的一处空地，这是安德鲁的私人停机坪，几人走上了一架豪华的私人飞机。这架私人飞机内部的装饰富丽奢华，在几处显眼的地方还加入了中国元素。看得出来这些刻意加入的中国元素是后来的作品，因为它们显得和飞机内部整体装修格格不入。很显然这是安德鲁为讨好董菲而临时准备的，虽然安德鲁属于典型的自恋自大且优越感极强的西方人，但在这个时候，他也不得不顺应高维空间里那个量子智能的指示来迎合这位董菲的喜好。

经过半个多小时的飞行和一段时间的滑行后，这架私人飞机平稳地停在了海面上另一座不大的岛屿上。

这处位于茫茫大海上的不起眼的小岛是在珊瑚礁的基础上建造而成

的，在岛屿的正中心有一座大型的仓库，这里曾经是安德鲁从事远洋贸易的时候用于临时存放货物和补给物资的地方。这片海域还有上百个类似的中转岛礁，其中不少都被改造成了临时的货船补给站和中转站。

董菲李尉明二人随安德鲁走入这间高大的仓库中，这间仓库看起来很陈旧，里面杂七杂八地堆放着一些巨大的陈旧破损的集装箱。

李尉明侧过脸看着董菲温和地笑了笑，示意她不用紧张，董菲抿嘴笑着，下意识紧紧握住李尉明的手。

随后三人绕到了一堆集装箱的后面，这才发现原来这里还暗藏了一个地下通道的入口。

“竟然弄得这么神神秘秘。”董菲小声嘀咕着，时不时看着身侧的李尉明。但见到他从容自若，董菲原本忐忑的心也平静了不少。

这座看似不起眼的珊瑚礁岛屿的内部核心其实已被掏空，不过表面上保持着原本的形状，而这里正是“盖亚”位于南太平洋的指挥中心所在地。如此浩大的工程，耗费了百多亿的经费。借助安德鲁等核心成员的远洋船队作为掩护，花了十余年的时间，才神不知鬼不觉地在这浩渺碧波之下建造出一座坚固的海底堡垒，这座堡垒在理论上能抵御12级烈度的地震。三年前震级9.0、烈度10的地震海啸袭击了澳大利亚以及南太平洋诸岛，但这座地下堡垒却丝毫未受影响。而且在这处幽深庞大的水下宫殿中，拥有完整的海水净化、中水回用以及废水处理装置。为了逃避各国侦查部门追踪，电力供应也放弃了常见的太阳能和风能，在之前是主要采用了冷核聚变发电，潮汐能则作为辅助能源。但在“盖亚”的通天塔项目启动后，冷核聚变的电力供给已经完全不能满足庞大的通天塔系统高能加速器所需要的巨大能量，所以他们不得不冒险利用量子真空能来维持整个庞大系统的持续运转。

“盖亚”的通天塔系统由遍布世界各地的高维空间罅隙组成，而这座“海底宫殿”里拥有脑电波量子智能的实验设备，因此也就是“通天塔”计划的核心所在。

在走进这里的时候，董菲已经隐隐感觉到危险的信号正在慢慢靠近。那双扼住她喉咙的手，也在缓缓收紧。

董菲的神情有些恍惚，眼前微微一黑，脑袋里又想起那些窸窸窣窣的奇怪声音。因为有李尉明搀扶着她走进电梯，她的情绪才得到些许控制。

董菲、李尉明和安德鲁三人乘坐直降电梯来到指挥中心的最底层，这里距离海平面足有170多米。在乘电梯下降的过程中董菲的心情极其忐忑，在这一分钟不到的时间里，她对时间的感知又出现了偏差，她仿佛又陷入了梦中的时空旋涡里。

电梯下降到底层，在李尉明的陪同下，面色苍白的董菲从电梯内走出。她感觉到身体僵冷，举步维艰。

这里已经有不少身着白色长褂的人在等候，他们都在等待董菲的到来。这个时候，现场的气氛已经降到了冰点，这像是在准备进行一场神圣肃穆的宗教仪式。

董菲就被众人怪异的目光包裹着，每走一步都感觉到内心有一种奇怪的感觉在翻腾。董菲在突然间又陷入了一个思维的怪圈，她的目光变得空洞怅然。

49 隐藏人格

董菲在李尉明的搀扶下来到了大厅中，面对身旁这群面容冷峻、目光复杂的众人，董菲有些不知所措。

随后，中央大厅落下一幅缓缓旋转的巨大的3D地球投影。在这样的条件下观赏这颗蔚蓝的星球，有一种幽魅肃穆的美。

郑强也坐在这个大厅里，与其他人一样都在等待着董菲与李尉明作出的进一步的反应。

海底控制中心大厅正中的蓝色3D地球投影逐渐虚化消失，随后投影的位置又呈现出一幅巨大的热带雨林的画面。耳边突然间传来轰隆刺耳的电锯声音，参天的巨木轰然倒下，受惊吓的鸟兽四散逃走。随后，这幅画面又切换到一处被鲜血染红的海湾，数以万计的海豚在这里被人类屠杀，鲜血染红了整片海域，海豚刺耳的悲鸣回荡在幽深空荡的大厅之内，这样恐怖的画面让所有人都屏住了呼吸。紧接着，画面转换到一片被原油污染的黑漆漆的海面上，鱼类和海鸟的尸体被裹在油污中，还有几只奄奄一息的海鸟在黏稠的油污里垂死挣扎。这样触目惊心的画面一幕幕切换着，讲述着地球的伤痛和人类的暴行。

这样真实恐怖的画面触痛了董菲敏感脆弱的内心，她觉得自己的喉咙像是被一双枯瘦的手死死扼住。她的心跳猛烈加速，就连呼吸都变得困难起来。

最后的画面定格在了一头被人类屠杀取牙后的大象遗骸上，大象遗骸的眼角还残留着凝固的血泪。

看到这里的时候，董菲感觉到了强烈的不适，她两只手捂着胸口，面部表情痛苦地扭曲着。

李尉明搀扶着董菲，尝试用平静的语气宽慰情绪险些失控的董菲。

这时候一位华裔男子走上前，用不太流利的汉语对董菲说："董菲女士，我知道这样的画面一定让你的内心流血，我们与你是一样的，我们都听见了地球母亲的悲泣。"

董菲的眼神里充满了悲痛与惊恐，她转头看着身边的华裔男子，嘴唇微微发抖。在观看画面的时候，有很多奇怪的念头爆炸式地袭击了她的大脑。现在的董菲好像记起了什么，她努力去追寻脑海里那些一闪而过的零碎片断。

这位华裔男子神色恭敬，继续对董菲说道："董菲女士，我们建立这个团队，就是为了从根本上阻止人类对地球的伤害，重新构建一个全新的美好的世界。"

董菲原本呆滞迷茫的眼睛里闪过一缕亮光，一瞬间那些已经被遗忘的信息片段又一次重新浮现在她的脑海里。

董菲嘴唇微微抽动，从齿缝间吐出一个词："盖亚。"

这时，董菲沉睡的潜意识已经被唤醒，海量的信息爆炸再次侵袭了董菲的脑海。但此时的她并没有表现出以往那样的惊恐和不安，反而出奇地平静，任由疯狂的信息风暴席卷她的整个大脑。

这一刻，董菲已经完全明白了，不需要太多解释，她已经将所有事件的前因后果自然而然地联系到了一起。她微微低下头，不再去看李尉明的眼睛。

片刻后，董菲猛然抬起脸，在围观的人群中找到了一直默不作声的郑强。

郑强神色凝重，与董菲四目相望，目光也变得复杂起来。他此时的身份也不再是那位流浪的数学家，而是作为"盖亚"的核心成员出现在了这幽深的指挥中心里。

这时候，李尉明走上前牵住董菲的手腕，用温和的声音说道："小菲，你就是高维空间的主神所选中的'先知'，你具备穿越高维空间的能力。从现在开始，你就是我们这个团队的灵魂和精神领袖。"

众人都期待着董菲下一步的反应，但董菲却表现得出奇平静，没有惊慌失措也没有哭喊吵闹，她只是木然地立在原地，闭上眼睛梳理脑海中那些看似紊乱的复杂线索。

“精神领袖？”董菲茫然的目光里闪过一缕奇异的亮光，她回忆起往日与李尉明相处的细节，内心的心绪复杂纠葛。她还感觉到身体里有另外的一个人格正在萌动发芽，另一个即将破茧而出的人格正感受到一种主宰者一般的狂喜，让董菲原本木然呆滞的目光突然间变得幽深黑亮。

李尉明目光温和，依然儒雅地微笑着望着董菲，他能读出此刻董菲体内所暗藏的另一重人格。这重隐藏的人格是李尉明精心设计的结果，他压抑着内心的狂喜，欣赏着自己杰出的作品呈现于这些傲慢的西方人面前。

就在这时，董菲突然开口用流利的英文向安德鲁询问：“跟我说说，你们的宗旨和目的。”

此时呈现在“盖亚”面前的董菲已经不再是之前那个胆小自卑的董菲，这些人都不约而同地表现出喜悦兴奋的神情，欣赏着这位“先知”的转变。

这时候大厅正中又呈现出了那个巨大的、正在缓缓旋转着的蓝色地球的3D投影，与之前现实的地球投影不同的是，上面还显示着数以万计的光点标记。

董菲看着上面的那些闪烁光点，嘴角微微抽搐着，此刻她体内那个刚刚萌发的极具侵略性和控制欲的人格已经占据了上峰。

李尉明眼睛里跳动着狂傲的喜悦，他站在一旁欣赏着这几分钟时间里董菲的蜕变，就犹如凤凰涅槃般激动人心。

董菲仔细辨别着这些光点所在的位置，与脑海中的世界地图的轮廓一一比对，这些亮点绝大多数都集中在世界各地人口相对稠密的繁华城市。

安德鲁十分恭敬地对董菲解释说：“这些光点是全球范围内被我们‘盖亚’操控的高维空间实验室的分布示意，在这些实验室的控制范围100公里之内分布有数量众多的隐藏四维空洞，这些空洞就是实施通天塔计划的关键。”

“你们所设计的通天塔系统是如何控制这些实验室的？”董菲目光稍稍一沉，此时的她用英文跟安德鲁交流已经毫无障碍。

安德鲁继续向董菲解释说：“这些高维空间实验室基本上是各国政府所建立的研究机构，但绝大多数已经被我们控制。我们利用这些傀儡实验室制造了大量的四维空洞，通天塔的作用就是将这些空洞连接为一个整体。”

董菲嘴角微微上翘，她当然能明白安德鲁的意思，随即点头说道：“你说的这些内容我已经知道，但是目前还无法实现三维空间对四维空洞的直接操作，所以需要一个能穿越高维空间的量子智能来实现全球高维空洞的统一控制。而这个量子智能的选择，正是我，这也正是你们通天塔计划最核心的步骤。”当日在新疆量子干涉实验室内，常钧言和郑强对她说的那些事情，又逐渐清晰起来。

安德鲁很满意董菲的回答，他能看出这个貌不惊人的姑娘已经做好了必要的心理准备，他略带得意地解释道：“我们‘盖亚’构思并且开展了伟大的通天塔计划，但也因为维度瓶颈的限制而陷入僵局。不过转机也出现在这个时候，那张量子干涉所产生的图像，正是高维世界的主神传递给我们的启示。”

董菲的脸上浮现出微妙的笑容，安静地听着安德鲁的解说。

安德鲁稍稍点头，继续说：“现在我们不仅要制造更多的四维空洞，而且还需要测试董菲女士与通天塔系统的契合程度。”

“这场实验安排在什么时候？”董菲不假思索地问出了这个问题，她此时已经不需要太多顾忌。

安德鲁惊讶于董菲的坦然镇定，回答道：“尽可能要快，在您决定好之后，随时都可以。”

董菲蹙眉思索着，眼眸微微垂下，随后转过身看着身旁不远处的李尉明，缓缓说道：“威廉，我有话想跟你说。”她没有像以往那样称呼他为尉明，而是学着这里其他人的方式称呼他的英文名威廉。

此时的李尉明笑容依然从容，微微点头说：“当然可以的，小菲。”

随后，董菲与李尉明沿着大厅外沿的走道缓慢走着。现在的两人之间已没有了先前的默契，多了一层无法突破的隔阂。

董菲停下脚步，从左手上取下了那枚戒指，交还到李尉明的手里，随后又将脖子上挂着的那条带着云纹吊坠的项链也取下交还给他。

看得出李尉明的眼神里十分痛心，他还想再解释：“小菲，我知道我不该隐瞒这么久，但你不应该怀疑我对你的感情。”

董菲用略带嘲讽的语气似笑非笑地说道：“你谁都不爱，你只爱你自己。”

李尉明搂住董菲的肩膀，温柔地望着她的眼睛：“你被高维空间里的量子智能选中，这就是我们的机会。等到结束这一季邪恶丑陋的人类文明，我们就有机会成为下一季文明的创始者。”李尉明向董菲叙述着他野心勃勃的计划，难掩他目光中的狂傲。

董菲转头避开李尉明的目光，淡然而笑，“你的这些看起来很美好的构想，和你一样外表鲜亮。”

李尉明目光一沉，露出疑惑的神色，小声询问：“小菲，你是不愿意配合通天塔计划吗？”

董菲自嘲般地抿嘴笑了笑，长叹一声摇头说：“我只是没有你那样的野心，但是我比你们任何一个人都好奇高维空间里的秘密。就像你跟我说的，要正视自己的能力，并要善于运用这样的能力，不是么？”这些话，都是当日李尉明反复告诉董菲的。

而这时，李尉明想要重新为董菲戴上戒指，却被董菲坚定拒绝。

董菲推开李尉明的手，语气傲慢地说道：“这样的欺骗就到此为止吧！因为，你根本就配不上我。”

李尉明并不介意董菲此时的决绝，因为他明白董菲刻意表现出的决绝也是为了掩盖她内心的依赖。他留给她的思想烙印，不会轻易就被抹去。

李尉明霸道地一把将董菲再次揽入怀里，在她耳边说道：“小菲，我现在不会对你有任何隐瞒。”

董菲将脸侧过，刻意回避李尉明的眼睛：“你是因为那个量子智能留下的影像才有意接近我的，其他的也没什么好说的了。”

李尉明将董菲搂得更紧，他的声音已经带着颤抖，“小菲，我的确是因为你很像那张图片而留意到你。但是与你接触后，我发现你是唯一一个能在思想上与我有共鸣的人。这样的默契，我知道你也能体会得到。”

董菲退还戒指和项链是想就他们两个的关系来一个了断，但是她的心却逃不开、避不了，因为李尉明的印记已经深深刻在董菲意识中。董菲越想去回避，却发现越摆脱不了李尉明的影子。换而言之，董菲的任何选择和决定，都是在李尉明的影响下做出的。与其说李尉明成为了她的一部分，不如说她成为了李尉明的一部分。

纠葛中的董菲从李尉明怀中挣脱后，决然转身离去。

奇怪的是，董菲现在很想哭，但她发现自己一滴眼泪都流不出来了。

50 傀儡

结束了那场谈话后，董菲与李尉明两个人又再次回到了控制中心的大厅中央。

董菲目光呆滞木然，平静地看着大厅中的众人，缓缓地说道：“我需要知道更多关于你们的事情和通天塔计划的详细内容。”

安德鲁保持着惯有的绅士般谦和的微笑，点头对董菲说道：“没关系，你还需要一些时间了解我们的团队和我们的使命。”

董菲自信地笑着，她的内心也在反复告诉自己，她已经不再是往日那个胆小敏感的女人了。此时董菲体内的另一重人格已经逐渐占据了优势，她锋锐的目光里包含了蔑视和嘲讽。

董菲微微侧过脸，对安德鲁说道：“我在新疆已经经历过一次量子智能的实验，那次实验没能解决多少问题，反而带给我更多的疑问。所以，我也希望尽快进行第二次实验，以验证我是否是通天塔的开启者。”

对于董菲的决定，在场的所有人都表现出不同程度的惊讶。包括李尉明在内，他也没料到董菲竟然这么快就做好了要进行量子智能实验的准备。

“既然董女士决定了，那么我们也可以尽快开启新一轮的实验项目。”安德鲁点头赞许道。

董菲的眼神冷冷地扫过四周站立的众人，目光里带着让人难以捉摸的奇特神采。

在这所位于海底的秘密指挥中心里面是看不见日出日落的，这里的人只能通过悬挂于墙上的时钟得知现在的具体时间。

董菲被安排在一间设备齐全的卧房内休息，李尉明很贴心地为她准备了一只黄色的小闹钟，跟她之前使用的那只小闹钟很像。

坐在海底的房间里，闹钟的嘀嗒声在房间里回荡。

董菲躺在床铺上，看着洁白的天花板，又陷入到了思绪的旋涡之内。

“小菲，是我。”小隔间的房门外，传来李尉明的声音。

董菲没有回答，仍然仰面直勾勾地看着房顶，沉浸在自己固有的思绪中。董菲能听见屋子里那种窸窸窣窣的背景噪声，她本能地能感应到，这些是监控视频所产生的电磁噪声。

李尉明站在门外，用温和关切的音调说道：“我有些担心你，小菲。”

“你可以通过监控查看我房间里的所有情况，所以你没有担心的必要。”董菲打破沉默，用漠不关心的冷淡口吻回答道。

李尉明目光焦灼，语气里带着自责，对屋内的董菲说道：“小菲，我对你的关心从来不是虚假的。”

“你关心的只有你自己。”董菲用嘲讽的语气漫不经心地回答着。

“我在规划我们两人的未来。”李尉明依旧希望能打动董菲。

屋内的董菲仍然一动不动地躺着，眼睛直勾勾地看着天花板上那些奇特的线条，语气冷漠如冰，“你们的一切跟我无关，我只是很好奇等待我的到底是什么。”

“你相不相信命运？”站在门外的李尉明给出了这个答案。

董菲自嘲地笑着问道：“我们都是相信命运的吧？三维世界的囚笼无法预知时间维度的发展，如果高维度空间真的存在，这样一个智能应该是可以纵观整个时间轴的。一切都是被提前决定好的吗？”董菲这个问题，并不是问李尉明，而是说给自己听。已经到了这个时候，她内心的疑惑也更甚了。

“既称为妄，云何有因。若有所因，云何名妄。”李尉明念出的这段文字，正是董菲在那部武侠小说里写到的。

李尉明的话，让董菲原本以为已经死寂的心，难免再次受到触动。她缓缓靠着墙壁支撑着坐起，微微侧过脸，看着白色的门墙，对门外的李尉明说道：“有时候，我感觉自己已经触碰到一些问题的答案了，但那种感觉在回到现实后又不见了。”

“我能理解这种感受，让我见见你吧。”李尉明用恳求的语气，希望她能同意开门见一面。

“我没勇气再看你的那张脸。”董菲哂笑着说，这确实是她的心里话。在这之前，李尉明的陪伴是董菲最大的心理慰藉，但得知真相后，原本的美好，也都变成了可耻的欺骗。董菲没办法再强迫自己去正视李尉明的眼睛。不仅因为她对欺骗的憎恨，也因为她担心自己又一次成为李尉明的俘虏。的确，李尉明有种让她感到恐惧可怕的魅力，尤其是在这种情况下。

“告诉我吧！接下来的实验会怎么安排？”董菲蜷曲着双腿靠着墙角坐下，两只手抱着膝盖，将头埋在了手臂之间。

门外的李尉明沉默了几秒钟，回答道：“在契合度测试的实验前，还会有详细的关于身体素质和心理素质的测试。”

“这些环节你也会参与吧？”董菲语气冷淡。

“我会参与。”李尉明回答得很爽快，又说，“小菲，你要正视这些。并不是我们在利用你，你现在是‘盖亚’的精神领袖，是你要把握住这次机会，从而领导这些人。”

董菲仰面看着头顶天花板的诡异白色线条，不再说话。

李尉明就在董菲的房间外面一直等候着，直到安德鲁等人来到这里，为董菲安排了接下来的心理素质测试。

在董菲来到这处秘密基地的17小时后，“盖亚”为董菲安排了一场量子智能的实验。不过这次实验并非正式的通天塔计划，这次实验的目的仅在于验证董菲与通天塔的契合程度，以保证后续工作能够顺利进行。

董菲根据“盖亚”的指示步入到那座幽闭的实验舱内，她注视着屏幕上的操控界面，怪异地笑了笑，内心里突然升起一股强烈的征服欲望。在那么一小段时间内，她突然觉得也许毁灭比创造更为美丽，她真真切切地感受到此时她的杀戮心竟然这般强烈。

海底实验室中量子智能实验启动的那一刻，董菲的意识又化作无数细碎的泡沫随着冰冷无垠的海水渗透了世界的每一处角落。

……

在这场实验的进行过程中，“盖亚”控制中心的所有人都在密切注视着仪表数据的显示以及董菲的生理指标是否正常。

这一次契合度实验的最终结果完全符合“盖亚”的预期，董菲与通天塔系统能达到近乎完美的契合效果，这又更进一步地证明了她正是开启通天塔系统的关键钥匙。

这一场测试实验结束后，董菲经过11个小时的昏睡，才从混乱的意识海洋中再度清醒。

有了先前在新疆的实验经历，以及“盖亚”对她长达两个月的心理干预准备。这次她并没有表现出跟上次一样的癫狂状态，取而代之的是长时间的沉默。这次董菲参与实验，虽然旨在验证契合度，并非真正地发动攻击。但因为通天塔系统所关联的众多四维空间罅隙本身的不稳定特性，在亚洲和美洲都引发了几处天震，造成了数百人的失踪伤亡。

这场事故也引发了世界各地安全部门的关注，他们不惜一切代价要找到已经被“盖亚”控制的董菲，因为谁也不知道正式的袭击会在何时发生。那些被通天塔系统关联的四维罅隙，犹如黑暗中的恐怖炸弹，等待着被统一触发的时刻。

暗藏于董菲体内的双重人格无时无刻不在进行激烈的争斗，偶尔那个被压制下去的善良懦弱的一面会表现出来。因为她情绪上的波动，无法在短期内安排第二场实验。因为通天塔计划的特殊性，实验的推进在很大程度上依赖于被实验者的意愿。所以在董菲情绪没有稳定之前，谁也无法强迫她进行下一次实验。

在目前的情况下，李尉明也有些束手无策，通常的心理暗示等手段在这时候已经用处不大。他也隐隐地感觉到，如今的董菲也许已经不是他能掌控得了的了。

51 自毁程序

就在所有人都一筹莫展的时候，一直默不作声的郑强毛遂自荐，他对安德鲁说道：“我曾经经历过通天塔量子智能实验，我想我可以与董菲女士好好沟通一下。”

郑强给出的这个理由很充分，其他人并没有拒绝的理由。李尉明与安德鲁同意了郑强的请求，在这时候，他们需要更多的手段来打开董菲闭塞的心扉。

郑强能从量子智能实验中苏醒，也许他真的有办法从另外一个层面与董菲获得共鸣，从而进一步影响董菲的下一步决策。

郑强与董菲两人的谈话在控制中心旁的一间休息室内进行，房间里的布置陈设给人一种简洁到了极致的特殊美感。

李尉明等人则站在控制大厅内，密切注视着投影屏幕上传来的休息室内两人聊天的监控画面。

“我曾经也在这里经历过一次量子智能的实验，当时的感觉，至今我想起来都感到震撼。但却无法用语言去描述，那是一种已经超越了三维时空的特殊体验。”郑强微笑着望着董菲说道，他以自己在量子智能实验中的亲身体会为切入点，以期找到两人之间的思想共鸣。

董菲现在看到郑强，也不似以往那样感到恐惧和害怕。她也顺着郑强的语言提示，努力去适应实验所带来的种种奇异体验。

郑强目光沉着冷静，继续说道：“爆炸式的海量信息入侵是实验体验的第一步，在实验中，你也会迷失时间和自我的概念，对吧？”

董菲稍稍点了点头，她茫然的目光里闪过些许微光，终于开口说话：“好像有很多旋涡……还有扭曲怪异的线条……”她尝试着去回忆捕捉脑海里的那些支离破碎的片段。

郑强目光平静肃然，他对董菲的话表示理解，点头说道：“那种视觉体验类似于旋涡，却也不是旋涡。按照我的理解，那些独特的旋涡是一种存在于高维空间的特殊图形投影到三维世界后所呈现的诡异线条，都只是投影的一部分。我们的思维受到了三维空间的限制，无法通过有限的语言去描述我们在实验中的经历。”

“是的！”董菲抬起头看着郑强，感觉整颗心都被揪紧了。

郑强继续解释着：“某种程度上可以这么理解，类似于分形结构，也就是高维空间的莫比乌斯环。”

莫比乌斯环……这个词再次刺激到董菲脆弱敏感的神经，以往的细碎片段又浮现眼前。

郑强双手手指随性地交叉放在桌子上，浅笑着说：“你那天穿的那套中式礼服很漂亮。”

即便是几天前发生的事情，董菲现在回忆也会有些困难，她感觉到头脑仍然发蒙，有些茫然地问：“什么时候？”

“就是在安德鲁私人岛屿参加晚宴的那次，李尉明在那里跟你求婚。”郑强目光从容平静，聊着看似与通天塔计划毫不相关的话题，这样能让董菲稍稍放松下来。

“哦……”董菲木然的眼睛里闪过些许光彩，那日的回忆又浮现心头。

“那套礼服上的绣花很特别，是你设计的花纹图案吗？”郑强继续问着。

董菲也不明白在这时候，郑强居然与她聊起了那天晚宴上的礼服。此刻她的思维已经被突然来袭的乱七八糟的信息所打乱，她尝试着去整理那天的记忆，回想更多关于那件礼服的细节。

董菲茫然地抬起头，摇头说：“那件衣服应该是李尉明设计的吧。”

郑强从容一笑，摇头叹道：“我记得裙摆是苏绣荷花，衣襟上点缀了一只红色蜻蜓。”

郑强的话，帮助董菲回忆起更多的细节。

董菲眨了眨眼，稍稍点头。

郑强继续说道：“他的这款设计很特别，他是一个很注重细节的人，我猜一定和你们两个人的故事有关。”

董菲眼帘微微垂下，稍稍咬了咬已经泛白的嘴唇。沉默一会后，她才点点头说道：“是有一个故事，跟蜻蜓有关的。”

“那说说吧！”郑强表现出了兴趣，示意董菲继续讲述下去。

董菲眉头微蹙，一边思索着，一边放缓了语速说道：“是一个很老套的寓言故事，说是在一个荷塘里生活了一群小虫，它们很想知道水塘外面的世界是什么样子，很想爬上荷叶看看。”董菲说到这里，停顿了下来，目光怅然地环顾着这间休息室的四周。

郑强温和笑着，平静地问："肯定还有后续，那群好奇的虫子有没有去看看外面的世界呢？"

董菲略带苦涩地笑着说："因为每次爬出荷叶的虫子都没能再回来，所以那些小虫对于外面的世界感到既害怕又好奇。"

郑强维持着平静的笑容，认真听着董菲的讲述。

董菲神色怅然，微微抬头看了看屋顶上的灯光，压低了声音继续说："于是在有一天，它们选出了一个勇敢的虫子，派它爬上荷叶看看外面的世界。"说到这里的时候，董菲的声音已经明显带了些颤抖。

董菲面露苦笑地继续讲述这个故事："虫子们约定好，那只小虫爬出去之后一定要回来告诉伙伴们外面的世界是什么样子的。后来那只勇敢的小虫爬上了荷叶，发现外面的世界明亮广阔，而且五彩缤纷，比狭小阴暗的水塘好看太多了。它很开心，迫不及待地想要回到那个水塘去告诉小伙伴它的所见所闻，但这个时候这只小虫子发现自己已经回不了水塘了，因为现在的它变成了一只蜻蜓。小虫子虽然很失望自己不能守住诺言，但它却对自己说：'它们总有一天也会爬上荷叶，也都会明白的。'"

听完董菲讲述的这个故事，郑强略略抬了抬眉毛，若有所悟地笑了笑。他的双手环抱于胸前，平静地对董菲说道："原来如此，荷塘和蜻蜓的故事，很美。"

"我都没留意到衣服上的绣花是这样的含义。这个小故事，我自己差点都忘了。"董菲语气平静地说道。

对于李尉明的这个别致的设计，董菲表面上显得有些无动于衷，但内心里仍然是翻江倒海。在脑海中的风暴逐渐平息后，她突然觉得自己很可笑，尤其是将过往的这一切联系在一起后，那些昔日的甜蜜现在也都化为恐怖肮脏的阴谋谎言。

郑强在某种程度上能理解董菲现在的心情，因为那种混乱和迷茫郑强曾经也经历过。

郑强微微舒了一口气，释然道："你在新疆的实验室进行的量子智能实验和这次在这里进行的通天塔契合度验证实验，都会对你的思维有相当大程度的扰乱，这种头脑风暴式的信息入侵造成的混乱需要很长的时间才能恢复。你能在这么快的时间内重新恢复过来，都不是巧合，而是必然。"

位于角落的小房间内，董菲与郑强两人又同时陷入了沉默。两个人注视着对方的眼睛，这时候已经不需要普通言语的交流，她都能明白。

突然这座坚固的海底堡垒开始剧烈地摇晃起来，刺耳的入侵警报响起。因为刚才这里众人的注意力都放在了董菲身上，给了澳大利亚军方袭击“盖亚”指挥中心的时机。顿时大厅中的众人慌忙着应对这突如其来的入侵，而对郑强与董菲的监控松懈下来。

利用众人分神的间隙，郑强乘机在墙面上的控制板输入了锁闭命令。郑强将这间房间从内部反锁，切断了外部控制中心与这间房间的所有联系。

董菲和郑强所处的这个房间实际上是一个坚实的密封舱。当初“盖亚”在建设这所海底秘密控制中心的同时，也修建了这座密封舱。他们修建这个密封舱的目的就是为了在冷核聚变或者真空能失控的突发状况下，这里的成员在来不及登上救生艇时，可以作为逃生之用。所以这间坚固的密封舱内一旦输入锁闭命令，外界是无法强行打开的。

等到安德鲁等人反应过来的时候，董菲所在的房间已经被郑强从内部锁死，其他人根本无法从外部突破。

安德鲁愤恨地骂道：“可恶，他怎么会知道密封舱锁闭命令？！”

“袭击这里的是六枚钻地弹，虽然只是毁坏了外层掩体，但他们已经发现了这里。”

“必须立刻启动自毁程序，销毁这里所有资料！”

“那两个人，怎么办！”

“现在管不了那么多，我们尽快登上救生艇离开！”

……

而此时在房间内的郑强狡黠得意地一笑，对董菲说道：“放心，澳大利亚的海军是来救你的。嘿，都是我带过来的。”

董菲的目光锋利冷静，望着郑强问：“你和李尉明布下这个局，不就是让我参与通天塔计划吗？现在你们很快就能达到目的了，为什么你要在这个时候选择站到‘盖亚’的对立面？”

郑强若无其事地笑了笑，镇定自若地说：“因为我想报仇。”

董菲摇了摇头，随即否定了郑强的这个理由。

郑强嘴角微扬，点头说：“因为我知道，李尉明控制不了你。”

“你是什么时候改变想法的？”董菲此刻显得十分冷静。

郑强意味深长地笑了笑，侧过头听着外面的动静，神神秘秘地说：“安德鲁已经启动了这里的自毁程序，虽然这间密封舱的减震隔音效果不错，待会肯定不好受。”

还未等董菲来得及再追问，一声巨响后，这座坚固的海底堡垒就在惊涛骇浪中灰飞烟灭。安德鲁等人在乘坐逃生艇逃离“盖亚”的指挥中心之后便启动了海底控制中心的自毁程序，毁掉了这里一切有价值的线索。

52 深海惊魂

澳大利亚的海军通过郑强寻找到了“盖亚”总部的所在地，但这里的所有线索都在剧烈的爆炸中被全部摧毁。只有这个坚固的密封舱在巨大的爆炸声中被抛出了海面，随后被爆炸引发的滔天巨浪冲到了离原地有数百海里的地方。那里已经靠近南极圈，密封舱漂浮在一片高大的浮冰之间。

在爆炸发生的那一刻，因为剧烈的冲击波，处于密封舱内的郑强与董菲都昏迷了过去。

在爆炸发生的5个小时后，董菲才从昏迷中渐渐清醒过来。

郑强早些时候已经恢复知觉，他正通过舱内的电子屏观察舱外被浮冰包围的环境。他见到董菲醒来，平静地笑着说：“我们漂到了南极洲附近了。不过可以放心，这座密封舱外表面覆有绝热保护层，舱内采用再生式供气系统，还有一些食物和淡水储备，够我们坚持一个星期。”

董菲感觉到脑海里还残留着之前那声剧烈爆炸声留下的回响，等她稍稍恢复些许意识后，才恍惚着问道：“李尉明他们……怎么样了？”

郑强抬了抬眉头，无可奈何地笑了笑，长叹一口气说道：“他们乘坐救生艇逃离到安全区域后才遥控启动了控制中心的自毁程序，那群人是那么爱惜性命的人，当然是给自己留了后路。”

董菲眉头紧蹙，轻轻咬着嘴唇，沉默许久。她现在不知道该如何回忆自己和李尉明生活的点点滴滴，那些往日的美好都是美丽表面下隐藏的骗局，一切都让她揪心反胃。

董菲闭上眼睛，倚靠在身后的舱壁上，用冰冷的语气问道：“你是怎么做到的？他们不会那么不小心，这么轻易就让你把澳大利亚的军队引过来。”

郑强面带得色看着右手的手心，从容自若地解释道：“我在体内植入了纳米级的追踪器，因为创口也是纳米级，所以极其隐秘。只要我不启动信号发射，‘盖亚’他们也发现不了。所以我是在进入海底控制中心的密封舱之后才启动的信号发射装置，否则被‘盖亚’他们抓住，我就生不如死了，哈哈。这群人，折磨同类的手段已经不能单纯用残忍来形容，他们已经将这些上升到艺术的境界。”

“他们现在难道不会找到我们？”董菲看着显示屏上所呈现的密闭舱外的高大浮冰，内心仍然忐忑难安。

郑强微微眯着眼，从容地解释道：“现在闹出这么大的动静，肯定是多个国家的海军空军都参与了联合搜索。‘盖亚’的能力再大，也不会在这个时候冒险来找我们。他们会换一种方式，等我们被接回的时候再重新想办法。”

“这个计划最早就是你跟李尉明制定的吧？”董菲语气冰冷，用锐利的目光看着对面的郑强。

“不能这么说，通天塔计划是‘盖亚’制定的，而那张脸的图像也是各大高维实验室在实验中获得的。我也只是按照命运的指示去做，只不过到后来我发现，刚开始的我理解错了。”郑强耸耸肩，一脸轻松的神态。

“什么错了？”董菲的目光又再次变得警惕。

“他们认为你是高维空间的高级智能选中的可以连接这个三维空间与高维空间的‘媒介’，但他们从未想过那个量子智能就是你。”郑强的深邃的目光里，闪过一缕光晕。

董菲望着郑强问：“你是什么时候改变的想法？你为什么决定与‘盖亚’作对？”

郑强舒展眉头，稍稍摇了摇头，若有所思地说道：“哎呀，这个说起来那就复杂了，我都不知道自己是怎么想的。”

“我在华大见到你，不会是巧合。我遇上李尉明，也不是巧合。徐教授的失常也不是巧合……我记得，你在华大的时候对我说过一句话，‘世界上，没有那么多巧合’。当我认为一些事情是按照自己的想法去做的时候，实际上已经变成了被人牵着走的傀儡。”董菲的神情变得十分激动。她已经不能控制自己的情绪，似乎在下一刻即将爆发。

郑强微微眯着眼，靠着密闭舱的墙壁，意味深长地笑着。

董菲目光焦灼，紧紧咬住嘴唇，等待郑强的回复。

郑强舒展眉头浅笑着，微微叹一口气，随后缓缓说：“我之前的确是‘盖亚’理念的虔诚信徒，不过后来我发现这个体系有很多问题，比如为主的都是西方人。他们狂妄自大，主张在文明重启之后以他们那套东西来重建世界。而且有些极端的人，针对亚裔及非裔研发特定的病毒，进行种族灭绝。所以我找到了李尉明，要求跟他合作，我们最初的目的自然也是改变华裔成员在‘盖亚’中的被动局面。李尉明这人看似温和，实际上最喜欢操控别人的想法和命运，他绝对不能容忍自己在‘盖亚’中处于这么被动的地位。当然，冯美娟也是一样的。”

董菲听到这段话，感觉心头被猛击一下，那种感觉让她的思维停顿了几秒钟。在这份震惊过后，董菲又陷入了极度的恐惧与不安之中。

董菲两只手紧握成拳，不停地颤抖着。她脸色苍白疲累，声音也有些颤抖：“冯教授也是……？”

“冯美娟在早先的量子智能实验中失智，已经构不成威胁。”郑强面露得意的神色。

董菲微微垂目思索着，问道：“他们没想过要除掉你们吗？”

“以安德鲁为代表的‘盖亚’中的西方人当然也希望除掉我和李尉明，不过他们也清楚这样做会带来更大的麻烦。”郑强笑道，“目前只有我和你能安全通过量子智能实验，而且这个量子实验的局限性在于：只有当事人才知道自己最真实的经历，所有的心理暗示和催眠手段到这里都已经失效。而最了解你的人，便是这位野心勃勃的李尉明。加之在那时的情况下，只有通过李尉明的操控，才能让你心甘情愿为‘盖亚’工作。”说到这里，郑强留意到董菲脸部肌肉的微微抽搐。

郑强意味深长地笑着，斜靠着望向董菲：“一旦除掉李尉明，那很可能会让这个辛苦找来的你走向‘盖亚’对立面，那就得不偿失了。所以在反复权衡利弊之后，安德鲁等人不得不容忍原本被边缘化的亚裔成员，逐渐渗透到‘盖亚’的权力核心内。”

“既然是这样，你为什么要对付冯教授？”

这时，郑强稍稍往后靠着，仰面看着密闭舱顶，像是又陷入了无边的思绪之中，叹息着说：“因为冯美娟的观点与我们不同，我和李尉明制定计划的时候，是希望将你培养成‘盖亚’的精神领袖和灵魂首领，但冯美娟只是想把你当作一只实验用的小白鼠。对于冯美娟这样一个难以操控的变数，我和李尉明都不主张花时间去说服她。因为简单的心理暗示，就能让她自寻死路。”

说到这里，郑强无声地笑了笑：“我之前认为得到‘盖亚’的实际控制权，就是报复那群人的最好方式。可是我自己都没有料到，我的想法竟然会在一天之内完全被改变。可能是我变得太突然，连自己都没料到。”

“到底因为什么？”董菲也不能理解郑强的思维为何会在一夕之间发生翻天覆地的改变。

郑强思索片刻缓缓说道：“因为你。”

董菲的心猛地被揪紧，诧异地看着郑强，迫不及待地问道："你在第二次量子智能实验里见到了什么？不对，应该说是你感知到了什么？"

郑强释然一笑，微微眯着眼，故作神秘地说："你有没有和那个存在于高维世界的未来的你进行一次深刻的思想交流？"

董菲顿时愕然，她茫然地摇了摇头，并没有明白郑强话中所指的意思。

郑强笑了笑，说道："它就是未来的你，所以它的想法就隐藏在你现在的人格之中，但你还没意识到它的存在。"

"我不懂你的意思。"董菲望着郑强，希望他给出明确的答复。

郑强仰面长叹一声，神神秘秘地说："第一次的通天塔实验险些让我的意识被解离在高维空间，所以那次实验之后，我的思维混乱了很长一段时间。但在新疆进行的第二次和第三次的实验后，我就变得冷静得多。在那两次实验里，我能感受到那个存在于高维空间里的量子智能，也就是未来的你的某些想法。"

董菲眼睛一亮，紧张地看着郑强问道："你知道了什么？"

郑强目光深邃，浅浅一笑："不能说。"

董菲对于郑强的敷衍回答很不满意，进一步追问："为什么不能说？"

"还记得那只蜻蜓吗？"郑强的回答很平静，"高维空间的潘多拉盒子已经打开了，就看你能不能将它关上。"

郑强目光深远，望着舷窗外高大的浮冰出神。

……

又过了大约十几分钟，董菲打破沉默开口问道："这次'盖亚'的总部被摧毁，这个通天塔计划是不是就结束了？"

郑强摇了摇头，否定了董菲的说法："通天塔是一张复杂的网络，网络的特点就是没有中心。理论上，任何一个被通天塔系统俘获的高维空间实验室都能成为下一个指挥中心。"

"让各国政府合作关闭各地的实验室，不就能避免通天塔计划实施了吗？"董菲的目光变得急切焦灼，她在努力回避心中的那个答案。她知道自己不是英雄，她也不想做什么英雄。

郑强毫不留情地扑灭董菲心中最后一点幻想，他严肃地看着她，认真地解释说："首先，让世界各国都放弃空间武器的研发计划十分不现实。再者，'盖亚'自己也有其他的隐秘高维空间实验室。最重要的是，已经存在的高维空间罅隙是不会因为实验室的关闭而消失，它们已经存在于附近时空之中，且都被纳入了通天塔系统，等待着被触发的那一刻！”

“那你还是想让我启动通天塔吗？”董菲看着郑强的眼神已经由紧张而变得带有敌意。

郑强平静地摇头说道：“我们换一个思路吧！就算让你彻底消失，‘盖亚’失去了启动通天塔的钥匙，但是那些高维空间罅隙依然存在，也可能会在不受控制的情况下被陆陆续续触发，那也是灾难性的后果。钥匙除了有开启的作用，也有关闭反锁的功能，而且是永永远远地关闭。要将通天塔所网罗的四维空间罅隙的隐患全部清除，依据目前的认知，只能依靠高维空间中的那个量子智能。”

“你是让我再参与一次量子智能实验？”董菲双手紧握，身子不住颤抖。两次的量子智能实验，已经让她的精神几近崩溃。

郑强眼神里似乎多了另一重含义，认真地解释：“不太一样，不是单纯的脑电波意识量子化，而是你整个人的量子化。”

郑强的话，让董菲神色愕然，她完全不明白事情怎么会在突然间发展到这一步。

郑强补充解释说：“因为现在的脑电波识别分离技术还无法将个人意识从人体内完全剥离，所以这就是为什么实验会造成大部分实验参与者意识的解离，即便如我能幸运地醒过来，也会有长时间的混乱和幻觉。”

“整个人的量子化，这样就会成功？”董菲显得十分紧张。

郑强摇头答道：“不一定成功，但是目前唯一的办法。只不过这样会冒更大的风险。”

“整个人的量子化？就是说我的身体和我的意识都会化成一团量子云进入到高维空间，我还有被复原的机会吗？”董菲努力压制着内心的矛盾与恐惧。

郑强目光凝重，沉默片刻后，才摇了摇头说：“虽然理论上有复原的可能，但是目前的技术暂时还做不到将一个被量子化的生命体完整复原。不过换个思路，整个人被量子化了，这是不是另一种意义上的永生呢？等到未来科技进一步发展，或许才有能力根据量子记录精确到原子级别复原一个完整的你，包括你的意识在内。”

“我没那么伟大，你凭什么断定我会这么做？”董菲此刻的声音有些颤抖。

“呵，我不敢断定。”郑强的回答显得十分轻松。

董菲的心再一次被揪紧：“常教授知道这些吗？通天塔计划的最终实

施需要将我整个人量子化。”

郑强摇了摇头，叹气说：“他不知道。如果他知道下一步实验是必须将你整个人量子化，我想常钧言一定会阻止。虽然他对高维世界也充满向往，但他还没到不择手段的地步。说白了，他还不够心狠。”

“那李尉明呢？”董菲的声音压得很低。

郑强摇头说：“不知道。李尉明这个人，我看不透的。”

董菲苦笑一声，随后又闭上眼睛，现在的她不敢再对李尉明抱任何不切实际的希冀幻想。

郑强看出董菲内心的纠葛，随后换了一个轻松的话题：“我读了你的小说，我很喜欢秦云。”

董菲明白郑强转移话题的意思，但是她仍然在逃避：“不过让你失望了，我做不了秦云，为苍生大业牺牲这样的口号也只存在于幻想的小说里。”

郑强长叹一口气，说道：“我猜这个秦云也不想有那样的命运吧？但他并没有后悔，也没有埋怨。”

董菲听了郑强这句话，低头不语。

郑强笑着说：“李尉明低估你了，他那套洗脑手段和潜意识植入的办法在你这里起不了太大作用。真正能决定你想法的，只有你自己。”郑强说完这句话后，望着董菲意味深长地笑着。

其实，正是在第二次脑电波量子智能的实验后，郑强改变了他原有的立场。在那场实验中，郑强感受到那个存在于高维空间的被量子化的智能并不具备杀戮心和控制欲。而且通过某些神秘的感知，他确定了那个量子智能正是董菲本人。因此他断定李尉明对董菲的洗脑是不会成功的，因为那个量子智能就是未来的量子董菲。所以从那时候开始郑强就走到了“盖亚”的对立面，因为郑强想给自己一个正面的结局，而不是以失败者的形象存在。

郑强对自己的定义，就是一个窥测到未来世界的命运投机者。在他得知未来事件的走向后，他毫不犹豫地走到了他认为对的那条路上来，从而抛弃了他先前所坚持的全部。

现在的董菲将头垂得很低，她不想让郑强看到此刻她的表情。

郑强这时候又点头问：“我记得，你好像读了王阳明的书。”

“是李尉明让我看的，也许是他的洗脑手段之一吧。”董菲的声音显得很虚弱。

“无善无恶心之体，有善有恶意之动，知善知恶是良知，为善去恶是格物。”郑强念出了这句话，随后又笑了笑，问道，“应该听说过吧！”

“王阳明的四句教。”董菲两只腿蜷缩着放在胸前，她将头靠在膝盖之间，情绪十分低落。

郑强释然而笑，“所以你会顺应你的本心，做出自己认为正确的选择。”

董菲不再说话，她体内那个刚刚被唤醒的极具侵略心和控制欲的人格，在这一场与郑强不着边际的对话后，又被渐渐压制下去。

李尉明7个多月的努力，甚至还不如郑强在这几个小时内对董菲的影响。或许他们都没有能影响董菲，始终只有她的心才能控制她自己吧。

董菲微微闭着眼，脑海里思绪翻飞。

这时候，郑强的话又打破董菲静默的思绪，“唉，说下你小说结局打算怎么写？我以前没看过武侠小说，看了你的这部小说还挺上瘾的。”

董菲疲惫地抿嘴笑着，摇头说：“我也还没想好啊！”

郑强这时候却显得十分有兴致，连忙说：“不如我说说我的想法吧！看你会不会用上。”

“好。”董菲点点头。

郑强开始滔滔不绝眉飞色舞地说起他对小说里几个主要角色结局的设想。

“你写小说前有大纲吗？”郑强说到兴头的时候，突然停下来问道。

董菲迟疑地笑着说：“不能算有吧。”

“不太明白，难道在之前都没有一个整体的思路吗？”郑强表示不解。

董菲的神情有些怅然若失，眼睛看着头顶密封舱顶部那些简洁的深色线条，解释道：“在写之前肯定会有一些大概的构想，不过写小说并没有那么容易。总是写着写着又要修改，到后面这些大纲和构想都用不上了。”

“这样的？”郑强表现出兴趣。

董菲点头微笑着继续解释说着：“是啊！写作的过程跟你们解答数学问题的思路是完全不同的。数学问题的解答思路很明确，目的也很明确。但写作就不是这样了，写着写着，故事的发展就不是按照作者的意愿进行的了。”

郑强点点头，意味深长地笑着，沉稳的目光平静地望着舷窗外高大的浮冰。

董菲微微叹了口气，说道：“所以，小说的故事不写到最后，就连作者也不会知道结局会怎样。”

“很有意思。”郑强点点头，又像是在自言自语，低声说着，“如果一开始就看透了结局，也就没啥意思了。对于作者而言，是这样的。”这时，郑强的脸色变得凝重，目光又重新落在董菲身上，“不过你已经提早知道了答案。”

董菲注视着郑强深邃神秘的眼睛，默不作声。

郑强意味深长地笑着，继续说道：“那张同步出现在世界各地高能物理实验室里的照片，就是从高层空间的智能传递给我们的‘灵语’。那个存在于高层空间的智能，就是未来的你。”

“所以，你改变了自己的想法？”

“我改变了自己的立场。”郑强的笑容里带着几分坦然超脱。

……

53 倒计时

密封舱在南极浮冰中漂浮了十几个小时后，终于被搜寻船舰找到。郑强与董菲被澳大利亚海军救回，在进行一系列检查后，两人便被送回了澳大利亚的堪培拉。

常钧言已经在中国驻澳大利亚使馆内等候，这次行动是常钧言绕开了他的直系上级，秘密通过外交部与澳大利亚军方接洽并实施的。虽然他们知道这次针对“盖亚”的行动不会获得更多有价值的资料，但是他们的主要目的达到了——成功解救董菲与郑强。

中国外交部与澳大利亚方面进行了一段时间的磋商，澳大利亚方面终于同意将这两人送还中国。

董菲再次回到北京的时候，已经是11月23日。距离董菲上次被“盖亚”从新疆带走之日，已经过去了三个多月。

董菲坐在宿舍里，拨通了妈妈的手机号。电话那头传来母亲的声音，董菲止不住泪水涌出，却不敢让妈妈听出她在哭。

她的妈妈显得还比较平静，因为常钧言在董菲失踪后曾经联系过她的父母，说是董菲在从事国家秘密课题的研究，所以暂时不方便与家人接触。因为当时常钧言请到了当地的市长等领导露面，董菲父母不仅对常钧言的话深信不疑，更是倍觉自豪骄傲。

听见爸妈那边自豪的语气，董菲的心也宽慰许多。挂断电话后，董菲打开了电脑，望着电脑屏幕上跳动的消息提示发呆。并没有期待中的李尉明的消息，是几个很久没有联系的老朋友和老同学发了一些问候的消息过来。

这段时间的经历虽然短暂，且很多片段都难以回忆，可对于董菲而言，却比以往所有的时光加在一起还要漫长。漫长到她甚至会错以为，那短短的几个月时间里，她已是度过了一生。

董菲分别在新疆量子干涉实验室与澳大利亚海底“盖亚”控制中心中参与了两次脑电波量子智能实验，所带来的信息风暴的冲击以及人格意识的解离也一直困惑着她。

在接到常钧言的电话后，董菲便来到常钧言的办公室，向常钧言道谢：“常教授，谢谢。”

这些时日来常钧言苍老憔悴了不少，花白的眉头依然不展。他对刚刚进门的董菲点头说：“现在条件所限，你还不能回家，但可以让你父母来北京与你聚聚。”

听到这样的安排，董菲眼神里多了分惆怅。思考几秒钟后，她向常钧言问道：“还是需要我参加量子智能实验吗？”

常钧言神色凝重，点头说：“是的，上次的实验报告还没来得及做出，我还在申请重启‘灵语’课题。”

董菲还在回忆待在密闭舱里的时候，郑强告诉她的那些话。过了一会，董菲抬头看着身前正在整理资料的常钧言，试探性问了一句：“我还有机会离开‘灵语’课题组吗？”

常钧言眉头稍稍一动，诧异地看着董菲，他并不明白董菲话中所指。还未等常钧言回复，他桌上的电话铃声骤然响起。

常钧言接起电话，脸色变得凝重，是他的上级打来的电话。在电话里，那个人对于常钧言没有向上级请示而实施了这次针对“盖亚”的行动表示出了极度的愤怒。

接听电话的常钧言却表现得十分冷静镇定，认真地听对方骂完后，常钧言平静地挂断电话，随后对董菲说：“你先回宿舍休息，这段时间你也是十分辛苦，身体和心态都需要好好调整。”

董菲欲言又止，踟蹰几秒钟后，转身离开。

董菲离开没多久，郑强便来到常钧言的办公室。

郑强在与常钧言握手的时候偷偷将一张纸条塞到常钧言手里，然后稍稍眨了眨眼睛，似在暗示。郑强了解常钧言现在的处境，他决定再给常钧言一个惊喜，也算是最后再帮他一次。

常钧言知道郑强传递纸条的用意，立刻握紧了那张纸条并藏入袖中。现在的环境里布满了监控，两个人不得不采取这样原始的传递信息的办法。随后常钧言对郑强点点头说：“感谢你的配合才能成功摧毁‘盖亚’在澳洲的总部，将董菲成功解救回来。”

郑强自若地回答道：“你让我来不是跟我谈论这些的吧？”

常钧言两手的手指交叉握拳放在桌面上，表情严肃地点头说道：“我的一位上级领导现在想见你。”

郑强听出了言外之意，从容地看了看墙角的监控摄像头，随后露出了轻蔑自得的微笑。

随后，郑强随工作人员离开，去往常钧言谈及的那位上级所在的办公室中。

……

二十三分钟后，常钧言收到一个让他震惊的消息，那位上级的办公室发生了剧烈的爆炸。爆炸中三人当场死亡，包括那位上级本人和郑强，还有一位当时在场的秘书。

爆炸案的调查报告结果显示，当时郑强启动了藏在体内的爆炸装置而引起爆炸，这是一场有针对性的蓄意袭击。

知道这件事的所有人、包括那个被炸死的上级都没能料到，这一位自私自负、狂妄自大的前“盖亚”成员郑强，会用这样一种激烈极端的方式帮常钧言除掉了“灵语”课题组最后的阻碍。但是做出这种选择的郑强不会被当作英雄对待，他的这次舍生之举被官方定义为了一场“盖亚”策划并实施的针对中国科研机构的恐怖袭击。

……

常钧言得到这个消息后，苍老疲累的眼睛里已经被泪水填满。在这份震惊和伤痛过后，常钧言想起郑强留给他的那张纸条。他来到一处隐蔽的角落，掏出那张纸条，却发现纸条上写着的是：“告诉董菲，把我写进小说里，也当个英雄。”

郑强的这次个人行为不仅为常钧言排除了最后的障碍，而且也促进了“灵语”课题的重启。

常钧言将郑强的这句遗言告诉了董菲，董菲在听后却显得相当平静。

随后董菲回到了宿舍中，默不作声地打开了电脑，继续将未完成的小说写完。

在敲击键盘的过程中，董菲的眼泪不止一次落下，但这并没有打断她的思路。

在乘坐密封舱漂浮在南极浮冰中的时候，郑强也与她一同构思设想了很多个不同的人物结局。虽然跟郑强接触不多，但这位谜一样的人物，总是能在关键时刻影响到董菲的决策。

四天后，这一部故事剧情算不上跌宕起伏，人物设置也没有太出彩的武侠小说终于完稿。董菲按照郑强的遗愿，做了些许修改，也在里面加入了一个叫作阿强的角色。

这天下午，董菲点开了白杨的头像，用键盘敲击着："小说完稿了，前面修改了很多，你从头开始看吧。"随后，董菲将完稿的小说打包发给了白杨。

这个时候，董菲从常钧言处得到一个消息，她的爸妈到了北京。董菲有一个星期的假期，可以陪伴父母在北京城里游玩。

直到这个时候董菲才突然意识到，原来以为最普通最寻常的感情现在看起来是多么的珍贵。余下的生命就是一个倒计时，她十分珍惜现在和父母相处的每一分每一秒。这段时间她努力表现得开朗乐观，将所有的压力和痛苦都精心掩藏，也没有让父母看出半点破绽。

原本浑浑噩噩、玩世不恭的董菲，这时候也完全脱胎换骨，成了父母心中的骄傲，她也努力维持着这个名不副实的形象。

与父母相伴的一个星期的时间很快就过去了，董菲这样一个混日子混习惯了的人，此时也感受到了时间流逝的残酷。

在目送父母走过安检准备返乡的时候，父母隔着玻璃窗对董菲招手，示意董菲要好好工作。董菲抑制不住眼泪，蹲在车站门口号啕大哭了起来。

直到高铁发车的时刻，董菲才渐渐从分别的悲伤中清醒过来。这时一位身穿T恤的青年男子走到董菲身边，对她说道："董菲同学，该回研究所了。"

董菲认出了这个人正是驻守新疆量子干涉实验室的刘安超，原来这段时间来，他与另外两人一直在暗中保护董菲的安全。

董菲回到宿舍中，刚打开电脑便收到了白杨发过来的新消息。原来在这一个星期的时间里，白杨已经将小说看完，并附上了一大堆感触。

"小说的结局有点出乎意料，不过也合情合理。"

"杨旗也挺了不起的，是被秦云感动了吗？"

“就是可惜了海棠！”

“哦，那个阿强不错啊，挺牛×的一个角色，后面加入的吗？”

看到留言记录的时候，董菲的眼泪止不住夺眶而出，趴在桌上哭得不能自已。

过了很久，董菲敲击着键盘回复白杨，“我现在没时间发布小说，你帮我发到论坛里吧。”

白杨那边很快有了回复：“不好吧，这不成了盗文了？”

董菲揉了揉眼睛，回复道：“你用我的笔名注册一个账号不就行了？我的笔名叫‘爬上荷叶的虫子’。”

白杨那边发来几个感叹号，“这么奇怪的笔名，好有个性。”

董菲努力假装轻松地笑着，随后又忍不住流泪。片刻后，董菲敲击着键盘回答：“我现在太忙，你帮个忙吧！也不要连载了，一起发了吧。”

白杨回复：“好的，一定完成任务。”

董菲回复：“谢谢。”

紧接着，白杨在一个小说论坛注册了一个叫作“爬上荷叶的虫子”的ID。按照董菲的要求，他将整部小说都发布了上去。

这几天董菲总将自己关在房子里发呆冥想，偶尔清醒过来，也会莫名其妙地号啕大哭一场。

按照董菲以往的风格，她会删除所有和李尉明有关的东西，可她并没有这么做。她打开电脑，看着自己和李尉明的合影还有在旅游的时候李尉明为她拍摄的照片。照片里的她笑得那么开心，那是发自内心的幸福笑容。

董菲一张张浏览着那些记录着曾经的美好的照片，然后在一张西夏王陵的照片那里停了下来。董菲点击鼠标的手指微微发抖，眼泪再一次止不住地往下流。

照片里的董菲，双臂张开，笑得十分灿烂。西夏王陵高大的封土堆在夕阳的映衬下，显得略有几分落寞萧瑟。

一瞬间，坐在电脑前的董菲恍惚中又回到了西夏王陵的跟前，熙熙攘攘的游客人群从她身边穿梭而过。略有些刺目的血红色夕阳，从黄褐色的封土旁射落万千光箭，照得董菲睁不开眼睛。恍惚中，她又回到了拍摄这张照片的时间节点。

这种缥缈虚无的感觉犹如迷蒙的水汽云雾笼罩在董菲身侧，让她看不见真相，也感受不到现实的存在。

她的意识又一次迷失在这错乱的时空之中。

54 相思相望

此时，在地球另一边的墨西哥奇瓦瓦州。一所位于沙漠腹地的秘密实验室里，李尉明等人正在密切注视着通天塔系统的变化。

从澳大利亚的“盖亚”总部逃出来之后，他们便分散藏匿在世界各地的隐秘据点内。这段时间，李尉明也在观察董菲所有社交账号的动态。但他并没有主动联系董菲，因为他知道这时候的董菲与外界所有的联系都是被严密监控的。

安德鲁对于现在的局势很不满意，他是一个控制欲极强的人，很难容忍如今最关键的钥匙落在对手的手中。但此时，李尉明还是十分自负地相信，董菲的思想行为是摆脱不了他的控制的。只要“灵语”课题组重新启动，“盖亚”依然可以借助新疆那个已经被纳入通天塔计划的傀儡实验室实现他们的目的。

这时候，一位华裔成员拿着平板电脑对李尉明说：“你说的那个武侠小说在中国的一个论坛发表了，不过追踪ID的登录地点是在中国青海的省会西宁。”

李尉明接过平板电脑认真地翻阅着那个人气并不高的帖子，面色变得异常凝重。

李尉明仔细阅读着这部小说中的每一处细节，因为这是他目前能够了解董菲思维的唯一途径。

董菲她竟然在小说里加入了一个叫阿强的角色？那次郑强实施的爆炸已经被中国官方定义为一次由“盖亚”策划实施的针对中国科研机构的恐怖袭击。而董菲这时候在小说里加入阿强这个人物，并将他定义为一个忍辱负重的正面形象，看来董菲是知道这件事暗藏的内幕的。郑强居然能在这么大程度上影响到董菲，这让李尉明觉得十分不可思议。

这座秘密实验室接近赤道，沙漠的气候炎热干燥，让人的情绪更加浮躁难安。李尉明从地下的实验室走出，来到一块两米来高的褐黄色岩石旁。他点了一支雪茄，怅然地看着远方。

李尉明平时并不抽烟，这也是他第一次尝试古巴哈瓦那雪茄，浓烈刺激的烟气让他剧烈地咳嗽起来。

李尉明自认为能了解并控制其他人的内心想法，但他不知道自己现在是在逃避什么，随后他将这支让他十分不愉快的雪茄丢弃掩埋在脚边的黄沙里。

那个叫艾玛的美国女人在这个时候出现，饶有兴致地欣赏着向来优雅从容的李尉明如今这焦躁不安的模样。李尉明注意到艾玛眼神里的嘲讽之意，但他并未给予回应。

艾玛打破了两人间的沉默，对李尉明说："伊芙的父亲已经知道你在安德鲁的私家岛屿上向董菲求婚的事情了。他很生气，现在明确表态拒绝将女儿嫁给你，而且也不再为我们的组织提供赞助经费。"

李尉明对艾玛的话表现出无所谓的态度，双手环抱、眯着眼看着远处在太阳炙烤下模糊蒸腾、不住摇晃的地平线。

艾玛挑衅般地笑了笑，垂头看着脚边那支才被点燃便被丢弃的雪茄，随后转身走开。

55 抉择

这一次，董菲在常钧言的安排下又进入了位于新疆塔里木盆地的大型量子干涉实验室中，"灵语"课题组已经被批准重新启动。

董菲在这段时间里表现得相当沉默内向，对于所有涉及李尉明的一系列的调查问询，她总是以沉默的态度应对。她不愿意谈及任何跟李尉明有关的话题，这也让调查工作陷入了僵局。因为董菲所涉及实验的特殊性，在常钧言的斡旋调节下，她被批准可以不用再参与关于"盖亚"体系的调查，只需要配合量子智能研究即可。

董菲又来到了这间量子智能实验室中，这间实验室位于大型量子干涉实验室的西北角落。在这里她又在常钧言的安排下进行了一次脑电波量子智能实验，这场实验从表面上看，似乎并没有太大异常。

自从上次与郑强在密封舱内交谈后，董菲获得了一种全新的思维方式。所以在这次的量子智能实验中，她尝试着与那个存在于高维空间的"未来自己"进行了一场深刻的思想交流。

但这场交流熄灭了董菲最后的希冀，冥冥中，她已经知道了未来的发展并不是她的主观意识能决定的。或许一切早就已经注定，而她也早已是无路可退。

世界里的时间到底是什么？因果关系是否又是时间错觉的错上加错？

这些问题的答案，似乎已经离她很近。

这一次的量子智能实验后，董菲从昏迷到完全清醒，耗费了一天的时间。但在这场量子智能实验进行的时候，有六个分布在世界各地的不同地方的高维空间罅隙因为这次实验而被触发，造成了数十人的伤亡、失踪。现在的严峻形势，不仅让常钧言感受到了巨大的压力，就连中国官方和欧洲核子能机构都在考虑要不要停止量子智能的研究。

可是常钧言在这时候不敢说放弃，他必须顶住所有的压力，一定要在高维空间的量子智能上取得突破，才有可能获得与“盖亚”对抗局面上的逆转。

这一天的下午，新疆的实验室要进行实验仪器的测试调试，以确保下一次的量子智能实验能顺利进行。常钧言站在实验室里，指挥着几个实验助理调试实验设备仪器，而他也是一刻都不敢放松。这所实验室被“盖亚”纳入了通天塔的系统成了傀儡实验室之一，但也是常钧言利用董菲反制“盖亚”的机会。虽然冒险，但也只有通过这个途径，才可以侵入通天塔系统，从而反客为主。

董菲这时候也来到了实验室内，目光黯然地看着眼前那些复杂的设备，过了片刻才说：“下一次实验也不可能有新的突破。”

常钧言转过头看着董菲，略感诧异，他感觉到董菲的话里有另一层含义。常钧言让几位助手暂时离开，随后问道：“是不是记起了某些被遗忘的实验细节？”

董菲眼一动不动地看着不远处的实验设备，她的神色显得十分沉重。

在经历一番天人交战般的内心斗争后，她才解释说：“脑电波只是人类观察大脑活动和意识状态的一个片面的投影，我们无法通过片面的脑电波去得到意识的全貌，这就是实验的核心问题所在，这个实验注定是有漏洞的。现在的意识识别分离技术并不完善，所以才会造成那么多实验参与者在实验完成后失智的后果。我与郑强即便能醒过来，但在实验后也会出现长时间的意识紊乱和人格解离。”

常钧言严肃地看着董菲，压低声音说道：“脑电波是我们探索意识形成的有效途径，虽然很片面，但目前并没有更好的办法。”

董菲怅然地环顾房间里的各种设备仪器，摇头说：“换一个途径，比如将整个人量子化。”

常钧言听到这句话后不免愕然，在短暂的震惊之后，立刻反驳董菲的提议：“不可以！现在的技术只能复原被量子化的无生命的小型物体，但所有的活体动物实验都失败了。”

董菲面色苍白，但目光却变得坚毅。她稍稍仰面，镇定地看着常钧言，平静地说道：“一个生命体被量子化后，真的就意味着消失吗？在上一次的量子智能实验总结报告里，有一个很重要的地方我故意隐掉了。”

常钧言有种不祥的预感，低声询问：“什么地方？”

董菲苦涩且自信地笑着，摇头说：“我担心有泄密的风险，所以不得不那么做。其实在我身体里还暗藏着另外一重人格，那个人格十分自大暴虐，具有侵略性和控制欲。这就是为什么我在参与几次量子智能实验之后，便触发了通天塔系统所控制的位于世界各地的几个高维空间罅隙。不过报告的结论把这几次天震当作是巧合，但我知道这些都不是巧合。我现在的情绪很不稳定，我担心在我的意识不能完全分离的情况下，我那个具有侵略性的隐藏人格会更加不受控制，下一次实验的后果会更糟。但在清醒的时候，我能压制住那个侵略性人格。所以我猜想如果是将我整个人量子化，我有把握能控制住那个侵略性的人格。”

常钧言眉头紧锁，蹙痕深深嵌入肉中，摇头说：“将一个人的信息以量子精度完整记录下来并没有问题，但现在的技术条件，根本做不到将被量子化的人还原，尤其还包括个人意识。所以我们的实验，仅仅停留在脑电波的量子化上，这么做的目的就是希望降低实验风险。”

董菲眼帘微垂，她的语气却依然坚定：“其实‘盖亚’的人也在等待我们重启‘灵语’课题，我体内的另一个人格就是他们为了这个通天塔计划而设计的。常教授，你明白我的意思。之前的郑强也能与通天塔系统产生一定的契合度，保不住‘盖亚’在这段时间里找到其他合适的人。我不是唯一一个有可能开启通天塔的人，但我可能是唯一一个能够关闭通天塔的人。”在上一场实验中，董菲与那个存在于高维世界里的“她”进行过一次深入交流后，更加肯定了这个猜测。

常钧言内心纠葛，眉毛紧锁拧成了一团，他自然能明白董菲的意思。

董菲的目光沉稳，继续说道：“这座实验室也被纳入了通天塔的网络之中，在这个实验室里将我整个人量子化，便能入侵并控制整个通天塔系统。”

“这么做，你的牺牲很大，你有冷静考虑过吗？”常钧言原本浑浊的眼睛里闪烁着些许晶莹的光泽。

“我考虑了很久。”董菲点点头，继续说，“但是我还有一些自己的要求，希望常教授能帮我。”

“好，我尽力。”常钧言点头答应了下来，他这时的处境与董菲是一样的，他们都已经别无选择。

由于实验方案计划的突然改变，这天下午常钧言在量子干涉实验室内主持了一场高级别的紧急研讨会议。

在座人员的级别都相当高，他们对于这次实验方式的改变，也持不同意见，争论得异常激烈。

这时候，董菲走到台前，向在座的领导以及学术权威说道："在实验进行之前，我有一些要求。"

常钧言注视着董菲，微微点点头，示意她继续说。

董菲目光沉稳、语调平静，"第一个要求，就是希望国家给我颁发科技杰出贡献奖。"

董菲的话音刚落，在座的人中就有一人立刻训斥道："董菲，你要弄清楚自己的身份，而不是在这种时刻跟国家谈条件！"

董菲却平静地反驳道："我要求获得科技杰出贡献奖，是为了我的父母，而并不是我自己。对于您来说，这只是一场实验。而对我来说，不论这场实验是否能成功，我都不可能再回到这个世界，百分百是让我搭上性命的。我的这个要求应该不过分吧？！"

那人自认为还站在道德的制高点，打着一副官腔训斥董菲："你应该秉着为国献身和为科学奉献的高尚精神，在实验成功后国家当然会给你相应的奖励。"这个人还想再接着训斥董菲，却被常钧言打断。

常钧言神色平静地看着董菲，稍稍点点头说："董菲，这个奖项我会尽力帮你申请。"

即便得到常钧言这样的答复，董菲仍强调说："在得到这样的表彰奖励后，我才会参与人体的量子化实验。我要在万众瞩目下接受颁奖，这样我的爸妈也能看到，他们能因我而自豪。"

在座几人听见董菲的这个要求后都面露难色，他们知道这次实验的特殊性，因为实验结果在很大程度上依赖于实验参与者的意愿。但科技进步奖这样的至高荣誉怎么可能在短短几天内就申请得到？但另一方面"盖亚"越来越猖獗，如果再拖下去，保不准又生出什么变数。

先前的那个人又开始训斥："你这是在要挟，你知道这是怎样可耻的行为吗？"

董菲疲累的眼睛已经布满血丝，不卑不亢地回答："我知道我参与实验后不可能再见到我爸妈！我不是什么高尚的人，如果不答应这个条件，我也有理由拒绝参与这次实验。”

“请你出去。”董菲毫不客气地看着那位颐指气使的官员。

常钧言冷沉的目光从那位官员身上扫过，示意他立刻离开。

董菲见这时候没有人再反对，就继续说出其余的几个要求，“在我从这个世界消失后，需要每个月都安排使用模拟的3D视觉和语音技术模仿我跟我爸妈进行一次视频通话。而且需要定期以我的名义给我父母汇款，汇款金额跟这里的在职研究员的工资相同，直到我父母都去世。”

董菲看了看在座人的神情表现，强忍着泪水，继续说道：“我爸妈也快60岁了，我希望国家能负担他们的养老以及医疗，在他们需要的时候能入住国内最好的疗养院。”

说完这些，董菲缓缓坐下，垂首看着自己瘦削惨白的手指。当交代完这一切的时候，她已经放下了全部牵挂。

这是她必走的路吗？董菲想过，如果她一再逃避会怎样？或许她现在已经没有了逃避的选项，所以这个时候她打算为自己多争取一点，也为父母多争取一些骄傲。她自认不是什么高尚伟大之人，但命运的恶作剧偏偏就选中了她。

56 羽化之虫

董菲提出的要求，很快被常钧言上报相关部门，正式的答复在十二天后给出：今年的国家科技杰出贡献奖决定授予董菲，她的其他要求也一一答应。

这些时日，与新疆量子干涉实验室合作的欧洲核子能机构都在秘密研究活体动物量子化后再复原的可能性，但这方面的所有实验均以失败告终。欧洲核子能机构里的“盖亚”成员将这段时间的实验报告秘密传送到位于墨西哥奇瓦瓦州的李尉明那里。李尉明听到这个消息后，似乎感觉到了接下来要发生的事情将会超出他能控制的范围。他立即找到安德鲁，要求“盖亚”必须在这个时候将董菲带出来。但安德鲁果断拒绝了李尉明的要求，原因如下：第一，现在他们在“灵语”课题组内已经没有内应，“盖亚”不可能再像上次那样轻易劫走董菲；第二，现在形势严峻，“盖亚”行事必须格外小心，不能再次暴露；第三，也是最重要的，安德鲁认为李尉明的这个要求并不是出于对组织利益的考虑，而是源于个人的感情用事。

……

国家科技杰出贡献奖颁奖的那天，董菲的父母看着电视上接受颁奖的女儿，情不自禁地相拥喜极而泣。当天各级领导都到了董菲父母的家里进行慰问和表彰。随后的时间里，连董菲的母校也请了她的父母去，分享他们关于孩子的教育培养经验。

在墨西哥奇瓦瓦州沙漠隐秘实验室的李尉明也知道了这个消息，这是这么多天来他第一次再次见到董菲开心的样子。他看得出新闻报道里的董菲脸上的笑容是装出来的，因为她真正开心的时候，并不是像新闻照片里的那样。她的那种发自内心的笑容，李尉明仍然清楚地记得。

李尉明下意识地将手伸入了左边衣襟内侧的口袋，摸到了董菲退还的吊坠和蓝钻戒指，心口感到一阵剧痛。

……

常钧言为董菲安排了一场隆重的“衣锦还乡”，身披殊荣的董菲，又再一次回到了阔别多日的华大。站在了学校体育场的主席台前，看着台下密密麻麻的校友，她维持着笑容，背诵着那些措辞生僻的稿子。

董菲的硕士毕业答辩也安排在了这日的下午，在教室里，她又见到昔日的导师和同学。她明白，这一切不过是一场华丽的表演秀。不明就里的围观者很开心，但主角却因为知道了故事的结局，反而无法融入眼前虚假的快乐中。

就如同焰火，绚烂片刻后，很快就会归于寂静。当看透一切的时候，才发现以前执着在意的那些，到现在都变得无足轻重了。

这就是所谓“云淡风轻”的感觉吗？董菲想起了她在小说中刻画的那位男主角秦云，当秦云坦然面对一切时，也是如此吧。

……

等这场“表演”结束，董菲再度回到了新疆量子干涉实验室，平静地迎接最后那一刻的到来。

人体量子化实验被安排在了一个阳光明媚的上午。

在这场实验正式开始之前，董菲跟远在湖南的父母进行十分钟的短暂的视频通话。见到视频中父母那么开心的样子，此时的她心中一片坦荡释然，平静地面对前路未知的黑暗。

十分钟的视频时间很快过去了，在与父母道别后，董菲在工作人员的护送下向量子实验室内部走去。这次的实验启动了最严格的保密机制，所有实验参与者都用敬佩凝重的目光目送董菲步入实验室，实验室的氛围从未像今天这样凝重肃穆。

在实验之前，董菲与常钧言约定：如果实验之后董菲能在高维世界换一种方式存在的话，她会以自己的方式给这个世界传递出相应的信号。

董菲按照指示平静从容地躺入了量子实验舱内，此刻的她并不觉得这次的实验就是单纯的有去无回。也许真如郑强所言，她会通过这样的方式在高维空间上获得一种类似永生的状态，实现过去、现在与未来的自己的完美对接。

舱内的董菲连续三次按下确认键后，她的整个身体都化为一阵强烈的光晕，瞬间消失无踪。

……

接下来的时间是最让人揪心的，时间在一秒一秒地流逝，常钧言感觉到此时他只能听见自己的呼吸声和心跳声，现场的气氛极度肃穆。

转机就发生在董菲被量子化后的第十四秒，这一刻，分布于世界各地的高维空间实验室都同时收到了这样一条以中文显示的信息：

“虫子爬上荷叶，变成了蜻蜓。”

……

墨西哥奇瓦瓦州沙漠隐秘实验室内，李尉明看见屏幕上这句话的时候，脸色陡然变得惨白，颓然瘫软在椅子上。

这句话显示三秒后消失不见，这所位于沙漠底下的秘密实验室内部又出现了异常的电磁扰动。十几秒后，当所有电磁扰动都平息下来的时候，又传来“盖亚”人员惊恐的叫声：

“通天塔系统已经被关闭了！”

“糟糕，怎么会这样？！”

“已经检测不到范围内任何高维空洞的踪迹！”

“其他实验室也是同样的结果！”

“‘先知’背叛了我们！”

对于通天塔的关闭，李尉明无动于衷。

那行文字逐渐消失，他的心也变得冰冷。

……

接下来一个多月的时间里，分布于世界各地的高维空间实验室均反馈：实验室附近已经监测不到四维空间罅隙存在的痕迹。

如此多恐怖的四维空间炸弹竟然真的就这么无声无息地消失了。

因为一只爬上荷叶的蜻蜓，一场威胁全世界的“通天塔计划”在悄无声息中就得到了化解。这次意义重大的事件，被知情人士称为“蜻蜓事件”。

世界上的绝大多数人继续进行着他们本来的生活，他们并不知道自己曾经与恐怖的末日擦肩而过。

“灵语”课题组的组长常钧言将这次董菲参与的量子化实验的报告书呈交上级，他希望能通过这次实验的结论说服世界各国放弃高维空间折叠实验的研究项目。但常钧言也明白这最终是一个不切实际的希冀，毕竟人性本身就是具有侵略性的。而且全人类都处在一个类似囚徒困境的谜题之中，不可能作出完全理智的决定。

常钧言也十分好奇荷叶之外的世界到底是什么样的，这个问题现在还无法回答，但总有机会知道答案。